여자가 쓴 괴물들

Monster, She Wrote

First published in English by Quirk Books, Philadelphia, Pennsylvania.

This Korean translation is published by arrangement with Quirk Books through Greenbook Literary Agency.

호러와 사변 소설을 개척한 여성들

여자가 쓴 괴물들

리사 크리거 · 멜라니 R. 앤더슨 지음
안현주 옮김

Contents

들어가며 009

제1부 호러의 어머니들

미친 매지: 마거릿 캐번디시 018
호러 너머 테러: 앤 래드클리프 025
원조 고스 걸: 메리 울스턴크래프트 셸리 034
제인 오스틴을 분개시키다: 레지나 마리아 로슈 044
내장과 피의 조달자: 메리 앤 래드클리프 049
살인과 매춘의 전시자: 샬럿 대커 055

제2부 유령 이야기

유령은 실재한다: 엘리자베스 개스켈 067
타고난 이야기꾼: 샬럿 리델 077
가장 많이 배운 여성: 아멜리아 에드워즈 084
가장 다작한 작가: 폴린 E. 홉킨스 092
소년 같은 유령 작가: 버논 리 098
죽은 자를 위한 목소리: 마거릿 올리펀트 106
등줄기를 서늘하게 한 작가: 이디스 워튼 112

제3부 오컬트 숭배

초자연적인 것의 필경사: 마저리 보웬 123
여성 배후를 만들다: L. T. 미드 131
전쟁의 피해자: 앨리쇼 애스큐 138
영혼에 말을 건네는 이: 마저리 로렌스 145
영국의 심령 수호자: 디온 포춘 152

제4부 펄프 소설을 쓴 여성들

인간의 깊이를 탐구하다: 마거릿 세인트 클레어 165
스페이스 뱀파이어 여왕: 캐서린 루실 무어 173
최남동부의 이야기꾼: 메리 엘리자베스 카운슬먼 179
보이지 않는 것을 보는 자: 거트루드 버로우스 베넷 186
밤의 작가: 에이브릴 워럴 193
와일드 웨스트 위어드를 보존하다: 엘리 콜터 198

제5부 유령이 나오는 집

고통과 상실의 기록자: 도러시 맥아들 210

공포의 여왕: 셜리 잭슨 216

공포의 데임: 대프니 듀 모리에 225

역사에 사로잡히다: 토니 모리슨 233

일상 속의 기괴함: 엘리자베스 엥스트롬 241

제6부 페이퍼백 호러

공포를 위한 레시피: 조앤 피시만 254

악이 순수를 만나는 지점: 루비 진 젠슨 260

다락방의 악몽: V. C. 앤드루스 266

위어드 소설의 카프카: 캐테 코자 274

악마의 적수: 리사 터틀 280

백설공주 다시 쓰기: 타니스 리 287

제7부 뉴 고스

저주받은 자들의 여왕: 앤 라이스 299
페미니스트적인 동화의 이야기꾼: 헬렌 오이예미 307
현대의 고딕 유령 제조자: 수전 힐 313
음울한 교령회에 오신 것을 환영합니다: 세라 워터스 318
피로 물든 우화의 이야기꾼: 앤절라 카터 325
아프로퓨처리스트 호러리스트: 주엘 고메즈 332

제8부 호러와 사변 소설의 미래

다시 보는, 그리고 수정된 러브크래프트: 뉴 위어드 346
송곳니에 광을 내다: 뉴 뱀파이어 354
치명적인 나의 집: 새로운 유령의 집 360
이것이 종말이다(다시): 뉴 아포칼립스 366
더욱 예리한 무기들, 더욱 고통스러운 피해자들 : 새로운 연쇄 살인범들 373

결론 381

용어 383

아직도 불을 켜 두고 자는,

그럼에도 어쨌든 무서운 이야기들을 읽는

모든 소녀들에게

◆

들어가며

어째서 여자들은 호러 소설을 쓰는 데 능할까? 어쩌면 호러가 관습을 거스르는 장르이기 때문인지도 모르겠다. 호러 소설은 독자를 평소 걸음하지 않는 불편한 장소들로 밀어붙이고, 본능적으로 피하고자 하는 것을 대면하게 강요한다.

그리고 여자들은 늘 관습을 거스른다고 비난을 받는다—혹은, 적어도 사회가 그들에게 설정한 세심하게 드리워진 경계들 너머로 발을 내딛는 데 익숙하다. 여자들은 무엇을 해라, 어떤 사람이 되라, 말을 듣는다. 상냥해라, 아이를 키워라, 네 자리에 머물러라, 가르침을 받는다. 사회의 언저리로 물러나 입을 다물고 머리를 조아리고 있으라, 요구된다. 여자들의 사회적 소외는 과거에 보다 공공연했을지 모른다. 당시 여자들은 투표를 할 수도 재산을 소유할 수도 집 밖에서 일을 할 수도 없었으니까. 하지만 그런 일은 오늘날에도 여전히 벌어진다. 여자들은 아직도 착한 여자가 되라고 배운다.

어떤 시대든 여자들은, 들어가지 말라는 영역을 포함해서, 낯선 공간에 발을 들이는 데 익숙했다. 창작이 금지된 행위일 때는, 누군가의 이야기를 쓰는 것이 반역이며 권력을 쟁취하는 일이 된다. 이를테면 1600년대에 살았던 마거릿 캐번디시는 대담하게도 오직 남성들의 영역으로만 생각됐던 두 가지 주제인 과학과 철학에 대한 글을 썼다. 보다 최근에는, 주엘 고메즈가 아프리카계 미국인이자 레즈비언의 시각을 오랜 세월 유럽계 남자 주인공들의 전유물이었던 뱀파이어 이야기에 접목시켰다. 오늘날, 카르멘 마리아 마차도나 헬렌 오이예미 같은 작가들은 동화나 초자연적인 이야기라는 전통적인 서술 방식에 여성의 목소리를 덧입히면서, 소위 안전한 이야기 형식이라는 것을 전복시킨다.

여성들에게는 특히 글을 쓰는 행위가 종종 일종의 불복종이 된다. 이는 작가 켈리 수 드코닉이나 아티스트인 밸런타인 드 랜드로(이미지 코믹스, 2014~2017)가 쓴 코믹북 시리즈 '나쁜 년들의 행성Bitch Planet'의 죄수들을 연상시킨다. 이 만화책은 탁월하다. 이 만화는 여성이 주도하는 디스토피아 이야기로, 불복종에 대한 처벌로 교도소 행성에 보내지는 여성들을 담고 있다. 이 책에서 여성들을 묘사하는 글은 얼마나 탁월한가.

독자가 『여자가 쓴 괴물들』에서 만나게 될 작가들은 모두 규칙 파괴자들이다. 그리고 웃기는 건 이런 점이다. 사회는 항상 주변부에서 일어나는 일에는 관심을 두지 않는다. 그래서 사회가 여자들을 무시하는 동안 그들은 펜을 들었다. 다른 모든 이들이 자기들 일을 하는 동안 여자들은 자신들의 일을 해 왔다. 과학적으로 되살린 시체들, 낙태된 아이 유령들, 종말 이후의 지하 도시들에 대한 이야기들을 지어내면서.

호러는 남성과 여성이 동일하게 다룬 분야지만, 여성들은 그 시작부터 기여해 왔다는 것을 인지하는 것이 중요하다. 독자도 다음 페이지에서 알게 되겠지만, 오늘날 독자들이 사랑하는 호러 장르는 이런 여성들의 공헌이 없었다면 인정받지 못했을 수도 있다.

온갖 불쾌한 형태로 호러를 써내는 이 발칙한 여성들이 없었더라면.

제1부

호리의 어머니들

◆

공포, 낯섦, 그리고 두려움은 언제나 문학의 일부분이었다. 인간은 그들이 창조한 괴물을 사랑한다. 그 증거로, 음, 대략 4000년 정도 돌아가서, 『길가메시 서사시』를 보라. 혹은 단테의 『신곡』에서 '지옥' 편이 지옥으로의 하강 덕분에 이제껏 독자들에게 가장 인기 있는 부분이라는 점을 생각해 보라. 셰익스피어는 유령과 마녀들에 대해 썼고, 그가 쓴 타이터스 앤드러니커스Titus Andronicus(1954년에 초연, 로마 시대를 배경으로 살인, 강간, 식인까지 온갖 폭력을 아우르는 잔혹한 복수극-옮긴이)는 그의 작품 중 가장 잔혹하고 폭력적이다(어쩌면 심지어 유럽 역사상 가장 잔혹한 연극일지도 모른다. 그랑기뇰Grand Guignol[프랑스 파리에 위치한 극장 이름이었으며, 19세기 말 이곳에서 공연되던 특유의 기괴하고 끔찍한 연극 풍조를 일컫는 말이 되었다-옮긴이] 전까지는, 그렇다).

명백히, 청중은 항상 호러를 갈망했다. 하지만 다른 모든 소설처럼, 호러와 소위 위어드 픽션이라 불리는 기타 유형들의 책은 역사의 흐름을 거치며 인기가 오르내렸고 형태도 변화했다. 그렇다면 이 모든 건 어디서 시작됐을까? 21세기에 존재하는 형식의 호러는 영국에서 18세기 후반과 19세기 초에 걸쳐 유행했던 문학 스타일인 고딕 소설에서 진화했다는 강력한 설이 있다.

고딕 소설은 1765년 출판된 호레이스 월폴의 『오트란토 성』에서 출발했다. 이 소설은 아주, 심각하게 어긋나 버린 한 로열 웨딩을 다룬다. 명목뿐인 성의 소유자인 맨프레드는 가계를 잇고 부를 확보하고자

아들을 아름다운 공주 이사벨라와 결혼시키는 데 집착한다. 유일한 문제는? 그의 아들, 콘래드가 좀 아픈 데다 전혀 훌륭한 왕자가 아니라는 것이다. 콘래드는 이사벨라와 결혼에 이르기 전에 죽고 만다…. 거대한 투구에 으깨져서.

사실, 이 성은 되살아난 기사의 조각상에게 저주를 받아 총체적인 혼돈을 맞고 있다. 맨프레드는 자신의 가계를 영속시키겠다는 데 집착한 나머지 자신이 이사벨라와 결혼하기로 마음먹는다(성가신 그의 아내조차 이 계획을 막을 수 없다). 하지만 그는 이사벨라가 신비한 시어도어와 사랑에 빠져 있다고 생각하는데…. 실상 시어도어는 맨프레드의 딸인 마틸다를 사랑한다. 혼란스러운가? 맨프레드도 그렇다. 그리고 그는 자기 딸이 이사벨라인 줄 알고 그녀를 죽이고 만다. 여기서부터 이야기는 추락하기 시작한다. 사람을 착각하는 일이 넘쳐나고 이 사람을 겨냥한 칼이 저 사람의 심장에 꽂히는 일이 수없이 벌어진다. 결혼식이 진행되면서 이 책은 『왕좌의 게임』의 '붉은 결혼식'이 별것 아닌 듯이 보이게 한다.

월폴의 소설이 인기를 끌면서, 이런 책들에서 무수히 발견되는 건축물 양식의 이름을 따 고딕이라 불리는 장르가 탄생했다. 그리고 이후 수세대에 걸쳐 이 새로운 장르의 인기는 지붕을 뚫고 치솟게 되며, 이는 주로 여성 작가들의 활약 덕이었다.

고딕 소설은 앤 래드클리프가 없었다면 결코 이렇게 흥하지 못했을 것이다. 이 영국 작가는 『숲속의 로맨스The Romance of the Forest』(1791), 『우돌포의 비밀The Mysteries of Udolpho』(1794), 『이탈리아인The Italian』(1797) 등의 작품을 썼다. 래드클리프의 작품은 이 장르를 유행시켰지만 솔직히 말하자면, 그녀의 책들은 이후에 나타난 작품들에 비하면 유해 보이기도 한다. 으스스한 호러 이야기라기보다는 코지 미스터리에 가까운 느낌이다. 그녀가 창조한 으스스하고 어둑한 성들은 실재 유령을 불러내지 않고도 상상력을 끌어낸다.

그 뒤를 이어 일련의 여성 작가들이 래드클리프가 고안한 고딕 형식을 이용해서 자신들만의 더욱 피비린내 나는, 보다 잔혹한, 그리고 환상적인 악몽들을 탐험했다. 이제 곧 독자도 만나게 될 이 여성들은 차례로 후대의 작가며 영화 제작자들에게 영감을 주었으며, 이들 중에는 오늘날 호러 이야기를 창조하는 이들도 포함된다. 래드클리프와 그녀의 후계자들이 없었다면, 우리에겐 악몽 같은 동화적 이야기를 담은 1977년 제작된—혹은 2018년에 리메이크된 〈서스페리아〉도 없었으리라. 대프니 듀 모리에나 셜리 잭슨의 고요하지만 음울한 도메스틱 호러도 마찬가지다. 호러와 위어드 픽션의 초창기에—심지어 그런 용어들이 정립되기도 전에—글을 쓰기 시작한 여성들은 새로운 것을 시도하기를, 자신들의 이야기를 미지의 영역으로 끌고 가기를 두려워하지 않았다. 그럼으로써 그들은 다가올 시대의 작가들에게 영감을 주고, 그들이 있게 했다.

고딕 분류하기

당신이 고딕 소설을 읽고 있다는 사실을 인지하는 데 도움이 될 만한 간단한 체크리스트가 여기 있다.

□ 숲속 깊은 곳에서 시를 읊기를, 그리고/또는 노래 부르기를 즐기는(백설 공주와 다를 바 없는), 그리고 기절하거나 그리고/또는 의식을 잃곤 하는 순진한 젊은 여성들(역시 백설 공주와 다르지 않음).

□ 여주인공의 시 그리고/또는 음악 그리고/또는 숲에 대한 애정을 공유하는, 비밀스러운 배경을 지닌 잘생긴 남자.

□ 돈을 쫓는(특히 여주인공이 유산을 물려받은 고아라면) 사악한 외모의 악당(거의 대부분 남성, 대체로 외국인, 그리고—헉!—가톨릭 신자).

□ 일종의 무너져 가는 성 혹은 수도원 혹은 수녀원—한때 거대했으나 지금은 황폐해진 거대한 아무 건물.

□ 생존을 위협하는 초자연적인 존재(유령, 말하는 초상화, 투구를 떨어뜨려 사람을 죽이는 거대한 조각상). 이 초자연적인 요소가 책의 끝에 이르러 전혀 초자연적이지 않은 것으로 밝혀진다면 보너스 포인트.

미친 매지

◆
◆
◆

마거릿 캐번디시 1623~1673

여성에게 주부 이외의 직업적 선택지가 거의 없던 시기에, 그리고 권리는 심지어 더욱 없던 시기에, 한 여성이 우리가 지금 사변 소설이라 부르는 장르를 예고하는 놀랄 만큼 풍부한 작품 세계를 선보였다.

마거릿 캐번디시는 고딕 소설이 흥하기 한 세기 전에 자신만의 이질적인 소설을 생산했던 선구자이다. 정의되기를 그토록 거부했던 이 여성에게는 그런 점이 매우 걸맞아 보인다. 그녀는 시인이었다. 그녀는 지성적인 면에서 토머스 홉스—저명한 영국 정치 철학가—나 당대의 지도자로 여겨지는 기타 인물들과 견줄 법한 철학자였고, 담대하게도 남성들만이 토론하던 정치와 철학 분야에서 자신의 목소리를 높였다. 그녀는 자서전이라는 문학적 형식이 비교적 새로웠던 시대에 자서전을 썼다. 그에 더하여 희곡들, 에세이들, 소설들을 출간했다. 그리고 캐번디시는 영국 역사상 최초의 문인 '유명인사들' 중 한 명이었을 것이다. 그녀가 공공연하게 명성을 추구했던 것은 나름대로 당대의 사회를 조롱하는 방식이었다. 그녀는 카다시안 자매가 있기 이전에 카다시

안이었다.

마거릿 캐번디시는 1623년에 에섹스의 부유한 루카스 가문에서 출생했지만 그녀의 부모는 작위를 수여받은 귀족 계층은 아니었다. 비극은 일찍 시작됐다. 그녀의 아버지는 그녀가 아직 어릴 때 죽었다. 어머니는 캐번디시를 여느 부유한 집안 딸들처럼 키웠다. 다시 말해서 그녀는 정규 교육은, 특히 과학적인 교육은 전혀 받지 못했다. 대신 상류사회에서 즐기는 법을 배웠고, 여기엔 읽고 쓰는 법이 포함되어 있었다(노래와 춤도). 그녀 계급의 어떤 여성들은 가정교사를 두기도 했지만 캐번디시는 아니었다. 그래서 그녀는 찾을 수 있는 모든 책들을 읽었으며, 역사와 철학 분야에서 자기 주도적인 교육에 나섰다. 이들 분야에서 상당한 교육을 받은 오빠 존이 자신이 배운 것을 여동생에게 가르쳐 주었다.

1643년에 캐번디시는 찰스 1세의 아내였던 헨리에타 마리아 여왕의 '시녀'로 지원해 발탁되었다. 부모가 부유하긴 했지만 캐번디시는 아버지의 죽음에 따른 어떤 유산도 물려받지 못했다(그리고 결혼 지참금도 전혀 받지 못했다). 그녀는 자신이 이 세상을 스스로 헤쳐가야 하리라는 것을 알고 있었다. 여왕이 프랑스로 추방되었을 때(청교도 혁명 당시 찰스 1세가 처형됨에 따라) 캐번디시는 여왕과 함께 파리로 이주했다. 거기서 캐번디시는 곧 뉴캐슬어폰타인(영국 잉글랜드 동북부, 타인 강 하구에 있는 항구 도시-옮긴이)의 공작이 될 남편 윌리엄을 만났다. 친구들의 반발에도 불구하고(그들은 윌리엄이 정치적으로 '그릇된 편'에 섰다고 느꼈다), 그들은 어울리는 짝이었다. 윌리엄은 토머스 홉스에게 교육을 받았고, 캐번디시가 자신과 지적으로 동등하다는 것을 발견했다. 이 부부는 여행 끝에 영국에 정착해서 전쟁 기간 중 몰수되었던 캐번디시 가문의 영지를 복구하기 시작했다. 그리고 이내 마거릿 캐번디시는 과감한 패션이며 뻔뻔하고 경박한 행동거지 덕에 상류 사회의 공동체들 사이에서 '미친 매지'로 불리며 사회적으로 악명을 떨치기 시작했다*.

그녀를 당대의 카다시안이라 부르는 것은 전혀 과장이 아니다. 캐번디시는 사실 자신의 악명을 매우 분명하게 인식하고 있었고 유명인사로서 자신의 명성을 구축했다. 한번은, 런던의 하이드파크에서 이 악명 높은 여성을 보려고 몰려든 군중에게 공격당한 적도 있었다. 그녀의 악명이 얼마나 높았냐고? 캐번디시는 여러 번 상류사회를 들쑤셨다. 극장에 가슴을 노출하는 드레스를 입고, 드러난 젖꼭지는 세심하게 빨강으로 칠하고 나타난 적도 있다**. 유명한 일기 작가, 새뮤얼 피프스***는 그녀를 '미친, 오만하고 터무니없는'이라고 일컬은 바 있다.

이는 아마도 캐번디시가 당대의 여성에게 허용된 사회적 역할, 다시 말해서 얌전하고 공손하며 가장 중요하게는 사회적인 문제들에 침묵하는 여성이기를 거부했다고 말하는 또 다른 방식일지도 모른다. 여성

* 학자들은 캐번디시가 이 별명을 얻었을 때를 놓고 논란을 벌였다. 우리는 이런 별칭이 그녀 생전에 불렸다는 증거를 찾을 수 없었다. 하지만 19세기 즈음에 이 별명이 종종 사용되었다. 『케이티 휘태커, 미친 매지: 뉴캐슬 공작부인 마거릿의 삶Mad Madge: The Life of Margaret, Duchess of Newcastle』(2002)

** 이 사건은 1667년 4월 11일, 〈유쾌한 연인들The Humourous Lovers〉 공연에서 발생했다. 모나 나레인의 "악명 높은 유명인: 마거릿 캐번디시와 그 화려한 명성Notorious Celebrity: Margaret Cavendish and the Spectacle of Fame", 『Midwest Modern Language Association 42』, no.2(2009), 69~95.

*** 『새뮤얼 피프스의 일기와 서신Diary and Correspondence of Samuel Pepys』 8권, 1667년 10월 1일~1668년 8월 15일(1901)

은 철학이나 정치처럼 '남성적인 주제'라고 간주되는 부분에 대해 발언할 수 없었다. 그리고 글을 쓸 줄 안다 해도, 여성은 결코 자신이 쓴 글을 출판할 수 없었다. 캐번디시는 홉스나 데카르트 같은 당대의 주요 철학서들을 읽었을 뿐 아니라, 1668년에는 철학적인 문제들을 논하는 수많은 편지와 에세이들을 출간했다. 당당하게 첫 페이지에 자신의 이름을 박은 채로.

이 세상 밖으로

우리의 목적에 가장 관련된 부분을 보자면, 캐번디시는 최초의 SF 소설이라 간주될 법한 작품을 써냈다. 그녀의 1666년 소설 『불타는 세계라 불리는 새로운 세상에 대한 이야기The Description of the New world, Called the Blazing World』(종종 간단히 『불타는 세계』라 짧게 불리는)는 메리 셸리의 『프랑켄슈타인』보다 150년이나 앞서 출간되었다. 정확히 말하자면, 학자들 사이에 누가 '최초'인가, 혹은 심지어 캐번디시의 책이 과연 SF인가에 대한 논란이 있다는 건 밝혀야겠다. 어쩌면 이 소설은 사변 소설이나 철학서로 보는 편이 나을지도 모른다. 하지만 궁극적으로 그건 중요치 않다. 『불타는 세계』는 놀랄 만큼 창조적인 이야기로, 여성을 다루는 방식이나 그 창조적인 과학기술만으로도 연구할 가치가 있다. 황후라고만 명시된 주인공이 상사병에 걸린 선원에게 납치되어 바다 한가운데에서 폭풍에 휩쓸린 배 위에 타고 있는 자신을 발견한다. 그 선원은 살아남지 못하지만, 우리의 주인공은 어떤 신비한 세계—SF 독자라면 포털을 통해 들어간 평행 우주라는 것을 알아차리겠지만—에 던져진다.

이 '불타는 세계'는 꿈같은 발명품들로 가득하다. 거대한 배들은 공기로 동력을 얻는 엔진들로 움직이며, 복잡한 디자인으로 함께 결합되어 날씨에 맞설 수 있다. 황후가 조우한 사회는 과학과 철학이 우위를 장악한 페미니스트의 유토피아다. 이 모험은 일부는 판타지이고, 일부는 철학적 수사이며, 일부는 스팀펑크에 가깝다.

이 새로운 세계는 캐번디시의 고유한 철학(심지어 작가 본인이 공작부인이라 불리는 캐릭터로 등장한다)을 담는 장치로, 토머스 홉스의 그것을 닮았다. 이는 그녀가 독창적이지 않다는 뜻은 아니다. 그녀는 자신의 이론들을 기술하는 몇몇 작품들을 출간했다. 홉스나 데이비드 흄 같은 철학자처럼, 캐번디시도 자연주의자였고, 우주 만물에는 목적과 의도가 있다고—그리고 모든 살아 있는 부분은 더 위대한 우주라는 기계에 연결되어 있다고 믿었다. 그녀는 인류의 지성과 우주의 작용에 관심이 있었고 그 관심의 상당 부분이 그녀가 『불타는 세계』를 구축하는 데 큰 도움이 되었다.

캐번디시는 시, 희곡, 철학적인 에세이 등 사는 내내 글을 썼다. 그녀와 그녀의 남편은 행복하게 살았으며 아이는 갖지 않았다. 하지만 SF 소설을 출간한 아마도 첫 여성으로서, 그리고 사변 소설 분야에서 선구적인 주자였던 여성으로서, 그녀는 상당한 유산을 남겼다.

독서 목록

꼭 읽어야 할 것: 『불타는 세계』(국내 출간: 아르테, 2020)는 저작권이 만료되었으며 온라인 검색을 조금만 하면 찾기 어렵지 않다. 캐번디시의 폭넓은 상상력은 즐거운 독서를 제공할 것이다.

또한 시도할 것: 마거릿 캐번디시의 충격적인 삶이 소설처럼 들린다면, 케이티 휘태커의 책 『미친 매지Mad Madge』(2003)가 흥미로울 수도 있다. 이 책은 실제 공작부인의 삶의 역설들을 탐구한다. 예를 들어, 휘태커는 캐번디시가 비록 스스로를 밀어붙여 글을 읽고 쓰긴 했지만 사실 난독증이 있었으리라 추측한다.

관련 작품 : 앨런 무어의 그래픽 노블 시리즈 '비범한 신사 연맹League of Extraordinary Gentlemen'(2010, 국내 출간: '잰틀맨 리그: 비범한 신사 연맹' 시리즈, 시공사, 영화 〈잰틀맨 리그〉의 원작-옮긴이) 중 한 편인 「검은 문서The Black Dossier」는 불타는 세계로 주인공들을 데려가는데…. 이 내용은 책 속에 포함된 안경을 쓰고 보면 3-D로 볼 수 있다.

"

모호하고 지루한
안전 속에서 사느니
고귀한 업적을 쫓는
모험을 하다 죽겠어요.

"

『불타는 세계』

호러 너머 테러

◆
◆
◆

앤 래드클리프 1764~1823

분명히 하자, 그녀는 호러 작가가 아니다. 앤 래드클리프는 독자에게 공포감을 조성하려 했다. 자신의 글을 통해 독자가 생생한 느낌을 받도록. 그녀는 피와 살인과 끔찍하게 무서운 악당들을 써냈다. 하지만 그녀는 호러 작가가 아니었다, 전혀.

그럴 필요도 없었다. 18세기 영국 독자들은 질리지도 않고 으스스한 것들을 원했고, 18세기 후반부에는 고딕 소설이 가장 인기 있는 문학 장르였다. 그리고 앤 래드클리프가 등장한다. 1790년대 가장 인기 있는 고딕 로맨스들을 써내며 당대 베스트셀러 작가로 등극하고 이 장르에 대한 완벽한 공식을 만들면서. 그녀는 지금도 18세기 영국 문학에서 가장 중요한 고딕 소설가로 여겨지며, 1700년대 마지막 10년간에는 여성을 위한 소설을 쓰는 여성이라는, 유례없이 여성 주도적인 한 시대의 최전방에 섰다.

그럼 앤 래드클리프가 누구였나?

그녀는 앤 워드라는 이름으로 1764년 영국, 홀번의 양복점 주인 부부의 아이로 태어났다(들어본 얘기 중 가장 영국적인 것처럼 들리지 않나요?). 어린 시절에 대해 알려진 바는 많지 않지만, 그녀는 호기심이 많고 영리했다고 한다—그리고 게걸스러운 독자였다고. 이는 부분적으로 어린 앤에게 상당량의 책들을 남긴 친척의 유언 덕분이었다. 그녀는 또한 연극과 오페라를 사랑해서 어른이 되자 자주 관람했다고 한다. 1787년, 23세 무렵에, 그녀는 윌리엄 래드클리프라는 저널리스트와 결혼했다. 그는 〈가제트〉라 불리는 급진적인 신문의 편집자였는데 이 신문은 프랑스 혁명을 지지하는 어조로 유명했다. 부부는 런던에서 살았지만 스위스, 독일, 오스트리아를 비롯한 유럽 각지를 여행했으며 이들 지역은 이후 그녀의 작품에 등장한 풍광들의 길고 세세한 서술에 영감을 주었다.

결혼한 지 고작 두 달 뒤 래드클리프는 글을 쓰기 시작해서, 1789년에 후크햄에서 첫 소설 『애슬린과 던바인의 성들The Castles of Athlin and Dunbayne』을 익명으로 출간했다. 이 작품으로 래드클리프는 3실링을 벌었다*.

소설은 스코틀랜드의 하이랜드를 배경으로, 자신이 실은 귀족이라는 사실을 알게 된 한 농가의 소년을 중심으로 한다. 이 책은 크게 평가받지는 못했지만, 덕분에 래드클리프는 고딕 소설을 쓰는 작가로서

* 래드클리프의 첫 책 판매는 영국 국립기록보존소의 온라인 화폐 변환기(nationalarchives.gov.uk/currency-converter)에 따르면, '솜씨 좋은 소매 상인'의 하루치 봉급과 동일했던 듯하다. 그녀는 자신의 네 번째 책을 거의 333배에 달하는 가격에, 혹은 당시 꽤 괜찮은 1년치 봉급에 해당되는 금액에 팔았다.

경력을 쌓기 시작했다. 그녀의 두 번째 소설 『시칠리아인의 로맨스A Sicilian Romance』(1790)에서 처음으로 그녀의 이름이 표지에 올랐다. 이 책은 보다 많은 평을 받았고, 상당수가 긍정적이었다. 이후 책들이 연이어 출판되는데 여기엔 『숲속의 로맨스』(1791)와 1794년에 G.G. 앤 J.로빈슨에서 출간된 그녀의 가장 유명한 소설 『우돌포의 비밀』이 포함된다. 이때쯤에는 래드클리프의 독자층이 크게 형성되었고, 그녀의 네 번째 책은 50파운드를 벌어들였다. 그녀는 여흥을 위해 글을 계속 썼고, 그러면서 이 시대 가장 성공적인 여성 작가 중 한 명이 되었다.

래드클리프 여사의 성

『우돌포의 비밀』은 16세기 남부 프랑스를 배경으로 한다. 이곳에서 젊고 아름다운 에밀리 세인트 오버트는 시와 숲속에서의 긴 산책으로 충만한 완벽한 삶을 살고 있다. 에밀리와 그녀의 아버지는 피레네 산맥을 따라 여행을 떠나고, 여행지에서 에밀리는 잘생기고 역시나 시를 즐기는 발란코트를 만난다. 『우돌포의 비밀』이 러브스토리였다면 이야기는 여기서 끝나리라. 하지만 이 책은 고딕 소설이고, 따라서 에밀리의 아버지가 죽으며 그녀는 고아가 된다. 그녀는 외풍이 심한 우돌포 성에서 부유한 숙모와 함께 살게 되고, 그녀의 숙모가 악랄한 몬토니와 결혼하자 그 성에 갇히게 된다.

몬토니는 에밀리에게 자신의 친구인 모라노 백작과 결혼하라고 강요하며, 두 남자가 함께 이 여자들의 막대한 영지를 훔치려는 계략을 세운다. 또한, 이 성에는 유령이 나오는 것 같기도 하고 아닌 것도 같다…. (스포일러: 아니다) 성은 처음에는 이런저런 광경이며 소리들 때문에 유령이 들린 듯 보인다. 하지만 래드클리프는 '초자연 현상을 설명하기'라는 서술 기법을 선호했다. 말하자면, 으스스한 분위기에 현실적인 설명이 있는 것으로 밝혀지는 것이다. 예를 들어, 에밀리는 불길한 검은 커튼 뒤에 도사리고 있는 것을 발견하고 부패한 시신이라고 생각하며 공포에 질리지만 그것은 녹은 왁스로 만든 형상이었다. 현대의 호러 독자들에게는 실망스러울지도 모르겠지만(우리한테 유혈이 낭자한 시체를 보여 줘요, 제발.), 래드클리프의 선택은 의도적이었다. 유령은 으스스하지만, 진정한 위협은 그녀가 실제 세상에서 목격한 것이었다. 부를 획득하기 위해 아무렇지 않게 여성들을 이용하려는 남자들.

가부장제와 탐욕. 이것들이 매순간 당신을 압도할 것이다, 어떤 초자연적인 현상도 필요 없이.

래드클리프의 인기는 신간이 나올 때마다 치솟았다. 그녀는 1797년에 자신의 마지막 고딕 소설 『이탈리아인』을 출간했다. 이 책의 플롯은 불운한 연인, 고아인 비발디와 사랑스러운 엘레나를 중심으로 한다. 비발디는 엘레나에게 구혼하지만, 그녀의 엄마와 악랄한 수도사(여기서 유행이 보이죠?) 스케도니 신부가 이 연인을 헤어지게 할 계획을 세운다. 이 작품은 새뮤얼 테일러 콜리지나 프란시스 버니와 같은 작가들을 비롯한 많은 이들에게 격찬을 받았지만, 서술에 드러난 반(反)가톨릭 정서 때문에 일부 비판을 받기도 했다. 사악한 수사는 한 명 줄이는 게 어떨까요, 래드클리프 여사님? 그녀의 마지막 작품 『개스통 드 블론더빌Gaston de Blondeville』은 그녀의 사후, 1826년에 발표되었다. 래드클리프에게는 생전 이 작품을 출간하지 못할 이유가 있었는지도 모른다. 이 작품은 전형적인 고딕 소설이긴 하지만, 약간 횡설수설한다 싶은 정도를 넘어선다(아주 기이이이이일게 읽힌다). 플롯도 말이 안 될 때가 많고, 특히 초자연적인 현상을 기술할 때 그렇다(이번엔 진짜 유령이다).

오늘날, 래드클리프는 그녀가 써낸 장르 분야에서의 선구자일 뿐 아니라 여성의 권리를 주장한 목소리로도 평가된다. 그녀가 보인 특이성(그리고 엄청난 인기) 덕분에 이후 여성 작가의 고딕은 남자의 손에, 특히 결혼 같은 전통적인 제도를 통해 고통받고 학대받는 여성들에 초점을 두게 되었다.

비록 호러 그 자체를 쓰지는 않았지만, 래드클리프는 독자를 공포에 떨게 하는 법을 알고 있었고, 그녀의 작품은 그 뒤를 잇는 수많은 작가들에 영감을 주었다. 월터 스콧 경, 사드 후작, 심지어 에드거 앨런 포마저 그녀의 영향력을 언급했다*. 그녀는 성공적인 여성 작가의 사례이기에 더욱 중요하다. 그녀의 시대에, 수많은 여성 작가들이 고딕 소설을 쓰게 되면서 비평가들은 그들을 '래드클리프 파(派)'라고 불렀다. 고딕의 친숙한 요소들 없이, 래드클리프의 독자를 사로잡는 이야기 없이 호러 장르를 상상하기란 어려우며, 어쩌면 그들 없이는 고딕 호러

* 스콧은 래드클리프를 '강력한 마법사'라 불렀다. 릭터 노턴, 『우돌포의 여인: 앤 래드클리프의 생애 Mistress of Udolpho:The Life of Ann Radcliffe』(1999).

소설 자체가 존재하지 않았을지도 모른다.

호러 VS. 테러

1826년 한 에세이에, 앤 래드클리프는 이렇게 적었다.

"테러와 호러는 정반대에 있다. 테러는 영혼을 확장하며, 생의 높은 지점까지 능력을 일깨운다. 호러는 영혼과 삶을 수축하고, 얼어붙게 하며, 거의 전멸시킨다."*

다시 말하자면, 테러는 독자를 생생하게 일깨우기 위한 순수 예술이다. 테러는 절벽 끝에 서서 두려움과 당신 앞에 펼쳐진 풍경의 장엄한 아름다움을 동시에 느끼는 것이다. 호러는 당신을 그 절벽 너머로 밀어 아름다움이나 장엄함에 대한 고마움을 전혀 느끼지 못하게 한다. 그저 피와 내장에 따른 순수하고 눈을 뜰 수 없는 공포만을 남길 뿐. 래드클리프에게, 호러는 저급한 기술이었다. 감정을 파괴하고, 독자를 무감각하게 만드는 폭탄—진정한 작가라면 추구해서는 안 되는 것. 다행히도, 고딕 소설의 모든 작가들이 동의하지는 않았다!

* 래드클리프는 호러와 테러에 대한 자신의 생각을 "시에 있어서 초자연적인 것에 대하여"에 게재했다. 『월간 잡지와 문학 저널New Monthly Magazine and Literary Jounal 16』, no.1, 1826년 2월, 145~152

독서 목록

꼭 읽어야 할 것: 래드클리프의 작품을 하나만 읽겠다면, 『우돌포의 비밀』을 읽어라. 개정판들은 보편적으로 이용가능하다. 긴 책이고, 처음 3분의 1 정도는 기본적으로 다양한 풍광에 대한 장황한 서술을 담은 여행기이다. 의미심장한 시선으로 산을 바라보는 장면이 다수 등장한다—에밀리 세인트 오버트와 그녀의 가족은 자연을 사랑하며 풍경에 너무나 감동하면 즉흥적으로 시를 읊곤 한다. 여기서 단념하지 말라. 일단 고아가 된 에밀리가 그녀의 숙모와 함께 살게 되면 사건들이 일어나며 책은 오싹한 독서를 제공한다. 이 작품을 테러 001로 간주하라, 그리고 당신이 가장 좋아하는 작가들이 자신의 영감을 발견한 지점을 즐겁게 감상하라.

또한 시도할 것: 『이탈리아인』(국내 출간: 지식을만드는지식, 2017)은 그녀의 어떤 작품보다 래드클리프의 작가로서의 기술을 가장 잘 보여주는 작품일 것이다. 교활한 수도사를 악당으로 설정하는데, 이 점을 들어 학자들은 래드클리프가 이 책을 매튜 루이스에 대한 대응으로 썼으리라 추측한다. 그녀는 그의 소설 『수도사The Monk』(1796)(이 작품은 이 책에서 거듭 언급되며 후반부에 자세한 설명이 있다-옮긴이)를 공공연히 싫어했다.

관련 작품: 제인 오스틴은 소설 『노생거 사원Northanger Abbey』(1817)에서 고딕 소설을 패러디했다. 오스틴의 작품 속 주인공 한 명이 읽을거리로 래드클리프의 『우돌포의 비밀』와 『이탈리아인』을 고른다는 이

유만으로 다소 순진하게 여겨진다. 관련 매체로는, 오스틴의 삶을 다루는 영화 〈비커밍 제인〉(2007)에서 헬렌 맥크로리가 앤 래드클리프로 등장했다. 래드클리프의 삶에 대해 알려진 바가 상당히 적다는 것을 감안할 때, 이 영화가 우리가 얻을 수 있는 래드클리프의 전기에 가장 가까운 모습일지도 모른다.

“

나 역시 소위 복수의
달콤함이라는 것을 맛보았소.
하지만 순간일 뿐이었고,
그 달콤함을 느끼게 해 준
대상이 있더라도 사라져 버렸지.
기억하시오, 자매여,
그런 열정이 미덕일 뿐 아니라
악의의 씨앗이기도 하다는 것을.

”

『우돌포의 비밀』

원조 고스 걸

◆
◆
◆

메리 울스턴크래프트 셸리 1797~1851

프랑켄슈타인의 창조는 아마도 문학 작품 역사상 가장 유명한 독창적 이야기일 것이다. 배경은 한껏 고딕풍을 띤다. 폭풍이 휘몰아치는 가운데, 스위스 호숫가에 위치한 음울한 디오다티 별장. 이 책의 저자, 당시엔 아직 메리 고드윈이었던 그녀는 미래의 남편이자 시인인 퍼시 비시 셸리, 자신의 이복동생 클레어 클레어먼트와 제네바 호수로 여행을 가서 시인인 바이런 경과 그의 개인 주치의인 존 폴리도리와 만났다. 이 여행은 젊은이들의 반항과 봄이 불러오는 호르몬 분출이 상당량 뒤섞인 십 대의 고뇌와 은밀한 정사들의 냄새를 강하게 풍겼다.

때는 1816년 6월이었다. 메리는 퍼시를 2년 전에 만났다. 그녀는 당시 꽉 찬 16세였고, 22세가 채 안 되었던 퍼시는 막 아내를 떠난 참이었다(아내는 얼마 후 자살한다). 1814년에 이 행복한 커플은 서로 눈이 맞아 임신하기에 이르렀다. 메리의 부모는 극도로 분노하여 그녀와 의절했다. 이들은 경제적으로 어려웠고, 함께한 첫 해에 조산한 첫 아이 클라라를 잃는 고통을 겪었다. 그들은 두 번째 아이 윌리엄을 데리고 떠난 스위스 여행이 그들의 슬픔을 조금 달래 주리라 기대했다.

함께 지내는 동안 바이런이 클레어와 잠자리를 함께했다. 바이런에게는, 부드럽게 말해서, 가벼운 장난이었다. 하지만 클레어는 그렇지 않았다. 클레어야말로 모두 함께 스위스로 바이런을 만나러 가자고 제안한 장본인이었다.

운명이 완벽한 창작 환경을 조성하려고 음모를 꾸민 듯했다. 이 해는 소위 여름 없는 해였다. 인도네시아의 화산 폭발이 다량의 이산화황을 배출한 탓에 세계적으로 온도가 떨어졌다. 그 결과 춥고 음울한 기후가 나타났고, 끝없이 내리는 비가 모두를 별장 내부에 가두었다. 그리고 번개가 번쩍이고 천둥이 포효하자, 바이런 경은 작은 대회를 제안했다. 누가 가장 무서운 이야기를 쓸 수 있을까?

바로 이 성적인 긴장감으로 충만한 음울한 분위기 속에서 프랑켄슈타인이 탄생했다….

엄마의 딸

메리 셸리의 이야기는 물론 그 폭풍이 휘몰아치던 여행보다 한참 전에 시작됐다. 그녀는 1797년에 저명한 철학자 윌리엄 고드윈과 페미니스트적인 원칙과 여성의 권리 옹호로 잘 알려진 성공한 작가 메리 울스턴크래프트의 딸로 태어났다. 어떤 이들에게는 '영국 최초의 페미니스트'라고 간주되기도 하는 울스턴크래프트는 『여성의 권리 옹호A Vindication for the Rights of Woman』(1792)라는 책을 썼으며 그러한 대의를 위해 사회적으로 투쟁하던 최초의 사람들 가운데 한 명이었다. 그녀는 여자 아이와 남자 아이 모두 교육을 받아야 하며 양육자의 의무도 동등하게 배분되어야 한다고 주장했다.

울스턴크래프트가 메리의 출생 후 11일 만에 숨진 탓에, 이 어린 소녀는 자신의 엄마를 대부분 엄마가 쓴 글을 통해서 알게 되었다. 이 외, 메리가 엄마를 알 수 있었던 주된 정보의 출처는 그녀의 아버지가 1789년에 쓴 엄마의 전기였는데 덕분에 이 가족에게는 상당한 그늘이 져 버렸다. 여기서 고드윈의 일부일처제에 대한 느슨한 태도가 드러났기 때문이다.

스캔들의 증거로, 메리는 울스턴크래프트와 그녀의 연인 길버트 임레이의 딸인 이복 언니 파니와 함께 혼합가족(부부가 각자의 자녀를 데리고 결혼하여 생긴 가족-옮긴이)에서 자랐다. 1801년에 메리의 아버지는 자신의 연인인 메리 제인 클레어먼트와 결혼했다. 그녀와의 사이에 그는 클레어라는 딸을 두었다. 생일이 고작 몇 달밖에 차이나지 않았던 클레어와 메리는 함께 자라며 가까운 친구가 되었다. 그러나 메리와 그녀의 계모는 사는 내내 다툼이 잦았다.

독자도 예상했겠지만, 메리는 당대의 여성들 대부분보다 더 많은 교육을 받았다. 그녀는 어머니의 지적인 기량뿐 아니라 사회적인 규범을 파괴하기를 즐겼던 기질도 물려받은 듯 보였다—특히 시인 셸리와의 관계에서 더욱. 초기에, 이들 둘은 메리의 어머니의 무덤에서 은밀한 정사들을 계획했다. 메리가 자신의 처녀성을 잃은 곳이 어머니의 무덤가였다고 전해진다. 메리와 퍼시는 서로 사랑에 빠졌으며 함께하겠다고 선언한 후 2년 이상 동거한 뒤에 결혼했다.

1815년, 클라라의 죽음은 어린 엄마를 산산이 부숴 버렸고, 이 상실은 메리가 프랑켄슈타인을 쓰게 된 주요 영감 중 하나였다. 그녀는 자신의 일기에 아이를 불가에 두고 문지르자 아이를 살려낼 수 있었다는 참혹한 꿈속 이야기들을 썼다. 이런 악몽들은 이듬해 윌리엄이 태어난 뒤에도 지속되었을 뿐 아니라 그해 여름 스위스를 여행하는 중에도 계속됐다. 『프랑켄슈타인』의 1831년판 서문에서, 메리는 디오다티 별장에서의 악몽을 되새긴다. 꿈속에서 그녀는 새 생명을 얻어 깨어나는 '끔찍한' 남자를 보았다. 그녀의 유명한 괴물에 대한 첫 이미지였다.

하지만 프랑켄슈타인의 유래 뒤에는 나쁜 꿈이나 고통스러운 기억보다 더한 것들이 있다. 스위스의 그 별장에서 비가 퍼붓는 동안 친구들은 독서로 소일했다. 메리는 특히 에티엔 가스파르 로베르Étienne-Gaspard Robert가 쓴 독일의 유령들을 기록한 프랑스 책 『판타스마고리아Phantasmagoria』에 고무됐다. 생명의 본성에 대한 퍼시와 바이런의 철학적 논쟁들에서도 영향을 받았을 것이다. 또한, 그녀는 당대의 과학적 경험에 관해 정통했다. 그녀는 런던의 로열 인스티튜트에서 전기가 죽어 버린 근육에 어떤 식으로 움직임을 초래하는지 보이는 시연들에 참관했다. 그에 더하여, 어떤 비평가들은 셸리 부부가 독일 라인 강 유역에 위치한 실제 프랑켄슈타인 성을 방문했으리라 추측한다. 그 성에서 부부는 영생을 가능케 할 오일을 만들려고 했던 미친 과학자 콘래드 디플의 이야기를 들었을 것이라고.

18세 소녀가 오늘날 우리가 아는 고딕과 호러 장르를 일군 것은 이런 독특한 환경 아래서였다. 사실상, 이 대회—메리가 승리한—는 오늘날 가장 유명한 고딕 이야기를 하나가 아니라 두 편 탄생시켰다. 메리 셸리의 『프랑켄슈타인; 혹은, 현대의 프로메테우스Frankenstein; or, The Modern Prometheus』(1818)와 영어로 쓰인 최초의 현대판 뱀파이어 소설, 폴리도리의 「뱀파이어The Vampyre」(1819)가 그것이다. 하지만 호러의 시들지 않는, 근간이 되는 작품이 된 것은 『프랑켄슈타인』이다.

메리 셸리는 세 번째 아이를 임신한 중에, 9개월 동안 책을 썼다. 바이런과 이제 그녀의 남편이 된 퍼시의 출판업자들은 모두 이 책의 출간을 거부했다. 하지만 1818년 1월 1일에, 소설은 랙킹턴 앤 컴퍼니에서 세 권의 책으로, 초판 500부가 출간되었다. 작가는 미상으로 남긴 했지만, 책에는 퍼시 비시 셸리가 쓴 서문과 메리의 아버지에 대한 헌정사가 실렸다.

일부 평론가들은 퍼시 비시 셸리가 이 소설을 썼으리라 추측했지만, 초창기에도 많은 독자들이 '윌리엄 고드윈의 딸'이 책을 썼다는 사실을 알고 있었다. 부정적인 평들은 이야기의 과도한 로맨티시즘에 초점을 맞추었고, 1818년 9월 〈영국의 비평British Critic〉은 "작품에서 흘러넘치는 호러는… 지나치게 그로테스크하고 현란하다"고 언급했다. 하지만 그보다 훨씬 많은 사람들이 프랑켄슈타인을 사랑했다. 월터 스코트는 〈블랙우즈 에든버러 매거진Blackwood's Edinburgh Magazine〉(1818년 3월)에 메리 셸리는 "독창적인 천재성과 표현력이라는 행복한 능력"을 갖췄다고 썼다. 1823년에 소설은 개정판으로 출간되었으며, 이번에는 표지에 메리 셸리의 이름이 새겨졌다.

초판본에서, 학자들은 셸리의 남편이 원고를 손보고 출판업자를 찾는 일을 도왔다고 믿는다. 그는 책을 상당히 다듬으면서 언어를 좀 더 시적으로 다듬는 데 중점을 뒀다(아마도 그 부정적이었던 비평가들이 무언가 낌새를 챘는지도 모른다). 1831년에, 셸리는 개정판을 출간하고 싶어 했다. 결국, 초판이 출간되었을 당시 그녀는 십 대에 불과했으니까. 메리는 자신의 대표작에 보다 숙련된 작가적 기량을 담기를 원했다. 오늘날 출간되는 판본들은 대부분 이 1831년 버전을 이용한다.

메리 셸리는 어릴 때부터 글을 쓰기 시작했고, 죽기 직전까지 계속 글을 쓰고 출판했다. 그녀는 1822년 남편의 작은 배가 이탈리아 연안에서 폭풍에 휩쓸려 실종되면서 남편이 이른 죽음을 맞은 이후에도 쉬지 않고 글을 썼다. 그녀는 저명한 베스트셀러 작가가 되었지만, 평생 여전히 '윌리엄 고드윈의 딸' 혹은 '퍼시 비시 셸리의 아내'로 여겨졌다.* 그 모든 것에도 불구하고, 그녀는 자신의 글에서나 사회에서 배척된 여성들(대개 성적인 스캔들 때문에)에 대한 기부에 있어서나, 자신의 어머니가 주창한 페미니즘에 대한 목소리를 남겼다. 메리 셸리의 개인적인 삶이 슬픔으로 점철되었다는 것은 부인할 수 없다. 그녀가 낳은 아이 네 명 중 그녀보다 오래 살아남은 아이는 한 명뿐이었고, 그녀는 퍼시의 죽음에서 결코 완전히 회복하지 못했다.

* 1851년 메리 셸리의 부고는 그녀의 문학적인 성취를 언급하기 전에 그녀를 딸과 아내로 두 번 서술했다. "메리 울스턴크래프트 셸리", 『국제 월간 문학, 과학, 예술 잡지International Monthly Magazine of Literature, Science, and Art 3』, no.1, 1851년 4월~7월, 16~18

오늘날, 메리 셸리의 200살 된 되살아난 괴물은 장르를 넘나들며 영화, 텔레비전, 책, 만화책, 카툰, 비디오 게임에서 셀 수 없이 많은 생을 반복하고 있다. 하지만 그녀의 유산은 그보다 더 깊다. 호레이스 월폴이 고딕 소설을 정립했고, 앤 래드클리프가 고딕 소설을 여성 작가들의 몫으로 확고히 했지만, 고딕과 호러를 문학적으로 영원히 결합시킨 것은 메리 셸리였다. 이 결합은 너무나 효과적이어서 오늘날까지 여전히 이용되고 있다.

그녀는 탁월한 성공과 강렬한 슬픔이 결부된 삶을 살았다. 지독히 개인적인 상실을 겪었고 열정적인 사랑을 알았다. 셸리에게 죽음과 로맨스는 결코 별개가 아니었다. 그녀가 자신의 뒤를 잇는 이들을 위해 고딕 문학이란 어떤 모습인가 정의한 것도 놀라운 일은 아니다…. 그리고 그녀의 오싹함이 넘치는 삶을 다루는 수많은 책과 영화가 쓰인 것도. 그녀야말로 원조 고스 걸이었다.

시인의 심장

전설에 따르면, 메리 셸리는 죽은 남편 퍼시의 심장을 그의 시가 인쇄된 종이로 싸서 간직했으며, 이는 그녀가 죽은 뒤 가족 납골당에 매장되었다고 한다.* 사망한 연인의 시체 일부를 기념으로 간직

* 이 이야기는 저 옛날 1885년부터 문서로 기록되어 있긴 하지만, 비평가들은 아마도 사실이 아니리라 추측한다. 메리가 보관했던 것은 퍼시의 석회화된 간일 것이며, 간 쪽이 심장보다 화장을 견딜 가능성이 높다. "셸리의 심장은 아닐 것이다", 〈뉴욕 타임스〉, 1885년 6월 28일

하는 것은 당대에 드문 일은 아니었지만, 그럼에도 그 이야기는 출처가 불분명해 보인다. 퍼시 비시 셸리는 화장되었으므로, 그의 심장이 그 불을 견뎌 냈을 가능성은 희박하다. 대부분의 연구가들은 메리가 그의 신체 일부를—아마도 뼈 한 조각이나 석회화된 장기 일부 정도—를 간직했으며 그것이 이 전설의 유래라고 믿는다.

독서 목록

꼭 읽어야 할 것: 이미 『프랑켄슈타인』을 읽었다면, 메리 셸리의 「마틸다」(국내 출간: 『메리/마리아/마틸다』, 한국문화사, 2018)를 읽어 보라. 이 작품은 상당히 논란이 많은(그러면서 과할 정도로 고딕스러운) 중편 소설로, 죽어 가는 한 젊은 여성이 충격적일 정도로 잘생긴 시인과 연애를 하면서 동시에 홀아비가 된 자신의 아버지와 근친상간적인 관계를 나누는 이야기이다. 이 선정적인 이야기가 셸리의 사후 한 세기가 지난 1959년에서야 처음 출판된 것도 이해할 법하다.

또한 시도할 것: 『최후의 인간』(1826, 국내 출간: 아고라, 2014)은 포스트아포칼립스를 다룬 소설로, 전염병과 유사한 질병으로 섬멸된 미래 세계를 배경으로 한다. 걱정 마시라, 이 책도 셸리의 로맨틱한 뿌리에 충실하니까. 주인공들은 사랑과 같은 거시적인 관념에 대해 숙고하며 소설의 상당량을 소비한다. 물론, 세상이 끝나 가기에 살고자 하는 욕망도 자연의 무자비한 힘을 당할 수 없다는 사실을 깨달아 가면서, 인류

와 세계에 대한 주인공들의 생각도 급속도로 암울해진다.

관련 작품: 메리 셸리의 끔찍한 자손은 여전히 작가들이 자기만의 봉합 괴물들을 창조하도록 영감을 주고 있다. 세라 마리아 그리핀의 『예비된 그리고 발견된 신체 일부Spare and Found Parts』(2016)는 전염병으로 황폐화된 세계를 그린다. 생존자들은 신체 일부를 잃는다. 생체역학적인 대체품들을 고안한 과학자의 딸은 이 새로운 세상에서 외롭다…. 그래서 그녀는 자신을 위한 동지를 창조하는 일에 착수한다. 아흐메드 사다위는 셸리의 이야기를 현대화하여 전쟁으로 짓밟힌 이라크를 배경으로 『바그다드의 프랑켄슈타인』(국내 출간: 더봄, 2018)을 쓰기도 했다.

셸리의 『프랑켄슈타인』을 가장 충실하게 재연한 영화는 케네스 브래너가 1994년 연출한 동명의 작품과, 아마도 놀랍겠지만, 1931년 유니버셜 픽쳐스에서 제작한(책을 토대로 하는 연극을 기반으로 한) 상징적인 작품이다. 이 작품에서 보리스 칼로프가 연기한 괴물은 이후의 모든 봉합된 시체들을 위한 기반을 확립했다. 완벽주의자라면 최초의 영화판을 즐거이 감상하리라. 에디슨 스튜디오에서 제작한 이 15분짜리 무성 영화는 인터넷에서 쉽게 접할 수 있다(음악 반주는 없겠지만). 보다 최근에는, 쇼타임에서 제작한 TV 시리즈 〈페니 드레드풀〉(뱀파이어, 늑대인간, 악마, 영매, 프랑켄슈타인, 도리안 그레이까지 총출동하는 빅토리아 시대 영국을 배경으로 하는 음울한 이야기-옮긴이)이 이 괴물과 공포에 질린 그 창조자를 포함한 다소 충격적인 이야기를 제공했다.

“

사랑을 고취시킬 수 없다면,
공포를 유발하겠소.

”

『프랑켄슈타인』

제인 오스틴을 분개시키다

◆
◆
◆

레지나 마리아 로슈 1764~1845

레지나 마리아 로슈의 고딕 소설들은 워낙 대중적이어서 제인 오스틴이 『노생거 사원』에서 그중 하나를 들어 고딕 소설을 풍자할 정도였다. 오스틴의 캐릭터인 아름답지만 음흉한 여성 이사벨라 소프가 오늘날 우리가 쓰레기라 부를 법한 독서 취향을 가진 자신의 독서 목록을 묘사하는 장면이 있다. "내가 그 제목을 알려 줄게. 여기 있어, 내 공책에. 울펜바흐의 성, 클러몬트, 신비한 경고들, 검은 숲의 주술사, 한밤중의 벨소리, 라인 강의 고아, 끔찍한 미스터리들. 그거면 시간이 꽤 갈 거야." 오스틴의 풍자는 『클러몬트Clermont』 같은 책을 읽는 여자는 뇌가 없거나 상식이 없거나 혹은 부드러운 여성적인 교양이 부족하다고 암시한다.

로슈는 고딕 장르의 선구자로 여겨지긴 하지만 그녀의 삶에 대해 알려진 바는 거의 없다. 그녀는 아일랜드의 항구 도시인 워터포드에서 1764년에 태어났고 더블린에서 자랐다. 결혼 후 런던으로 이주해 남편 앰브로즈 로슈와 함께 살았다. 어린 시절 열정적인 독서가였고 1789년에 글을 향한 자신의 사랑을 소설가로서 경력을 쌓는 데 쏟기 시작해서 1793년에 『햄릿의 하녀The Maid of the Hamlet: A Tale』를 출간했다.

로슈는 당대에는 대단찮은 문학 스타였다. 그녀가 발표한 첫 두 소설은 로맨스였지만 그녀는 보다 어두운 소재에서 성공을 거뒀다. 그녀의 세 번째 소설 『사원의 아이들The Children of the Abbey』(1796)은 래드클리프의 『우돌포의 비밀』보다 많이 팔렸으며 미네르바 프레스의 히트작이었다*. 이 소설은 사랑 이야기이지만, 로슈는 추악한 요소를 몇 가지 추가했는데 유산 탈취, 위조문서 같은, 오늘날 일일드라마에서 익숙할 법한 요소들이 포함되어 있다.

1798년 미네르바 프레스에서 출간된 『클러몬트』는 로슈가 이제껏 썼던 소설 중 최고의 고딕 작품이었다. 여주인공 매들린은 적당히 창백하고 아름다우며 고결하지만, 아아, 그녀는 고난을 거듭 마주한다. 그녀의 유유자적한 시골 생활은 어느 날 밤 그녀가 음울한 성안에서 공격을 받으며 흐트러지고, 그녀는 범죄자가 들끓는 숲으로 도망치게

* 1790년 이전에는 여성이 어떤 종류든 직업을 갖는다는 것이 사회적으로 받아들여지지 않았다. 특히 글쓰기나 예술 분야는 더욱 그랬다. 교육을 받은 여성조차 드물었다. 메리 셸리의 어머니인 메리 울스턴크래프트는 여자 아이들에게 남자 아이들과 동등한 교육을 제공해야 한다고 주장했으며, 그녀의 노력으로 대중의 견해가 아주 조금 달라졌다. 적어도 레지나 마리아 로슈와 같은 이후 여성들이 여가 활동이라기보다 직업적으로 글쓰기를 추구하는 것이 가능해질 정도로. 그리스 지혜의 여신을 딴 미네르바 프레스는 1790년에서 1820년 사이 소설을 다루는 출판사 중에서 가장 큰 곳 중 하나였고, 많은 여성 작가들을 목록에 올려놓았다. 특별히 여성 작가의 작품만을 다루기 위해 만들어진 출판사는 아니었지만 단순히 시장에 충실했던 결과 미네르바 프레스는 여성이 쓴 고딕 픽션과 소설 양자를 가장 많이 공급하는 공급자가 되었다. 런던의 서적상 윌리엄 레인이 1780년대에 이 출판사를 설립했고, 레인이 은퇴하자 출판사는 앤서니 킹 뉴먼의 지휘를 받게 되면서 마침내 이름을 A. K. 뉴먼 앤 컴퍼니로 바꾸게 된다.

된다. 소설 초반에 그녀는 남자 주인공 드 세빈지와 사랑에 빠지는데 이내 고난이 이 천국을 침범한다. 매들린은 곧 가족의 친구인 백작부인과 함께 살게 되지만 부인은 우리 순진한 여주인공의 눈앞에서 치명적인 일격을 당하고 피를 흘린다. 이제 매들린은 고양이와 쥐의 위험한 게임에 끼어들게 되고 누구를 믿을 수 있는지 알 수 없다—심지어 자신의 아버지 혹은 자신의 새 연인도.

로슈는 아마도 자신의 가족을 부양할 의도로 글을 썼을 가능성이 높다. 그녀는 고딕 소설이 유행일 때 고딕 소설을 썼다. 독자들이 변화를 요구하자, 로슈는 재빨리 방향을 틀어 주제를 바꾸고 아일랜드와 아일랜드의 사회적 문제에 초점을 맞추었다. 그러면서 그녀는 자신의 커리어를 창출했으며 보다 중요하게는, 길고 성공적인 커리어를 이어갈 수 있었다.

독서 목록

꼭 읽어야 할 것: 『클러몬트』는 고딕 소설 중에서 가장 고딕적일지도 모른다.

또한 시도할 것: 레지나 마리아 로슈는 공식을 따랐다 싶을 정도로 자신의 어떤 소설에서도 고딕 구성을 벗어나지 않았다. 그녀의 소설들은 노상강도가 들끓는 숲이며 한가한 목초지 한가운데 자리한, 유령이 출몰하고 붕괴해 가는 폐허, 비할 바 없이 고결한 완벽하게 창백한 여

주인공, 기절하는 여자들로 가득하다. 너무나 많은 기절하는 여성들이. 그녀의 소설 『사원의 아이들』(역시 미네르바 프레스에서 1796년에 출간됐다)은 정당한 유산을 도둑맞은 아만다와 오스카 남매의 이야기이다. 대부분의 훌륭한 고딕 소설들에서처럼 아만다는 고상한 신사와 사랑에 빠지지만 색을 밝히는 악당과 타락한 친척들에게 끊임없이 쫓긴다. 발란코트 북스에서 2016년에 이 책을 재출간했다.

관련 작품: 로슈의 책에 더하여, 미네르바 프레스는 여성 작가들이 쓴 기타 고딕 소설들도 출간했다. 이중 두드러지는 작품들에는 엘리자 파슨스가 쓴 『울펜바흐 성The Castle of Wolfenbach』(1793)과 엘리노어 슬리스가 쓴 『라인 강의 고아The Orphan of the Rhine』(1798)가 있다. 이 작가들은 당대에 비평적인 관심을 별로 얻지 못했지만(제인 오스틴의 경시 때문일지도 모른다), 오늘날 인기를 끌기 시작했다. 발란코트 북스는 특히 절판된 고딕 소설들을 추적해서 현대의 독자들을 위해 복구하고 있다.

"

여기 그녀가 멈춰 선다, 그리고 본다.
공포와 놀라움이 동시에 서린 눈으로.
허름한 옷을 걸친 늙은 여인이
해골이 되어 버린 것을,
어울리지 않는 가구들이
배치된 방구석, 나무 십자가 앞에
무릎을 꿇은 채로.

"

『클러몬트』

내장과 피의 조달자

◆
◆
◆

메리 앤 래드클리프 대략 1746~1810

21세기 영화 제작자들은 종종 19세기 영국의 삶을 제인 오스틴 소설처럼 묘사한다. 레이스와 차(茶)가 넘쳐나고 고지식하고 적절한 태도를 갖춘. 하지만 그 시대의 소설은, 특히 대중적인 소설들은 전혀 다른 그림을 그리고 있다. 당시의 독자들은 폭력과 피에 대해 건강한 욕구를 품고 있었다.

예를 들어, 1809년에 출간된 『맨프론; 외팔이 수도사Manfroné; or, The One-Handed Monk』를 보자. 이야기는 난폭하게 시작한다. 로살리나라는 이름의 한 젊은 여성이 밤에 자신의 침실에 홀로 있다가 공격을 받는다. 그녀의 비명에 사람들이 모이고 강간미수범은 겁에 질려 달아나는 과정에서 한 손을 잃는다. 그때 로살리나의 아버지가 살해당하고 상황은 점점 더 피로 물들어 갈 뿐이다. 로살리나는 그녀를 포로로 가두어 그녀의 부를 좌지우지하고 싶어 하는 한 남자에게 끊임없이 괴롭힘을 당한다. 동시에, 그녀를 구하고 싶어 하는 남자 주인공을 만나는데….

그는 그녀가 기절해 있는 동안에도 뺨에 키스만 하는 것으로 자신의 선한 의도를 증명한다. 이 작품은 너무 잔혹해서 몇몇 출판사는 출판을 거절했을 정도였다.

이 잔혹한 작품의 저자는 메리 앤 래드클리프라고 명시되어 있지만, 학자들 사이에서는 그녀가 누구인지에 대한 의견이 분분하다. 그 이름은, 특히 앤 래드클리프라는, 고딕 소설에서 가장 명망이 높은 이름과의 유사성 면에서 볼 때 필명일 가능성이 높다. 출판사에서 여성 작가를 찾는 독자들의 환심을 사기 위해 만들어 냈을 수도 있다. 비록 증거들은 이 가짜 이름 뒤에 진짜 여성이 존재한다고 암시하긴 하지만. 루이자 벨런든 커Ker라는 여성이 이 소설이 출판된 지 수십 년 뒤에 자신이 저자라고 주장했지만, 그녀의 문체는 그 주장과 들어맞지 않는다. 오늘날 비평가 대부분은 두 가지 가능성 중 하나를 받아들이고 있다. 이 작품을 쓴 여성이 결코 명성을 얻지 못한 (혹은 이 작품의 저작권을 주장하기 전에 사망한) 무명의 작가이거나, 혹은 『여성의 옹호The Female Advocate』(1799)를 쓴 메리 앤 래드클리프라고.

후자의 메리 앤 래드클리프는 1746년경에 스코틀랜드의 부유한 가정에서 메리 클레이턴이라는 이름으로 태어났다*. 아버지의 죽음으로 그녀는 상당한 재산을 물려받았다. 그녀는 1761년에 런던을 방문했고, 거기서 어느 모로 보나 쓸모없는 알코올 중독자였던 조셉 래드클리프

* 데일 타운센드가 편집한 『맨프론; 혹은, 외팔이 수도사』(2007)를 보라. 후기에서 타운센드는 메리 앤 래드클리프가 정녕 누구였을지를 탐구한다.

와 눈이 맞는다. 래드클리프 부부는 여덟 명의 아이를 낳았지만, 점차 이 결혼은 무너지고 말았다. 래드클리프가 33세 무렵에 이르렀을 때는 실질적으로 가족을 홀로 부양하고 있었다. 불행히도 그녀가 상속받은 재산마저 사라져 버렸다. 래드클리프는 가정부나 가정교사 같은 일을 찾다가 작가로 전향했다.

래드클리프는 『래지빌Radzivil』과 『베리나 드 귀도바의 운명The Fate of Velina de Guidova』을 비롯한 선정적인 작품들을 썼는데, 두 작품은 모두 미네르바 프레스에서 1790년에 출판되었다. 래드클리프의 후기작들은 메리 울스턴크래프트(메리 셸리의 어머니)의 작품과 철학에서 크게 영향을 받은 페미니스트 선언문들이었다. 『여성의 옹호; 혹은 남성의 권리 침해에서 여성의 권리를 회복하려는 시도The Female Advocate; or An Attempt to Recover the Rights of Women From Male Usurpation』에서 래드클리프는 울스턴크래프트처럼, 여성은 교육을 받아야 하고 더 많은 고용 기회가 주어져야 하며, 이 두 가지가 여성에게 보다 큰 자유를 선사하리라고 주장했다.

래드클리프는 또한 개인적인 논픽션도 썼다. 자서전에서 그녀는, 당시에 흔히 그랬듯, 자신의 소설을 익명으로 출간하고 싶은 욕구를 표출했다. 하지만 출판사 측에서는 앤 래드클리프와의 유사성 때문에 실명을 쓰게 했다(이 메리 앤 래드클리프가 고딕 소설을 쓴 것은 확실하지만, 가끔은 어느 것이 그녀의 작품이고 어느 것이 이런 이유 때문에 그녀의 이름으로 출판된 것인지 분간하기가 어렵다).

경쟁자인 루이자 벨렌든 커에 대해서는 알려진 바가 워낙 없기 때문에, 커의 주장의 진정성을 재단하기란 힘들고 학자들은 여전히 회의적이다. 그녀의 이름은 법정 문서들(때로는 커Kerr로 등장하는데, 혼란만 가중될 뿐이다)에 사기 혐의로 올라 있고, 그녀는 증언 중에 자신을 소설가라 언급하지 않았지만, 젊은 시절 창작을 시도했던 증거는 있다. 글이 잘 되지 않자 소소한 범죄로 빠져든 것으로 보인다.

어떤 경우든 간에, 이토록 근사하게 피가 분출하는 스토리를 독자에게 선사했다는 점에서 메리 앤 래드클리프에게 감사할 따름이다.

독서 목록

꼭 읽어야 할 것: 2007년에 『맨프론』의 개정판이 발란코트 북스에서 출간되었다. 이 책에는 고딕 학자인 데일 타운센드가 이 책을 썼을 법한 저자를 탐색하며 독자의 이해를 돕는 에세이가 실려 있다. 메리 앤 래드클리프가 『맨프론』의 저자라 가정하고, 우리는 『래지빌』(1790)과 『비밀 서약; 혹은, 피로 물든 단검The Secret Oath; or, Blood-stained Dagger』(1802)을 추천한다. 두 작품 모두 익명으로 출간되었다(하지만 보편적으로 페미니스트 작가의 책이라 여겨진다). 두 책 모두 현대적인 판본을 찾기 어렵지만 찾아볼 가치가 있다.

또한 시도할 것: 수도사들은(그리고 수녀들과 사원들도) 오랫동안 고딕 소설의 주요 산물이었다. 매튜 루이스의 잔인하며 끔찍한 소설 『수도사The Monk』(이 장의 후반부에서 논해진다)의 인기에 힘입어, 작가들은 온갖

종류의 악랄한 성직자 타입들을 자신들의 소설에 집어넣기 시작했다. 그중 재미있게 읽히는 한 소설은 이사벨라 루이스의 『끔찍한 이야기들Terrific Tales』(1804년에 처음 출간되었으며 발란코트 북스에서 2006년에 개정판을 냈다)로 오래된 수도원의 자료에서 수집한 이야기들의 모음집이라 전해진다. 루이스는 가명일 수도 있지만(매튜 루이스를 상기시키려는 의도였을 것이다), 이 짧은 이야기들은 실제로 존재한다. 여기에는 홉고블린, 천사, 온갖 종류의 유령들에 대한 무서운 이야기들이 실려 있다.

관련 작품: 로살리나는 고딕 소설 속 여주인공들에게 흔한 이름이다. 손을 가만히 두지 못하는 사악한 남자들에게 괴롭힘을 당하는 주인공에 완벽하게 어울릴 만큼 로맨틱하게 들린다(로맨틱하다는 말은, 막연히 이탈리아 이름 같다는 뜻이다). 캐서린 스미스의 소설 『바로치; 혹은, 베네치아의 여주술사Barozzi; or, The Venetian Sorceress』(1815)의 경우, 여주인공 로살리나는 아버지가 잔혹하게 살해당하는 장면을 목격한다. 운 좋게도, 그녀는 어느 잘생긴 남자에게 구출되고, 남자는 재빨리 그녀를 자신의 베네치아 궁전으로 데려간다. 모든 것이 순조롭다, 로살리나가 가면 무도회에서 여주술사와 마주치기 전까지는(놀랍지 않나요! 악당이 여성이라니). 그리고 이 사악한 여자는 로살리나를 악마에게 제물로 바치려 한다. 발란코트 북스는 현대 독자들이 이 고전 고딕 소설을 즐길 수 있도록 2006년에 개정판을 출간했다.

“

그녀는 잘린 팔을 보고
비명을 지르고는
끔찍한 신음과 함께
의식을 잃고 바닥에 쓰러졌다.

”

『맨프론; 혹은, 외팔이 수도사』

살인과 매춘의 전시자

◆
◆
◆

샬럿 대커 대략 1771~1825

18세기와 19세기의 소설들은 감각적인 소설이었다, 그렇지 않은가? 그 소설들에는 고상한 분위기가 있다. 어떤 품위가. 세련된 매너의 섬세한 특성을 보이는 캐릭터들이며. 기절하거나 창백하고 서글픈 표정으로 앉아 있는 여자들이며. 거기엔 시(詩)가 있다.

하지만 당대의 고딕 소설들은 섬세한 로맨스물이라기보다는 스티븐 킹에 가까웠다. 악마가 사방에 존재했다. 수도사들은 기도하는 만큼이나 살인을 저질렀다. 구석구석 악마가 도사리고 있었다. 적어도 한 소설에서는, 구더기가 들끓는 아기 시체까지 나왔다.

그리고 샬럿 대커는 이런 환경에서 성공을 거두었다.

'샬럿 대커'는 샬럿 번(결혼 전 성은 킹)의 수많은 필명 중 하나이다. 그녀는 런던에서(그랬을 가능성이 높다. 비록 그녀의 출생지가 그녀 소설의 플롯처럼 수수께끼에 싸여 있기는 하지만), 18세기 후반 무렵 어느 땐가(정확한 해는 아직 논쟁 중이다) 태어났다.

아버지 존 킹은 유대인 금융업자였고 샬럿의 어머니와 이혼하고 미망인이 된 백작부인과 정사를 벌이며 집안을 떠들썩하게 했다*. 사기꾼 기질이 살짝 있었던 그는 여러 번 송사에 휘말렸고, 수상과 영국 왕실에서 돈을 빼냈다는 혐의를 받았다. 이런 말썽들 때문에 그는 1784년과 1802년, 영국에서 도망친다. 그럼에도, 샬럿은 자신의 아버지에게 시를 써서 헌정했고 자신이 교육을 받게 된 이유로 종종 자신의 아버지를 언급했다(삶의 후반부에, 그는 자신의 유대인 뿌리로 돌아가 자신의 종교를 옹호하는 책을 출간했으며 덕분에 '유대인의 왕'이라는 별명을 얻게 되었다). 몇몇 문학자들은 샬럿과 그녀의 어머니가 버림받았던 경험이 그녀에게 같은 짓을 저지르는 남자들을 상상케 했다고 주장한다. 그녀가 쓴 플롯들에 종종 어떤 식으로든 버림받은 여성들이 등장하는 것은 사실이다.

1805년에 샬럿은 영국 신문 〈모닝 포스트〉의 소유주이자 편집자인 니콜라스 번과 관계를 시작했고, 이 커플은 세 아이를 낳았다. 아버지처럼—이름을 제이콥 레이에서 존 킹으로 바꾼—, 그녀는 자신에게 귀족적인 느낌을 풍기게 해 준다고 생각되는 필명을 선택했다. 대커의 첫 책 『세인트 오메르 수녀의 고백The Confessions of the Nun of St. Omer』(1805)은 그녀가 고작 18세에 썼다고 전해진다. 이 책은 평론가들에게 긍정적으로 받아들여졌지만, 그녀의 다음 작품은 그렇지 못했다. 『조플로야Zofloya; or, the Moor』(1806)는 문학계를 들끓게 했고, 몇몇 비평가들은 이 책을 순전히 포르노그래피로 치부했다. 한 비평가는 이 책이 "가장

* 데커의 매혹적인 아버지에 대해 더 알고자 한다면, 토드 M. 엔델만의 유대인 연구 협회 저널에 실은 기사를 읽어 보라. "'유대인' 킹의 이력 확인: 영국 유대인 사회 역사에 대한 탐구The Checkered Carrer of 'Jew' King: A Study in Anglo-Jewish Social History", 『AJS Review 7~8』(1983), 69~100

외설적인 계급의 매춘부들과 가장 깊이 물든 살인자들…. 바라건대 섬세한 여성적 사고라면 상상만으로도 충격적일 음란한 매춘의 표현"으로 충만하다고 썼다. 굉장한 홍보 아닌가! 사실, 이렇게 엄청난 충격을 일으킨 대커의 책은 당시 인기 있던 다른 소설을 페미니스트의 시각으로 다시 쓴 것이었다. 『수도사』, 매튜 루이스가 쓴 대단히 잔혹한 고딕 소설 말이다.

『수도사』는 마을의 한 젊은 여성에 대한 욕망으로 폭주하는 이름뿐인 한 수도사의 이야기이다. 그는 그녀를 납치하려는 계획을 세우고, 마틸다라는 젊은 여자의 도움을 받는데 마틸다는 로사리오라는 이름으로 남장을 했다. 아직 헷갈리나요? 루이스도 그랬을지 모른다. 이 책에는 사기와 방탕이 가득해서 마치 호러 감독 클라이브 바커가 쓴 소프 오페라처럼 읽힌다. 루이스의 소설은 고딕 세계에 색을 밝히는 수도사, 위험한 강박에 휩쓸린 복장 도착 여자, 그리고 앞서 언급했던 죽은 아기 같은 장치도 도입했다. 이 책은 또한 대커에게 그녀의 다른 필명을 선사했다. 로사 마틸다. 루이스의 소설에서, 로사 마틸다는 수도사의 욕정의 피해자이자 동시에 경건한 자를 유혹하는 인물이다. 어떤 이는 심지어 로사 마틸다를 루이스의 수도사의 '악마 연인'이라고 불렀다. 대커는 의도적으로 필명을 골랐는데, 주로 루이스의 베스트셀러와 연관 지어 판매를 북돋우려는 것이었지만 또한 은밀하게는 남자 작가들은 너무나 자유롭게 구사하는 폭력과 성적인 테마를 여성 작가들도 역시 다룰 수 있다고 암시하는 것이기도 했다.

독서 목록

꼭 읽어야 할 것: 당대의 많은 여성 작가들처럼 대커 역시 로맨스를 다루긴 했지만, 그녀는 『조플로야』(국내 출간: 을유문화사, 2017)로 가장 유명하다. 이 소설은 순결한 여성 주인공 타입이 전혀 아닌 성숙한 여인 빅토리아를 중심으로 한다. 물론, 그녀의 (엣헴) 정도를 벗어난 행위들은 문자 그대로 악마와의 데이트로 보상받게 된다. 소설의 플롯은 자신의 라이벌 릴라에 대한 빅토리아의 강박을 토대로 하는데, 릴라의 순결함은 빅토리아를 너무도 분노케 한 나머지 그녀는 릴라를 죽일 기회가 올 때를 대비해서 나이 든 여성들을 독살하는 연습을 한다. 마침내 릴라의 때가 이르렀을 때, 릴라는 약물이 주입되고 납치되어 어느 산속 동굴 안에 사슬로 묶인다.

또한 시도할 것: 『조플로야』가 베스트셀러 작가이자 독자가 선호하는 작가로 대커의 명성을 굳힐 만큼 잘 팔린 뒤에, 그녀는 지속적으로 경계를 넓혀 갔다. 로사 마틸다의 이름으로 쓴 『난봉꾼The Libertine』(1807)은 좀처럼 정착하지 못하는 이탈리아인 난봉꾼에게 유혹당하는 한 순진한 소녀의 이야기를 그린다. 그녀의 마지막 소설은 『열정The Passions』(1811)이었다.

관련 작품: 매튜 루이스의 로사 마틸다 캐릭터에 흥미를 느낀 독자라면 발란코트 북스의 2013년 개정판 덕분에 쉽게 『수도사』를 구할 수 있을 것이다. 이 책에는 호러 소설의 거장, 스티븐 킹이 쓴 서문이 실려 있다.

“

싸늘한 증오와
복수에 대한 갈망이
그녀의 앙심을 품은
영혼을 차지하자
그녀는 흙빛으로 변했다.

”

『조플로야』

제2부

유령 이야기

◆

유령을 목격하고 기절하는 창백한 여자들, 안개 낀 영국의 황야 지대에서 생각에 잠긴 짙은 색 머리의 남자들, 교령회를 이끄는 영매들, 죽은 자들과 엑토플라즘(영매의 몸에서 방출된다는 물질의 일종으로 유령 현상을 일으키는 원인이 된다고도 일컬어짐-옮긴이), 영적 세계의 유령 같은 물질에 대한 사진들. 모두 19세기와 20세기 초 호러 이야기들의 표준적인 재료들…이지만 항상 허구적인 것만은 아니다.

19세기 후반부에, 과학자들과 정신적인 지식을 탐구한 이들은 모두 사후에 개인에게 일어나는 일에 대한 미스터리를 탐구하고 있었다. 예를 들어, 스웨덴의 철학자 임마누엘 스베덴보리(1688~1772. 스웨덴의 철학자. 심령연구가-옮긴이)는 1758년 저작 『보고 들은 것들로 유추한 천국의 경이와 지옥Heaven and Its Wonders and Hell from Things Heard and Seen』에서, 육체에서 분리된 영혼들을 위한 일종의 영적인 정차지를 포함한 내세의 각기 다른 단계들을 묘사했다. 학자들은 지식과 자원을 쏟아부어 텔레파시, 유체이탈, 예지력과 같은 정신적인 현상을 연구하는 영국의 심령연구협회 같은 이익 집단을 만들었다.

어렴풋한 사실과 으스스한 소설이 서로 녹아들면서, 유령은 찰스 디킨스, 윌키 콜린스, M. R. 제임스, 셰리던 르 파뉴와 같은 작가들을 통해 당대 주요 문학 작품 속에서 인기 있는 캐릭터가 되었다. 심지어 사실주의적인 이야기나 향토적인 이야기를 썼던 작가들—메리 N. 머프리, 사라 오른 주이트, 메리 E. 윌킨스 프리먼—조차 초자연적인 것들에 발을 담갔다. 그리고 이 장르를 정치적인 영역으로 끌어가면서 유령 이야기를 그저 어둠 속에서 속삭이는 무서운 이야기들 이상의 것으로 만든 이들은 여자들이었다.

미국에서는 영적인 불길이 순식간에 온 나라를 휩쓸었으며, 그 불길을 일으킨 것은 두 젊은 여성이었다. 1848년 만우절 전날, 마가레타 '매기'와 케이트 폭스 자매가 벽을 두드려 유령과 '대화'를 하면서 영적 문제들에 대해 자라나던 대중의 흥미를 문자 그대로 건드렸다. 그들은 부모에게 자신들이 영적인 세계에 말을 건넬 수 있으며, 영혼들이 "예"에는 한 번, "아니요"에는 두 번 두드려 대답한다고 말했다. 충격 속에서, 가족은 이웃을 초대하여 딸들이 무엇을 할 수 있는지 지켜봤다. 이것이야말로 자매들을 세계적인 무대에 오르게 한, 그리고 나아가 근본적으로 새로운 종교, 즉 심령론을 창조한 긴 여정의 시작이었다.

몇 달 안 되어, 매기와 케이트는 전 세계를 돌며 마을 회관에서 죽은 자와의 대화를 '공연'하고 있었다. 사람들은 사랑했던 사람들, 그리고 인기 있는 역사적인 인물들과의 대화를 고대하며 이 행사에 몰려들었다(벤저민 프랭클린과 에이브러햄 링컨이 특히 사후에 활발하게 활동한 것으로 보인다). 이런 흐름은 들불처럼 번졌고, 사람들은 가정에서 교령회를 열고 사후 영혼의 운명에 대한 믿음을 키우기 시작했다. 셜록 홈스의 창조자 아서 코넌 도일 경도 신봉자 중 한 명이었다.*

* 도일은 잘 알려진 바와 같이 도일의 친구, 마법사 해리 후디니—들이 노골적인 회의론자였던 것과 달리 열성적인 심령론 지지자였다. 도일에 대해 더 많은 자료를 찾는다면, 대니얼 스태샤워의 『이야기를 말하는 자: 아서 코넌 도일의 생애Teller of Tales: The Life of Arthur Conan Doyle』(Henry Holt and Co., 1999)를 보라.

회의론자들은 폭스 자매가 세계를 상대로 긴 거짓말을 지속하고 있다고 믿었다. 그리고 그 자매들도 1888년에 그 점을 인정했다. 비록 이후에 그 고백을 철회하긴 했지만. 진짜든 아니든, 그들의 공연은 여성들이 대중적으로 발언할 발판을 마련했을 뿐 아니라, 이전에는 손에 쥘 수 없었던 정치와 종교 양면에서의 지도자 역할을 맡게 했다. 교령회는 일반적으로 여성이 이끌었기에, 이 행사는 여성에게 집을 벗어나 자유롭게 말할 수 있는 독특하고 전례 없는 기회를 제공했다. 저 너머에서 온 그들의 발화자들은 종종 청중에게 체제 폐지론자나 페미니스트적인 시각을 설교했다. 이는 모두에게 유리한 상황이었다. 여성들은 모든 것을 저승 세계의 거주자 탓으로 돌리면서 자신들의 정치적 관점을 이야기할 수 있었다. 어느 흥미로운 역사적 여담에서 보면, 강령술사 빅토리아 우드헐이 대통령 선거에 출마한 최초의 여성이었고, 그녀의 러닝메이트였던 프레더릭 더글라스는 노예 폐지론자이자 이전 노예였다.

심령론과 페미니즘이 감도는 가운데, 빅토리아 시대 유령 이야기를 썼던 여성들은 유령을 소환하는 것 이상의 일을—훨씬 뛰어넘는 일을 해냈다. 이제 독자가 만나게 될 엘리자베스 개스켈과 바이올렛 파제트는 호러 소설을 21세기 독자들에게 친근한 장르로 구현했다. 두 작가 모두 전형적인 빅토리아 시대 여성의 모습에는 들어맞지 않았다. 작가 샬럿 브론테의 친구였던 개스켈은 아내이자 엄마로 살면서 유명 작가로서 또 다른 삶을 살았다. 그녀는 찰스 디킨스 같은 문학적 권위자(그녀는 문학적 스타일과 편집상 의견들에 대해 그와 종종 논쟁했다)와 밀접하게 일하기도 했다. 개스켈이 작가로서 자신의 성공을 대단찮게 생각한 반면 파제트는 이를 한껏 과시했다. 파제트는 버논 리라는 남성적인 필명 뒤에 숨어 자신의 사생활을 유지할 수 있었기 때문이다. 그녀는 페미니스트였고 레즈비언이었으며 탐욕스러운 여행가였고 유명 화가 존 싱어 사전트의 피사체로 서기도 했다.

빅토리아 시대의 유령 이야기는 앞선 고딕 소설들과 일정 부분을 공유했다. 특히 고립된, 오래된 영지의 저택, 문명과 동떨어진 배경 등을. 하지만 빅토리아 시대 유령 이야기는 여러 가지 면에서 결정적으로 고딕과 달랐다. 고딕 작가들은 로맨스와 비현실적일 정도로 흘러넘치는 감정적인 표현을 한껏 즐겼다. 이와 대조적으로 빅토리아 시대 유령 이야기는 심령 과학과 사회적 사실주의 사이의 흐릿한 경계선상에 있었다. 이런 이야기들 속에서 유령들이 돌아오는 이유는 한 가지였다. 산 자와 지식을 교환하기 위해서. 어떤 유령들은 단순히 그들의 살아 있는 친척들이 자신이 남기고 떠난 숨겨진 재산을 찾기 원했다. 어떤 유령들은 임박한 운명에 대해 경고했다. 어떻든, 이런 방문들은 진지한 연구를 정당화하는 듯이 보였다.

심령론 전파 운동은 1848년에 저 믿기 힘든 폭스 자매에서 비롯됐다. 빅토리아 시대 유령 이야기 역시 1840년대 즈음에 찰스 디킨스가 쓰던 부류의 인기 있는 크리스마스 유령 이야기들이 출간되면서 날개가 돋았다. 두 가지 유행 모두 지나가게 된다. 세기말에 이르면, 냉소주의가 빅토리아 유령 이야기를 대체했고, 심령론은 유명한 영매들이 내세와 소통하기 위해 연출 기법에 의존했다는 점이 드러나면서 시들해졌다. 그러나 유령과 유령 이야기에 대한 우리의 현대적인 개념들 다수가 이 시대에, 산 자와 죽은 자 사이의 장막이 손에 잡힐 듯 실재하는 것처럼 보였던 이 시기에 근원을 두고 있다.

유령은 실재한다

◆
◆
◆

엘리자베스 개스켈 1810~1865

19세기 여성들은 아내와 엄마로서 훌륭한 살림꾼이 되라는 기대를 받았다. 가정이 그들의 영역이었다. 남자들이 도시에 나가 일을 하는 동안 아내들은 집에 남아 그날그날의 집안일을 돌보았다.

엘리자베스 개스켈—그녀를 아는 사람들 대부분에게 미시즈 개스켈이었던—은 자신의 가정생활을 너무도 완벽하게 돌봤던 나머지, 남편은 전혀 모르게 제2의 집을 유지했다.

어떤 식으로 했냐고? 미시즈 개스켈은 유령 이야기를 썼다.

대부분의 사람들은 유령 이야기를 쓴 빅토리아 시대 작가라고 하면 이내 찰스 디킨스와 윌키 콜린스부터 떠올린다. 엘리자베스 개스켈은 얼핏 떠오르는 또 다른 이름이다. 그녀는 디킨스의 잡지 〈온 가족 이야기Household Words〉에 유령 이야기를 기고했고, 스스로도 유력한 작가였다. 그녀는 『메리 바턴Mary Barton』(1848)으로 처음 디킨스의 찬사를 얻었다. 이 소설은 영국 사회의 사회적 문제들을 진단했고, 이는 디킨스 역시 흥미를 품었던 주제였다.

하지만 비록 디킨스가 그녀를 "친애하는 세헤라자데"라 불렀다한들, 그 둘은 디킨스가 편집자로서 펜을 들 때면 항상 의견이 일치하지는 않았고, 그녀는 이 저명한 동료의 비판에서 오는 불일치에서 물러서지도 않았다. 게다가 개스켈은 디킨스의 마감을 곧잘 어겼고, 자신의 원고에 붙은 그의 편집을 항상 수긍하지도 못했다. 디킨스는 그녀에게 불만이 쌓인 나머지, 1855년에 한 친구에게 보낸 편지에 이렇게 썼다. "오, 미시즈 개스켈, 끔찍해—끔찍해! 내가 미스터 G였다면, 오, 신이시여, 내가 그녀를 어떻게 이겼을까."

이 한 쌍의 논쟁 많은 관계는 그들이 만나기도 전부터 시작되었다. 개스켈의 출판업자가 디킨스에게 『메리 바턴』을 보냈고, 디킨스는 개인적으로 회신하지는 않았다(비록 공식적으로 찬사하긴 했지만). 개스켈은 살짝 기분이 상했지만 그럼에도 디킨스와 몇몇 이야기들을 출판했다. 그들은 논쟁을 계속했고, 디킨스가 그녀의 승인 없이 그녀의 이야기를 바꾸려 들 때면 특히 더했다. 그는 그녀의 첫 번째 크랜포드Cranford 이야기(1851년부터 1853년까지 8번에 걸쳐 〈온 가족 이야기〉에 게재되었고 1853년에 책으로 출간됨-옮긴이)에서 『픽윅 페이퍼스Pickwick Papers』(디킨스의 작품)에 대한 언급을 삭제하여 공개적으로 그녀를 화나게 했다. 이 둘은 또한 소설 속에서 초자연적인 것의 위치에 대해서도 의견이 일치하지 않았다. 지금껏 가장 유명한 크리스마스 유령에 대해 썼으면서도 디킨스는 유령이 이야기의 영향력을 약화시킨다고 생각했다. 이런 불일치는 디킨스가 〈온 가족 이야기〉 1852년 12월호에 개스켈의 「늙은 보모의 이야기The Old Nurse's Tale」를 게재하려고 준비 중이었을 때 무르익었다. 그는 셰익스피어를 예로 들어 유령은 힘 있는 이야기들을 약화시킬 뿐이라며 개스켈에게 합리주의자적인 시각을 집어넣으라고 밀어붙였다. 그녀는 이를 거부했고, 이 이야기—그녀가 쓴 가장 유명한 이야기 중 하나—는 그녀가 원래 쓴 대로 출판되었다.

어쨌든 디킨스의 욕구 불만은 가라앉은 것으로 보인다. 그 둘은 그녀의 커리어 내내 함께 일했으니까.

당대의 유령들

개스켈은 당대의 사회 문제들을 비판하는 사실주의적인 소설들로 가장 유명하다. 1830년대에 그녀와 그녀의 남편 그리고 딸들은 영국의 맨체스터에 살았다. 당시 맨체스터는 산업과 급진적인 정치의 온상이자 국가가 직면한 문제들의 소우주였다. 한때 작은 마을이었던 그곳은 산업화와 공장 작업의 폭발적인 증가 덕분에 번창하고 있었다. 아동의 노동은 흔했고 실업 역시 흔했다. 근로자가 지속적으로 필요치 않았기 때문에 공장들은 근로자들을 예고도 없이 종종 해고하곤 했다. 노동자 계급이 증가하고 있기는 했지만 귀족적인 상류 계급의 증가를 따라잡을 만큼은 아니었다. 가난을 완화하는 데 기여하고, 특히 여성의 곤경에 관심을 불러일으키고자 했던 개스켈의 열망은 가장 널리 알려진 그녀의 몇몇 작품에서 드러났다. 덕분에 한번은 유니테리언 교파(삼위일체를 부정하고 신격의 단일성을 주장하는 기독교의 한 파-옮긴이) 목사인 남편의 교회 신자들이 그녀의 작품 몇 부를 훼손하기도 했다(남편의 뜻에는 반하는 행위였다). 이때 훼손된 책들 중에는, 앞서 언급한 소설 『메리 바턴』, 『남과 북North and South』(1854~55), 그리고 2007년 BBC에서 각색하여 텔레비전에서 방영된 『크랜포드』(1851~53)가 포함되어 있었다.

개스켈은 자신의 장편 소설에서는 사회적인 문제들을 탐구했지만, 유령이 얽힌 주제들을 다룰 때는 단편 형식을 이용했다. 이런 작품들은 디킨스의 정기 간행물들에 종종 등장했으며, 특히 초자연적인 주제를 다룬 크리스마스 호들에 실렸다. 개스켈은 영국의 민간전승에 매혹되었고 그녀의 이야기들은 중심에 진실의 알맹이가 있는, 종종 수세대를 걸쳐 내려온 이야기의 형식을 취한다. "힘은 부패한다"는 격언에 대한 그녀의 믿음은, 가족력에 존재하는 감춰진 과거의 학대에 대한 매혹만큼이나 그녀의 단편 소설에서 반복되는 주제가 되었다.

1852년 〈온 가족 이야기〉 크리스마스 호에 실린 그녀의 가장 유명한 단편 「늙은 보모의 이야기」에서는, 고아가 되어 친척의 저택에서 살게 된 어린 소녀에게 어떤 유령이 나타나는데, 이 집은 물론 충분히 으스스하다. 모든 방이 출입 금지 구역이고 기이한 시간대에 오르간 음악이 울린다. (유령에게 오르간이란 뭘까요? 하나쯤은 클라리넷을 집어 들면 좋겠는데) 결말을 미리 말할 수야 없지만, 그 집은 과거의 학대를 되풀이할 운명이고, 이 어린 고아 소녀는 치명적인 유령에 사로잡혀 있다. 또 다른, 보다 짧은 작품 「가엾은 클레어The Poor Clare」(1856)는 고딕 소설의 전형적인 특징들을 모두 선보이는데, 〈환상특급〉(초자연적이고 불가사의한 이야기들을 다루는 미국의 TV 시리즈-옮긴이)을 얼핏 연상시키기도 한다.

모녀간의 팽팽한 관계, 마녀, 폭력적인 남편이자 아버지, 귀신 들린 집, 전쟁과 반란으로 황폐해진 외국의 가톨릭 수녀원, 저주, 도플갱어 괴물. 하나의 이야기에 너무 많은 요소들이 들어가는 것은 재능이 떨어지는 작가에게는 재난이겠지만, 이 작품은 개스켈의 최고작 중 하나이며 그녀의 소설에 대한 지배력을 여실히 증명한다.

끔찍한 남자들을 다루는 또 다른 교훈적인 이야기—이번에는, 이전 작품에서도 알게 모르게 그랬듯, 엄마가 자신의 딸에게 사악한 남자와 결혼하지 말라고 경고하는—로는 디킨스가 소유한 잡지 〈일 년 내내All the Year Round〉에 1861년 게재된 개스켈의 「잿빛 여자The Grey Woman」가 있다. 표제가 된 캐릭터는 남편의 성에서 무시무시한 것들을 목격한 뒤로 점점 창백하고 잿빛이 되어 가는데, 구사일생으로 탈출하게 된다. 개스켈이 자신의 사실적인 소설들에서 묘사한 노동 계급의 여성들처럼 그녀의 초자연적인 이야기들 속 캐릭터들도 종종 자신들이 보다 큰 사회적 힘에 맞서고 있다는 것을, 그리고 때로는 패배했다는 것을 발견한다. 그러나 패배했더라도, 그들의 이야기와 그들의 흔적은 독자들에게 남게 된다.

엘리자베스 개스켈은 새로운 종류의 고딕 소설을 개척했다. 초기 고딕 소설들, 특히 앤 래드클리프에게 영향을 받은 소설들에서는 플롯이 '설명된 초자연 현상'(말하자면, 래드클리프의 여주인공들은 유령이 나타났다고 생각하지만 사실은 구혼자들에게 쫓기고 있었거나 그들의 유산 때문에 가스라이팅을 당한 것이었다)을 맴돌았다. 개스켈 시대의 여성들이 글을 쓸 무렵에는, 래드클리프의 붕괴된 성과 파괴된 수도원 같은 배경들이 오래된 영국의 저택들로 대체되었다. 하지만 고딕 소설의 배경은 동시대의 독자들에게 보다 사실적으로 전환된 반면, 이 이야기들 속 유령들은 덜 사실적이 되었다. 유령들은 더 이상 디킨스가 선호했을 법한 식으로 합리적으로 설명되지 않았다. 오히려, 개스켈의 유령들은 정말로 초자연적으로 존재했는데, 이는 그녀가 구사한 사실주의적인 배경과 대조되어 한층 더 기이하게 느껴졌다.

개스켈은 생전에 문학적인 성공을 누렸다. 그녀는 상당 부분 디킨스와의 협업 덕에 독자들에게 사랑받았고 이러한 성공은 그녀에게 부와 당대 대부분의 여성에게 불가능했던 정도의 독립성을 가져왔다. 영국 북부의 춥고 음울한 맨체스터에서 사는 데 지쳤던 개스켈은, 1865년에 맨체스터로부터 320킬로미터 이상 떨어진 햄프턴 남쪽 마을에 집을 한 채 샀고—남편에게는 알리지 않았다.* 그녀는 남편이 긴 세월 동안 자신들의 집이었던 맨체스터를 떠나기를 주저한다는 걸 알았고 풍경의 변화가 가족에게 좋은 영향을 미칠 거라고 그를 설득하고자 했다. 소식을 알릴 적당한 때를 기다리는 동안, 그녀는 딸들과 함께 비밀리에 그들의 새로운 집을 방문하곤 했다.

햄프셔 집의 존재는 너무도 잘 숨겨져서, 사실 미스터 개스켈은 아내가 그 집에서 심장마비로 죽고 나서야 그 존재를 알게 됐다. 엘리자베스 개스켈은 한 여성이 할 수 있는 일의 경계를 한껏 확장했다—심

* 개스켈은 남편의 깜짝 은퇴 선물로 로언이라 불리던 햄프턴의 집을 보존하려 했었다. 하지만 그녀는 남편에게 그 말을 채 전하지 못하고 같은 해 사망했다. 미시즈 엘리스 H. 채드윅의 『미시즈 개스켈: 유령, 집, 그리고 이야기들Mrs.Gaskell: Haunts, Homes and Stories』(1913), 302

지어 죽음에서조차.

유령 이야기: 크리스마스의 전통

19세기 영국의 12월 밤에 난로가 타오를 때면, 사람들은 난로 주변에 모여들어 으스스한 이야기를 나누었다. 『크리스마스 캐럴』은 어둠 속에서 무서운 이야기를 나누는, 수세기 동안 지속된 전통을 표출한 중 가장 유명한 이야기이지만, 디킨스의 시대에 초자연적인 이야기를 쓰는 작가들은 대부분 크리스마스의 유령 이야기를 한두 번씩은 찔러보았다. 디킨스는 자신의 잡지들에서 크리스마스 특집호를 발행하면서 이런 관습을 굳혔고, 그것이 에브니저 스크루지를 방문하는 유령에 대한 그의 이야기가 현대의 독자들에게도 지속적으로 공유되고 개작되는 이유일 것이다.

영국의 크리스마스 무렵 불가의 전통은 미국에서는 지속되지 못했는데, 이 재미있는 관습을 완전히 없애 버린 청교도들 덕분이었다. 이 시간은 부활을 위한 시간이라 하겠다—구운 마시멜로를 한두 개쯤 곁들인다면 완벽한 겨울밤이 되리라.

독서 목록

꼭 읽어야 할 것: 개스켈의 이야기들은 현대의 호러 모음집에 종종 포함되어 있다. 특히 빅토리아 시대와 에드워드 시대 유령 이야기에 초점을 둔 모음집이라면, M. R. 제임스나 윌키 콜린스 같은 작가와 나란히 삽입되어 있다. 2004년에 펭귄 출판사가 그녀가 쓴 유령 이야기들을 모아 『고딕 이야기들Gothic Tales』이라 불리는 모음집을 출간했다. 여기에는 「가엾은 클레어」와 「늙은 보모의 이야기」를 비롯한 그녀의 최고작 몇 편이 실려 있다.

또한 시도할 것: 세일럼의 마녀 재판(1692년 미국의 매사추세츠 주 세일럼에서 일어난 마녀 재판. 종교 박해를 피해 이주해 온 이민자들이 무고한 사람들을 마녀로 몰아 죽인 사건으로, 약 5개월 동안 25명이 목숨을 잃었다-옮긴이)을 다룬 개스켈의 중편 「마녀 로이스Lois the Witch」는 읽어 볼 만한 가치가 있다. 이야기는 뉴잉글랜드의 먼 친척과 함께 살게 된 영국인 고아 소녀에 대한 이야기이다. 청교도인 그녀의 가족은 소녀의 영국적인 방식을 완전히 이해하지 못하고, 이런 문화적인 차이 때문에 로이스는 지역에서 발발한 마녀에 대한 히스테리아 한복판에서 결국 북미 원주민 소녀와 함께 마녀로 고발된다. 이야기는 문화적인 오해에 대한 이야기이며 동시에 문화적으로 우월하다는 믿음에 대한 경고이기도 하다.

관련 작품: 개스켈처럼 널리 알려지지는 않았지만, 엘리자 린 린턴은 크리스마스 유령 이야기가 뻗어가는 한 줄기에 단편 소설을 한 편 썼다. 그녀의 「비치 하우스에서의 크리스마스 전날 밤Christmas Eve in

Beach House」(1870)은 코니쉬 해변을 배경으로 벌어지는 초자연적인 드라마다.

“

‘목소리가 들려요!’
그녀가 말했다.
‘끔찍한 비명이 들려요—
아빠의 목소리가 들린다고요!’

”

「늙은 보모의 이야기」

타고난 이야기꾼

◆
◆
◆

샬럿 리델 1832~1906

유령은 어째서 돌아와 산 자에게 나타나는가? 아마도 내세가 기대에 못 미치는지도 모른다. 얼마나 많은 유령들이 버려진 건물 주변이나 어슬렁대다 대담하게 슬쩍 기어들어오는 십 대들을 겁주며 영원을 허비하는지 감안해 보면 사후 세계라고 해 봐야 얼마나 대단하겠는가? 가끔 유령 이야기들이 특정 장소에 출몰하는 이상의 목적을 가진 영혼에 초점을 맞출 때도 있긴 하다. 샬럿 리델의 유령 이야기들이 제안하듯, 어떤 유령들은 자신의 살인 사건이 해결되길 바라며 돌아오기도 한다.

샬럿 리델은 자신의 이야기에서 전통적인 초자연적 이미지들을 여러모로 활용하여 독자에게 악마, 밴시(울음소리로 죽음을 예고한다는 아일랜드 민화 속 여자 귀신-옮긴이), 폴터가이스트(이유 없이 소리가 들리거나 물체가 스스로 움직이는 현상, 혹은 그런 현상을 일으키는 정령-옮긴이), 저주받은 수녀 같은 친숙한 캐릭터들을 제시한다. 그녀의 유령들은 흔히 시체가 어디에 묻혔는지(혹은 묻히지 않았는지), 혹은 어디에 증서가 숨겨져 있는지를 보여 주기 위해, 혹은 미해결 살인 사건의 해답을 알려 주기 위해 산

자에게 나타난다. 리델의 유령들은 대개 개인적인 역사를 통해 장소나 사람과 연계되지만, 그녀는 종종 온전히 유령적인 것보다는 예지 현상을 포함시킨다. 리델은 엘리자베스 개스켈처럼 사회적 사실주의 소설을 쓴 것으로 잘 알려졌으며 다수의 유령 이야기를 쓴 작가였다.

리델의 유령 이야기들은 유령 이야기의 패러다임이 변화한 것을 보여 준다. 19세기 초의 이야기들에서, 유령은 전형적으로 이미 주인공을 괴롭히고 있는 것을 반영하는 일종의 비유적 거울이었다. 예를 들어, 캐츠킬에서 긴 잠에 든 립 밴 윙클을 방문하는 워싱턴 어빙(1783~1859, 미국 작가, 『슬리피 할로우』의 원작자-옮긴이)의 유령 헨리 허드슨이나 『크리스마스 캐럴』에서 에브니저 스쿠루지를 방문하여 그에게 중요한 교훈을 가르치는 유령들을 생각해 보라. 이런 이야기들에서는, 초자연적인 존재들이 산 자를 도우려 한다—그 반대가 아니라. 그러나 리델의 유령들에겐 의도가 있다. 그들에게는 이야기 속 주인공의 캐릭터 범주 너머에 존재하는 삶(혹은 경우에 따라 내세의 삶)이 있다. 그리고 그들은 소금 한 줌을 뿌리는 것으로는 사라지지 않을 것이다. 대신, 그들은 산 자가 자신들의 요구를 충족할 때까지 사정없이 파괴를 지속한다.

리델의 유명한 단편 「너트 부시 농장Nut Bush Farm」은 살인 사건이 발생했다는 것을 밝히기 위해 돌아온 유령을 그린다. 유령이 들렸다고 하는 농장을 빌린 젊은 남자는 사실 유령을 믿지 않는데, 어렵사리 진실을 배우게 된다. 또한 유령들이 매우 집요하다는 사실과, 그리고 유령을 방해하면… 몹시 섬뜩하며 아주 무서운 일들이 계속된다는 것도.

이 이야기는 근본적으로는 아기자기한 작은 미스터리이다. 화자는 징검다리 근처에서 유령을 목격한 다음 (일단 기절한 뒤에) 나름의 조사를 계속해서 살인 사건을 해결한다. 리델의 크리스마스 유령 이야기 중 하나인 「기이한 크리스마스 게임A Strange Christmas Game」에서는, 한 젊은 남자와 그의 여동생이 잘 모르는 부유한 친척에게서 유령 들린 집을 상속받는다. 이야기가 진행되는 와중에, 남매는 오래전 크리스마스에 수수께끼처럼 실종된 이후로 그 집에 출몰해 오던 또 다른 친척의 살인 사건을 해결한다.

유령작가

생전에 리델은 자신이 쓴 유령들만큼이나 부산했다. 그녀는 작품 활동과 출판업 분야에서 당대의 수많은 여성 작가들이 꿈만 꾸었던 경력을 쌓았다. 그녀의 어머니는 어린 시절 리델이 조그만 손으로 펜을 쥘 수조차 없을 때부터 이야기를 지어내서 엄마에게 들려줬다고 말했다. 리델 엄마의 친구는 이 싹트기 시작하는 작가를 부추기는 것은 아이에게 거짓말을 하라고 가르치는 거나 마찬가지라고 걱정하며 리델에게 글쓰기야말로 무슨 수를 쓰든 피해야 하는 것이라고 말했다. 리델이 그 말을 듣지 않은 것이 다행이다.

문학 비평가 S. M. 엘리스에게 "타고난 이야기꾼"이라 불린 아일랜드 출신 샬럿 엘리자 로손 코완은 50편이 넘는 장편 소설과 단편 소설을 써서 자신과 남편을 부양했다(1880년에 남편이 사망할 때까지). 그녀는 또한 〈홈과 세인트 제임스의 매거진Home and St. James's Magazine〉에서 편집 일을 했으며, 이 잡지의 창간자인 애나 마리아 홀과 함께 잡지사를 잠시 공동 소유하기도 했다. 19세기에 출판업은 남성들이 지배하는 영역이었다. 여성 작가들은 업계에 진출하고 어떤 식으로든 생계를 유지할 만한 임금을 받는 것이 거의 힘들었다—특히 같은 일을 하는 남성보다 종종 돈을 적게 받았다는 점을 감안해 보면. 운동장을 다소나마 공평하게 만들기 위해, 일부는 스스로 잡지사를 창간하고 발행하기도 했다.

리델은 초창기에, 여느 빅토리아 시대 사람들처럼 결혼 후 이름인 미시즈 J. H. 리델을 사용하기 전에, F. G. 트래포드라는 필명으로 작품을 출판했다. 그녀의 남편은 한때 교도소에 있었다는 소문이 돌았다. 사실이든 아니든 그녀의 남편이 스스로를 부양할 능력이 없었다는 것은 자명한 사실이며, 끊임없이 빚을 져서 리델 부부는 파산하게 되었다. 그럼에도 불구하고 리델은 어떤 장애물이 나타나든 열정을 버리지 않고 자신의 이야기들에 등장하는 유령들만큼이나 집념이 강하다는 것을 증명했다. 재정적인 문제 때문에 늘 재촉당하는 기분을 느끼곤 했지만 리델은 글쓰기로 벌어들이는 돈으로 자신의 가족을 부양했다. 리델의 개인사는 해피엔딩을 맞이하지 못했다. 그녀는 돈 한 푼 없이 죽었지만 암으로 투병하며 작가 협회에서 재정적인 지원을 받으면서도 글쓰기를 계속 시도했다.

다행히도 리델의 이야기들은 지금까지 살아남았고, 우리를 잠 못 들게 하는 훌륭한 그녀의 유령 이야기들을 앞으로도 계속 즐길 수 있게 되었다.

독서 목록

꼭 읽어야 할 것: 샬럿 리델의 작품을 모은 모음집이 『기이한 이야기들Weird Stories』이라는 제목으로 1882년 제임스 호그 출판사에서 출판되었다. 『미시즈 J. H. 리델의 유령 이야기 모음집The collected Ghost Stories of Mrs. J. H. Riddell』(1977)은 가장 최근의 전집 중 하나이며, 보다 최근에 출판된 모음집들로는 『열린 문The Open Door』(2008)과 『기이한 이야기들』(2009) 개정판이 있다. 이 개정판에는 그녀의 이야기 중 가장 많이 사랑받은 이야기들 「열린 문」, 「너트 부시 농장」, 「샌디와 틴커Sandy the Tinker」, 「늙은 미시즈 존스Old Mrs. Jones」 등이 실려 있다. 리델의 작품 대부분은 아직도 출판물로 존재하는데, 대개 그녀의 소설들을 대중이 볼 수 있게 유지하는 데 헌신한 문학 비평가들과 학자들의 노력 덕분이다. 리델의 보다 완전한 작품 모음집이 한참 전에 나왔어야 했다고 생각되긴 하지만, 빅토리아 시대 유령 이야기 모음집들에 리델의 이야기가 한두 편정도 포함되어 있는 것은 종종 발견할 수 있다. 훌륭한 모음집인 『빅토리아 시대 유령 이야기들을 담은 발란코트 북The Valancourt Book of Victorian Ghost Stories』 제3권(2018)처럼.

또한 시도할 것: 리델은 빅토리아 시대의 크리스마스 호러 트렌드에 편승하여 중편 「마법의 물Fairy Water」, 「빈 집An Uninhabited House」, 「유

령이 나오는 강The Haunted River」, 「제러마이아 레드워스 씨의 실종The Dissappearance of Mr. Jeremiah Redworth」을 발표했다. 이 작품들은 모두 1870년대에서 1880년대에 걸쳐 차례로 단행본으로 발간되었다. 2019년에 영국 국립 도서관에서 앤드루 스미스의 편집으로 「마법의 물」, 「빈 집」이 『유령의 집Haunted Houses』으로 재출간되었다.

관련 작품: 여성이 쓴 빅토리아 시대의 유령 이야기들은 점점 찾기 어려워지고 있다. 이런 이야기 전통을 깊이 파고들고 싶다면, 우리는 엘런 우드를 추천한다. 그녀의 작품 「텅 빈 들판의 유령The Ghost of the Hollow Field」은 겨울밤 난롯가의 독서로 완벽하게 어울린다.

“

그는 절망적인 모습으로
자신의 손을 비틀고는 사라졌다.
동시에 달빛, 계곡, 다리
그리고 시내가
내 시야에서 흐려졌다—
그리고 나는 기절했다.

”

「너트 부시 농장」

가장 많이 배운 여성

◆
◆
◆

아멜리아 에드워즈 1831~1892

작가이자 여행가이며 고대 이집트어의 전문가를 상상해 보라. 위험한 산악 지대를 여행하고 고대의 보물을 찾아 파라오의 무덤들을 발굴하기 위해 나일 강을 항해하는 모험가를.

인디애나 존스가 생각난다고? 그리 멀리 가지 않았다. 아멜리아 에드워즈의 이야기는 스티븐 스필버그의 여름용 블록버스터에서 곧장 튀어나온 것처럼 들리니까.

그녀는 1831년에 런던에서 아멜리아 앤 블랜포드 에드워즈라는 이름으로 태어났다. 아버지는 은행가였고, 어머니는 어린 아멜리아를 집에서 교육했다. 어린 시절부터 에드워즈는 문학에 끌려 12세에(몇몇 학자에 따르면 9세라고 하지만, 알려진 사실로만 봐서는 아마 경연 대회에 제출한 것이 아닐까 싶다) 첫 번째 이야기를 출간했다. 그녀는 글쓰기만이 아니라 그림과 음악에도 재능을 보이면서 영리하고 창의적인 아이임을 증명했다. 20세 무렵부터 에드워즈는 글쓰기에만 초점을 두어 1855년에 첫 소설 『오빠의 아내My Brother's Wife』를 출간했고, 아버지가 은행을 그만

둔 뒤부터는 〈새터데이 리뷰〉와 〈모닝 포스트〉에서 저널리스트로 일하면서 부모님을 부양했다.

에드워즈는 여행을 즐겼고 이탈리아와 프랑스에서 자신이 겪은 모험담을 담은 책들을 출간했다. 하지만 그녀의 삶은 1873년부터 1874년 겨울에 이르는 시기에 달라졌다. 그녀는 우울하고 줄곧 비가 오는 유럽의 날씨 탓에 이집트로 여행을 떠났다가 그곳에서 화창한 기후가 훨씬 더 매력적이라는 것을 깨닫는다. 에드워즈와 동료 루시 렌쇼는 배를 한 척 빌려 나일 강을 항해했고 이 여행의 결과 그녀의 가장 인기 있는 여행담 중 하나인 『나일 강 위로 수천 마일Thousand Miles Up the Nile』(1877)이 탄생했다. 이 책의 출간으로 에드워즈는 작가로서의 경력을 연구자로서의 경력과 맞바꾸게 되었다. 그녀는 독학으로 상형문자를 공부했고, 고대 유물을 형편없이 다루는 모습을 목격한 뒤로 고고학적인 발굴품의 본모습을 유지하는 일을 했다. 이집트 여행에 이어, 에드워즈는 1880년대와 1890년대에는 미국과 영국에서 고고학과 이집트학과 관련해 다양한 주제들로 강의를 했으며 여기에는 남성 지배적인 영역에서 여성 탐험가의 역할에 대한 내용이 포함되어 있었다. 1882년, 그녀는 향후 이집트에 대한 연구가 세심하게 다루어질 수 있도록 하고자 이집트 탐험 기금을 설립했다.

에드워즈는 자신의 모든 작품 중에서도 자신의 여행기들을 가장 뿌듯하게 생각했던 것 같다. 그 안에서 그녀는 자신의 모험들과 이집트를 가로질러 다양한 고고학적인 발굴에 참여했던 일에 대해 상세히 기술했다. 자신의 여행기를 너무도 뿌듯해했던 나머지 경력 막바지에 이르러서는 주로 여행에만 집중해서 글을 썼다. 그녀는 종종 풍광이 일으키는 영감과 감정에 대해 기술했는데, 이탈리아의 산악 지대를 여행하며 묘사한 이런 부분이 그렇다.

"돌로미테(알프스 봉우리 중 이탈리아 북부에 위치한 봉우리-옮긴이)! 죽은 지 얼마 안 된 한 위대한 화가가 그린 이 산의 스케치를 처음 본 이후 15년이 지났다. 그리고 그 기괴한 윤곽이며 한층 더 기이한 색채는 그 뒤로 죽 나의 뇌리를 떠나지 않았다. 나는 매년 여름마다 그 산을 떠올렸고 매년 가을마다 안타까워했다. 매년 봄이면 그 산에 대한 어렴풋한 희망을 품었다. 이 글을 쓰기 1년 전 곤돌라에서 베네치아를 스케치하면서 나는 무라노 너머 희미한 파란색 봉우리 쪽으로 항상 고개를 돌리곤 했다."

평균적인 독자에게 매우 쉽게 다가서는 에드워즈의 산문은 그녀를 인기 작가로 만들었다. 아름답고 인상적으로 서술된 에드워즈의 여행담은 찾아볼 가치가 있다.

밤의 고요함

하지만 우리의 흥미를 가장 돋우며 에드워즈를 빅토리아 시대 유령 이야기를 쓴 최고 작가들 중 하나로 꼽게 하는 것은 역시 그녀의 소설이다. 에드워즈는 다양한 분야를 다루었고—시와 소설에 여행담까지—, 그녀가 쓴 유령 이야기는 경력에서 작은 부분에 지나지 않았지만, 이 분야에서 탁월한 재능을 발휘했다. 에드워즈의 오싹한 이야기들은 항상 공포를 의도하지는 않았고 유혈이나 폭력이 포함되지도 않았다. 오히려 그녀의 이야기들은 보다 차분한 편으로, 작품이 야기하는 가벼운 소름 정도로 볼 때 난롯가에서 즐길 수 있게 쓰인 듯하다.

「살로메 이야기The Story of Salome」(1867)가 완벽한 예이다. 이 이야기에서, 유럽을 여행 중이던 한 젊은 남자가 자신이 이제껏 봐 온 중 가장 아름다운 여인을 목격한다. 그녀는 숨이 막힐 정도로 아름답지만, 이 신비로운 여인에게는 또한 고요한 슬픔이 있다… 있는 듯하다. 남자가 처음 여자를 봤을 때 그녀가 무덤을 방문하고 있었다는 사실을 감안하면. 우리의 주인공은 새로운 사랑에 압도된 나머지 앞서 말한 무덤으로 돌아가 비석의 탑본을 뜬다. 비석에 새겨진 말은 헤브루어였고 그는 읽을 수가 없기에 해독을 위해 이를 친구에게 보낸다. 이 낭만적인 주인공의 집착은 더해져서 이 여인에 대해 그가 알아낼 수 있는 모든 것을 알아내야만 하는 지경에 이르고—그 결과 그는 자신이 유령과 사랑에 빠졌다는 것을 알게 된다. 으스스한 음악 깔아 주세요.

또 다른 고전적이고 차분한 에드워즈의 유령 이야기에는 단편 「유령 코치The Phantom Coach」(1864)가 있다. 외롭고 상실감에 찬 남자, 눈보라, 미지의 존재와의 기이하고 아마도 치명적인 만남. 에드워즈는 인상적인 풍경을 묘사할 때 가장 훌륭하다. 아마도 여행담을 쓰며 갈고닦은 기술 덕일 것이다. 이것이 그녀가 풍경을 묘사하는 방식이다.

“바람이 잦아들긴 했지만, 여전히 지독하게 추웠다. 머리 위 까만 천장에서는 별 하나 반짝이지 않았다. 우리의 발 아래에서 다급하게 뽀

드득 밟히는 눈 소리를 제외하고는, 어떤 소리도 밤의 묵직한 고요를 방해하지 않았다."

그녀는 으스스한 분위기를 지피는 데 너무도 탁월해서 독자는 유령이 나타나기 전부터 오싹했을 것이다.

에드워즈는 여성의 권리를 맹렬히 주장했으며, 여행을 통해 여성도 남성이 할 수 있는 일이라면 무엇이든 할 수 있다는 것을 증명했고, 글 쓰는 재능을 통해 이 주제를 한층 더 밀어붙였다*. 그녀가 쓴 여주인공들은 대개 완강했고 대단히 지적이었다. 그녀의 장편 『바버라 이야기 Barbara's History』(1864)의 제목에 등장한 주인공처럼. 이 작품은 서투르지만 똑똑한 고아가 비밀을 품은 수수께끼 같은 연상의 남자와 사랑에 빠지는 이야기이다. 제인 에어와 다소 유사한 이 소설은 상당한 성공을 거두며 에드워즈의 작가로서의 경력을 진일보시켰다. 그녀는 1858년에 설립되었으며 여성의 권리를 주장하는 활동가 에밀리 페이스풀이 운영한 〈영국 여성 저널English Woman's Journal〉에 처음 실린 작가들 중 한 명이었다. 삶의 후반기에, 에드워즈는 여성 참정권 촉구 협회의 회원이 되었으며 한때 부회장직을 맡기도 했다. 그녀는 이집트학에서 이룬 업적으로 〈보스턴 글로브〉에서 '세계에서 가장 많이 교육받은 여성'으로 선정되었다.

이 무렵 아멜리아 에드워즈는 게이와 레즈비언의 권리를 지지하는

* 아멜리아 에드워즈는 '1866 여성 참정권 탄원서'에 서명했으며, 이는 영국 국회의사당 아카이브에서 온라인으로 확인할 수 있다(pailament.uk).

이들 중 주요 인물이 되어 있었다. 에드워즈는 종종 남성을 동행으로 하지 않고 여성과 함께 여행하면서 관습을 깼다. 그런 동행 중 한 명이 엘런 브래셔로 그녀는 오랫동안 에드워즈의 여행 파트너였다(그리고 로맨틱한 파트너였을 수도 있다. 비록 에드워즈는 그 주제를 결코 입 밖에 내지 않았지만). 에드워즈는 61세에 인플루엔자로 사망하여, 어울리게도 이집트식 오벨리스크와 돌로 된 앙크(윗부분이 고리로 된 십자 모양 상징으로 '생명'을 뜻함-옮긴이) 아래 묻혔다. 그녀는 불과 몇 달 전에 먼저 사망한 엘런 옆에 매장되었다*. 표지 하나가 이 모험적인 영혼들의 삶을 기리고 있으며 이 장소는 영국을 넘어 세계적으로 LGBTQ 커뮤니티의 순례지가 되었다.

독서 목록

꼭 읽어야 할 것: 2009년 리오나르Leonaur 출판사에서 출간된 『아멜리아 B. 에드워즈의 초자연적이고 기이한 이야기 모음집The Collected Supernatural and Weird Fiction of Amelia B. Edwards』에는 스무 편의 으스스한 이야기들과 두 편의 중편 모험담이 실려 있다.

또한 시도할 것: 에드워즈의 나일 강을 거스르는 여행담은 아직도

* 패디 딘햄, "여성 파트너와 나란히 묻힌 빅토리아 시대 작가의 무덤은 동성애의 역사를 알아보기 위한 새로운 운동에 이정표가 되었다.", 2016년 9월 27일, 〈데일리 메일〉

쉽게 구할 수 있다. 노턴 크릭 프레스에서 2008년에 전체 삽화가 들어간 개정판을 출간했다. 엘리자베스 개스켈, 샬럿 리델과 함께 그녀의 작품들 역시 빅토리아 시대와 에드워드 시대 유령 이야기 모음집에 자주 포함된다. 1867년에 출판되었던 그녀의 「4시 15분발 급행열차The Four-Fifteen Express」는 『윔번의 빅토리아 유령 이야기 책The Wimbourne Book of Victorian Ghost Stories』(2018)에서 찾아볼 수 있다.

관련 작품: 에드워즈와 마찬가지로 이집트학으로 박사 학위를 받은 미국 작가 바버라 메르츠는 소설을 쓰기 위해 다른 문화들을 연구하는 데 관심을 두었다. 그녀는 자신의 지식을 미스터리 소설을 쓰는 데 이용했다. 우리는 아멜리아 피바디 시리즈(1975~2010, 2017)를 추천한다. 아멜리아 에드워즈에게 부분적으로 영감을 받은 용감하고 모험심 강한 여성이 등장한다.

“

그의 얼굴은 시체처럼
보랏빛이 돌았고
그의 입술은
죽음이 고통스러웠던 듯
위로 말려 올라가
하얀 이가 드러나 있었다.

”

「유령 코치」

가장 다작한 작가

◆
◆
◆

폴린 E. 홉킨스 1859~1930

아프리카계 미국인의 사변적 글쓰기의 역사는 19세기와 20세기 초로 거슬러 올라가 다음과 같은 작가들에서 시작되었다. 마틴 딜레이니와 대체 역사를 다룬 그의 시리즈 소설 『블레이크; 혹은, 아메리카의 오두막집Blake; or, The Huts of America』(1859~1862), 서턴 그릭스의 1899년 유토피아 소설 『국가 내 국가Imperium in Imperio』, 찰스 체스트넛의 1899년 모음집 『여자 마법사The Conjure Woman』, W. E. B. 뒤보아의 종말을 다루는 이야기 『혜성The Comet』(1920) 등. 모두 당대의 인종차별주의를 해결하려고 노력하는 사변 소설들의 매력적인 사례들이다. 이 시기, 같은 줄기에서 활동했던 또 다른 작가로 폴린 엘리자베스 홉킨스가 있다.

홉킨스의 이름은 21세기 독자들에게 친숙하지 않을 수 있지만, 학자 리처드 야보로에 따르면 그녀는 "21세기로 들어서는 시점에 가장 생산적이었던 독보적인 흑인 여성 작가"였다. 야보로는 1900년과 1905년 사이에 홉킨스가 네 편의 장편 소설을 출간했으며, 최소한 7편의 단편 소설과 아프리카에 대한 역사적인 소책자, 스무 편 이상의 자전적인 스케치들, 그리고 〈유색인 미국인The Colored American〉(그녀는 여기서 1903년부터 1904년까지 문학 편집자로 일했다)과 〈니그로를 위한 목소리The Voice of the Negro〉에 셀 수 없이 많은 에세이와 특집 기사들을 실었다.

폴린 E. 홉킨스는 1859년에 포틀랜드 메인에서 태어났고 보스턴에서 자랐다. 그녀는 어렸을 때부터 글쓰기와 예술에 관심이 있었다. 15세가 되었을 때, 그녀는 '방종의 악마와 그 구제책'이라는 에세이로 노예폐지론자 작가인 윌리엄 웰스 브라운이 후원한 글쓰기 대회에서 우승했다. 젊은 시절 홉킨스는 가족과 친구들로 구성된 홉킨스 유색인 음유시인이라 불리는 공연 그룹에서 희곡을 쓰고 연기를 하고 노래를 불렀다. 극작가로서의 홉킨스의 작품은 대부분 소실되었지만, 야보로는 이 공연단이 1880년에 공연했던, '노예의 탈출; 혹은, 지하의 기찻길Slaves' Escape; or, The Underground Railroad'이라는 제목의 그녀가 쓴 희곡에 대한 기록이 존재한다고 언급한다. 그녀는 종종 아프리카계 미국인 역사에서 중요한 인물들에 대한 강의를 했다. 다른 작가들처럼 홉킨스 역시 창조적인 작업 외에 추가적인 본업이 필요했기에, 속기를 배워 매사추세츠주 통계와 고용청, 그리고 매사추세츠 기술 협회를 비롯한 다른 기관들에서 일했다.

홉킨스는 문학 비평가와 역사가들에게 자신의 소설 『북부와 남부 흑인의 삶을 묘사하는 로맨스A Romance Illustrative of Negro Life North and South』(1900)로 가장 잘 알려져 있다. 그 책은 감상주의(슬픔, 동정, 연민 등의 감상을 작품에 드러내려는 문예 경향-옮긴이)로 알려진 18세기 문학 장르의 사례로 독자들의 감정을 자극하며 사회에서 발생하는 인종차별적인 문제들을 제기했다. 이는 재건 기간 동안과 그 이후 노예폐지론자의 글과 아프리카계 미국인 활동가 그리고 그 동맹의 작품에서 흔한 특성이었다. 감상주의자들은 고결하고 도덕적으로 강한 주인공들을 제시해서 재정적인 상황을 개선하거나 교육을 받으려 노력하는 캐릭터들에 대한 독자의 연민을 자아내곤 했다. 이 작가들은 또한 학대의 희생자였던 캐릭터들, 예를 들자면 지독한 악당에게 계속 시달리는 젊은 여성들에 대한 연민을 불러일으키려 노력했다. 『세력 다툼Contending Forces』은 아프리카계 미국인 남성이 백인 여성에게 위협이며 아프리카계 미국인 여성은 노예 소유자가 그들에게 가하는 성적 학대에 대한 책임이 있다는 그릇된 개념을 포함하여, 흑인 성생활의 파괴적이고 끔찍한 고정 관념에 도전했다. 이 작품은 또한 초자연적인 요소들을 담기도 했다.

홉킨스의 네 번째 소설로 1902년에서 1903년 사이에 〈유색인 미국인〉에 연재된 『하나의 핏줄; 혹은, 숨겨진 자아Of One Blood; or, The Hidden self』는 당대의 사변적인 주제들을 전부 포용하여 '사라진 인류'를 찾는 고고학적 모험을, 로맨스와 오컬트적인 요소들을 아우르며 최면술과 심령주의부터 자동 기술(글쓴이의 의식적 사고를 벗어나 무의식을 따라가는 글쓰기의 과정이나 그 과정의 산물-옮긴이)하는 유령까지 담아냈다. 주인공 루엘 브릭스는 자신의 아프리카계 미국인의 정체성을 숨기고 있는 의대생으로 신비주의와 오컬트에 관심이 있다. 그는 꿈에서 목격한 여성이 현실의 콘서트에서 연주하고 있는 모습을 보고 그 여자에게 빠져든다. 핼러윈 데이에 그가 친구 몇 명과 함께 유령이 나오는 집을 조사하고 있는데, 여자가 다시 그에게 나타나 도와달라고 한다. 그녀가 브릭스가 공부하는 병원에서 죽은 것 같은 모습을 드러내자, 그는 자신의 신비주의적인 지식을 이용하여 제조한, 생명을 부여하는 가루로 만든 물약병으로 그녀를 되살린다. 이야기가 진행되면서, 브릭스는 사랑에 실패하고 유물과 보물을 찾아 아프리카로 고고학적인 여행을 떠날 계획을 세운다. 대신에 그는 식민주의를 빗겨간 숨겨진 나라를 발견한다. (2018년 영화 〈블랙팬서〉를 본 사람이라면 친숙하게 들리겠죠) 이 잃어버린 문명은 지상의 모든 문화와 지식의 뿌리이고 어떤 서양 문화보다 더 오래됐다. 브릭스는 자신이 예상한 것보다 더 많은 것들을 발견하는데, 이 책을 읽는다면 독자 역시 그럴 것이다.

독서 목록

꼭 읽어야 할 것: 『하나의 핏줄』은 H. 라이더 해거드의 『그녀She』(1886년에서 1887년까지 잡지 〈그래픽〉에 연재되었다)처럼 빅토리아 시대의 '사라진 인류'를 다루는 장치들을 되살리면서, 그 책들의 아프리카에 대한 유럽적인 관점을 뒤집는다. 2010년 워싱턴 스퀘어 프레스에서 학자인 데보라 맥도웰의 서문을 실어 이 소설을 재출간했다.

관련 작품: 니시 쇼어의 책 『에버페어Everfair』(2016)는 유럽인들이 아프리카 대륙까지 팽창했던 시대를 배경으로, 벨기에령 콩고에서 원주민들을 위해 개척한 유토피아인 에버페어라는 마을을 중심으로 한다.

이 작품은 또한 19세기 후반에 발전한 증기 기관 기술이 콩고에 살던 공동체들을 위한 것이었을 가능성을 탐구하는 스팀펑크(19세기 산업혁명기 증기기관에 영감을 받아, 이를 바탕으로 하는 기술 기반 가상 세계를 그리는 장르-옮긴이) 이야기이기도 하다. 쇼어는 2018년 6월, 토르닷컴(Tor.com)에 홉킨스의 소설에 대한 기사를 실었는데 그 제목은 "사람들이 갈라놓은 것: 폴린 홉킨스의 『하나의 핏줄』"이었다.

아프리카계 미국인의 사변 소설에 관심 있는 독자라면 쉬리 R. 토마스가 편집한 2000년의 모음집 『암흑물질: 아프리카인의 디아스포라에서 비롯된 사변 소설의 한 세기Dark Matter: A Century of Speculative Fiction from the African Diaspora』를 살펴봐야 한다. 목차에는 린다 애디슨, 타나나리브 듀, 네일로 홉킨슨, 옥타비아 버틀러, 새뮤얼 R. 딜레이니뿐만 아니라 쇼어와 홉킨스의 동료인 찰스 체스넛, W. E. B. 뒤보아 등 사변 소설과 호러로 독자에게 잘 알려진 이름들이 포함되어 있다. 아쉽게도 홉킨스는 포함되어 있지 않다.

“

초자연적인 것은 항상 인간의 구성을 지배하는 법이죠.

”

『하나의 핏줄; 혹은, 숨겨진 자아』

소년 같은 유령 작가

◆
◆
◆

버논 리 1856~1935

유령과 사로잡히는 것(haunting)은 관련이 있지만 정확히 같은 것은 아니다. 유령은 과거의 망령들—이전에 살았고 이 인간의 왕국을 뒤로하고 떠날 수 없는 사람들이다. 하지만 사로잡히는 것은 보다 폭넓게 정의된다. 사람은 생각에 사로잡힐 수도, 과거에 사로잡힐 수도, 집착에 사로잡힐 수도 있다. 무생물 역시 이름 없는 악마나 소멸되지 않는 트라우마가 들러붙어 출몰할 수 있다. 버논 리 표 초자연적인 소설 유형은 이 후자의 범주에 들어맞는다. 생전의 문제들을 해소하려는 유령 얘기는 적고, 자신의 심리 상태에서 벗어날 수 없는 사람들 얘기가 많다. 리의 캐릭터들은 기이한 선조들에 사로잡힌 여자들이거나, 예술적으로—그리고 때로는 성적으로—욕구불만에 찬 남자들이다. 그리고 그들은 모두 위험하게도 과거에 사로잡히며, 거의 지배당한다.

'버논 리'는 영국 작가 바이올렛 파제트의 필명으로, 그녀는 초자연적인 이야기들뿐 아니라 미학적인 관점들로도 유명해졌다. 1856년 프랑스에 거주하는 영국인 부모에게서 출생한 리는 방랑자적인 삶을 살았다. 그녀의 어머니 마틸다는 법적인 다툼으로 재산이 묶이긴 했지만 상속녀였다. 덕분에 파제트 일가는 정확히 표현하자면 가난하지는 않았지만 보다 여건이 나은 환경을 좇아 자주 이주해야 했다. 바이올렛은 여러 언어를 구사하는 똑똑한 아이였고 존 싱어 서전트(후에 화가로서 명성을 얻게 되는), 그리고 서전트의 여동생 에밀리와 친구였다. 그들은 종종 함께 놀았다고 전해진다. 가장 좋아했던 게임은 책에서 역사적인 처형 장면을 읽고 연기하는 것이었다고. 에밀리와 바이올렛은 성인이 된 이후에도 가깝게 지냈다.

바이올렛은 어린 시절부터 글쓰기를 즐겨, 1870년 그녀가 14세였을 때 스위스 잡지 〈가족La Famille〉에 「동전 한 푼의 모험Les aventures d'une pièce de monnaie」이라는 제목의 첫 소설(역시 프랑스어로)을 발표했다. 이 이야기는 역사를 거쳐 사람에게서 사람에게로 여행을 거듭하는 한 동전의 모험담이다. 그녀의 작품은 역사에서 예술, 철학, 특히 미학 혹은 미의 연구에 이르기까지 다양한 관심사를 보여 준다. 1873년에 어머니가 마침내 재산을 완전히 상속받게 되자 가족은 바이올렛이 항상 자신의 고향으로 여겼던 플로렌스 지방에 정착했다.

1875년에 파제트는 버논 리라는 필명을 쓰기 시작했지만 사생활에서는 두 이름 사이를 오갔다. 당시에는 여성이 출판을 위해 남성의 이름을 택하는 일이 필수적이지는 않았다—리와 동시대의 여성 작가들은 자기 이름으로 글을 쓰고 있었다—. 하지만 리는 자신이 여성의 이름을 쓰면 예술 비평가들이나 철학자들이 진지하게 간주하지 않으리라 생각했다. 비네타 콜비의 2003년 전기에 따르면, 리는 "누구도 여성이 예술, 역사, 미학에 대해 쓴 글은 읽지 않으며 순전히 경멸할 뿐이다"라고 말했다.

유령의 심리

우리는 빅토리아 시대와 그 이후 수십 년 동안 살았던 사람들이 고루하고 거만하며 과묵하고 편협하다고 생각할지 모르지만, 리는 자신의 페미니즘적인 생각들을—그리고 1차 세계 대전 당시에는 자신의 평화주의를—감추지 않았다. 사실 그녀는 자신이 빅토리아적인 관습들에 대해 어떻게 느끼는지 드러내기 위해 문자 그대로 자신의 옷장을 이용했다. 1881년에 서전트가 그린 그림 속에서 그녀는 남자 옷을 입고(à la garçonne, 혹은 보다 남성적인 '여신사' 패션으로 알려진) 자신의 유명한 중성적 스타일을 강조하고 있다. 버논을 필명으로 선택한 것도 사회적인 젠더 구분에 대한 반항을 보여준다(그녀의 이복형제인 유진의 성이었던 리처럼).

리는 또한 공공연하게 여성들과 장기적인 연인 관계를 맺곤 했다. 1878년에 시작된 작가 메리 로빈슨과의 관계가 그렇다. 이 무렵 리는 많은 작품을 써내고 있었는데, 때로는 1년에 한 작품 이상을 출판하기도 했다. 리의 유명한 예술 저서 중 하나인 『18세기 이탈리아에 대한 연구Studies of the Eighteenth Century in Italy』가 이들이 관계를 지속하던 시기에 출판되었다. 또한 이 다작 시기에, 리는 작가 헨리 제임스와 친분을 맺어 그에게 자신의 1884년 소설 『미스 브라운Miss Brown』을 헌정하기도 했다(제임스는 리의 재능을 보여 주지 못한다며 이 책을 싫어했다)*. 불행히도 이 행복한 흐름은 지속되지 못했다.

로빈슨은 1887년에 그들의 관계를 깨고 얼마 지나지 않아 한 남자와 결혼했다. 리는 거의 즉시 클레멘티아 '키트' 앵스트루터 톰슨과 새로 관계를 시작했다. 항상 불안해하는 경향이 있었던 리는 갑작스럽게 떠난 로빈슨에게서 헤어나기 위해 노력했고 그녀의 글은 이 이별 뒤로 크게 달라졌다. 대략 1889년에서 1902년 사이에, 그녀는 보다 초자연적인 이야기들을 쓰기 시작했다. 그 이야기들은 특히 정신적으로 사로잡히는 내용을 주로 다루었다. 그녀의 책 『벨카로Belcaro』(1881)에 실린 한 에세이에서, 그녀는 사로잡히는 것과 유령이 예술과 문학에서 어떻게 기능하는지에 대한 자신의 생각을 상세히 기술했다. "우리 중 누구도 이성적인 가능성 면에서 유령을 믿지 않지만, 우리 대부분은 상상 속에서는 유령이 가능하다고 생각한다. …유령이란, 우리가 전해 듣거나 혹은 글로 쓰인 이야기 속에서 보고 듣는 저속한 귀신을 뜻하는 것이 아니라, 우리 마음속에 서서히 맺히는 유령, 복도나 계단이 아니라 우리의 상상 속에 출몰하는 유령을 뜻한다."

유령이 리를 사로잡은 부분은 유령이 실재할 가능성이 아니라, 유령 이야기를 하는(그리고 읽는) 사람들에 대해 드러내는 무엇이다. 그녀의

*칼 J. 웨버가 쓴 "헨리 제임스와 그의 얼룩 고양이Henry James and his Tiger Cat", 『PMLA 68』, no.4, 1953년 9월, 683. 웨버가 쓴 글에는 헨리 제임스가 지신의 형제인 윌리엄에게 쓴 편지가 다수 등장하는데, 여기서 그는 리에 대해 언급한다. "그녀의 일류성에는 뛰어난 이류적 요소가 있어."

유령 이야기는 보다 덜 섬뜩하고, 인간이 스스로를 어떻게 보는지를 심리적으로 밝혀낸다.

리의 가장 잘 알려진, 초자연적인 소재를 다룬 작품은 단편 「유령 연인A Phantom Lover」(1886)과 모음집 『유령들Hauntings』(1980)이다. 『유령들』의 서문에서, 그녀는 심령 단체들의 연구와 진짜 유령의 증거를 수집하려는 그들의 시도를 일축한다. 리의 관점으로 보자면, 사람들이 그런 이야기들을 말하고 읽는 이유는 유령이 신비롭고 기이하며 낯설기 때문이다. 유령은 우리의 상상력을 사로잡는다.

그녀의 이야기들에는 종종 행동이나 복장을 통해 사회적인 기대를 거부하는 여성들이 등장한다. 「유령 연인」에 등장하는 여성 캐릭터 중 한 명은 엘리자베스 시대 패션을 애호하는 복장도착자로 다른 여성의 집착의 대상이 된다. 리의 유령들은 종종 빙의 현상을 보이는데, 사회가 용납하지 않던 시기에 리가 레즈비언의 사랑과 여성들간의 관계를 은유할 수 있도록 허용하는 도구가 되었다.

일그러진 결말

버논 리의 가장 오랜 연인은 클레멘티아 '키트' 앵스트루터 톰슨이었다. 2003년 전기에서 비네타 콜비는 그들의 파트너쉽을 일종의 결혼 관계로 묘사했다. 이 관계는 추문 탓에 무너졌지만, 그 추문은 그들의 동성 관계에 대한 것은 아니었다. 리는 미(美)에 대한 키트의 생리적 반응들에 충격을 받았고 그에 따라 자신의 미적 이론을 조정했다. 커플은 함께 예술에 대한 신체적이고 감정적인 경험에 대해 '미와 추Beauty and Ugliness'라는 제목의 에세이를 썼다. 그들은 표절 시비에 휘말렸는데, 이후에 이 의혹들이 어느 정도 해소되긴 했지만 키트는 이런 공방의 스트레스에서 회복하지 못했고 두 사람의 관계는 끝이 나고 말았다.

독서 목록

꼭 읽어야 할 것: 버논 리의 유령 이야기들은 그녀의 역사와 예술에 대한 지식을 바탕으로 배경을 세웠을 때 가장 탁월하다. 브로드뷰 프레스는 2006년에 리의 가장 유명한 유령 이야기들을 모아 『유령과 기타 환상적인 이야기들Hauntings and Other Fantastic Tales』을 출간했다. 「유령 연인」은 영국의 장원 저택을 배경으로 하지만 그녀가 쓴 기타 초자연적인 소설은 대부분 독일, 스페인, 이탈리아를 배경으로 한다. 「쓰라린 사랑Amour Dure」은 중세의 그림 속에서 본 여자와 사랑에 빠진 역사가에 대한 이야기이다. 찾아볼 가치가 있는 다른 작품으로는 「앨버릭 왕자와 뱀 아가씨Prince Alberic and the Snake Lady」가 있다. 이 작품은 태피스트리에 수놓인 뱀 꼬리를 한 여자의 이미지가 남자주인공에게 계속 나타나는 이야기이다.

또한 시도할 것: 리의 삶에 관심이 있는 독자라면, 학자인 비네타 콜

비가 쓴 『버논 리: 문학적 생애Vernon Lee: A Literary Biography』(2003)가 있다. 이 책은 꼼꼼하게 조사된 전기로 독자를 리의 보헤미안적인 어린 시절을 거쳐 지성인이자 작가로서 놀랄 만한 삶 속으로 끌어들인다.

관련 도서: 약간의 심리학과 예술을 즐기는 독자라면 샬럿 퍼킨스 길먼의 「노란 벽지The Yellow Wall Paper」(1892년 1월, 〈뉴잉글랜드 매거진〉에 처음 게재되었다)를 즐겁게 감상할지도 모르겠다. 이 이야기에서 유령들은 벽 속이 아니라 주인공의 마음속에 기거한다. 그녀의 심리 상태는 예술과 사회에 대한 접근이 막히자 더욱 악화된다. 이 이야기는 선집마다 대체로 포함되며 심리적인 공포에 흥미가 있는 독자라면 반드시 읽어 봐야 한다.

“

그는 대답했다.
‘유령이라는 것이 존재한다면,
가볍게 여기지 말아야 한다고
생각하오. 신께서 그 존재를
허락하지 않으실 거요,
경고나 혹은 처벌이 아니라면.’

”

「오크허스트의 오크; 혹은, 유령 연인」

죽은 자를 위한 목소리

◆
◆
◆

마거릿 올리펀트 1828~1897

마거릿 올리펀트보다 분위기 있는 유령 이야기를 더 잘 쓸 수 있는 작가는 없을 것이다. 아마도 그건 그녀가 목숨이 달린 것처럼 이야기를 썼기 때문일지도 모른다…. 실제로 그런 부분이 있었다.

올리펀트는 이 책에 실린 다작 작가들을 기준으로 보아도 상당히 많은 책을 출간했다. 거의 100편에 달하는 장편 소설과 50편 이상의 단편, 거기다 다양한 논픽션들과 에세이, 평론까지.

올리펀트의 작품들은 그녀가 한 세대의 기민한 목소리이자 사회적인 논제들에 예리한 눈을 갖춘 실력 있는 이야기꾼임을 드러낸다. 왜 더 많은 사람들이 마거릿 올리펀트에 대해 논하지 않을까?

올리펀트의 중요성은 그녀가 낸 방대한 결과물에 묻혔는지도 모르겠다. 무슨 말인가 하면, 어쩌면 그녀는 스스로 잊힐 정도로 글을 썼는지도 모른다는 뜻이다. 그녀의 생산량은 너무도 방대해서 당대의 비평가들은 그녀를 선정적인 작가로 평가했다. 즉, 진실된 문학적 재능이 있기보다 다수에게 빠르게 읽히고는 옆으로 휙 던져지려는 의도로 글을 쓰는 작가로.

진실은, 올리펀트가 미친 듯이 글을 쓴 이유는 달리 어쩔 도리가 없었기 때문이었다.

마거릿 올리펀트는 스코틀랜드의 고향땅에서 고작 21세에 첫 소설 『미시즈 마거릿 메이트랜드의 삶의 여정Passages in the Life of Mrs Margaret Maitland』(1850)을 출간하며 작가로서의 경력을 쌓기 시작했다. 그 직후, 그녀는 프랜시스 '프랭크' 올리펀트라는 이름의 스테인드글라스 아티스트와 결혼했고 런던으로 이주하여 계속 글을 써서 〈블랙우즈 매거진〉에 정기적으로 기고하게 되었다. 이 잡지는 퍼시 비시 셸리와 월터 스코트 경의 작품을 출판하며 유명해진 잡지였다. 낭만주의적 성향에 매여 있긴 했지만, 〈블랙우즈〉는 호러 소설에서 중요한 출판사였고 그 잡지에 실린 이야기들은 후에 에드거 앨런 포나 호러 장르의 다른 거장들에 영향을 끼쳤다.

올리펀트의 남편이 1859년에 그녀에게 돌봐야 할 세 명의 아이들을 남기고(세 명의 다른 아이들은 유아기 때 사망했다) 폐결핵으로 사망했을 때 그녀의 창작에 가열 찬 속도가 붙게 되었다. 1800년대 후반 여성에게 가능한 직업적 선택지가 거의 없는 상황에서, 올리펀트는 좌우간 자신이 할 수 있는 방식으로 돈을 벌어야 했다. 그녀는 글을 잘 썼고, 남편이 투병 중일 때 이미 자신의 벌이로 가족이 먹고 살 수 있다는 것을 증명했었다. 이제 그녀의 글은 그 가족이 버는 유일한 수입이었다. 생의 막바지에 이르렀을 때쯤, 마거릿 올리펀트는 알코올 중독자인 남동생과 조카들까지 돌보고 있었다. 1894년에 그녀의 아이들은 모두 질병으로 사망했다.

신은 침묵하다

역사 소설이나 다른 장르들도 쓰긴 했지만, 올리펀트의 재능은 호러와 초자연적인 소설을 쓸 때 가장 밝게 빛났다. 그녀가 1882년에 쓴 단편 「열린 문The Open Door」은 소설의 무대 바로 뒤에서 끓어오르는 공포를 중심으로 하는 분위기 있는 이야기이다. 구성은 친숙하다. 한 남자가 가족을 오래된 토지로 데려가고 그들은 그곳에서 무너져 가는 성벽 문 맞은편에서 들여보내 달라고 울부짖는 유령의 목소리에 시달린다. 올리펀트는 거장의 솜씨로 서스펜스를 조성하고 이 유령 아이가 자신의 엄마를 부르는 장면에서, 마치 약간 목에 두른 올가미처럼 서스펜스를 팽팽하게 조인다. "오, 엄마, 들여보내 주세요! 오, 엄마, 들어가게 해 줘요! 나 들어갈래요!"

비록 동시대 다른 작가들처럼 비평가들에게 논해지지는 않았지만, 그녀에겐 팬들이 있었다. 영국 작가 M. R. 제임스는 1929년 자신의 에세이 「유령 이야기에 대한 논고Some Remarks on Ghost Stories」에서, "소위 종교적인 유령 이야기는 미시즈 올리펀트의 「열린 문」, 「포위된 도시A Beleaguered City」보다 더 잘 쓸 수 없다"고 서술했다. 종교적인 것과 초자연적인 것을 이용하는 올리펀트의 솜씨는 제임스가 제안하는 것보다 한층 더 복잡하다. 그녀가 쓴 유령 이야기 중 대다수는 사후 세계를 추정하는 초자연적인 요소를, 종종 천국에 대한 기독교적인 생각 혹은 심지어 기독교적인 신과 상충하는 듯 보이는 요소를 아우른다.

올리펀트의 캐릭터는 초자연적인 것과 맞닥뜨릴 때 신에게, 혹은 최소한 종교적인 신념에 의문을 던지는 경향이 있다. 만일 과거에서 죽은 자가 돌아와 현재에 출몰한다면, 분명 신은, 과학에 견주어 볼 때, 그 답을 간직하고 있을 것이다. 하지만 올리펀트의 이야기에는 데우스 엑스 마키나(기계적 신의 출현. 극 중에 갑자기 신이 등장하여 사건을 모두 해결하는 기법으로 고대 그리스 비극에서 주로 이용한 연출 기법-옮긴이)는 없다—도움을 주는 신은 없다. 올리펀트가 대체로 자신의 초자연적인 이야기에서 신의 이름을 언급하거나 혹은 종교적인 무엇을 언급하지 않는다는 점은 흥미롭다. 오히려 그녀의 이야기들에서는 기독교적인 패러다임이 시험에 들고 있다는 인상을 준다.

올리펀트는 이런 기독교적인 요소들을 트라우마와 뒤섞는다. 그녀의 이야기가 펼쳐지는 배경—무너져 가는 성들, 오래된 장원의 저택들—은 오랜 학대의 역사에 시달린다. 그녀의 캐릭터들은 종교와 같이 마음을 달래주는 개념에서 안도감을 얻으려 하지만 안도감은 쉽사리 찾아지지 않는다. 적어도 올리펀트에 따르면, 과거는 결코 진정으로 극복될 수 없는 것으로 보인다. 과거란, 오로지 정면으로 마주할 수 있을 뿐이다. 그것이 얼마나 고통스럽든지 간에.

독서 목록

꼭 읽어야 할 것: 지난 몇 십 년간, 몇몇 학술 출판사에서 올리펀트 작품의 개정판을 출간했다. 캐논게이트 클래식은 2009년에 그녀의 유령 이야기들을 『포위된 도시, 그리고 기타 보이는 것과 보이지 않는 것 이야기A Beleaguered City and other Tales of the Seen and Unseen』라는 책으로 묶어 냈다. 이 책에는 그녀의 최고작들, 「열린 문」과 돌아온 죽은 자들에 의해 포위된 작은 마을을 다룬 단편 「포위된 도시」 등이 포함되어 있다. 이 작품은 조지 로메로와 같은 영화감독들이 시각화한 좀비 아포칼립스물은 아니지만, 그렇더라도 으스스한 작품이다.

또한 시도할 것: 「열린 문」은 1966년에 텔레비전 드라마로 각색되어 BBC의 〈미스터리와 상상Mystery and Imagination〉 앤솔러지 시리즈로 방영되었다(시즌 1, 에피소드 4).

관련 작품: 올리펀트는 종종 초자연적인 것을 다룬 당대의 다른 여성 작가들과 비교되곤 한다. 그녀의 이름은 대개 메리 엘리자베스 브래든, 그리고 로다 브로턴과 나란히 거론된다(비록 올리펀트는 자신의 과장된 산문에서 후자를 공개적으로 비판했지만). 브로턴의 단편 「진실, 완전한 진실, 오로지 진실The Truth, the Whole Truth, and Nothing but the Truth」(1868)에서는 여성들 간에 교환되던 편지가 서서히 긴장감을 조성하고, 브래든의 「크라이턴 수도원At Chrighton Abbey」(1871)은 예비 신랑들이 결혼식 전에 살해당하는 저주받은 저택에 대한 이야기로 읽어 볼 가치가 있다.

“

오, 엄마, 들여보내 주세요!
오, 엄마, 들어가게 해 줘요!
나 들어갈래요!

”

「열린 문」

등줄기를 서늘하게 한 작가

◆
◆
◆

이디스 워튼 1862~1937

이디스 워튼은 언젠가 좋은 유령 이야기라면 “등줄기를 따라 오싹한 기운”이 끼치게 해야 한다고 썼다. 그녀는 이를 초자연적인 이야기의 ‘온도적 특성’이라 불렀다. 워튼은 이런 유령의 특성에 가장 최적화됐다고 할 수 있을 것이다. 종종 전해지는 일화에 따르면, 젊은 시절 그녀는 유령 이야기를 너무너무 무서워해서 어딘가에 유령 책이 있는 집에서는 잠도 못 잘 정도였다고 한다. 그런데 그녀는 어떻게 20세기 가장 등골이 오싹한 이야기 중 몇 작품을 쓰게 되었을까? 어떤 이들은 그녀가 바로 자신의 공포를 극복하기 위해 썼다고도 한다.

워튼은 1862년 1월 24일 뉴욕 시티에서 이디스 뉴볼드 존스라는 이름으로 태어났다*. 세 아이 중 막내(이자 외동딸)로, 워튼은 폭 넓은 교육을 받았는데, 이는 당시 여자아이들에게는 아직 일반적이지 않았

* “존스를 따라가라”는 말은 워튼의 가족을 일컫는 말이었다. 그녀의 아버지, 조지 프레더릭 존스는 뉴욕 시티의 부유한 부동산 거물이었고, 한다하는 사람들은 모두 그들 가족같이 되기를 갈망했다.

다. 그녀의 가족은 유럽을 여행 다니며 프랑스, 스페인, 이탈리아를 방문했고 어린 이디스는 언어, 예술, 역사 교육을 받았다. 1870년에 워튼의 부모는 그녀와 형제들을 독일로 데려갔는데 여기서 그녀는 장티푸스로 심하게 아팠다. 회복하는 동안 그녀는 지루함을 견디기 위해 책들—대부분 동화와 유령 이야기들—에 의지했다. 여전히 이런 이야기들을 무서워했지만 그녀의 공포는 일종의 병적인 매혹으로 변형되었고 그녀는 자신이 두려워하는 것에 도취되었다. 워튼은 잠시 회복되었지만 병은 다시 악화되었다. 결국 완전히 회복되긴 했지만 이 시기는 그녀를 변화시켰다. '내 삶과 나My Life and I'라고 제목 붙인 자전적인 짧은 글에서, 워튼은 이렇게 쓴다.

" 정신을 차렸을 때 , 나는 형체 없는 두려움에 쫓기는 세계로 들어섰다 . 나는 원래 두려움이 없는 아이였지만 이제는 끊임없는 공포 한가운데서 살게 되었다*."

새롭게 발견한 자신의 공포에 대해 워튼은 "도사리고 위협하며 영원히 내 뒤를 바싹 쫓는, 어떤 어두운 정의할 수 없는 협박"이라고 묘사했다.

몇 년 뒤에, 가족들은 뉴욕 시티로 돌아왔고 그곳에서 워튼은 가정교사를 통해 계속 교육받았다. 병의 후유증 때문에 워튼은 불안과 환각에 시달렸으며 이는 성인 초기까지 이어졌다. 몇 년 뒤 불안과 환각

* 신시아 울프가 편집한 『이디스 워튼: 중편 및 기타 글들Edith Wharton:Novellas and Other Writings』(1990)에 수록되어 있다.

은 사라졌지만 그녀가 좀 더 나이가 들었을 때, 어머니가 사망하면서 재발하게 된다. 끔찍한 경험이긴 했지만, 이런 환각과 공포는 그녀가 유령 이야기를 쓸 때 영감을 제공하기도 했다.

1885년에, 워튼은 23세였고 거의 노처녀로 간주될 참이라 에드워드 '테디' 로빈스 워튼과 가정을 꾸렸다. 열정적인 연애는 아니었지만 결혼 생활은 그녀를 안정시켰고 글을 쓸 기반을 제공했다. 그녀는 40세에 첫 소설을 출간했다. 워튼의 경력은 그녀의 결혼 생활보다 오래 지속됐는데, 이들 부부는 1913년에 이혼했다.

이디스 워튼의 기타 작품들

엘리자베스 개스켈이나 찰스 디킨스와 같이 앞서간 수많은 초자연적인 이야기의 작가들처럼, 워튼은 주로 그녀의 사실주의적인 소설로 기억되어 왔다. 특히 강의실에서는(이 책의 작가들 중 한 명에게 교육받는 수업이 아닌 한). 그녀는 1921년 첫 장편 『순수의 시대』(1920)로 퓰리처상을 수상한 첫 여성이었다. 그녀는 1927년, 1928년, 그리고 1930년에 노벨상 후보에 올랐다. 그녀는 『기쁨의 집The House of Mirth』(1905), 『이선 프롬Ethan Frome』(1911), 그리고 단편 「로마의 열병Roman Fever」(1934) 등 찬사 받은 소설들을 썼다. 워튼이 글을 쓰던 시기에는 사실주의 소설이 유행이었고 그녀의 사실주의 소설들은 유령 이야기들보다 비평가의 관심을 더 많이 받았다.

워튼과 동시대를 살았고 친구였던 헨리 제임스처럼, 워튼은 흔히 미국의 특혜받은 상류층에 초점을 맞추었고, 자신이 속한 집단의 결점들을 꼬집기를 주저하지 않았다. 또한 심령 협회Societies for Psychical Research(다음 장에 더 많이 다루게 될)에 매혹되어 『나사의 회전』(1898)을 비롯한 수많은 초자연적인 이야기들을 썼던 제임스처럼, 워튼도 유령 이야기들에 강한 흥미를 느꼈다. 그녀가 쓴 유령 이야기들을 간과하는 것은 20세기의 위대한 작가들 중 한 명의 그림을 불완전하게 그리는 것이다.

1937년에 워튼은 자신이 쓴 11편의 초자연적인 이야기들을 어울리게도 『유령들Ghosts』이라는 제목으로 한 권으로 모아 담았다. 이 이야기들과 그녀의 캐릭터들은 흔히 과거에 사로잡혀 있다. 인기 있었던 단편 「눈The Eyes」에서는 주인공이 자신의 만찬 손님들에게 어린 시절 자신을 따라다녔던 한 쌍의 유령 같은 눈에 대해 얘기한다. 이야기는 화자가 그 눈이 자신의 눈이라는 사실—나이든 자신이 그의 젊은 시절 모험들을 (다소) 실망스럽게 지켜보고 있었다는 것—을 깨달으면서 등골을 오싹하게 하는, 그리고 아이러니한 반전을 취한다. 「눈」은 워튼의 초자연적인 이야기 스타일을 드러낸다. 그녀는 빅토리아 시대 크리스마스 유령 이야기의 아늑한 배경을 즐긴다(브랜디 잔을 들고 거실에서, 혹은 먼지 낀 두꺼운 책 무더기들에 둘러싸인 고딕 스타일 서재에서 벽난로 가에 앉아 나누는 이야기들을 생각해 보라). 다만 워튼은 분명 빅토리아 시대를 배경으로 했지만, 그녀가 그리는 소동들은 조용하지 않았고 종종 미지의 영역으로 둘러갔다. 「매혹Bewitched」은 이선 프롬의 동네를 연상시키는 뉴잉글랜드의 작은 시골 마을을 배경으로 한 섬뜩한 뱀파이어 이야기이다. 「커폴Kerfol」은 유령 개들을 추가한 유령 이야기이고 「모든 영혼들All Souls」은 1년 중 가장 으스스한 시기인 10월의 마지막 날에 가능한 마법 이야기를 다룬다.

「로마의 열병」을 읽은 독자라면 워튼이 뒤틀린 결말을 선호한다는 사실을 알고 있을 것이다. 워튼의 이야기 「그 후Afterward」는 그녀의 최고작 중 하나이다. 주인공 네드 보인은 재미 삼아 유령이 나온다는 집을 구입하려 한다. 그와 그의 아내는 유령이 있다고 확신이 드는 집을 구입하지만 '그 후가 되기까지는' 확실히 알 수 없을 것이다. 네드는 흥미를 잃는다—그의 과거가 그를 쫓아와 그가 예상한 것 이상을 얻기 전까지는.

독서 목록

꼭 읽어야 할 것: 대학 문학 강의를 들은 사람이라면 이디스 워튼이 오늘날까지 여전히 널리 출간된다는 사실에 놀라지 않을 것이다. 단편 모음집도 풍부하며, 우리가 가장 좋아하는 책은 『이디스 워튼의 유령 이야기들The Ghost Stories of Edith Wharton』(2009, 국내 출간: 『이디스 워튼의 환상 이야기』, 레인보우퍼블릭북스, 2021, 국내 출간본에는 「커폴」, 「모든 영혼들」, 「미스 메리 파스크」 등은 실려 있지 않다-옮긴이)로 이 작품에는 「그 후」와 「커폴」 같은 우리가 가장 좋아하는 이야기들이 포함되어 있다. 우리는 특히 뜻

밖의 결말을 구사하는 워튼의 재능이 돋보이는 또 다른 오싹한 이야기 「미스 메리 파스크Miss Mary Pask」를 추천한다.

또한 시도할 것: 워튼의 인기는 1937년 그녀가 사망한 이후로도 시들지 않았다. 온전히 그녀의 유령 이야기들만 수록한 책들을 포함하여 그녀의 단편 소설 모음집 몇 편은 쉽게 접할 수 있다. 위에 언급한 책들과 함께, 원래 『여기 그리고 저 너머Here and Beyond』(1926)에 처음 수록되었던 「매혹」도 추천한다. 농부인 사울 러틀리지는 아내 몰래 바람을 피우고, 아내는 당연히 화가 난다. 복잡한 문제가 있으니 사실 사울의 연인은 죽은 지 꽤 오래됐다는 것이다. 남자, 그의 아내, 그리고 유령 사이의 삼각관계는 이야기가 진행되면서 점점 더 기괴해질 뿐이다.

“

전등이 꺼졌다.
그리고 나는 거기 서 있었다
—우리는 거기 서 있었다—
노호하며 휘감기는 어둠 속에서
서로에게 무심한 채로.

”

「미스 메리 파스크」

제3부

오컬트 숭배

◆

1984년에 제작된 영화 〈고스트버스터즈〉—혹은 2016년 리부트된 오락물—와 오늘날 어느 시간이든 수많은 케이블 채널에서 접할 수 있는 넘쳐나는 유령 사냥꾼 드라마들을 생각해 볼 때, 유령 사냥은 마치 현대의 오락물처럼 보인다. 그렇지 않다! 허구의 초자연적인 조사 전문가들과 반발하는 적대적인 존재들은 「튤립 꽃병The Pot of Tulips」(1855)에 처음 등장했던 피츠 제임스 오브라이언의 캐릭터 해리 에스코트, 『어스름한 유리 속에서In a Glass Darkly』에 등장한 셰리던 르 파뉴의 오컬트 탐정 닥터 마틴 헤셀리우스, 그리고 물론, 『드라큘라』(1897)에 나오는 브램 스토커의 뱀파이어 사냥꾼 에이브러햄 반 헬싱까지 거슬러 올라간다. 1887년 셜록 홈스의 등장 이후, 조수와 함께하는 괴짜 사립탐정이라는 개념은 불가사의한 조사를 다루는 이야기들에도 빠르게 적용되었다. 그 결과 등장한 오컬트 탐정이라는 장르가 인기를 누리게 된 것은 독자가 곧 만나게 될 몇몇 여성 작가들 덕이다.

소설 세계 바깥에서 오컬트에 대한 매혹은 영국과 미국 모두에서 19세기 후반에 정점에 도달했다. 점점 더해가던 관심은 심령론 전파 운동의 결과였다. 세기말에 이르면 그 인기도 시들해지지만, 심령론적인 아이디어들은 결코 완전히 사라지지 않았다(사실, 이 운동은 제1차 세계 대전 이후 새로이 흥미를 끌었다). 초자연 현상에 대해 체계적이고 과학적인 연구를 시도하는 단체들이 다수 만들어졌다. 주요 사례로는 1882년에 영국에서 설립된 심령연구협회와 뒤이어 1885년에 설립된 미국의 심령연구협회가 있다. 이 기구들은 본래 트리니티 컬리지, 캠브리지, 하버드와 같은 대학의 철학, 과학, 심리학, 고전학 분야의 교수들로 구성되었다. 하지만 그 회원들은 학자들을 넘어서게 되었다.

초자연적인 소설의 작가들은 이 단체들에 불가항력적으로 이끌렸다. 앨저넌 블랙우드와 디온 포춘은 황금의 효 교단Hermetic Order of the Golden Dawn(19세기 말 영국에서 결성된 오컬트 집단으로 '황금여명회'라고도 불린다-옮긴이)과 그 교단에서 파생된 유파의 회원이었으며, 이들은 초자연적인 협회들이 보다 객관적이고 회의적인 태도를 취한 것과 달리 미지의 존재에 대해 오컬트와 마법적인 해석을 선호했다. 독자에게 친숙할 법한 다른 회원으로는 유명한 주술사인 알레스터 크로울리가 있다. 텔레마라고 불리는 그의 믿음 체계에는 제의적인 마법(상당량의 성적인 '매직Magick'과 함께)과 동서양의 종교, 철학이 뒤섞여 있다*. 주지육림 위에 이집트의 신들이 뒤섞인 신비주의를 생각해 보라. 그러면 아주 정확하지는 않아도 대략 크로울리가 무엇을 실험하고 있었는지 감이 잡힐 것이다.

기타 소설가들, 헨리 제임스(그의 형제인 윌리엄이 미국심령협회의 설립자였다), 버논 리, 마크 트웨인, 아서 코넌 도일, 마저리 로렌스 등이 심령협회의 회원이거나 혹은 그들의 연구에 적어도 흥미를 보였다. 19

* 이 복잡한 철학에 대해 쓰인 수많은 책들의 시작은 알레스터 크로울리였다. 크로울리가 직접 쓴 『모두를 위한 법칙: '법칙의 서'에 대한 해설The Law Is for All:An Extended Commentary on the Book of the Law』(1983)은 텔레마가 기반으로 하는 작품('법칙의 서The Book of the Law'.역시 크로울리가 직접 쓴 탈레마를 설명하는 책-옮긴이)을 탐구한다. 웹사이트 Thelema.org는 이 신앙 체계에 대한 무료 자료들을 수록하고 있다.

세기 후반에 쓰인 유령 이야기들에는 이 협회나 그들의 활동이 흔히 언급된다. 아서 코넌 도일은 심령협회의 회의주의를 못마땅해했고 결국에는 심령론자 그룹에 동조했다.

그 결과 문학은 상상 이상으로 난잡해졌다. 이 이야기들에서 유령들은 빛으로 향하는 길을 찾지 못한 죽은 자들이 아니다. 때로 그들은 심지어 유령조차 아니다. 이 시기 작가들은 사후 세계에 도사리고 있는 더 많은 존재들을 상상하고 실험했다. 결국, 죽음의 위대한 베일을 통과하는 것이 꼭 죽은 프랭크 삼촌일 필요는 없는 것이다. 주술사들이 유령 사냥을 떠나는 어둠 속에 무엇이 숨어 있을지 누가 알겠는가?

초자연적인 것의 필경사

◆
◆
◆

마저리 보웬 1885~1952

그녀는, 적어도 그녀의 자서전에 따르면, 만성절(All Saints Day, 11월 1일, 모든 성인의 날-옮긴이)과 만령절(All Souls Day, 11월 2일, 모든 망자의 날-옮긴이) 사이에 태어났다. 그녀는 유령 들린 집에서 자랐다. 그리고 이에 걸맞게도 이후 수십 년간 유령 이야기를 가장 많이 생산한 작가들과 영향력 있는 호러 작가들 중 한 명이 되었다.

마저리 보웬은 150권 이상의 책을 출간한 영국 작가 마거릿 캠벨의 수많은 필명 중 하나였다. 그녀는 고작 16세에 첫 소설 『밀라노의 독사The Viper of Milan』(1906)를 썼다. 이 소설은 베스트셀러가 되었고 그녀가 문학적인 명사로 부상하는 발판이 되었다. 놀랍게도, 그녀의 글 쓰는 재능은 대체로 독학한 것이었다.

영국 햄프셔에서 태어나 마거릿 가브리엘라 베라 캠벨이라는 이름을 가졌던 보웬은 스스로를 지키는 법을 빠르게 습득했다. 그녀의 아버지는 다정한 남자였지만 알코올 중독자였고 보웬이 겨우 다섯 살 때 집을 나갔다. 1905년경에 그가 런던의 한 거리에서 노숙자로 죽으면서 마거릿은 많지 않은 저축과 변덕스러운 성격을 가진 홀어머니(아름답고 매력적이며 똑똑하긴 했지만) 밑에서 자라게 되었다. 교육에 필요한 돈은 모조리 나이가 위인 언니와 오빠들에게 돌아갔다. 마거릿은 보모인 나나와 가까웠고, 나나는 그녀에게 읽기를 가르쳐서 그녀는 어린 시절을 대부분 도서관에서 보냈다. 가장 좋아했던 책은 알프레드 테니슨 경의 『국왕목가Idylls of the King』(에드워드 목슨, 1859~1885. 아서왕에 대한 12편의 서사시-옮긴이)였다. 나나는 또한 마거릿을 몇 시간이고 동화책들로 도취시키며 소녀의 상상력을 가득 채워 주었다.

어린 시절 내내 보웬의 어머니는 런던을 넘나들며 몇 번 가족을 이주시켰고, 화가들, 배우들, 작가들이 문지방을 끝없이 드나들었다. 보웬은 자서전에서 유령 들린 집들과 몇 번 맞닥뜨렸던 경험들을 서술한다. 그녀는 어린 아이였을 때 겪은, 오늘날 독자들이라면 야경증—잠 못 들게 하는 악몽으로 여길 법한 경험을 묘사한다. 하지만 점차 나이가 들면서, 인근에서 발생하여 소문이 돌고 있는 살인 사건들에 대해 이야기해 달라고 나나를 부추겼다.

화가가 되고 싶다는 희망으로, 보웬은 런던의 슬레이드 예술 학교에 등록했다. 보웬의 선생들은 그녀를 재능이 없다고 여겼고, 그 탓에 그녀는 학교를 떠나 영국박물관에서 연구 보조로 일하면서 이 기회를 한껏 활용하여 가능한 한 많이 읽고 배움을 얻었다.

이후, 보웬의 어머니는 파리에 가서 예술을 추구하라며 그녀의 등을 떠밀었다. 보웬은 간신히 작품을 팔아가며 적은 돈이나마 벌어 집으로 보냈다. 그녀의 어머니는 가계를 제대로 운영하지 못했고 보웬은 화가로서의 경력을 다시 중단하고 집으로 돌아왔다. 그녀는 살림에 보태기 위해 글을 써서 이 가족의 가장이 되었다. 불행히도, 보웬의 어머니는 돈이 들어오자마자 써 버리는 습관이 있었다.

보웬의 첫 책, 르네상스 시대를 배경으로 하는 드라마 『밀라노의 독사』는 11개 출판사에서 거절당했다. 그들은 그 책에 묘사된 폭력이 여성 작가에게는 적절치 않다고 생각했다. 보웬은 집요했고, 십 대 시절 쓰기 시작한 이 책은 1906년, 보웬이 21세가 되어서야 마침내 출간되었다. 보웬은 자신이 받은 수표를 몽땅 고군분투하는 가족에게 보냈지만, 그녀의 어머니—한때 그 자신도 작가가 되고 싶다는 꿈을 꾸었던—는 즉시 딸의 성공을 질투하기 시작했다. 보웬은 자신의 어머니가 문학적인 성취를 이루려는 꿈을 꺾곤 했다고 썼다.

유령이 들린 것을 증명하다

보웬은 영국박물관에서 일하면서 애호하게 된 역사 관련 드라마를 즐겨 썼다. 하지만 보웬의 문학적 경력의 궤도는 그녀가—어머니, 나나, 형제자매과 함께—새 집으로 이주하면서 급전환을 맞았다*. 이상

* 1912년 보웬이 결혼하기 전 언젠가—정확한 연도는 알려지지 않았다—, 그녀와 가족은 '런던의 크리켓 구장 인근'의 어느 집으로 이주했다. 보웬의 자서전, 『논란은 계속된다: 마저리 보웬의 자서전 The Debate Continues: Being the Autobiography of Marjorie Bowen』(1939), 155. 보웬의 언니, 보모, 그리고 집 안팎에서 일했던 남자들은 모두 불가사의한 사건들이 자연스러운 심령 현상이라고 확고하게 믿었다. 보웬의 어머니는 처음엔 회의적이었지만 이내 그녀와 보웬 둘 다 알 수 없는 신음들과 계단 위에서 번쩍이는 불빛 같은 불가해한 현상들을 목격했다.

한 일들이 일어나기 시작했고, 보웬은 어린 시절 문제들이 돌아왔다고 걱정했다. 하지만 그녀는 자신이 목격하는 것이 단순한 악몽 이상이라는 것을 재빨리 깨달았다. 가족은 계단을 오르내리는 발걸음 소리를 밤새도록 들었다. 벽들 너머로, 마치 누군가가 오가는 것처럼 가볍게 발이 스치는 소리가 들렸지만, 보웬이 확인할 때면 방들은 늘 텅 비어 있었다. 집에서는 신음 소리가 들렸다. 전등은 끊임없이 깜박거렸다. 마침내 가족은 심령협회에 연락을 취했고 협회 회원들이 집을 조사한 후 집에 정말로 유령이—그 집에서 수 년 전에 살인을 저질렀던 미치광이들의 유령이 출몰한다고 판단했다.

하지만, 한편으로 유령의 출몰은 요긴했다. 이제 보웬이 유령 이야기를 쓰기 시작한 데다 그 이야기들이 빠르게 팔려 나갔기 때문이다.

한 번 시작하자 보웬은 멈추지 않았고, 당대 가장 생산적인 작가 중 한 명이자 미국과 영국에서 동시에 베스트셀러 작가로 등극했다. 그럼에도 그녀는 결코 돈이 충분하다고 느끼지 못했다. 보웬은 계속해서 가족을 부양했고, 어머니가 딸이 번 돈을 하찮은 것들에 낭비해 가며 초래한 빚을 갚아 나갔다.

1912년에 보웬은 제프리노 에밀리오 콘스탄자와 결혼했는데, 그는 4년 뒤 폐결핵으로 사망했다. 그녀는 아서 L. 롱과 재혼했다. 보웬은 두 남자에게서 네 명의 아이를 얻었으나 딸 하나는 유아기에 사망했다. 그 모든 일을 겪으면서도 그녀는 계속 글을 써서 150편이 넘는 작품을 남겼다. 이 작품들은 마저리 보웬이라는 필명으로 쓰였으며, 이는 어머니의 문학적인 시도들과 자신의 작품을 구분 짓기 위해 처음에 선택했던 필명이었다. 그녀는 또한 조셉 시어링, 조지 프리디, 로버트 파이라는 이름들로도 출판했다. 그녀가 다양한 가명을 쓴 이유는 문학 비평가들을 혼란에 빠뜨리기 위해서였다. 그들은 다작 작가들이 보다 덜 생산적인 동료에 비해 왠지 더 질이 낮다고 생각했기 때문이었다.

그녀의 주요한 호러 작품들로는 소설 『흑마술: 적그리스도의 흥망성쇠Black Magic: A Tale of the Rise and Fall of the Antichrist』(1909), 그리고 두 권의 훌륭한 단편 모음집 『지옥의 주교와 다른 이야기들The Bishop of Hell and Other Stories』(1949, 2006), 『마지막 부케The Last Bouquet: Some Twilight Tales』(1933)가 있다. 보웬의 호러 소설은 종종 초자연적인 것과 고딕적인 전통을 뒤섞는다. 그녀의 단편 「닳아빠진 실크Scoured Silk」(1918년 〈주간 모든 이야기〉에 처음 수록되었고, 1년 뒤 보웬의 『늙은 러드로우의 범죄Crimes of Old Ludlow』에 실렸다)는 대프니 듀 모리에의 고딕 호러 소설 『레베카』(1938)의 도메스틱한 주제를 거의 예견하고 있다. 소설은 한 어린 신부에 대한 이야기로, 그녀는 예비 신랑이 첫 아내의 무덤에 자신을 데리고 가야겠다고 고집하자 겁에 질린다. 보웬의 작품에는 과거의 유령들과 인간의 모습을 한 악마들이 넘쳐나지만, 그녀는 여성 캐릭터들, 특히 젊음과 미에 집착하는 폭력적인 남성들과 구혼자들 같은 실제 삶의 공포들을 맞닥뜨린 여성들을 서술하는 데 탁월하다.

12편의 이야기를 실은 단편집 『켁시즈Kecksies and Other Twilight Tales』(1976)는 보웬의 작품에 대한 흥미를 다시 지피기 위해, 그녀의 초기 단편들과 그보다 좀 더 새로운 단편 몇 편을 섞었다. 「플로렌스 플래너리Florence Flannery」는 그녀의 재능을 보여 주는 좋은 예이다. 줄거리는 젊은 커플이 노후한 낡은 집으로 이주하게 되는 전형적인 유령이 들린 집 모험담이다. 하지만 이 이야기에는 반전이 있으니, 아내가 그 집이 수 세기 전에 같은 이름으로 태어난 한 여자의 소유였다는 사실을 재빨리 알아낸다. 이 이야기는 폭력적인 배우자나 교육의 부재 탓에 야기되는 고립과 같은 세세한 묘사로, 현실 세계에 뿌리를 둔 위험한 상황들에 여성들을 위치시켜 뻔한 호러 플롯에 생명력을 집어넣는 보웬의 재능을 보여 준다.

보웬의 이야기에서 위협은 대개 초자연적이고 일상적인 양자가 함께한다. 그리고 그녀의 글은 그 위협이 여성을 직접 겨눌 때 가장 탁월하다. 여성 독자라면 이런 위험들이 모두 지나치게 친근하다는 것을 깨달을 테고, 바로 이런 점이 보웬의 이야기들에 맛깔 나는 서스펜스를 부여한다.

독서 목록

꼭 읽어야 할 것: 보웬은 오늘날에도 인기 있는 작가로 남아 있으며, 그녀의 단편집 다수는 워즈워스 에디션Wordsworth Edition의 『지옥의 주교와 다른 이야기들』(개정판이 2006년에 출간되었다)을 비롯해서 여전히 쉽게 접할 수 있다. 「닮아빠진 실크」와 같은 그녀의 히트작과 더불어, 한 심령 서적 판매상이 18세기 책에서 발견한 여인의 스케치에 호기심이 일면서 시작되는 이야기인 「앤 멜러의 연인Ann Mellor's Lover」도 시

도해 보시길.

관련 작품: 이디스 네스빗은 『기찻길의 아이들The Railway Children』(1906)과 같은 아동문학으로 유명하긴 하지만, 그녀도 성인 독자를 위한 유령 이야기들을 써서 마저리 보웬과 비견되었다. 네스빗의 단편 「존 채링턴의 결혼식John Charrington's Wedding」(1893, 2012년 개정판이 에코 라이브러리에서 나왔다)은 악을 조성하는 그녀의 능력을 보여 주는 좋은 사례이다. 화자는 약혼한 커플에 대한 질투심이 너무 강한 나머지 이야기 전반에서 그들을 스토킹한다. 결말에서는 그의 가장 사악한 소망이 실현되고 만다.

"

커다란 천둥이 울렸고,
교회 벽이 흔들렸다.
그리고 성모 마리아의 그림이
대리석 바닥에 떨어지더니
산산조각 나며 흩어졌다.

"

「흑마술」

여성 배후를 만들다

◆
◆
◆

L. T. 미드 1844~1914

엘리자베스 토마시나 미드 스미스는 누구나 아는 이름은 아닐지 몰라도, 그녀의 작품을 아는 많은 이들은 그녀를 당대의 J. K. 롤링이라고 불러 왔다*.

1844년 아일랜드에서 태어난 미드는 개신교 목사와 독실한 어머니에게서 자라났다. 그녀의 아버지는 자신의 가족 중에 어떤 여성도 일할 필요가 없다는 사실에 대단한 자부심을 가지고 있었다. 자신의 딸이 직업을 원한다고 선언했을 때—게다가, 작가라니!—그의 충격을 상상할 수 있으리라. 그러나 미드는 단념하지 않았고, 어머니가 죽고 아버지가 재혼하자 런던으로 향했다. 꿈과 기회의 공간인 대도시로. 마저리 보웬처럼, 미드도 영국박물관의 열람실에서 자신의 꿈을 추구

* 베스 로저스가 2014년 10월 26일 〈아이리시 타임스〉에서 "L. T. 미드, 100년간 기억되어 온 당대의 J. K. 롤링"이라고 쓴 바 있다. 이 기사에는 미드의 삶에 대한 정보가 상당히 많이 담겨 있다.

할 장소를 발견했고, 그곳에서 자신이 선택한 직업에 관해 가능한 모든 것을 공부했다.

미드는 280편이 넘는 작품들을 출간했고, 그중 다수는 '소녀 소설'이라 불리게 되는데, 『상냥한 소녀 졸업생A Sweet Girl Graduate』(1891), 『폴리, 현대적인 소녀Polly: A New-Fashioned Girl』(1889), 그리고 더욱 독특한 제목의 『쓰레기들: 솔직한 소녀Dumps: A Plain Girl』(1905) 같은 작품들 때문이었다. 이 제목들은 호러 혹은 사변 소설의 아이콘이 지은 것이라기보다 '베이비 시터 클럽'(1986년부터 사랑받은 앤 M. 마틴의 청소년 소설 시리즈물. 그래픽노블과 넷플릭스의 드라마로도 재탄생했다-옮긴이)이라든지 『스위트 밸리 하이』(쌍둥이 자매를 주인공으로 하는 미국의 청소년 소설 시리즈-옮긴이) 같은 19세기를 선도하는 시리즈물처럼 들린다. 하지만 미드의 작품은 이런 책들보다 훨씬 심오한 깊이를 제공한다.

그녀의 이야기들은 친구를 사귀고 잃는 일부터 질병과 슬픔을 다루는 문제까지 유년기의 문제들을 다루는 데 초점을 둔다. 미드의 어린 주인공들은 종종 엄마를 잃고 냉담한 아버지와 남겨지며 그런 탓에 성인 롤모델로 여교사를 우러러본다. 이런 틀에서 주조된 미드의 작품들은 상당히 성공을 거두었다. 그녀의 작품 중 하나인 『소녀들의 세계A World of Girls』(1886)는 3만7000부가 넘게 팔렸다. 그녀를 롤링과 견주게 한 것은 아동문학에 이렇듯 큰 영향을 미치면서 전 연령대의 독자들에게도 인기를 끌었던 책들 때문이다. 미드는 또한 범죄 소설, 특히 단편들을 써냈으며 그중 일부는 221B 베이커 스트리트에 살았던 특정한 탐정(잘 모르시는 분들을 위해 말하자면, 셜록 홈스)을 좋아하는 이들이라면 친숙할 잡지 〈더 스트랜드〉에 실려 있다. TV 시리즈물 〈하우스〉(휴 로리 주연의 미국 의학 드라마. 시즌 8로 종료되었으며 국내에서도 큰 인기를 끌었다-옮긴이)의 팬이라면 이 단편들을 찾아보라. 일부 비평가들은 미드를 메디컬 미스터리 장르의 선구자로 여긴다.

미드의 범죄 소설은 그녀의 탐정들이 초자연적인 것과 직접적으로 얽혀들 때 호러와 교차된다. 1898년을 시작으로, 그녀는 작가 로버트 유스터스와 일련의 이야기들을 공동 집필했다. 로버트 유스터스는 의학박사였던 유스터스 로버트 바턴의 필명으로, 그는 많은 작가들과 협업했으며, 도러시 L. 세이어스와 『사건 기록The Documents in the Case』(1930)을 쓰기도 했다. 미드와 유스터스는 함께 11편의 단편을 써냈다. 『미스터리의 거장A Master of Mysteries』(1898)이라는 제목의 오컬트 탐정 이야기 모음집은 '유령 파괴자' 혹은 '유령 폭로자'라 불리는 존 벨이라는 캐릭터를 주인공으로 한다. 벨은 〈스쿠비 두〉(1969년 TV 애니메이션으로 첫 방송되어 현재까지도 큰 인기를 끌고 있는 시리즈물. 미스터리 주식회사라는 탐정단을 결성한 4명의 청소년과 스쿠비 두라는 개의 모험담-옮긴이)의 모험을 연상시키는, 해결 불가능한 미스터리들을 해결하는 독립적이고 별난 빅토리아 시대 남자이다. 분명히 하건대, 벨의 위업은 아이들 용으로 쓰이지 않았고, 그는 그레이트 데인(스쿠비 두의 품종-옮긴이)을 조수로 두고 있지도 않다. 하지만 그의 사건들은 대부분 처음엔 초자연적으로 보이다가 그 시대에서는 새로운 기술들을 구사하는 악당들이 조작하는 복잡한 속임수인 것으로 밝혀진다. 〈스쿠비 두〉 속 악당들처럼, 이 가짜 유령의 출몰은 범죄 활동을 감추거나 얼쩡거리는 이들을 겁주어 쫓아내려는 의도이다.

미드와 유스터스가 반복적으로 쓴 또 다른 캐릭터들은 두 명의 잊을 수 없을 만큼 교활한 여성 악당들이다. 마담 세라와 마담 캘로치. 후자는 『일곱 왕의 형제애The Brotherhood of the Seven Kings』(1898년 〈더 스트랜드〉에 연재되었고, 이듬해 워드, 로크Wrad, Locke에서 전체적으로 출간되었다)에 등장했으며, 문학사에서 가장 사악한 범죄의 배후 조종자로 남아 있다. 마담 캘로치는 똑똑하고 존경받는 의사로 그 명성 덕에 부유층이 넘쳐나는 배타적인 사회에 출입하게 된다. 매력적이고, 아름답고, 치명적이고, 그녀는 독자가 악인에게 원하는 모든 면을 갖추었다. 그녀는 살해 방식 역시 독창적이어서 약물 주입을 통한 살인부터 살인 곤충을 통한 다중 살인까지 모든 것을 시도한다. 물론, 그녀의 계획들은 항상 저지된다. 캘로치의 탈출 재능, 그리고 비밀스러운 범죄자 조직의 수장이라는 그녀의 위치는 그녀보다 바로 5년 앞서 〈더 스트랜드〉에 등장했던 또 다른 범죄자들의 배후—제임스 모리어티 교수—를 연상시킨다.

단편 모음집 『더 스트랜드의 마법사들The Sorceress of the Strand』에 등장하는 마담 세라는 여러 면에서 캘로치의 도플갱어로 역시 두뇌와 미모를 소유하고 있으며 이를 범죄 목적으로 이용한다. 하지만 세라는 전통(인디언과 이탈리아인의 피를 가지고 있다)과 경험(몇몇 이야기에서는 지하에서 활동하는 일종의 낙태시술자로 묘사되었다) 면에서 약간 더 이국적이고 살짝 더 어둡다. 빅토리아 시대 문학에서 악인은 대부분 남성이지만 세라는 그녀의 젠더뿐만 아니라, 특히 의학과 과학 분야에 대한 지성 때문에 더 두드러진다. 그녀를 쫓는 탐정들의 셜록 홈스다운 추론은 그녀의 악마적인 정신에 상대가 되지 않는다. 마담 캘로치는 비도덕적인 악인이지만, 마담 세라는 악마적인 천재, 진정한 모리어티였다—다만 치마를 입었을 뿐.

독서 목록

꼭 읽어야 할 것: 미드가 지은 초자연적인 작품을 찾는다면, '유령 폭로자' 존 벨을 다룬 그녀와 유스터스의 단편 모음집 『미스터리의 거장』(1898)을 살펴보라. 이 작품은 공개 저작물로도 구할 수 있으며 출판도 되어 있고, 특히 코치윕 프레스의 초자연적인 탐정 시리즈 제1권(2011)에 실려 있다.

또한 시도할 것: 마담 세라는 1971년 11월 1일 방영된 영국 TV 쇼 〈셜록 홈스의 라이벌들The Rivals of Sherlock Holmes〉 시즌 1, 에피소드 7에 등장했다. 미드는 이 에피소드에 원작자로 언급되었다.

관련 작품: 셜록 홈스가 빅토리아 시대 탐정으로 모든 사랑을 독차지할지는 몰라도, 이 시대 탐정은 그뿐만이 아니었다. 언급할 가치가 있는 또 다른 이름으로는 영국 작가 캐서린 크로가 탄생시킨 수전 호플리가 있다. 1841년 손더스 앤 오틀리에서 세 권으로 출간된 『수전 호플리의 모험 혹은 정황 증거The Adventures of Susan Hopley, or Circumstantial Evidence』에서, 호플리는 살인 혐의를 받는 하녀로 자신의 결백을 입증

하기 위해 증거를 모아야 한다. 이 세심하게 고안된 범죄 소설은 플롯 구성이나 노동 계급의 여성을 탐정이자 주인공으로 묘사한 면에서 모두 시대를 앞서간다. 또한 크로의 『자연의 밤의 측면, 혹은 유령과 유령을 보는 자들The Night Side of Nature; or, Ghosts and Ghost-Seers』(1848, 2001)도 흥미로울 것이다. 이 작품은 유령과 유령을 보는 이들을 다루는 논픽션 베스트셀러였다. 이 작품은 또한 골상학과 최면술 같은 오컬트적인 주제들도 파고든다. 두 책 모두 저작권이 만료되어 공개되어 있다.

“

지역 주민 몇몇은 터널에
유령이 나온다고 단언했다…
프리차드는 유령을 본 것이며
겁에 질려
유령에게서 벗어나려고
암벽을 기어오른 것이라고.

”

「플린 터널의 미스터리The Mystery of the Felwyn Tunnel」

전쟁의 피해자

◆
◆
◆

앨리스 애스큐 1874~1917

교령회는 재미있을 것 같다, 그렇지 않나요? 촛불이 켜진 방에 둘러 앉아, 어쩌면 분위기 있는 음악도 좀 틀고, 모두모두 손을 잡고 죽어 버린 사랑하는 사람과 담소를 나누는 것. 하지만 여기에 미스터리 해결이 첨가되면, 일이 좀 복잡해지기도 한다. 부부 작가 팀인 앨리스와 클라우드 애스큐는 오컬트적인 수사를, 한편으론 전통적인 추론으로, 한편으론 끈덕진 탐정 수사로, 그리고 한편으론 아스트랄계(존재의 초자연적인 면, 육체를 벗어난 정신세계-옮긴이)와의 친숙함으로 묘사한다.

애스큐는 이런 분위기로 그들의 가장 유명한 문학적 창조물인 초자연적 탐정 앨머 반스를 그려낸다. 반스는 여행을 다니며 유령과 빙의에 관련된, 그리고 한 사건에서는 뱀파이어가 관련된 사건들을 파헤친다. 그의 성(姓)은 셜리 잭슨의 1959년 소설 『힐 하우스의 유령』의 여주인공 엘리너 반스의 성과 같다. 아마도 애스큐의 캐릭터에 대한 잭슨의 존경이 반영된 것 같다.

애스큐는 1차 세계 대전 당시 세르비아에서 영국 의료팀에 속한 특파원으로 복무하는 동안 다량의 피를 목격한 것으로 보인다. 부부는 물러나서 관망하지 않았다. 그들은 부대 일에 적극적으로 참여했다. 부부의 생은 1917년, 그들이 탄 배가 지중해에서 독일 잠수함에 어뢰를 맞으면서 비극적으로 끝났다. 부부 모두 바다에서 실종된 것으로 보고되었지만 직후 코르푸(그리스의 서북부 해상에 위치한 항구 도시-옮긴이) 해안으로 떠밀려 온 시체가 앨리스의 것으로 여겨졌다. 부부는 두 아이와, 전쟁 이전과 전쟁 동안 쓰인 90편이 넘는 작품들(장편 소설과 '식스페니sixpenny' 소설들로 연재된 작품들)을 남겼다.

애스큐의 작품은 6편의 무성영화들로 각색되었는데 그중 둘은 그들의 작품 『슐라미트The Shulamite』(1904)를 바탕으로 했다[*]. 할리우드 각색판으로 파라마운트에서 제작한 〈채찍 아래서Under the Lash〉는 1921년에 상영되었으며 글로리아 스완슨이 출연했다. 『슐라미트』는 남아프리카에서 사랑 없는 결혼 생활을 하고 있는 한 여성이 농업 기술을 배우고자 그 지역을 방문한 영국 남자와 사랑에 빠지는 비극적인 이야기이다. 삼각관계의 와중에 그 영국 남자가 데보라(저자가 앞서 언급하지 않은 이름이지만, 문맥으로 보아 『슐라미트』의 여주인공으로 짐작된다-옮긴이)의 위압적인 남편을 죽이는데, 그 이후 아픈 아내를 돌보기 위해 집

* 인터넷 무비 데이터베이스(imdb.com)는 애스큐의 작품을 각색한 영화들을 소개하고 있다. 〈욕망의 어리석음The Folly of Desire〉(1915), 〈플레이델 미스터리The Pleydell Mystery〉(1916), 〈신의 점토God's Clay〉(1919), 〈증언Testimony〉(1920), 〈존 해리엇의 아내John Heriot's Wife〉(1920), 〈채찍 아래서Under the Lash〉(1921)

에 돌아가야만 한다는 사실이 드러난다. 애스큐 부부는 로맨스를 쓸 때 가장 성공적인 결과를 낳았고, 『슐라미트』는 그 주요한 사례이다. 안타깝게도, 이 영화의 사본은 존재하지 않는다.

호러 분야에 대해 이들이 기여한 바는 오컬트 탐정 소설이라는 하위 장르에 있다. 1922년, 디온 포춘의 유명한 닥터 태버너가 등장하기 전에 애스큐 부부는 1914년 〈주간 이야기꾼Weekly Tale-Teller〉에 게재된 단편 모음집 『아일머 반스, 유령 폭로자Alymer Vance: Ghost-Seer』에서 작품명과 동명의 오컬트 탐정을 창조했다. 반스와 조수 덱스터는 실질적으로 셜록 홈스와 왓슨에 다름 아니다. 다만 이들이 해결하는 사건들이 더 기이할 뿐. 탐정들은 고스트 서클이라 알려진 단체에 소속되어 있지만, 이 단체는 결코 명확하게 서술되지 않는다. 이들은 당신의 문제가 비현실적일 때—당신이 유령이나 뱀파이어와 사랑에 빠진 것 같다고 생각되지만 아무도 당신을 믿지 않을 때—부르는 이들이다.

반스의 룸메이트라는 것 외에, 덱스터는 이 듀오의 불가사의한 조사를 기록하는 일을 하며, 시리즈가 진행되면서 자기만의 초자연적인 능력을 개발하게 된다(사건의 보고자라는 역할을 결코 넘어서지 않는, 홈스의 파트너 왓슨과 달리). 아일머 반스의 모험담은 '페니 드레드풀'류의 이야기들, 특히 '인베이더'나 '뱀파이어' 같은 이야기들을 펼쳐낸다. 이 듀오는 호러 소설의 독자들에게 친숙한 시나리오들과 맞닥뜨린다. 뱀파이어, 폴터가이스트, 빙의, 유령이 나오는 집. 이 모든 것이 오늘날 기준으로는 진부하게 느껴진다면, 20세기 초반 반스와 그의 오컬트 탐정들이 오늘날의 캐릭터와 이야기들 몇몇을 야기했다는 것을 유념해 주기 바란다*. 콘스탄틴, 콜차크, 엑스파일 혹은 기타 초자연적인 파일들—아일머 반스는 이들 모두의 공통된 조상이다.

정력적인 듀오

앨리스와 클라우드 애스큐가 유일하게 호러 장르에서 활약한 작가 부부는 아니었다. 『프랑켄슈타인』의 작가 메리 셸리도 남편인 시인 퍼시 비시 셸리와 여행기 『6주간의 여행History of a Six Weeks' Tour』(1817)에서 함께 작업했다. 부부 작가 팀인 C. L. 무어와 헨리 커트너는 루이스 파제트라는 필명을 공유했다. 스티븐 킹은 작가 태비사 제인 킹과 결혼했다. 스티븐은 처음 출판된 소설인 『캐리』(1974)를 버리려고 했지만, 태비사가 그에게 계속 쓰기를 권했다고 한다(이 일화는 스티븐 킹의 『유혹하는 글쓰기』에 자세히 기록되어 있다-옮긴이). 그리고 뉴위어드 장르(8부에서 논하게 될)를 이끄는 작가들 중 한 명인 제프 밴더미어는 〈기이한 이야기들Weird Tales〉(2007~2011)의 편집자로 위어드 픽션계에서 유명한 앤

* 오늘날 뛰어난 두 명의 오컬트 탐정이라면 존 콘스탄틴과 칼 콜차크가 있다. 콘스탄틴은 앨런 무어가 탄생시킨 DC 코믹스의 상처가 있는 주술사다. 키아누 리브스가 2005년 영화에서 콘스탄틴 역을 맡았고 NBC와 CW에서 제작한 TV 시리즈에는 맷 라이언이 출연했다. 콜차크는 1974년 방영을 시작한 TV 시리즈 〈콜차크: 밤의 사냥꾼Kolchak: The Night Stalker〉에서 초자연적인 현상을 수사하는 리포터로, 대런 맥가빈이 출연했다. 스핀오프 TV 영화와 만화 시리즈가 이어졌으며, TV 시리즈는 2005년 스튜어트 타운센드 출연으로 〈밤의 사냥꾼The Night Stalker〉으로 재탄생했다.

케네디 밴더비어와 결혼했다. 밴더미어 부부는 수많은 작품집을 공동 편집했다.

독서 목록

꼭 읽어야 할 것: 애스큐 부부의 유령이 나오는 작품을 찾는다면, 워즈워스 에디션에서 2006년에 재출간된 『아일머 반스: 유령 폭로자』를 읽어 보라. 반스의 이야기들은 또한 코치윕 프레스의 2011년 초자연적 탐정 시리즈 제2권에서도 찾을 수 있다.

또한 시도할 것: 영화 애호가들은 애스큐의 작품 몇이 무성 영화로 각색되었다는 사실을 알면 흥미로울지도 모르겠다. 비록 이 작품들은 초자연적인 것은 아니지만. 『신의 점토』(1913년 출간되었고, 1919년과 1928년에 영화로 각색되었다)는 밀회, 협박, 음모에 대한 이야기이다. 찾고자 하는 이들이 있다면, 지금도 상태가 좋은 중고판을 찾을 수 있다.

관련 작품: 아일머 반스보다 앞섰던 유명한 심령 탐정을 찾는다면, 1899년에 먼저 등장했던 플랙스먼 로우의 모험담을 시도해 보라. 이 오컬트 수사관은 E. 그리고 H. 헤론(영국 작가 케이트 오브라이언 라이얼 프리차드와 헤스케스 헤스케스-프리차드로 이루어진 모자 작가 팀)이 창조했다. 어머니 프리차드에 대해 알려진 바는 많지 않다. 아들은 육군 저격수이자 크리켓 선수, 저널리스트, 세계를 여행하는 맹수 수렵가, 더불어 작가였다. 그들이 창조한 캐릭터는 초자연적인 현상을 조사할 때 약간

회의적이다. 그는 느긋하고 신중하며 때로는 그가 아직 추리 중인 동안에 시체가 불안할 정도로 증가하기도 한다(이 이야기들에서는 구경꾼들이 잘 살아가지 못한다). 「스페인 사람, 해머스미스 이야기The Story of the Spaniards, Hammersmith」는 플랙스먼 로우 이야기들 중에서 가장 선집에 잘 포함되는 이야기 중 하나로, 환대받지 못한 채 어슬렁대는 "얼룩덜룩하고 누렇게 떴으며 양옆으로는 두 개의 부풀어 오른, 툭 튀어나온 귀가 늘어진 얼굴"처럼, 정말로 소름 돋는 상상력이 돋보인다.

보다 최근에는, 플랙스먼 로우가 셜록 홈스와 함께 바버라 로든의 단편 「그들이 맞닥뜨릴 것들The Things That Shall Come upon Them」에 등장했다. 또한 닐 게이먼과 스티븐 킹의 헌사가 실린 단편집 『셜록 홈스의 불가사의한 모험The Improbable Adventures of Sherlock Holmes』(2009)에도 포함되어 있다.

"

나는 숲에서 어떤 사람을 만나요.
나는 그에게 말을 건 적이 없고
그 역시 내게 말을 걸지 않아요.
그의 손을 만진 적조차 없죠.
그리고 나는 혼자서 항상
그를 낯선 사람이라고 부르지요.
그를 ─ 그를 ─ 신이라고
부르지 않을 때는요.

"

「낯선 자The Stranger」

영혼에 말을 건네는 이

◆
◆
◆

마저리 로렌스 1889~1969

마저리 로렌스는 그저 초자연적인 소설을 쓴 것이 아니었다. 그녀는 초자연적인 것을 강렬하게 믿었다. 비록 성공회에서 세례를 받고 자랐지만, 1920년대 부모님이 죽은 뒤 로렌스는 헌신적인 심령론자가 되었다. 제1차 세계 대전 당시 친구들과 첫사랑을 잃은 일 역시 그녀가 심령론으로 돌아서는 데 기여했다. 판타지와 호러 이야기들에서 유령에 관해 쓰는 동안 그녀는 일상적으로 그들과 소통했고 심지어 자신의 돌아가신 부모님과, 그리고 보다 이후엔 자신의 죽은 남편과 얘기를 나누었다고 주장하기도 했다. 심령론에 입문하게 된 계기에 대한 로렌스의 설명은 그녀가 쓴 한 이야기의 플롯과 닮았다. 가족의 일원이 죽고 사흘 뒤 그의 유령이 로렌스에게 나타나 중요한 문서를 어디서 찾을 수 있는지 얘기해 주었다(그게 아니라면 유령이 살아 있는 자에게 나타날 이유가 어디 있겠어요, 자신의 살인 사건을 풀어 달라는 게 아니라면?). 그녀는 유령이 말한 정확히 그 지점에서 문서들을 찾았고 그 즉시 우리의 세계와 사후 세계를 가르는 영적인 장막 너머에 무엇이 있는지에 대해 더 많이 배우고 싶다고 열망하게 되었다.

로렌스는 런던과 프랑스에서 예술을 공부하며 보헤미안적인 삶을 살았다. 젊은 여성의 몸으로 그녀는 유럽 전역을 여행했다. 1921년 그녀의 어머니가 세상을 떠났을 때 두 사람은 몬테카를로에서 함께 지내고 있었다. 제1차 세계 대전 중에도, 그리고 제2차 세계 대전으로 향해 가던 동안에도 그녀는 끊임없이 유럽으로, 그다음에는 아프리카로 여행을 다녔다. 1936년 런던으로 돌아가기 전 자메이카에도 잠시 거주했다. 1938년에 로렌스는 아서 에드워드 토울과 결혼했고 부부는 1948년 그가 죽을 때까지 대부분 런던에 머물렀다.

그 모든 여행들 덕에 1920년대에 출간된 로렌스의 첫 소설들은 진정성을 풍겼다. 그 책들은 대개 로맨틱한 관계가 얽힌 모험담들이었다. (그녀의 후기 유령 이야기들 일부는 영국을 벗어나 다른 지역에 기반을 두거나 해외 여행에서 기인한 유령의 출몰을 이야기한다) 그녀는 로맨스 소설들도 썼는데, 그중 두 권—『빨간 구두Red Heels』(1924)와 『일곱 달의 마돈나The Madonna of Seven Moons』(1933)—은 영화로도 제작되었다(후자는 〈숙명의 마돈나〉라는 제목으로 1949년 국내 개봉한 적도 있다고 한다-옮긴이). 모험담과 로맨스 모두에서, 로렌스는 여성의 경험을 묘사하는 데 주저하지 않았다. 1928년 작품 『보헤미안 글라스Bohemian Glass』는 성적이고 예술적인 깨달음이라는 주제를 중심으로 하며, 비평가들에게 선정적이라는 평을 받았다. 『일곱 달의 마돈나』에서, 그녀는 성적 학대를 목격한 결과 분열된 인격을 갖게 된 캐릭터에 대해 썼다. 그녀의 소설들, 주로 그녀가 자신의 경력 기간 내내 써낸 초자연적인 소설들은 〈더 태틀러The Tatler〉

같은 영국의 문예지나, 〈허친슨 미스터리 스토리 매거진Hutchinson's Mystery-Story Magazine〉 같은 펄프 잡지에서 모두 인기를 끌었다.

로렌스는 상당히 주관이 강했고, 이는 비단 오컬트적인 면에 국한되지 않았다. 1929년 1월, 그녀는 〈코스모폴리탄〉에 '나는 엄마가 되고 싶지 않다'는 에세이를 기고했다. 역사가 대니얼 데리스 힐에 따르면, 〈코스모폴리탄〉이 〈굿 하우스키핑Good Housekeeping〉에 해당 기사에 대한 광고를 냈을 때, 후자는 주의문을 달면서 로렌스의 말할 권리는 지지하지만 그녀의 생각에 동조하지는 않는다고 명시했다*. 로렌스는 성적인 독립이나 젠더 평등과 같은 이슈들을 제기하면서 자신의 소설에서 젠더 역할의 경계를 확장하기를 즐겼다. 그녀는 결혼했지만 엄마는 되지 않았고 항상 여행과 자유를 누릴 수 있는 자신의 삶을 중요시했다. 로렌스는 자기 자신의 길을 추구하기를 원하는 여성이었고 여자가 재정적으로나 기타 면에서 남자에게 의지할 필요가 전혀 없다고 믿었다.

초자연적인 모든 것에 대한 그녀의 관심을 감안할 때, 필연적이게도 로렌스의 창작은 초자연적 소재로 기울어졌다. 이런 흐름은 단편 소설들에서 먼저 분명해졌지만, 이내 장편 소설들도 모험과 로맨스 플롯을 버리고 명백하게 심령주의적인 주제들을 선호하게 되었다. 심령주의를 탐구하는 그녀의 첫 장편 소설은 『마담 홀레Madame Holle』(1934)였다. 이 작품에서는, 한 고아가 표제가 된 사악한 캐릭터의 손아귀에서 탈

* 대니얼 델리스 힐, 『미국 여성에게 광고하기Advertising to the American Woman, 1900~1999』, Columbus: Ohio State University Press, 2002, 78

출한다. 다음 작품은 『경이로운 다리The Bridge of Wonder』(1939)로 금전적인 목적으로 자신의 힘을 사용하는 영매들에 대한 경고를 담은 일종의 도덕적인 이야기이다. 1966년 장편 『어제의 내일The Tomorrow of Yesterday』에 이르면 이야기는 한층 더 흥미진진해진다. 저자 후기에서, 로렌스는 이 이야기가 가사 상태에 빠진 영매를 통해 화성인 화자에 의해 구술되었다고 썼다. 소설은 지구상의 인류보다 앞서 존재했던 화성의 유토피아적인 문명이 권력 투쟁과 규제 없는 과학 발달 때문에 파괴된 이야기를 그린다. 그런 다음 이야기는 전환되어 사회 멸망을 피하기 위해 고향별을 떠난 화성 피난민들의 노력으로 발달하는 인류를 그려낸다. 오, 물론이다, 아틀란티스의 잃어버린 도시도 등장한다. 더 바랄 게 없지 않나요?

유령 클럽

마저리 로렌스는 스스로를 '유령 사냥꾼'이라 칭했다. 유령 들린 집 조사나 엘린 가렛과 같은 당대의 유명 영매와의 교령회 등에 활발하게 참여한 것을 감안할 때 딱히 과장된 명칭도 아니다. 로렌스는 유령 클럽의 회원이었다*. 이 기구는 1862년에 런던에서 시작되었으며 여

* 아직도 활동 중인 이 단체에 대한 추가 정보는 그들의 웹사이트 ghostclub.org.uk에서 찾을 수 있다. 또한 피터 호스킨의 "유령 클럽: 예이츠와 디킨스의 은밀한 심령 단체Ghost Club: Yeats's and Dickens's Secret Society of Spirits", 2017년 10월 31일, 〈파리 리뷰〉를 보라.

전히 심령적이고 정신적인 현상들에 대해 논하고 탐구하는 장소로 남아 있다. 회원들로는 찰스 디킨스, 아서 코넌 도일, 앨저넌 블랙우드, W. B. 예이츠, 피터 커싱 등이 포함되어 있었다. 2015년 유비소프트의 비디오게임 〈어쌔신 크리드 신디케이트〉에서는, 게임 플레이어들이 찰스 디킨스와 유령 클럽을 대신해 초자연적인 현상을 조사하는 부가적 임무를 수락할 수 있다. 우리 생각엔 마저리 로렌스라면 더 근사한 선택이 되었을 것 같다.

독서 목록

꼭 읽어야 할 것: 로렌스는 다양한 형식으로 글을 썼지만, 초자연적인 이야기와 호러 이야기 팬들에게 가장 흥미를 끄는 것은 단편 소설이다. 그녀의 첫 단편 모음집 『원탁의 밤Nights of the Round Table』은 1926년 허치슨 앤 코에서 출간되었다. 로렌스의 편집자이자 친척인 리처드 달비는 이 책을 "완전히 잊힌 1920년대의 훌륭한 유령 이야기 모음집 중에 남아 있는 한 권"이라고 서술한다. 이 모음집에서 가장 인기 있는 이야기는 「유령 들린 소스팬The Haunted Saucepan」으로 M. R. 제임스의 '무생물에 깃든 악의' 이론을 따른다*. 미심쩍게도 임대료가 낮은 아

* M. R. 제임스는 『유령 들린 인형의 집 외 유령 이야기The Haunted Doll's House and Other Ghost Stories』, New York: Penguin, 2006, 201~205에 게재된 동명의 이야기에서 생명이 없는 듯 보이는 물체들이 때로 인간에게 위해를 가하기로 결정한다는 이 가설을 구체화했다.

파트에 새로 들어온 세입자는 이내 부엌과 특정한 소스팬에서 기이한 점을 깨닫는다. 그 냄비는 뚜껑을 슬쩍 들어 올리고 마치 그를 보고 있는 것 같다. 상황은 더 악화되지만, 우리는 재미를 망치지 않겠다.

또한 시도할 것: 『원탁의 밤』에 이어 『밤의 테라스The Terraces of Night』(1931)와 『떠다니는 카페The Floating Café』(1936)가 출간되었다. 이 두 후기 모음집들은 유령과 유령의 출몰을 넘어 보다 초자연적인 영역, 즉 마녀와 앙심을 품은 인어들과 지옥을 일으키고 복수를 시행하려고 결심하는 다른 바다 생명체들을 탐구한다. 세 모음집 모두 애쉬 트리 프레스에서 재출간되었다.

로렌스는 이와 함께 오컬트 탐정 시리즈들인 『퀴어 스트리트 7번지Number Seven Queer Street』(1945) 그리고 『그림자의 거장Master of Shadows』(1959)을 썼다. 여기에는 또 다른 심령 의사, 닥터 마일스 페노어가 등장한다. 페노어는 유령 친구들의 도움을 받아 미해결 사건을 해결하는 심령 의사이다. 어째서 아직 아무도 이 작품을 넷플릭스 시리즈로 만들지 않은 거죠?

또한 재미있는 것: 『50가지 기이한 이야기들Fifty Strangest Stories Ever Told』(1937)은 로렌스의 초자연적인 '실화' 모음집이다….

“

보글거리는 소음은 그 자체로
악마적인 작은 노래를 형성했다.
마치 그 물건이 혼자
노래를 부르는 것만 같았다.
비밀스럽게, 그리고 입살맞게,
혐오스러운 은밀한 방식으로
혼자 노래하고 있었다.

”

「유령 들린 소스팬」

영국의 심령 수호자

◆
◆
◆

디온 포춘 1890~1946

위어드 픽션을 쓰는 작가들은 종종 영감을 찾기 위해, 그리고 때로는 개인적인 동기로 오컬트로 돌아서곤 했다. 디온 포춘은 마저리 로렌스와 기타 신비주의자로 전향한 작가들보다 한 발 더 나아갔다. 그녀는 자신의 철학에서 하나의 종교를 키워냈다. 오컬트에 대한 그녀의 믿음은 소설에도 영향을 미쳤으며, 그녀가 쓰는 신비주의적 작품들에 차례로 섞여 들었다.

1890년 웨일스에서 바이올렛 메리 퍼스라는 이름으로 태어난 디온 포춘은 크리스천사이언스(1866년 창설된 기독교 교파의 하나로, 오로지 심령만이 유일한 실재이고 육체의 병 역시 정신의 힘, 즉 기도만으로 고칠 수 있다고 피력했다. 정식 교파로 인정되지는 않는다-옮긴이)를 믿는 가정에서 자랐고 유년 시절 환영을 보고 심령적인 능력을 보였다고 한다. 그녀는 보다 신도가 적은 신지학협회(1875년에 뉴욕에서 설립되어 신지학을 기반으로 모든 종교의 통일을 주장하며 활동하는 국제적 종교 단체-옮긴이)에 합류했고, 이후에는 황금의 효 교단에 합류했다. 그녀는 마법이 치료 불가해 보이는 정신 장애를 도울 수 있다는 믿음으로 오컬트적인 수련을 심리학—특히 융의 연구와—과 연관 지은 면에서 독창적이었다. 신비주의자의 마법과 관련한 그녀의 첫 책 중 하나인 『신비한 카발라The Mystical Qabalah』(1935)는 유대교적인 신앙 전통과 오컬트의 핵심 요소를 결합해 훌륭한 삶으로 이끄는 일종의 허위 종교적인 안내서였다. 그녀는 결국 고유한 오컬트적 질서를 창조하기에 이르러, '내면의 빛 사회the Society of the Inner Light'를 결성한다. 이 단체는 사람들을 소위 신성한 의도, 혹은 삶의 진실한 목적으로 이끄는 데 주력한다.

내면의 여신 추종자로서의 삶 이전에, 포춘은 오컬트 미스터리와 위어드 픽션을 썼다. 그녀의 1926년 단편 모음집 『닥터 태버너의 비밀The Secrets of Doctor Taverner』의 캐릭터인 닥터 태버너는 셜록 홈스와 초능력자 닥터 하우스를 합친 것처럼 읽힌다. 전형적인 플롯은 이런 식이다. 치명적인 환자에게 정통 의학이 실패했을 때, 닥터 태버너가 나타나 구한다! 약간의 마법적인 도움으로 이 훌륭한 의사는 환자를 수많은 초자연적인 적들, 희생자들에게서 생기를 빨아들이는 뱀파이어나 사람들에게 자살을 유발하는 신비한 돌에게서 구해낸다. 닥터가 궁지에 몰렸대도 걱정할 것 없다. 다른 세계의 비밀들이 초자연적인 환영으로 그에게 나타난다.

태버너 이야기는 포춘을 여성 작가가 드문 이 장르에서, 오컬트 탐정물을 쓰는 작가 중 하나(모범적인 작품을 생산한)로 공고히 위치시켰다. 닥터 태버너와 셜록 홈스 사이의 유사성은, 그들의 유사한 생김부터 불가해하게 보이는 퍼즐에 대한 매혹, 그들의 조수가 전쟁에서 상처를 입고 돌아왔다는 것까지 수없이 많다. 하지만 이는 단순한 모방이 아니다. 홈스와 태버너는 둘 다 실제 인물을 모델로 했다. 홈스는 닥터 조셉 벨(1813~1882. 스코틀랜드 최초의 외과의로 간주되는 인물. 관찰을 바탕으로 한 추론을 중요시했고, 과학이 아직 범죄 수사에 이용되지 않던 시기 법의학적 선구자 역할을 하며 몇몇 수사에도 관여함. 도일은 1877년 벨의 조수로 일하며 그의 방식에 영감을 받았다고 알려져 있다-옮긴이)에게 영감을 받았고, 태버너는 아일랜드 태생 신비주의자이자 의사를 기반으로 했으니, 그 이름은 바로… 닥터 시어도어 모리어티이다. 그는 인도 의료 서비스(제2차 세계 대전 시부터 1947년까지 존속했던, 영국령 인도의 군사 의료 시설-옮긴이)에 복무했으며 포춘이 오컬트를 공부할 때 그의 멘토였다. (아니, 그는 아서 코넌 도일이 쓴 동명의 악당에 영감을 주지는 않았다, 이건 그저 재미있는 우연의 일치이다) 포춘은 자신의 단편 모음집 서문에서 태버너와 그의 조수 닥터 로데스의 사건들은 자신이 멘토와 함께 일한 실제 수사의 복합물이라고 썼다. 그녀는 심지어 출판을 위해 몇몇 이야기들은 수위를 낮춰야 했다고도 주장했다. 사실이든 아니든, 탁월한 쇼맨십이 아닐 수 없다.

관능적인 마법

1927년에 발표된 포춘의 두 번째 소설이자 첫 오컬트 소설인 『악마 연인The Demon Lover』은 심지어 보다 두드러진 현대적 호러 요소들을 갖추고 있다. 영화 〈하얀 좀비White Zombie〉(1932)나, 무고한 희생자들에 흑마술을 휘두르는 사악한 마법사가 등장하는 당대의 영화적 흐름을 타고, 『악마 연인』은 젊은 여성을 재물로 쓰려는 마법사의 이야기를 담고 있다. 이 목표는 그가 이 여자를 사랑하게 되면서 난국에 빠진다. 그의 동료 마법사들(사악한 것은 물론, 흥미롭게도 따분한 백발의 늙은 남자들 한 무리로 구성된)은 그와 그의 연인에게 흑마술을 행한다. 여기엔 또한 환생이며 다른 세계에서 오는 초자연적인 지원(닥터 태버너에게 딱 맞게 도착하곤 하는 도움과 별반 다르지 않은)이 있다. 이 이야기와 또 다른 이야기들에서도, 포춘은 마법이라는 개념에 적대감을 보이지 않는다. 그보다는, 기존의 마법 질서가 마법의 수행에, 그리고 특히 마법을 수행하는 남자들과 얽힌 여자들의 안녕에 지장을 준다고 단언한다.

『악마 연인』은 포춘이 바이올렛 퍼스라는 이름으로 출간한 소설이다. 그녀가 택한 필명은 그녀 가문의 문장, "Deo, non Fortuna"(신에 의해, 그리고 운이 아닌)의 축약이었다. 이 라틴어 문구는 또한 그녀가 황금의 효 교단에 합류했을 때 소위 그녀의 마법 이름이기도 했다.

그녀의 차기작들, 『날개 달린 황소The Winged Bull』(1935), 『염소 발을 한 신The Goat-Foot God』(1936)은 계속해서 여성의 경험에 초점을 둔다. 이 책들에서 포춘은 성생활에 보다 자유로운 태도가 젠더 평등을 이끌 수 있으며, 디온의 캐릭터들이 종종 겪는 정신적 질환—가장 흔하게는 우울증과 신경질환—을 벗어나는 것으로 이어질 수 있다는 생각을 탐구했다. 이 후기 소설들은 성적인 치유를 마법적 치유법으로 제시한다.

포춘은 『바다의 여사제The Sea Priestess』(1938)와 그 후속작 『달의 마법

Moon Magic』(1957)에서 그 열기를 고조시킨다. 두 작품 모두 페미니즘, 이교 숭배, 자연 마법, 그리고 섹스…에 아틀란티스가 풍성하게 얽힌 문학적 토네이도다. 포춘은 또한 V. M. 스틸이라는 이름으로 로맨틱 스릴러물도 출간했다. (아마도 그녀는 로맨스 소설이 신비주의자로서의 자신의 작품들과 별개라고 보고 그 책의 표지들에는 자신의 이름을 쓰고 싶지 않았는지도 모르겠다) 상당량의 소설적 결과물에 더불어, 포춘은 자신의 오컬트 마법적 정체성을 설명하는 논픽션 도서들도 써냈다. 어떤 학자들은 그녀가 이런 글들에서 개인적인 철학들을 발전시키기보다 현대적인 위카 Wicca(20세기 초 영국에서 시작되었으며 마법 문화의 현대적 형태를 취하는 종교 이론. 자연주의적, 여성주의적 관점을 띤다-옮긴이)의 발판을 마련한 일종의 페미니스트 친화적 마법을 정의했다고 주장한다.

포춘의 마법과 오컬트에 대한 깊은 신념은 평생 지속되었고 그녀가 "영국의 마법 전쟁The Magical Battle of Britain"이라 불렀던 것에서 가장 분명하게 드러났다. 제2차 세계 대전 당시, 포춘은 자신의 신비주의자 동료들과 생각이 비슷한 마법사들을 모아 독일의 침공에 대항하는 영국의 보호막을 형성하려 했다. 영국 해안가에 위치한 심령 경비대라는 집단 심상을 통해서. 이런 시도가 지금은 실없어 보일지 모르지만, 기억하자. 독일은 결코 영국의 땅을 밟지 못했다.

독서 목록

꼭 읽어야 할 것: 와이저 북스는 2011년에 『닥터 태버너의 비밀The Secrets of Doctor Taverner』이라는 편집본을 출간했다. 이 책에는 판타지 작가 다이애나 L. 팩슨이 쓴 포춘과 그녀의 오컬트 탐정에 대한 서문이 실려 있다.

또한 시도할 것: 와이저 북스가 2010년에 재출간한 『악마 연인』은 태버너 이야기들 이외에 포춘이 쓴 오컬트 소설의 훌륭한 입문서이다. 심령이나 초현실적인 공격의 징조, 그리고 그들에 대항할 방법을 배우는 데 흥미가 있다면 포춘의 『초능력을 통한 자기 방어: 초현실적인 공격에 맞서 자신을 지키기 위한 정통 지침Psychic Self-Defense: The Classic Instruction Manual for Protecting Yourself against Paranormal Attack』(2011)을 살펴보라.

관련 작품: 닥터 태버너의 팬들이라면 젠 반 미터가 지은 만화책 시리즈 『죽음에 대항하는 의사 미라지The Death-Defying Doctor Mirage』(2014) 또한 좋아할 것이다. (밸리언트 엔터테인먼트에서 출간한 모음집으로 이용 가능하다) 닥터 미라지, 이른바 샨 퐁은 죽은 자와 대화를 나눌 수 있으며 자신의 이런 능력을 이용해서 살인 사건을 해결하고 다른 이들의 슬픔을 달래며 약간의 돈을 번다. 그녀는 남편 휀을 잃은 슬픔에 빠져 있지만 아무리 노력해도 그와는 소통할 수 없다. 일을 감당할 수 없게 된 어느 유명한 신비주의자와 엮이기 전까지는.

“

나는 눈에 보이는 것에는
쉽사리 겁먹지 않아.
하지만 솔직히
내가 볼 수 없는 것은
두렵다는 걸 인정하지.

”

「향기로운 양귀비들The Scented Poppies」

제4부

펄프 소설을 쓴 여성들

◆

1920년대부터 1950년대까지 호러, SF, 판타지 소설의 팬들은 펄프 매거진들을 통해 자신들의 취향을 만족시켰다. 펄프 매거진은 이 소설들이 인쇄된 목재 펄프 종이 때문에 붙은 이름이었다. 펄프 매거진들은 역시 싸구려 종이로 만들어진 염가 페이퍼백들과 더불어 소설을 더욱 광범위한 독자의 손에 쥐어 주려 했다. 워낙 쉽게 접근할 수 있었기 때문이다.

하지만 이렇게 저렴한 재료의 덧없는 속성이 뜻하는 바는 이 수많은 이야기들이 순전히 무(無)로 분해되어 버리는 종이에 인쇄됐다는 이유만으로 영원히 소실되었다는 것이다. 펄프 매거진들은 출판 발행인을 자주 바꿨고 이런 이동 시에는 누구도 오래된 재고를 보존하는 데 신경 쓰지 않았다. 몇몇 펄프 매거진은 수집가들, 대학 도서관 아카이브, 의회 도서관 등에서 오늘날까지 살아남았지만, 산발적인 수집과 복구 작업에도 불구하고, 이제는 잊힌 작가들의 전체적인 경력은 소실되었다*. 선집으로 엮인 이야기들은 H. P. 러브크래프트, A. 메릿, 클라크 애슈턴 스미스와 같은 당대에 보다 인기 있었던 작가들—주로 남

* 21세기 펄프 픽션의 상당 부분이 소실되긴 했지만, 디지털 테크놀로지 덕분에 수집가들이 일부 소설과 표지들을 보존하고 오늘날 독자들과 공유할 수 있었다. 훌륭한 온라인 자료들로는 펄프 매거진 프로젝트(pulpmags.org), 펄프 매거진 아카이브(archive.org/details/pulpmagzinearchive), ThePulp.net, 그리고 블로그 〈기이한 이야기꾼〉(tellersofweirdtale.blogspot.com)이 있다. 더불어, 초기 저작권법의 만료에 따라 몇몇 펄프 소설들도 저작권이 만료되어 있다.

성들—에 한정된 경향이 있다.

이 모든 사실은 1900년대 초기에 사변 소설을 쓴 여성은 거의 없으며, 대신 그 혈통은 어슐러 르 귄, 조애너 러스와 같은 작가들의 등장으로 1950년대와 1970년대에 태동했다는 설이 통용되는 현실을 뒷받침한다. 사실은, 펄프 매거진의 전성기에도 많은 선구적인 여성들이 글을 쓰고 있었고, 그들의 작품은 〈기이한 이야기들〉(주로 러브크래프트와 밀접하게 관련된 호러 매거진), 〈갤럭시〉, 〈경이로운 이야기들Amazing Stories〉, 〈충격적인 이야기들Startling Stories〉, 〈소름끼치게 놀라운 이야기들Thrilling Wonder Stories〉과 같은 주요 사변 소설 잡지들에 실렸다.

역사가들과 문학 비평가들은 이 초기 여성 작가들에 대한 참고자료들, 이를테면 독자 편지 같은 케케묵은 자료들을 발굴해 왔다. 역사가 에릭 레이프 다빈은 저서 『경이로운 파트너들: 여성과 SF의 탄생Partners in Wonder: Women and the Birth of Science Fiction 1926~1965』(2005)에서 펄프 매거진에서 활동했던 여성 작가들을 분류했다. 그는 1926년에서 1960년까지 SF 잡지들에 기고했던 203명의 여성들 목록을 추려 냈고, 더불어 1923년에서 1954년까지 〈기이한 이야기들〉에 작품이 실렸던 127명의 여성들도 발굴해 냈다.

수상 경력에 빛나는 SF 작가 코니 윌리스는 1992년 10월 〈아이작 아시모프의 SF 매거진〉(SF 작가 아이작 아시모프의 이름을 따 1977년 발행하기 시작한 미국의 SF/판타지 잡지-옮긴이)에 실린 자신의 기고문 'SF가 보지 못한 여성들'을 통해 초기 펄프 매거진에서 활약한 여성들의 존재를 지적했다*. 윌리스는 자신이 어린 시절 초기 펄프 잡지에 실린 여성들의 SF를 읽지 못했다면 성공적인 SF 작가가 되지 못했으리라 단언한다. 그녀는 C. L. 무어, 마거릿 세인트 클레어, 제나 헨더슨, 셜리 잭슨, 주디스 메릴, 밀드레드 클린저먼, 키트 리드에게 영향을 받았다고 꼽는다. 이들은 모두 1960년대와 70년대 작가들을 앞선 이들이다.

불행히도, 손쉽게 구할 수 있는 펄프 잡지들이 대중의 관심에서 사라지면서, 사변 소설과 호러 소설을 썼던 이 초기 여성 작가들 역시 같은 길을 걸었다. 또한 세대 변화에 따라 독서 취향이 변했다는 사실도 그들의 유산에 반대되는 작용을 했다. 문학 비평가들과 선생들은 실험적인 문학 소설을 대중적인 소설보다 더 높이 사는 경향이 있었고, 이는 개정판과 학구적인 연구라는 장기적인 게임에서 장르 작가들에게 불리했다. 제2차 페미니스트 운동이 물결치는 동안 사변 소설을 쓰는 여성 작가들이 더 많이 나타나면서, 그들의 조상들은 과거 속으로 사라졌다.

문제의 여성들은 펄프 잡지에만 기고하지 않았다. 수요는 그보다 더 많았다. 독자 투표와 편지를 기반으로 했을 때, 〈기이한 이야기들〉에서 가장 인기가 많았던 두 작가는 여성이었다. 그레이 라 스피나와 에이브릴 워럴. 메리 엘리자베스 카운슬먼은 잡지에 가장 많은 작품을 기고한 작가로 1933년부터 1953년까지 30편의 단편과 6편의 시를 써

* 윌리스는 『개는 말할 것도 없고』와 옥스퍼드 시간 여행 시리즈 등을 집필했다. 미국의 SF와 판타지 작가들Science Fiction & Fantasy Writers of America(sfwa.org)에 따르면, 그녀는 열한 번의 휴고 상과 일곱 번의 네뷸러 상으로 그 어떤 SF 작가보다 많은 상을 수상했다.

냈다. 팬이 가장 좋아한 다른 작가들로는 엘리 콜터와 G. G. 펜다브스가 있었다.

여성들은 또한 삽화도 그렸다. '펄프의 여왕' 그리고 '펄프 핀업 아트의 퍼스트 레이디'로 알려진 마거릿 브런디지(월트 디즈니와 고등학교 친구인)는 1930년대 〈기이한 이야기들〉의 가장 인기 있는 표지 삽화가로, 최소한 일부라도 벗고 있는, 도움이 필요한 여자나 강인한 여자의 섬뜩한 파스텔화로 유명했다*. 그녀는 또한 채찍, 밧줄, 체인을 함께 그리곤 했다. 그녀는 로버트 E. 하워즈의 『야만인 코난Conan the Barbarian』 표지 9개 전부를 비롯하여 〈기이한 이야기들〉에 66개의 표지 작업을 했다. 2016년에는, 1937년에 작업한 '성욕의 신The Carnal God'의 원본 작품이 경매에서 4만7150달러에 팔렸다.

글을 쓰고 삽화를 그리는 작업과 함께, 여성들은 또한 이런 출판사들에서 편집자의 자리도 채웠다. 도러시 맥킬레이스는 문학 잡지 〈단편들Short Stories〉에서 편집 조수로 시작해서 1936년 선임 편집자로 승진했다. 잡지의 모회사가 1938년 〈기이한 이야기들〉을 인수했을 때, 맥켈레이스는 〈기이한 이야기들〉의 편집 보조로 옮겼다가 1940년 선임 편집자를 인계받았다. 맥킬레이스는 〈기이한 이야기들〉의 명단에 새로운 이름들을, 새로운 생명을 불어넣었다. 몇몇 이름을 들어보자면 다음과 같다. 레이 브래드버리, 맨리 웨이드 웰먼, 앨리슨 V. 하딩,

* 이 인기 있는 1930년대 〈기이한 이야기들〉 표지 일러스트레이터에 대해 더 많은 자료를 원한다면 앙투아네트 란의 "마거릿 브런디지에 대해 알려지지 않은 열 가지Ten Things You Didn't Know About: Margaret Brundage", 2017년 10월 3일, 〈앤티크 트레이더Antique Trader〉와 스티븐 D. 코르샤크와 J. 데이비드 스파락의 『마거릿 브런디지의 유혹적인 예술: 펄프 핀업 아트의 여왕The Alluring Art of Margaret Brundage: Queen of Pulp Pinup Art』(2013)을 보라.

마거릿 세인트 클레어, 프리츠 리버 주니어 등. 웰먼의 오컬트 탐정 존 선스톤의 팬들은 맥킬레이스에게 빚이 있다. 바로 그녀가 웰먼과 함께 그런 설정을 창조했다.

마거릿 세인트 클레어와 C. L. 무어 같은 펄프 작가들은 SF, 호러, 판타지 같은 글쓰기가 21세기까지 지속되는 데 확고한 영향을 미쳤다. 던전 앤 드래곤(1974년 출판된 최초의 테이블탑 롤플레잉 게임TRPG-옮긴이)을 해 본 적이 있는가? 있다면 당신은 세인트 클레어의 작품을 아는 것이다. 당당한 한 솔로 타입이 등장하는 스페이스 오페라를 좋아하는가? 무어는 스타워즈가 있기 전에 이미 그런 내용을 쓰고 있었다. 다크 판타지의 팬인가? 거트루드 버로우스 베넷이 이 장르의 창시자로 공인되고 있으며, 오늘날까지도 '다크 판타지의 어머니'라고 불린다.

어쩌면 가장 기이한 이야기는 우리가 어쩌다 이렇듯 어마어마한 이야기들을 창조한 여성들을 잊을 수 있었는가에 대한 것일지도 모른다.

인간의 깊이를 탐구하다

◆
◆
◆

마거릿 세인트 클레어 1911~1995

작은 꼬마 요정 같은 인간. 멸망 이후 복구 중인 세계의 한복판에서 펼쳐지는 지하 세계의 여행. 마법. 이 모든 이야기 요소들은 정원 일, 위카, 그리고 기독교의 퀘이커 교도적인 가치를 두루 포용한 한 탁월한 여성의 상상력의 산물이었다.

던전 앤 드래곤의 팬이라면 마거릿 세인트 클레어라는 이름은 알아보지 못할지라도 그녀가 쓴 SF는 알아볼 것이다. 이 게임의 최초 디자이너 중 한 명인 게리 가이각스는 〈던전 마스터스 가이드Dungeon Masters Guide〉(1979)의 부록 N에 그녀를 포함시켰다. 이 목록에는 그의 확장적인 세계를 창조하는 데 영감을 준 것들이 실려 있다. 특히, 가이각스는 세인트 클레어의 소설 『그림자 인간The Shadow People』(1969)과 1969년작 『라브리스의 상징Sign of the Labrys』(라브리스는 양날이 있는 도끼를 말한다-옮긴이)를 언급했다. 두 소설 모두 가이각스의 창조물인 던전을 반영하는 지하 세계로의 여행과 탐험을 담고 있다. 오랜 시간 동안, 세인트 클레어의 죽음 이후 10년 이상 뒤에 쓰인 이 주석은 그녀의 광범위한 부류의 이야기들이 남긴 몇 안 되는 자취 중 하나였다. 다행히도 현대의 편집자와 작가들이 그녀의 작품에 대한 흥미를 다시 일으키는 작업을 하고 있다. 앤과 제프 밴더미어 부부는 자신들이 엮은 선집 『기이한 것: 낯설고 음울한 이야기들The Weird: A Compendium of Strange and Dark Stories』(2012)에 세인트 클레어의 단편 「놀에게 밧줄을 판 남자The Man Who Sold Rope to the Gnoles」을 포함시키기도 했다.

위의 단편은 세인트 클레어의 작품 중 모음집에 가장 많이 포함되는 작품이다. 이 작품의 인기와 더불어 「무서운 짚Horrer Howace」(1956)과 「지진을 예측한 소년The Boy who Predicted Earthquakes」, 「브렌다Brenda」처럼 텔레비전 프로그램으로 각색된 이야기들(두 편 모두 1971년 〈나이트 갤러리Night Gallery〉 시즌 2의 에피소드로 각색되었다) 덕에 그녀가 남긴 유산은 오늘날까지 살아 있게 되었다. 놀에 대한 세인트 클레어의 서술은 『경이의 서The Book of Wonder』(1912)에 처음 등장했던 로드 던세이니의 유명한 단편 「누스는 어떻게 놀을 다루는 자신의 기술을 연마했는가How Nuth Would Have Practised His Art upon the Gnoles」를 재창조한 것이다. 던세이니의 놀은 숲에 살며 극히 위험하지만 그 외양은 결코 명쾌하게 묘사되지 않는다. 세인트 클레어의 버전은 그림 우화 원작들이 그랬듯 잔혹한 동화들에서 탄생한 숲속의 존재로 트롤과 요정에 놈(땅속 요정-옮긴이)을 넉넉하게 집어넣고 이상하게 뒤섞은 존재이다. 그녀는 그들을 붉은 눈에 "인도 고무로 만든 아티초크"처럼 생겼다고 묘사한다. 그들은 귀가 없고 입에는 송곳니가 가득하다. 던세이니의 이야기에서는, 솜씨 좋은 도둑과 그의 조수가 놀에게서 무언가를 훔치려고 한다(일이 어떻게 됐는지는 추측에 맡기겠다). 세인트 클레어의 버전에서, 주인공은 밧줄 상인으로 고객 기반을 늘리고자 하지만, 일단 놀들은 거래 규칙을 이해하지 못한다고만 이야기해 두자.

1911년 캔자스에서 교사와 변호사 부부 사이에서 태어난 마거릿 니들리는 어린 시절 SF를 탐닉했다. 그녀는 버클리에서 캘리포니아 대학에 입학했고 그곳에서 작가인 에릭 세인트 클레어를 만나 나중에 그와 결혼했다. 마거릿은 퀘이커 교도로 자라나 평생 미국 퀘이커 봉사 위원회American Society of Friends를 후원했으며, 그녀와 에릭은 1950년대 캘리포니아에 사는 동안 마법과 위카에 관심을 갖게 되었고, 이곳에서 마거릿은 소설을 탐구하기 시작했다. 위카인들의 신념 체계는 급속히 부부의 가정과 생활 속에 파고들었다. 이는 또한 마거릿이 쓰던 글의 내적인 일부가 되어, 특히 1960년대에 그녀의 소설은 포스트 아포칼립스를 다루는 주제들로 전향하게 되었다.

라브리스로 진입하라

세인트 클레어의 소설 『라브리스의 상징』의 1963년 판본 뒷표지에는 당시의 시대상을 보여 주는 흔적이 있다*.

* 『라브리스의 상징』 뒷표지 사진은 2018년 9월 25일, 〈갤러틱 저니〉(galacticjourney.org)에 포스팅된 기데온 마커스의 소설 「구식The Old School」 리뷰와 함께 온라인에서 찾을 수 있다.

"여성이 쓰는 SF! 독창적이다! 탁월하다!! 눈이 부시다!!! 여성들은 남성보다 원시에 가깝다. 그들은 달의 인력을, 지구조석(달과 태양의 인력 때문에 지구가 부풀거나 오그라드는 현상-옮긴이)을 지각한다. 그들은 소설에 독창적인 색채와 향취를 입힐 수 있는 인류의 희미하고 오래된 고대 과거의 파묻힌 기억을 소유하고 있다."

성차별적인 소개글(과도하게 감탄사를 늘어놓은 부분은 제외하고라도)이긴 하지만, 21세기 독자라면 세인트 클레어의 포스트 아포칼립스에 대한 이미지들에서 친숙한 요소들을 여럿 발견할 것이다. 그녀의 주인공은 아마도 군사적인 원인으로 발발한 듯한 치명적인 감염병에 휩쓸린 세계에서 살아남기 위해 고군분투하는 중이다. 해답을 찾는 과정에서 그는 초자연적인 정신 능력을 갖춘 듯한 공동체에 점유된 지하 세계의 터널들을 탐험한다. 이는 마치 감염병과 생화학무기에 대한 현대적인 우려가 던전 앤 드래곤과 마법을 만난 것만 같다.

세인트 클레어는 장편 소설보다 1940년대와 1950년대 펄프 매거진에 기고한 다수의 글들로 당대에 호러와 사변 소설에서 잘 알려진 이름이 되었다. 그녀의 단편 「브렌다」(〈기이한 이야기들〉, 1954년 3월), 한 섬에서 습지 괴물에게 시달리는 젊은 여자의 이야기는 이후에 로드 설링의 TV 시리즈 〈밤의 갤러리〉(〈환상특급〉으로 명성을 얻은 로드 설링이 각본과 제작을 맡았던 1970년대의 유사 시리즈-옮긴이)를 위해 각색되었다.

하지만 그녀가 온화한 SF나, 〈로스트 인 스페이스〉(1812년 출간된 소설 『스위스 가족 로빈슨The Swiss Family Robinson』과 만화책 『우주 가족 로빈슨Space Family Robinson』을 바탕으로 각색되어 1965년 첫 방영된 미국 TV 시리즈-옮긴이)와 〈친애

하는 화성인My Favorite Martian〉(1963년 첫 방송된 미국 SF 시트콤으로 100편이 넘게 방영되었다-옮긴이)처럼 1950년대와 60년대의 장르 TV와 영화를 정의하는 온건한 가족 친화적 판타지 부류를 썼다는 어리석은 착각은 하지 말자. 그녀는 하나의 장르에 국한되지 않았고 SF, 판타지, 심지어 오컬트적인 요소까지 하나의 서사에 집어넣는 편을 선호했다. 그리고 그녀의 이야기들은 항상 강렬한 효과를 발휘한다.

70대에 이르렀을 때, 세인트 클레어는 이렇게 서술했다.

"홀로코스트, 히로시마, 코번트리(2차 세계 대전 당시 독일 공군의 폭격으로 거의 파괴되었던 영국의 도시-옮긴이), 드레스덴(독일 작센의 주도로 역시 2차 세계 대전 당시 크게 파괴되었다가 재건됨-옮긴이)을 겪은 이들이라면 사랑, 친절, 동정, 고귀함이 존재한다는 것을 잊었을지도 모른다. 그러나 인간의 동물적인 본성에는 잔인함, 사악함, 가학성의 뿌리뿐 아니라 완벽하게 진실한 선함과 고결함의 뿌리도 남아 있다. 가능성은 언제나 거기에 있다."

100편이 넘는 단편과 9편의 장편 사변 소설을 통해, 세인트 클레어는 인간의 잠재력, 인간의 깊이와 가치 모두를 탐구했다.

독서 목록

꼭 읽어야 할 것 : 마거릿 세인트 클레어는 펄프 시대 여성 작가 중 선집에 가장 많이 포함되는 작가이다 . 마틴 H. 그린버그와 램지 캠

벨은 세인트 클레어의 글을 모아 각각 『마거릿 세인트 클레어 베스트 선집 The Best of Margaret St. Clair』 과 2019 년 『달에 난 구멍과 다른 이야기들 The Hole in the Moon and Other Tales』 로 엮어 냈다.

또한 시도할 것: 미래 혹은 다른 세계에 배경을 두었을 때도, 세인트 클레어의 이야기들은 그녀가 살았던 사회의 가능성과 위험성에 초점을 둔다. 그녀는 일상에서 공포를 발견했다. 이를테면, 한 가족이 입양한 새가 알고 보니 초자연적인 힘을 가지고 있는 것으로 밝혀지는 이야기 「새The Bird」(〈기이한 이야기들〉, 1951년 11월)처럼. 「새로운 의례New Ritual」(1953)에서 위협은 아내가 산 새 냉장고가 그저 음식을 보관하기 위한 용도가 아닐 때, 가정적인 안락함이라는 약속의 기저에 존재한다. 세인트 클레어는 인간의 잔인함을 회피하지 않으며, 이는 「베개The Pillow」(〈소름끼치게 놀라운 이야기〉, 1950)에서 자명하게 드러난다. 이 소설에서 인류는 결과를 생각지 않고 이계의 자원을 파낸다. 또한 「하늘에서 광휘가 떨어지다Brightness Falls From the Air」(1951)는 인간 남성의 유흥을 위해 원주민인 외계 인구가 겪는 폭력에 대한 충격적인 이야기이다. 그녀의 가장 탁월한 작품 중 하나인 「무셔운 짚」(1956)에서 그녀는 기업가적 정신과 외계의 접촉을 결합시키며 독자에게 어떤 캐릭터가 공감 받아 마땅한지—외계 종족인 붐인지 혹은 그들을 착취하는 사업가인지—확신을 주지 않는다. 이 이야기들은 『마거릿 세인트 클레어 베스트 선집』과 Unz Review(www.unz.com) 같은 SF 온라인 자료 서비스에서 이용 가능하다.

그녀의 장편 소설에 관심 있다면 도버 출판사에서 둠스데이 클래식

시리즈로 2016년 『라브리스의 상징』을 재출간했으니 참고하라.

관련 작품: 세인트 클레어의 포스트 아포칼립스를 다루는 책들의 팬이라면 2014년 앵커에서 박스 세트로 출간한 마거릿 애트우드의 『미친 아담』(국내 출간: 민음사, 2019) 3부작인 『오릭스와 크레이크』, 『홍수의 해』, 그리고 『미친 아담』을 즐겁게 읽을 수 있을 것이다.

코니 윌리스는 세인트 클레어에게 영향을 받았다고 서술한 바 있다(이 책에 등장하는 몇몇 다른 작가들과 함께). 그녀의 수상작 「클리어리 가족이 보낸 편지A Letter from the Clearys」(1982년 7월, 국내 출간: 단편집 『화재감시원』에 수록, 아작, 2015)는 포스트 아포칼립스의 생존 가능성을 아이의 관점에서 지켜보는 이야기이다. 세인트 클레어의 유머와 SF 주제들을 좋아한다면, 윌리스의 『개는 말할 것도 없고』(1997, 국내 출간: 아작, 2018)도 즐겁게 감상할 수 있으리라. 이 책은 윌리스의 가장 인기 있는 책 중 한 권으로 시간 여행을 다루며, 작가의 짓궂은 위트를 선보인다. 그녀의 『미지의 땅Terra Incognita』(2018)과 『둠스데이 북』(2001, 국내 출간: 아작, 2018)은 강인한 여성 주인공들과 역시나 시간 여행이라는 주제로 세인트 클레어의 팬에게 매력적으로 다가올 것이다.

“

그곳에 있던 세단에서
거친 비명이 터져 나왔다.
그것은 마치 도마 위에
털썩 내리쳐진 닭의
겁에 질린 꽥꽥거림 같았다.

”

「무셔운 짚」

스페이스 뱀파이어 여왕

◆
◆
◆

캐서린 루실 (C. L.) 무어 1911~1987

우주 해적. 꿈틀거리는(맞다, 정말로 꿈틀거린다) 빨강 머리에 밤눈이 밝은 여자. 이것은 러브크래프트적인 우주적 균형을 담은 C. L. 무어의 단편 「샴블로Shambleau」를 그저 언뜻 봤을 때의 인상이다. 이 이야기는 범세계적 규모의 이야기일 뿐만 아니라 팜 파탈에 대한 무어의 애호를 공고히 드러낸다. 특히 여성 캐릭터를 다루는 방식 덕분에 무어는 사변 소설의 세계에서도 별개로 구분된다. 무어는 H. P. 러브크래프트의 전통 안에서 글을 썼는지는 모르나, 그와는 다르게 자신의 여성 캐릭터들에게 힘을 부여했고, 남성들이 그들에게서 힘을 강탈하고자 안간힘을 쓰는 상황에서도 독자적인 힘을 놓치지 않는 여성들을 묘사했다. 「샴블로」는 또한, 독자에게 무어의 이야기들 다수에 종종 등장하는 주인공 노스웨스트 스미스를 소개한다. 스미스는 최고의 우주 해적이다. 도둑이고 여행가이고 여자들에게 다정한 신사이며 냉소적인 사람으로, '고결한 성품'을 지닌 덕분에 그의 (때로는 불법적인) 활동들은 말썽거리에 휘말릴 때가 많다. 익숙한가? 많은 비평가와 팬들은 무어의 창작물이 많은 사랑을 받는 SF 속 악당들과 범죄자들의 원형이라 여긴다. 스타워즈의 한 솔로와 조스 웨던의 TV 시리즈 〈파이어플라이Firefly〉(2002)의 맬컴 레이놀즈처럼.

C. L. 무어는 미국의 사변 소설 작가 캐서린 무어의 필명이다. 무어가 자신을 이니셜로 밝힌 이유는 자신의 젠더를 감추기 위해서가 아니라 본업인 비서 일을 계속하면서 고용주에게 자신이 작가라는 사실을 숨기기 위한 것이었다. 「샴블로」는 1933년 〈기이한 이야기들〉에 실린 그녀의 첫 번째 단편이며, 그 즉시 주목할 만한 작가로서 그녀의 위치를 정립했다.

그 이후 무어는 단독으로, 그리고 남편인 헨리 커트너와 공동 작업으로 펄프 잡지들에 더 많은 단편들을 실었다. 이들 부부는 각자, 그리고 공동으로 루이스 파제트, 로렌스 오도넬, C. H. 리델을 비롯한 여러 개의 필명을 이용했으며 덕분에 점점 늘어나던 무어의 팬들이 그녀의 작품을 찾아내기 어렵게 만들었다. 루이스 파제트로서—무어는 뚜렷하게 여성적인 이름들보다 젠더 중립적인 이름들을 선호했다—그녀는 「트웡키The Twonky」(1942), 「보르고브들은 밈지했다Mimsy Were the Borogoves」(1943)를 비롯한 가장 인상적인 단편들 몇 편을 써냈다. 전자는 텔레비전으로 위장한 한 로봇과 의도치 않게 그것을 자신들의 가정에 들인 한 부부에 관한 경고성 이야기이다. 이 책은 1953년에 영화로 각색되었다.

'밈지'는 두 단어의 합성어로 루이스 캐럴의 시 '재버워키'에서 제목을 가져왔으며(루이스 캐럴의 1871년작 『거울 나라의 앨리스』에 나오는 시 '재버워키'의 한 구절. 밈지는 루이스 캐럴이 직접 고안한 '불쌍한misarable'과 '약한flimsy'의 합성어이다-옮긴이), 1942년으로 거슬러 올라가 미래의 장난감들을 묘사한다. 한 남매가 장난감들을 발견하고, 그 장난감들은 아이들에게 다른 차원으로 향하는 포털을 만드는 방법을 가르친다. 19세기 소녀인 한 캐릭터는 루이스 캐럴의 고전 소설 『이상한 나라의 앨리스』에 영감을 준 앨리스 리델과 이름이 같다. 「트원키」처럼 이 이야기 역시 2007년 〈마지막 밈지The Last Mimzy〉라는 영화로 각색되었으며, 여기에는 조엘 리처드슨과 티모시 허튼이 출연한다.

안타깝게도, 커트너는 1958년 부부가 영화 각본들을 쓰기 위해 캘리포니아로 이주한 지 몇 년 안 되어 심장 마비로 사망했다. 남편이 죽은 뒤, 무어는 더 이상 단편 소설들을 쓰지 않았지만, 자신의 결혼 후 이름인 캐서린 커트너로 형사 시리즈인 〈77 선셋 스트립77 Sunset Strip〉과 서부극인 〈슈가풋Sugarfoot〉을 비롯한 몇 편의 텔레비전 드라마를 집필했다.

독서 목록

꼭 읽어야 할 것: 물을 것도 없이, 스타워즈와 인디애나 존스의 팬이라면 무어의 노스웨스트 스미스 이야기들을 읽어야 한다. 페이퍼백들은 손쉽게 구할 수 있다. 이 시리즈는 우주를 여행하면서 곤경에 처한 젊은 여성들을 돕고 그들과 잠자리를 한 뒤 죽음보다 더 비참한 운명

에서 그들을 구하는 우주의 주인공을 따라간다. 이는 전형적인 SF모험물처럼 들리지만(많은 비평가들이 지적했듯, 심지어 그의 이름조차 인디애나 존스를 연상케 한다), 무어는 자신의 소설을 상당량의 호러로 가득 채우고 있다. 그 예로 「냉혹한 잿빛 신The Cold Gray God」(〈기이한 이야기들〉, 1936년 7월)에서 스미스는 신비한(그리고 당연하게도 아름다운) 여성을 위해 강도짓을 하는데 이내 그녀가 그의 몸을 탈취하고—그리고 그의 영혼을 파멸시키고 싶어 한다는 것을 알게 된다. 스미스는 「생명의 나무The Tree of Life」(〈기이한 이야기들〉, 1936년 10월)에서 다시 한 번 자신이 위험에 처했다는 사실을 발견하는데, 근사한 한 여인이 그를 유혹해서 자신의 지배자에게 먹잇감으로 던지려고 한다. 이런 구성 요소 덕분에 무어의 단편은 놀라우리만치 예상을 벗어난다. (「생명의 나무」는 판타지 소설 팟캐스트인 팟캐슬PodCastle에서 2013년 데이브 로빈슨의 목소리로 녹음 제작되기도 했다) 플라넷 스토리즈 라이브러리는 노스웨스트 스미스 단편 전체를 2008년 『지구의 노스웨스트Northwest of Earth』로 모으기도 했다.

또한 시도할 것: 무어의 초기 위어드 픽션은 그녀가 남편의 사후에 쓴 텔레비전 각본 일부에서 빛을 발한다. 〈슈가풋〉의 몇몇 에피소드들에는 유령이 들렸다는 소문이 도는 집과 교령회에서 불길한 예언을 하는 영매와 같은 초자연적인 플롯 요소가 포함되어 있다.

관련 작품: 우주 모험이 취향에 맞는다면, 무어와 동시대 작가인 레이 브래킷의 작품들을 살펴보라. 그녀의 주인공 에릭 존 스타크는 화성 출신의 일종의 원주민으로 식민지 개척자들에 의해 감옥에 갇혀 있다가 우주를 누비는 모험을 하게 된다. 많은 이들이 스타크를 타잔

과, 심지어 화성의 존 카터John Carter of Mars(1912년 잡지 연재물로 시작한 에드거 라이스 버로우의 '바숨 시리즈' 주인공. 2012년 영화 〈존 카터: 바숨 전쟁의 서막〉이 이 캐릭터 탄생 100주년 기념으로 개봉했다-옮긴이)와 견주어 왔다. 브래킷은 또한 「화성의 그림자Shadow over Mars」(1944년 〈놀라운 이야기들〉에 게재)를 비롯한 소설들도 썼다. 이 소설은 화성인과 화성을 개척하는 지구인들 사이의 충돌을 다룬 책이다. 그녀는 또한 종말 이후를 다루는 소설 『기나긴 내일The Long Tomorrow』(1955)로 휴고상 후보에 오르기도 했다. 브래킷은 자신의 SF에 적잖은 미스터리/누아르적인 요소를 엮어내는 경향이 있었다. 그녀는 1946년 상징적인 누아르 영화 〈빅 슬립〉의 각본을 썼으며 〈제국의 역습〉으로 1981년 휴고 상 최우수 각본상을 거머쥐었다. 브래킷의 단편들과 『화성의 그림자』는 킨들로 이용 가능하다.

“

그건 눈먼, 끊임없이 꼬물대는
빨간 벌레들의 둥지 같았어.
…마치—마치 비정상적으로
생명이 주어진 벗겨진 동물의
내장처럼, 말할 수 없이 끔찍해.

”

「샴블로」

최남동부의 이야기꾼

(미국의 조지아, 앨라배마, 미시시피, 루이지애나, 사우스캐롤라이나주 등지-옮긴이)

◆
◆
◆

메리 엘리자베스 카운슬먼 1911~1995

'남부의 미인'이라는 말을 들으면 어떤 생각이 드는가? 아마도 나들이옷에 하얀 장갑을 끼고 넓은 포치에서 부채질을 하면서 아이스티(당연히, 달콤하겠죠?)를 홀짝이며 얌전한 척 말을 하는 젊은 여자가 아닐까?

메리 엘리자베스 카운슬먼과 그녀가 그리는, 때로는 소름끼치고도 아름다운 남부는 아마도 그 생각에 도전할 것이다.

카운슬먼은 1911년에 앨라배마주 버밍햄의 대규모 농장에서 태어났다. 이러한 배경은 그녀만의 독특한 호러 이야기에 영향을 미쳤다. 때로 '앨라배마의 스티븐 킹*'이라 불리는 그녀는 8편의 장편 소설과 〈기이한 이야기들〉(그녀는 이 잡지에 가장 많은 작품을 실은 작가들 중 한 명이었다)을

* 켈리 카섹, "호러 작가 메리 카운슬먼은 앨라배마의 스티븐 킹이었다", 2015년 10월 22일, Al.com, 카젝의 기사는 findagrave.com에 실린 카운슬먼의 부고처럼 그녀의 삶에 대한 정보를 제공했다.

비롯한 펄프 매거진들에 수많은 단편들을 기고했다. 그녀의 단편 소설과 시들은 또한 〈새터데이 이브닝 포스트〉와 〈굿 하우스키핑〉 같은 전국지에도 실렸다.

타고난 작가인 카운슬먼은 6세부터 시를 쓰곤 했다고 한다. 그녀는 십 대에 「세 개의 표시된 페니 동전The Three Marked Pennies」을 썼는데, 이 작품은 1934년 8월 〈기이한 이야기들〉에 실렸고 9개국 언어로 17번 재출간되며 이 잡지 역사상 가장 인기 있는 이야기가 되었다. 카운슬먼은 지금은 몬테밸로 대학으로 이름을 바꾼 앨라배마 대학에 재학 중일 때도 계속 글을 썼다. 졸업 이후, 카운슬먼은 지역 버밍햄 신문사에 기자로 일하면서 개즈던 주니어 칼리지(현[現] 개즈던 커뮤니티 칼리지)에서 이따금 창작을 가르쳤지만, 자신의 소설을 쓰고자 하는 열정은 남아 있었다.

그녀가 직업 작가로서 처음 판매한 글은 1931년 11월에 〈나: 오컬트 소설 잡지Myself: The Occult Fiction Magazine〉라는 잡지에 판 「악마 본인The Devil Himself」이라는 글이었다. 그녀는 1941년에 호레이스 빈야드와 결혼했고 두 사람은 앨라배마 개즈던에서, 선상 가옥(사실은 패들 휠이 달린 스팀보트인 레오타)에서 살았다. 레오타가 느긋하게 강물에 둥둥 떠 있을 때 행복하게 위어드 픽션을 써내려 가는 그녀의 모습을 상상해 보라.

「세 개의 표시된 페니 동전」은 그녀가 쓴 가장 유명한 이야기이다. 이 제목은 남부의 작은 마을에서 떠도는 세 개의 동전을 가리킨다. 동전 한 개는 부를 가져오고, 또 하나는 여행을, 다른 하나는 죽음을 가져온다고 일컬어진다. 세 개의 동전은 각각 수수께끼 같은 표시(십자가, 동그라미, 네모)가 있지만 어떤 동전이 어떤 운명을 불러오는지는 아무도 알지 못한다. 이 동전들 중 하나가 당신의 주머니 속으로 굴러든다면 위험을 무릅쓰고 그 동전을 지니면서 좋은 결과를 바랄 것인가? 이 이야기는 〈기이한 이야기들〉에 지면을 채우기 위해 실렸지만 독자들은 긍정적인 후기를 담은 편지들을 쏟아내며 열광적으로 반응했다. 작품은 라디오 프로그램인 〈제너럴 일렉트릭 극장General Electric Theater〉(GE사의 후원으로 CBS 라디오와 텔레비전에서 방송된 미국 시리즈-옮긴이)에서 각색되어 방영되었다.

1943년 1월 〈기이한 이야기들〉에 실렸으며 이후 다양한 선집에 수록된 「일곱째 여동생Seventh Sister」은 독자와 비평가에게 동시에 폭발적인 찬사를 얻은 카운슬먼의 또 다른 소설이다. 소설은 전형적으로 기이한 소재를 다루는 남성 작가들이 택해왔던 주제인 부두교에 초점을 둔다는 점과, 외모와 초능력 때문에 가족을 비롯한 모든 이들에게 소외된 알비노인 아프리카계 미국인 소녀라는 주인공, 두 가지 면 모두에서 두드러진다. 카운슬먼은 이 캐릭터를 탁월하고도 세심한 주의를 기울여 다루고 있다. 그렇게 감정을 이입하며 인종적인 소수자를 그리는 이야기는, 그것도 1940년대 최남동부 지역 출신 작가의 입장에서 그런 이야기를 쓰는 일은 극히 드물었지만, 카운슬먼은 터부를 피하는 작가가 아니었다. 또 다른 예로, 그녀의 단편 「환영받지 못한 자The Unwanted」는 낙태된 아이들의 유령 무리에게 엄마가 되어주는 아이 없는 엄마를 다룬다.

1995년 사망하기 이전에, 카운슬먼은 위어드 픽션 분야에서의 재능과 공로를 인정받았다. 그녀는 1976년에 미국 예술진흥기구에서 6000 달러의 보조금을 받았다. 그리고 1981년에는 남부 독자 연합Southern Fandom Confederation에서 평생 공로상을 수상했다.

G. G. 펜다브스는 누구였나?

블로그 〈기이한 이야기들을 말하는 자Tellers of Weird Tales〉를 운영하는 테렌스 E. 한리와 역사가 에릭 레이프 다빈에 따르면 메리 엘리자베스 카운슬먼은 〈기이한 이야기들〉에서 두 번째로 기고가 많은 작가였다. 사실, 이 목록에서 상위 3명의 이름은 모두 여자들이다. …다만, 1위인 앨리슨 V. 하딩은 남성 작가의 필명으로 의심된다. 세 번째는 영국 작가 G. G. 펜다브스가 차지했는데 이 작가가 약간 수수께끼다. 우리는 그녀의 진짜 이름이 글래디스 고든 트레너리라는 것은 알지만, 그외 다른 것은 알려진 바가 없다. 그녀는 영국에서 태어났지만 누구도 어느 지역인지 확실히 알지 못한다(콘월, 리버풀, 랭커셔가 종종 언급된다). 인구 조사 기록을 보면 그녀가 16세 무렵 체셔의 버컨헤드에 살고 있었다고 되어 있다. 그녀는 피아노를 친 듯하다—음악 시험 기록이 있다. 확실한 것은 펜다브스가 펄프 매거진에 활발히 기고했다는 것이다. 카운슬먼 부류의 초자연적인 오컬트 펄프 소설 팬이라면 이따금 선집에 포함되곤 하는 펜다브스의 이야기들을 좋아할 법하다. (경고: 펜다브스는 유색인을 묘사하는 데 있어 늘 카운슬먼처럼 세심하지 않았다)

독서 목록

꼭 읽어야 할 것: 카운슬먼의 단편 모음집 『그림자의 반Half in Shadow』(1978)은 「세 개의 표시된 페니 동전」, 「기생충 저택」, 「일곱째 여동생」 같은 그녀의 최고작들 일부를 싣고 있다. 개정판이 진즉 나왔어야 하지만, 비싸지 않은 중고판들도 구할 수 있다. 또한 그녀의 이야기 몇은 다양한 〈기이한 이야기들〉 모음집에 수록되어 왔다. 보다 인기 있는 이야기들은 온라인으로도 이용 가능하며 디지털 포맷으로도 구할 수 있다.

또한 시도할 것: 1942년 1월에 처음 출간된 카운슬먼의 「기생충 저택」은 1961년 4월 25일 첫 방영된 TV 시리즈 〈스릴러〉의 한 에피소드로 각색되었다. 이 에피소드에는 호러의 전설인 보리스 칼로프가 출연했으며 찾아볼 가치가 있다. 「세 개의 표시된 페니 동전」은 〈예상치 못한 것The Unforseen〉(CBC에서 1958년부터 1960년까지 방영했던 캐나다 TV 시리즈-옮긴이) 시리즈의 한 에피소드로 각색되었지만, 칼로프가 등장하지도 않고 더 좋은 각색이라 하지도 못하겠다.

관련 작품: 카운슬먼보다 한 세기 앞서 메리 노아이스 머프리(필명 찰스 에그버트 크래독)가 또한 인상적인 남부 스타일 유령 이야기들을 고안했다. 애팔래치아 지역 문학계의 대표적인 이름인 머프리는 특히, 동부 테네시의 산악 지대를 묘사하는 지방색이 뚜렷한 소설로 유명하다. 머프리는 자신의 캐릭터를 종종 전형적으로 묘사했다. 이는 지방색이 뚜렷한 작가들이 자신들이 다루는 지역과 사람의 독특한 요소들을 범

주화하려 시도할 때 사용하는 흔한 전략이다. 게다가, 그녀는 이 지역 출신임에도 특권을 지닌 외부자의 시각으로 서사를 짰다. 하지만 그녀와 동시대 작가인 세라 오언 주이트와 메리 E. 윌킨스 프리먼처럼, 머프리는 지역의 민간전승을 이용하여 인물과 역사를 묘사했다. 그녀는 유령을 정신적인 상처를 남긴 역사의 표지로 이용하며 이는 카운슬먼의 「환영받지 못한 자」와 다르지 않다. 머프리가 쓴 유령이야기들은 대부분 『다리 위의 유령과 다른 이야기들The Phantoms of the Footbridge and Other Stories』(1895)에 실려 있다. 이 책의 개정판은 비교적 구하기 쉽다.

"

저들이 빙햄 광장에서
마녀를 태워 죽였다.
그녀의 눈은 공포에 질려 있었다.
그녀는 호리호리하고
예쁘장한 처녀였고,
아이나 다름없었다.
그들은 그녀를 말뚝에 단단히 묶고는
겁에 질린 그녀를 보며 웃어댔다…
그녀의 붉은 입술이
은밀한 말들을 읊조렸고
아무도 감히 들으려 하지 않았다.

"

「마녀 화형Witch Burning」

보이지 않는 것을 보는 자

◆
◆
◆

거트루드 버로우스 베넷 1883~1948

프랜시스 스티븐스라는 필명을 사용했던 거트루드 버로우스 베넷은 미국의 SF와 판타지의 선구적인 여성 작가였다. 베넷의 작품 모음집 『악몽, 그리고 기타 다크 판타지 이야기들The Nightmare and Other Tales of Dark Fantasy』(2004)의 서문에서, 편집자 게리 호픈스탠드는 이전에는 H. P. 러브크래프트가 현대 미국의 다크 판타지를 고안했다고 주장했지만 이제는 거트루드 버로우스 베넷이 공을 인정받아 마땅하다 믿는다고 시인한다. 불행히도 베넷의 삶과 작품에 대한 기록은 거의 남지 않아서, 아카이브와 모음집들에 수록된 단편들과 2018년 블랙 독 북스에서 단권으로 출간한 두 편의 소설 『주장Claimed!』과 『아발론Avalon』만이 남아 있을 뿐이다. 그녀의 삶과 공개된 기록에 대해 우리가 아는 것은 대부분 호픈스탠드와 같은 문학 비평가들의 작업과 역사가 에릭 레이프 다빈의 책 『경이로운 파트너들Partners in wonder』(2005) 덕분이다.

1883년, 미니애폴리스에서 태어난 베넷은 8학년까지 학교에 다닌

다음 예술 공부를 위해 야간 학교로 진학했다. 베넷은 삽화가가 되고자 했지만 대신 속기사로 취업한다. 그녀는 영국의 저널리스트이자 탐험가 스튜어트 베넷과 결혼했고 그는 결혼한 지 1년 만에 보물을 찾아 떠났다가 열대 폭풍에 휩쓸려 죽었다. 베넷은 자신과 자신의 딸, 그리고 병든 어머니를 부양하기 위해 평생 사무직으로 일했다. 자신의 소설 대부분을 1917년과 1923년 사이에 출판했지만, 글을 쓰기 시작한 것은 훨씬 이전부터였고 백화점에서 서무 일을 하며 17세에 첫 번째 SF 단편을 출간했다. 1904년, 그녀의 단편 「토마스 던바의 흥미로운 경험The Curious Experience of Thomas Dunbar」이 잡지 〈아거시Argosy〉에 실렸고(베넷의 실명으로), 일주일쯤 뒤에 아동 잡지 〈어린이의 친구Youth's Companion〉에 그녀의 시 몇 편이 게재되었다.

그녀가 프랜시스 스티븐스로 게재한 첫 단편은 1917년 〈주간 모든 이야기〉에 실은 「악몽The Nightmare」이었다. 흥미롭게도, 그녀는 이 작품을 다른 필명으로 투고했으나, 편집자가 그 대신(왜인지 모르겠다) 프랜시스 스티븐스를 사용했고 그녀의 경력은 이렇게 굳어졌다. 1918년에 〈주간 아거시〉*에 연재한 『공포의 요새The Citadel of Fear』는 격찬을 받았고 여기엔 아우구스투스 T. 스위프트에게 받은 팬레터도 있었다. 이 독자는 바로 저 위대한 H. P. 러브크래프트로 밝혀졌다. 러브크래프트

* 이 잡지는 출판사가 변경됨에 따라 〈골든 아거시The Golden Argosy〉부터 〈주간 아거시Argosy Weekly〉까지, 여러 번 이름이 바뀌었다. 펄프 매거진 발행의 역사에 대한 더 많은 자료는 팀 드포레스트의 『펄프, 코믹스, 라디오의 이야기들: 테크놀로지가 미국의 대중 소설에 어떤 변화를 가져왔나Storytelling in the Pulps, Comics, and Radio: How Technology Changed Popular Fiction in America』(2004)를 참조하라.

는 이 이야기에 대해 이렇게 썼다. "이 이야기를 월터 스콧이나 아이바녜즈Vicente Blasco Ibáñez(1867~1928. 스페인 기자, 정치가, 소설가. 다수의 작품이 할리우드 영화로 각색되며 영어권에 많이 알려졌다-옮긴이)가 썼다면, 그 경이롭고 비극적인 알레고리에 대한 찬사가 하늘을 찔렀을 것이다. …내게는, 동시대 작가 중에서 스티븐스가 최고이다."

베넷은 러브크래프트나 역시나 그녀의 팬이었던 위어드 픽션 작가 A. 메릿과 동시대를 살긴 했지만, 러브크래프트의 작가 동료들과 접촉하지 않고 홀로 글을 쓴 듯이 보인다. (일부 비평가들은 러브크래프트와 메릿이 그녀의 작품에 영향을 받았다고 추측한다) 베넷의 이야기들, 특히 「보이지 않는—두렵지 않은Unseen—Unfeared」(1919)은 우리와는 다른 물리적 법칙들과 끔찍한 생물들이 존재하는 무시무시한 우주들이 바로 우리 옆에 항상 존재한다고 암시한다. 러브크래프트와 마찬가지로 베넷 역시 빛과 소리, 혹은 화학 물질의 특정한 그림자들이 아주 얇은 장막으로 우리와 분리된 이 세계의 그 무시무시한 영광—그리고 위험을 눈에 보이게 할 수 있다고 암시했다.

세간에는 그 유사성 때문에 프랜시스 스티븐스의 실체가 A. 메릿이라는 소문이 이어졌지만, 비평가 로이드 아서 애시바흐가 1952년 『케르베로스의 머리들The Heads of Cerberus』의 개정판에 실은 베넷에 대한 글에서 이를 정정했다. 베넷의 필명을 남성 작가에게 귀속시키는 착각은 그녀의 재능이 간과된 유일한 예가 아니다. 또 다른 예는 웹사이트인 유크로니아Uchronia에서 대체현실 소설에 수여하는 상인 사이드와이즈 어워드와 관계가 있다. 이 상은 1934년 6월 〈충격적인 이야기들〉에 게재된 머레이 레인스터(윌리엄 F. 젠킨스의 필명)의 단편 「시간의 옆Sidewise in Time」에서 이름을 따왔다. 하지만, 베넷의 두 작품—엄격한 젠더 역할이 사라진 세계를 배경으로 하는 단편 「우정의 섬Friend Island」(1918년 9월 7일, 〈주간 모든 이야기들〉)과 장편 『케르베로스의 머리』(1919, 1952)—는 이보다 앞서, 그리고 아마 가장 먼저 평행 우주를 다루는 사례일 것이다*.

러브크래프트와 그를 따르는 무리에 미친 베넷의 영향력을 확실히 알 수는 없겠지만, 그녀가 당대의 독자들에게 인기를 끌었다는 사실은 알 수 있다. 펄프 매거진 〈유명한 환상적인 미스터리들Famous Fantastic Mysteries〉과 〈환상적인 소설들Fantastic Novels〉의 편집자 메리 내딩저는 1940년대, 베넷이 아직 생존해 있을 때 베넷의 이야기들을 재출간했다. 그리고 베넷의 글에 대한 찬사는 그녀의 경력이 끝난 이후에도 오랫동안 이어져 왔다. SF 비평가 샘 모스코비츠는 베넷을 "메리 울스턴크래프트 셸리와 C. L. 무어 사이에 존재한 가장 탁월한 여류 과학 판타지 소설가"라고 평했다.

독서 목록

꼭 읽어야 할 것: 『케르베로스의 머리』는 펄프 매거진 〈스릴 북Thrill

* 일부 비평가들은 1부에서 논했던 마거릿 캐번디시가 평행 우주에 대해 쓴 최초의 작가라고 주장하기도 한다.

Book〉에 1919년 처음 연재되었다. 이 작품은 1952년 판타지 프레스에서 완결된 소설로 출간되었고 현재는 킨들 에디션으로 이용 가능하다. 작품은 신시내티에서 발생한 범죄 사건의 누명을 쓴 뒤 인생이 망해 버린 남자 로버트 드레이턴이 필라델피아로 돌아오면서 시작된다. 드레이턴은 자신의 친구, 아일랜드인 테리 트렌모어와 다시 만나고 둘은 트렌모어의 여동생 비올라와 기이한 모험을 시작한다. 그들의 거친 질주—평행 우주와 필라델피아가 2118년에 맞닥뜨리게 될 것으로 보이는 권위적인 디스토피아에 대한 시선을 포함하는—는 트렌모어가 콘크리트로 봉해져 있으며 케르베로스의 세 개의 머리 그림이 그려진 이상한 먼지가 담긴 낡은 병을 획득한 결과다. 봉한 채로 두라는 수없이 많은 경고들에도 불구하고, 드레이턴은 트렌모어를 설득해서 그 병을 연다. 단테와 지옥과 연관된 신비한 가루가 담긴 병이 있는데 어쩔 도리가 있나요.

또한 시도할 것: 1919년에 게재된 「보이지 않는—두렵지 않은」은 앤과 제프 밴더미어가 엮은 『기이한 것: 낯설고 음울한 이야기들』(2012)에 다시 실렸다. 이는 러브크래프보다 앞섰으며, 러브크래프트가 자신의 끔찍한 호러를 막 선보이기 시작한 시점에 등장한 이 기이한 이야기에 적절한 위치이다. 베넷의 화자는 노동 계층이 사는 동네를 지나며 그 동네에 사는 사람들에게 혐오감을 느끼던 중에 '임박한 악마'의 존재를 깨닫고 불안해진다. 그는 출입구 위에 붙은 표지판을 우연히 마주하게 된다. "보이지 않는 위대한 자를 보라! 들어오라! 당신 말이다! 모든 이에게 무료!" 이쯤에서 그만하자. 그가 무엇을 발견하는지

는 독자가 찾아보라.

베넷의 소설 『주장Claimed』(1920년에 첫 출판, 이후 1985년에 다시 출간되었다)에는 또 다른 기이한 유물이 등장한다. 이번에는 아조레스 제도(포르투갈령의 섬-옮긴이)의 화산 분화 이후 발견된 녹색 상자로 이 상자와 접촉한 이들에게 악몽과 죽음을 가져오는 물건이다. 밴더미어 부부에 따르면, 러브크래프트는 이 책을 "당신이 읽게 될 가장 기이하고 설득력 있는 SF 소설들 중 하나"라고 칭했다.

그녀의 소설 『공포의 요새The Citadel of Fear』(1918)에는 잃어버린 세계가 포함되어 있다. 그리고 신의 소유일지도 모르는 물건도. 킨들 에디션이나 크리에이트스페이스 인디펜던트 퍼블리싱에서 재출간한 2015년판 페이퍼백을 찾아보라.

관련 작품: 베넷을 가장 잘 이어받은 현대의 계승자는 다크 판타지 그래픽 노블들이다. 마저리 류가 쓰고 사나 타케다가 그린 2016년작 『몬스트리스Monstress』(괴물Monster의 여성형 조어-옮긴이, 국내 출간: 에프, 2019)는 베넷이 너무도 잘 묘사했던 신화와 유사한 '지하 괴물'을 중심으로 한다.

“

문득 그 남자는
자신이 너무 많이 봤다는 것을
깨달았다.

”

「공포의 요새」

밤의 작가

◆
◆
◆

에이브릴 워럴 1893~1969

20세기 중반 펄프 매거진에 기고했던 많은 여성 작가들은 이중적인 삶을 살았다. 낮에는 사무직으로 일하면서 상관을 위해 기록을 타이핑했고 그런 다음엔 시간 맞춰 집으로 달려가 남편들이 퇴근할 때 그들에게 입을 맞췄다. 밤이면 자신의 타자기 앞에 앉아 자신들의 상상 속 세계를 종이에 풀어놓았다. 에이브릴 워럴은 그 여성들 중 한 명이었다.

전설(혹은 적어도 인터넷)에 따르면, 워럴은 1893년 11월 3일, 네브라스카 루프 시티에서 자정을 1분 지난 시간에 태어났다. 나라 곳곳을 돌아다니며 유년기를 보낸 뒤, 그녀는 워싱턴 D. C.에 정착했다. 1926년에 조셉 찰스 머피와 결혼했고 작가로서의 경력을 시작했다. 그녀는 미국의 재무부에서 속기사이자 비서로 일했다. 밤에는 위어드, 판타지, 사변, 초자연적인 소설을 썼다. 워럴과 그녀의 남편은 그녀의 작가생활을 즐겼다. 유쾌한 부부였던 그들은 따분한 집안일들을 러브크래프트적인 용어를 쓰면서 묘사하곤 했다. 예를 들어, 스토브에서 음식이 탄다면, 그들은 "악취 나는 유해한 증기"라고 할 것이다.

워럴은 최소 24편의 단편들을 썼고 이중 19편은 1926년에서 1954년 사이에 〈기이한 이야기들〉에 게재되었다. 또한 두 편의 이야기를 〈유령 이야기들Ghost Stories〉에 실었는데 이 이야기들은 에이브릴 W. 머피라는 이름으로 1926년과 1932년 사이에 게재되었다. 하지만 이 작품들은 우리가 아는 것일 뿐이다. 그녀는 상당히 다작 작가였던 것으로 알려져 있으니 그녀의 보다 많은 작품들이 세월에 잊혔을 것이다. 역사가 에릭 레이프 다빈에 따르면, 「우주의 새The Bird of Space」—1926년 〈기이한 이야기들〉의 표제작이었던—는 독자 투표로 잡지에 실린 이야기들 중 가장 인기 있는 이야기로 뽑혔다*.

워럴의 가장 유명한 작품 중 하나는 여성 뱀파이어 이야기인 「운하The Canal」(1927)로 이 작품은 저작권이 만료되어 공개되어 있다. 이 이야기는 르 파누의 소설 『카밀라Carmilla』(잡지 〈다크 블루The Dark Blue〉에 1871~72년에 연재되었다)의 그림자를 지니고 있다. 이야기에서 여성 뱀파이어는 유혹적이다—그것이 그녀의 힘이자 위험이다. 하지만 배경은 독특하다. 밤의 강둑에서 낚시꾼들은 완벽한 먹잇감이 된다. 이 이야기는 1973년에 로드 설링의 쇼 〈나이트 갤러리〉에 '바지선의 죽음'이라는 에피소드로 각색되어 방영되었다. 〈스타 트렉〉의 팬들은 주목하시라,

* 〈기이한 이야기들〉은 매호 독자들이 가장 좋았던 이야기를 뽑게 했으며 그 결과가 다음 호에 게재되었다. 콜터는 종종 가장 좋아하는 작가 목록에 올랐다. 그녀가 네 번째로 게재했던 「죽은 남자의 가슴에서」는 1926년 4월호의 최고작에서 근소한 차이로 H. P. 러브크래프트를 이길 뻔했다고 1926년 6월호에 기록되어 있다. 그녀가 〈기이한 이야기들〉 1927년 1월호에 게재한 「마지막 호러」는 독자가 뽑은 최고작에서 또 한 번 러브크래프트의 이야기에 이어 두 번째 자리를 차지했으며 1939년 2월호에서 다시 한 번 게재되었다.

이 작품이 레너드 니모이(1966년부터 방영된 오리지널 〈스타 트렉〉 시리즈에서 스팍을 연기한 배우--옮긴이)의 감독 데뷔작이었다. 주인공 뱀파이어는 레슬리 앤 워런이 연기했다.

「레오노라Leonora」(〈기이한 이야기들〉, 1938년 11월)는 또 하나의 걸작이다. '엘드리치 테일(섬뜩한 이야기)'로 묘사되는 이 책은, 제목과 이름이 동일한 여주인공이 자신의 열여섯 번째 생일날 밤 보름달이 비추는 가운데 잘생겼지만 수수께끼에 싸인 이방인을 만나는 이야기이다. 레오노라의 마음은 첫사랑의 아찔한 감정으로 한껏 부풀지만, 그녀가 이 낯선 남자를 보름달이 뜰 때만 만날 수 있다는 사실을 깨닫게 되면서 상황은 기이해진다. (작품을 찾아 읽게 된다면, 반드시 끝까지 다 읽어야 한다. 결말 부분에 재미있는 반전이 있다)

소설에 더하여, 워럴은 '내게 와요 내 사랑Come to Me Dear'이라는 노래에 가사를 썼다. 이 노래는 '당신을 연인이라 부르게 해 줘요Let Me Call You Sweetheart'라는 곡으로 잘 알려진 레오 프리드만이 작곡했다. 그녀는 바이올린을 연주했고 재능 있는 화가이기도 했던 것으로 알려져 있다. 이 모든 일을 하면서도 그녀는 정부 기관에서 은퇴하지 않고 업무를 계속해서 1957년에는 수년간의 업무 수행에 대한 공로로 앨버트 갤러틴 상(미국 재무부에서 최소 20년 이상 재직했거나 혹은 사망한 이에게 수여하는 공로상-옮긴이)을 수상했다.

독서 목록

꼭 읽어야 할 것: 펄프 매거진 아카이브 웹사이트의 〈기이한 이야기들〉 아카이브에서 「운하」, 「레오노라」, 「기본적인 법칙The Elemental Law」(1928), 「데드락Deadlock」(1931)을 찾아보라. 워렬의 미스터리 「회색 살인자The Gray Killer」(〈충격적인 미스터리 이야기〉, 1969) 역시 펄프 매거진 아카이브에서 찾을 수 있다. 워렬은 인기 있는 〈기이한 이야기들〉 작가들 중 한 명이었지만—그녀의 이야기는 세 번이나 표제작으로 꼽혔다—, 대단한 명성을 추구하지 않았다. 그 결과 그녀의 소설은 모음집에 잘 수록되지 않았고 이제껏 그녀의 작품 전집도 출간되지 않았다.

또한 시도할 것: 워렬의 딸, 지니 에일린 머피가 쓴 전기가 보고 프레스에서 1999년 재발간한 로버트 웨인버그의 시리즈 『기이한 이야기들 수집가The Weird Tales Collector』 제1권에 실려 있다.

관련 작품: 워렬의 뱀파이어 이야기가 흥미롭게 들린다면 그레이 라 스피나의 「의자 덮개The Antimacassar」(1949)에 시간을 들여 볼 만하다. 공개된 저작물은 아니지만, 오래된 WT(Weird Tales) 모음집들에서 발견할 수 있다. 라 스피나의 뱀파이어는 브램 스토커의 복제품에서 보이는 전형적인 고딕 타입과 다르다. 어린 뱀파이어를 주인공으로 하는 「의자 덮개」는 펄프 잡지에 실린 뱀파이어 이야기들 사이에서 걸출하게 눈에 띈다. 또한 1962년 『판타지와 SF』에 실린 조애나 러스의 「사랑하는 에밀리My Dear Emily」도 찾아보라.

“

바깥에 나가 있던 이들이
자신들의 끔찍한 집들로
돌아갈 시간이다.
내 방 창문에 와 닿는,
매혹적인 살 없는
손가락들에게 충분치 않은 시간.

”

「레오노라」

와일드 웨스트 위어드를 보존하다

◆
◆
◆

엘리 콜터 1890~1984

엘리 콜터는 「마지막 호러The Last Horror」를 질문으로 시작한다. "블리커에게 무슨 일이 일어났는지 궁금한가? 레밍턴에게? 그들은 더 이상 같은 사람들이 아니다, 그렇지 않은가?" 그녀는 우리에게 그들이 누구인지 혹은 그들에게 무슨 일이 있었는지 얘기하지 않는다. 대신 그녀의 불길한 말들이 우리의 상상력을 작동시킨다. 그리고 그녀의 풍부하고 설득력 있는 산문이 세부 요소들을 채우기 시작하면, 진정한 공포가 시작된다. 이 이야기의 다음 단락을 살펴보라. "블리커. 한때 쭉 뻗은 팔다리, 꼿꼿하고 살집이 많은 몸에, 머리를 높이 쳐들고 걷던, 선명하게 번뜩이는 눈과 혈색 좋은 하얀 피부를 가졌던. 그 블리커가, 이제 구부정하게 발을 끌고 걸으며 외모는 수척하고 피부는 너무 팽팽하게 당겨져 해골 위에 더러운 하얀 고무를 잡아당겨 씌운 것처럼 보인다. 블리커의 눈은 텅 비었고 눈구멍 안으로 쑥 가라앉았으며, 그의 입은 가운데는 팽팽하고 가장자리는 늘어졌고, 그의 코는 삐죽하고, 그의 손은 조심스레 팔짱을 끼고 있지 않을 때면 덜덜 떨린다."

가엾은 블리커에게 무슨 일이 있었건 정말로 끔찍하다. 그는 건강의 표본이자, 모든 남자들의 카우보이, 존 웨인의 원형에서… 걸어다니는 해골이 되어 버렸다. 캐릭터를 이렇게까지 효과적으로 묘사할 수 있는 작가는 드물다.

엘리 콜터는 분명 웨스턴 소설을 쓰는 작가에게 걸맞은 이름으로 들린다. 그 이름은 비바람에 닳은 카우보이모자 아래로 힐끗 비치는, 햇볕에 그을린 뺨과 강인한 인상을 지닌 근육질의 카우보이를 연상케 한다. 하지만 엘리 콜터는 당연하게도 여자이고, 오리건주 포틀랜드에서 태어나고 자란 메이 엘리자 프로스트의 필명이다. 13세 때 콜터는 앞을 보지 못하게 되었다. 이후 결과적으로 시력을 다시 찾기는 했지만, 이 일시적인 장애는 그녀의 야망에 기름을 부은 듯하다. 그녀는 스스로 공부하기 시작했고 작가로서의 경력을 시작할 수 있었다. 꿈을 추구하는 동안 스스로를 부양하기 위해서 그녀는 극장에서 피아노와 오르간을 연주했다.

콜터는 1922년 32세에 미스터리와 범죄 소설로 유명한 잡지 〈블랙 마스크Black Mask〉에 첫 단편을 게재했다. 콜터의 경력을 추적하는 것은 상당히 어려운데, 그녀의 경력 후기에 쓰인 웨스턴 소설들을 제외하고는 알려진 바가 거의 없기 때문이다. 콜터가 다작 작가로 〈기이한 이야기들〉에 15편의 단편을 실었으며 〈이상한 이야기들〉에도 몇 편을 실었다는 것은 확실하다. 〈기이한 이야기들〉에 수록된 작품 중에는 1926년 1월부터 4월까지 네 편으로 연재된 「죽은 남자의 가슴에서On the Dead Man's Chest」도 있다. 독자는 이 작품을 4월호에서 가장 인기 있는 이야기 중 하나로 꼽았다. 다른 선호작들로는 「기어 다니는 시체The Crawling Corpse」(〈이상한 이야기들〉, 1939년 12월), 앞서 언급했던 「마지막 공포」, 「녹색 코트를 입은 남자The Man in the Green Coat」(〈기이한 이야기들〉, 1928년 8월), 「금빛 호루라기The Golden Whistle」(〈기이한 이야기들〉, 1928년 1월)가 있다.

콜터의 비(非)호러 모험 출판물들로는 〈수퍼 탐정Super-Detective〉에 게재되었던 「한의 진주The Pearl of Hahn」(1945년 2월), 〈탐정 액션 스토리Detective Action Stories〉에 게재된 「지옥의 고양이The Hell Cat」(1931년 3월), 〈허치슨의 모험담 잡지Hutchison's Adventure-Story Magazine〉(1925년 9월)에 게재된 「증거에 없는Not in the Evidence」, 리버티 쿼털리의 모음집 『19개의 흥미로운 미스터리, 모험 이야기19 Tales of Intrigue, Mystery, and Adventure』(1950)에 수록된 「오자크의 정의Ozark Justice」가 있다.

블리커로 돌아가 보자. 「마지막 공포」는 콜터의 언어에 대한 지배력, 그리고 독자에게 서스펜스의 고리를 드리우고는 마지막 한 페이지까지 팽팽하게, 더 팽팽하게 끌어당기는 재주를 보여 주는 탁월한 사례이다. 이 이야기의 비밀을 여기서 밝히지는 않겠다. 하지만 콜터가 바디 호러(물리적인 신체에 행해지는 상해, 절단 등의 신체적 파괴를 다루는 호러-옮긴이)의 거장이라는 사실은 얘기해 두자. 「마지막 공포」는 〈기이한 이야기들〉의 독자들에게 1927년 1월, 두 번째로 가장 인기 있는 이야기로 꼽혔으며 1939년 2월에 재출간되었다.

기이한 자취들

콜터의 이야기들은 〈기이한 이야기들〉에 종종 게재되었고, 그 이야기들에는 '기이한 서부극들weird Westerns'도 포함되었다. 이 이야기들은 말 그대로다. 황량한 서부를 배경으로 전개되는 초자연적인 이야기들이다. 이 하위 장르가 어떻게 발달했는지 들여다보면 흥미롭다. 1930년대에 로버트 E. 하워드와 찰스 G. 피니 같은 작가들이 〈기이한 이야기들〉이나 〈아거시〉 같은 잡지들에 기고하면서 이런 부류의 초창기 이야기들을 썼다고 알려져 있다. 콜터의 기이한 서부극은 이들을 앞서 있으며, 가장 처음이든 아니든, 그녀는 분명 이 흐름을 있게 한 초창기 펄프 작가들 중 한 명이었다. 이 범주는 1977년 DC 코믹스의 『조나 헥스』의 성공으로 1970년대에 달아오르기 시작했으며, 그 인기는 오늘날까지 지속되고 있다.

콜터는 위어드 픽션과 위어드 서부극을 쓰다가 정직한 서부극들과 탐정물을 쓰는 방향으로 전환했다. 「자랑할 만한 것Something to Brag About」(〈새러데이 이브닝 포스트〉에 최초 게재되었다)은 1948년 찰스 라몬트(어린 셜리 템플을 발견했다고 일컬어지는) 감독의 〈야생의 피The Untamed Breed〉로 영화화되었다. 1950년대 이후, 콜터는 글쓰기를 대체로 멈춘 듯이 보였다. 이 시기 그녀의 삶에 대한 세부사항들은 특히 구멍투성이다. 그녀가 필명을 바꿨는지 심지어 직업 자체를 바꿨는지 알 수 없다.

콜터가 첫 남편 존 어빙 호킨스를 만난 것은 자료 조사를 하며 카우보이들을 홍보하고 있을 때였다. 목장에서 일했던 그는 공유할 이야기가 많은 작가 지망생이었고, 그녀는 영감이 필요한 작가였다. 이후 그녀는 돈 앨비소라는 필명의 작가 글렌 파갤드와 협업하여 글을 썼으며, 그는 그녀의 두 번째 남편이 되었다. 그들은 1957년 파갤드가 죽을 때까지 함께했다. 그녀의 결혼들로 볼 때, 콜터의 작가적 삶과 개인적인 삶은 거의 갈라놓을 수 없었던 듯하다.

콜터는 1984년 로스앤젤레스에서 사망했다. 큰 성공에도 불구하고, 사망할 무렵 콜터는 대중으로부터 완전히 잊히고 말았다. 몇몇 팬들은 고전적인 웨스턴 소설들을 다루는 웹사이트나 블로그에서 아직도 그녀를 '그'로 언급하기도 한다.

독서 목록

꼭 읽어야 할 것: 엘리 콜터는 한때 위어드 픽션을 쓰는 유명 작가였지만 점차 무명으로 잊힌 작가들 중 한 명이다. 그녀의 이야기들은 펄프 작가들 목록에는 존재하지만 개정판들을 찾기는 점점 어려워지고 있다. 그녀의 작품은 재출간되고 다시 읽히고 사랑받을 가치가 있다.

「마지막 공포」(1927), 「가장 위대한 선물The Greatest Gift」(1927), 「노래에 담긴 저주The Curse of a Song」(1928), 그리고 「검은 번데기The Dark Chrysalis」(1927) 시리즈의 일부, 「죽은 남자의 가슴에서」(1926)는 〈기이한 이야기들〉 잡지의 온라인 아카이브에서 이용 가능하다.

또한 시도할 것: 콜터의 위어드 부류 작품들에 비해, 그녀의 그다지

기이하지 않은 웨스턴 소설들은 중고판 페이퍼백들로 보다 쉽게 구할 수 있다. 『목장에 흘린 피Blood on the Range』(1939)를 찾아보라. 이 작품은 2018년 와일드사이드 프레스에서 페이퍼백과 킨들 에디션으로 재출간했다. 『게으른 S라는 부랑자The Outcast of Lazy S』(1933), 『나쁜 남자의 흔적Bad Man's Trail』(1933)은 건스모크 웨스턴스(1988)와 세이지브러시 웨스턴스(2005)에서 각각 출간한 개정판들로 이용 가능하다.

관련 작품: 엘리 콜터가 〈기이한 이야기들〉에 연재하던 시대 이래, 대중문화는 위어드 웨스턴이라는 하위 장르에서 대단한 발전기를 맞이했다. 탁월한 사례들로는 새넌 맥과이어와 낸시 A. 콜린스의 작품들이 있다. 맥과이어는 토르에서 롤플레잉 게임 '죽음의 땅DeadLands'을 기반으로 출간된 일련의 책들에 기여했다. 그녀의 『죽음의 땅: 묘지Deadlands: Boneyard』(2017)에서는 한 순회 서커스단이 숲속 깊은 곳에 위치한 비밀스러운 공동체, 클리어링과 맞붙는다. 몇몇 책에서, 콜린스는 서부를 배경으로 늑대인간에 관한 이야기를 풀어낸다. 이중에서 『걸어 다니는 늑대: 기이한 서부Walking Wolf: A Weird Western』(1995)를 추천한다. 맥과이어, 베스 레비스, 엘리자베스 베어의 이야기들이 들어 있는 모음집 『죽은 남자의 손Dead Man's Hands』(2014)을 찾아보라. 또한 주목할 만한 책으로 캐서린 M. 밸런트의 『6연발 권총 백설공주Six-Gun Snow White』(2015년 재출간)가 있다. 이 책은 동화 속 공주를 와일드 웨스트의 총잡이로 재해석한다.

"

타오르는, 미치광이 같은 눈이
로즈의 얼굴에 고정되었다.
얇은 입술은 끔찍한 냉소로
뒤틀려 있었다.
끔찍하고 위협적이며
자못 만족스러워 보였다.
나는 소름이 돋고 머리카락이
곤두서는 것을 느꼈다.

"

「노래에 담긴 저주」

제5부

유령이 나오는 집

◆

밤이다. 당신은 집에, 이불 속에 있고, 안전하다고 느낀다. 하지만 과연 그럴까? 방문 밖에서 삐걱거리는 소리가 들린다. 벽에 쿵쿵 부딪히는 소리가. 나지막하게 울부짖는 흐느낌 소리가. 아래층 복도에서 나는 소리일까? 아니, 다락방이다. 창문을 긁는 저건 뭐지? 저 그림자가 움직였나?

집 안 공간들은 오랫동안 호러 소설의 배경으로 선호되어 왔다. 특히, 어둡고 폭풍이 휘몰아치는 밤에, 외딴 장소에 고립된 낡은 집보다 더 섬뜩한 것은 없다. 유령이 나오는 집은 기이한 것의 전형이다—친숙하고 안전한 것이 낯설고 위험한 것이 된다. 집은 안락하고 가족을 위한 장소이자, 우리와 우리가 사랑하는 이들을 세상이 가하는 압박에서 막아 주는 곳이어야 한다. 집을 소유한다는 것은 재정적인 안전의 신호이고 집을 잃는 것은 경기가 좋지 않은 상황에서 최대의 위협이 된다.

18세기 고딕 시절부터 호러 이야기꾼들은 황야 지대나 외국의 땅에 위치한 유령 들린 성들을 제시하면서 비밀스러운 통로들, 눈으로 상대를 따라오는 듯한 움직이는 초상화들, 쩔걱거리는 사슬들에, 필수적으로 지하 감옥(미궁으로 설계되었다면 금상첨화일)을 덧붙여 완성했다.

미국 혁명 이전과 이후의 작가들이 소설을 쓰기 시작하면서 배경은 살짝 달라졌다. 워싱턴 어빙, 찰스 브록덴 브라운, 너새니얼 호손 같은 작가들은 자신들의 호러 이야기에 초창기 이주자들의 청교도적인 신앙과 원주민들에 대한 두려움에 영향을 받은 독특한 미국적 요소들을 덧붙였다. 으스스한 숲, 악마, 마녀 같은. 오늘날까지도, 미국 호러 소설은 지역의 역사와 결부되어 초자연적인 악마, 다른 인종, 폭력적인 과거가 불러온 끔찍한 결과들에 대한 두려움과 연관된 공포를 다층적으로 다루는 책들이 대다수를 이룬다.

미국의 호러 소설은 집을 이런 공포가 싹트고 유령이 출몰하는 전장으로 탈바꿈시킨다. 집은 내밀한 가족 폭력, 트라우마, 고통스러운 비밀의 장일 수도 있다. 집은 사람을 가둘 수도 있고 침입자에 포위될 수도 있다. 집은 소유자 혹은 설계자 정신의 뒤틀린 모방이 될 수도 있다. 에드거 앨런 포의 어셔의 집이나 셜리 잭슨의 힐 하우스처럼.

위어드 픽션이 고딕 스타일의 성과 허물어져 가는 저택들에서 주된 배경을 옮겨 감에 따라, 작가들—대다수는 여성들인—은 몇 가지 중요한 방식들로 이 하위 장르를 발달시켰다. 그들은 독자에게 도메스틱 호러가 도시 외곽이나 인적이 드문 곳에 고립될 필요가 없다는 점을 보여 주었다. 이런 현상의 주요한 사례는 앤 리버스 시돈스의 『옆집The House Next Door』(1978)으로, 이 책은 조지아주 애틀랜타의 상위 중산 계급이 사는 교외 지역을 배경으로 한다.

그리고 이 작가들은 유령 들린 집이라는 이미지를 이용해서 내적이고도 외적인 호러를 표현했다. 1930년대부터 1960년대까지 미국과 대서양 건너에서 도러시 맥아들, 셜리 잭슨, 대프니 듀 모리에는 초자연적인 현상이 심리적인 영향 탓이라고 제시하는 유령의 집 소설을 발달시켰다.

역사적으로, 여성들은 집 안 영역에 머무르며 살림을 돌보고 아이들을 보살폈다. 심지어 많은 가정에서 양육자가 모두 맞벌이로 일하는 오늘날에도 우리는 여성을 양육, 그리고 살림과 결부시키도록 사회화되었다. 한편으로는 여성이 '모든 것을 가질 수 있다'는, 다시 말해 즐거운 가정생활과 보람찬 직업 모두를 가질 수 있다는 문화적 신념 또한 존재한다. 이 책에 수록된 많은 여성들이 이런 이분법과 싸워 왔다. 집과 가족을 돌봐야 한다는 부담감, 그리고 작가로서의 경력을 키우고 싶은 욕구. 유령 들린 집을 다루는 소설들은 여성이 오랜 기간 고심해 온 가정 내 문제들에 대한 복합적인 두려움과 걱정들을 담고 있다.

이런 집들에서 유령의 출몰은 가족과 그들을 따라붙는 긴장감에서 유발된다. 비밀들과 어긋난 관계들은 초자연적인 활동에 기름을 붓는다. 맥아들과 잭슨의 초점은 엄마와 딸에 있으며, 듀 모리에의 『레베카』에서는 그 초점이 결혼에 있다. 커다란 집 안의 내밀한 공간들도 또한 중요한 역할을 한다. 맥아들의 클리프 엔드와 잭슨의 힐 하우스(그리고 보다 이후에 수전 힐이 쓴 『우먼 인 블랙』의 엘 마시 하우스)에서는 아이들의 놀이방이. 듀 모리에의 맨덜리 저택에서는 두 번째 드 윈터 부인의 침실, 내실, 서재가.

모든 집과 그 과거가 다르듯, 모든 도메스틱 호러 이야기는 각기 다른 각도에서 유령의 출몰에 접근한다. 토니 모리슨의 『빌러비드』는 엄마와 딸의 관계, 그리고 비밀스럽고 고통스러운 과거에 초점을 둔다. 이 과거는 내전 이후 오하이오와 켄터키에서 살아가는, 예전에 노예화된 아프리카계 미국인 캐릭터들의 깊은 트라우마와 결부되어 있다. 엘리자베스 엥스트롬은 집을 가정생활 그 자체의 잔혹한 본성을 탐험하는 장소로 이용했다. 그녀는 엄마와 아이 사이의 관계, 가장 끔찍한 상황들에서조차 깨질 수 없는 유대를 능란하게 들여다본다.

이 저주받은 몇몇 집들에 들어가 보자. 노크할 필요는 없다, 그 문들은 항상 열려 있으니까… 적어도, 당신이 안에 들어서기까지는.

고통과 상실의 기록자

◆
◆
◆

도러시 맥아들 1889~1958

학자인 루크 기번스는 트램프 프레스 리커버드 보이시스 시리즈의 2015년판 『초대받지 않은 자The Uninvited』의 서문에서, 아일랜드 작가 도러시 맥아들을 모순이 가득한 여인이라 불렀다. 그녀는 페미니스트이자 인도주의자이며 또한 열렬한 독립주의자이자 공화주의자였다. 제2차 세계 대전 중에 아일랜드의 중립을 지지했고 파시즘의 확산에 맞서겠다는 일념으로 런던으로 이주했다. 그녀는 역사와 심리학에 매료되었지만 훌륭한 유령 이야기를 사랑했다. 하지만 변함없이 자신의 정치적 신념들을 내세웠다. 맥아들은 아일랜드 내전(1922~1923년 사이 아일랜드를 남북으로 나누는 대신 영국 지배하에 아일랜드 자치를 공식적으로 인정받게 한 영국-아일랜드 조약을 지지하는 세력과 반대하는 세력 사이의 전쟁-옮긴이)에서 공화제를 지지하고 조약을 반대했던 입장 때문에, 더블린에 있는 알렉산드라 칼리지에서 교수직을 박탈당하고 감옥에 갇혔다. 수감되어 있는 동안에는 수감자들이 살고 있는 열악한 환경에 반발하여 단식 투쟁에 참여했다. 그녀는 또한 부정을 폭로하는 저널리스트였고,

복역을 마친 뒤에는 수감자들, 특히 여성 수감자들의 가혹한 처우를 밝히는 강렬한 글을 쓰기도 했다.

맥아들은 1889년 아일랜드의 던도크에서 유명한 양조 사업장을 운영하는, 재정적으로 넉넉한 집안에서 태어났다. 그녀는 다양한 관심사를 가진 여성으로 자라났고, 그 모든 것은 그녀의 소설과 비소설 창작에 한 몫을 했다. 맥아들은 희곡을 썼고 연극과 영화 비평가였다. 그녀는 저명한 정신 분석가 안나 프로이트(지그문트 프로이트의 막내딸로 비[非]의료계 출신이면서도 아동정신분석이라는 분야를 새롭게 개척하며 정신 분석학계에 큰 영향을 미쳤다-옮긴이)와 함께 홀로코스트가 유대인 고아와 제2차 세계 대전 당시 강제 수용소에서 해방된 다른 아이들에 미친 끔찍한 영향을 정리했으며, 그 아이들의 이야기를 자신의 책 『유럽의 아이들Children of Europe』(1949)에 기록했다. 맥아들의 저널리즘은 타자에 대한 공감, 그리고 가난과 폭력이 가족에게 끼치는 영향에 대한 이해를 보여 준다. 그녀가 고향(대개 아일랜드)에 대한 갈망과 결부된, 그리고 트라우마와 상실과 결부된 소설을 썼다는 것은 놀랍지 않다. 그녀는 이런 상처를 드러내기 위해 초자연적인 소재를 이용했다.

오늘날 맥아들은 역사가들에게 아일랜드 독립 전쟁의 역사를 다룬 엄청나게 두꺼운 저서 『아일랜드 공화국The Irish Republic』(1937, 1965 개정판)으로 잘 알려져 있다. 하지만 그녀는 두 권의 기이한 초자연적인 소설들을 쓰기도 했다. 『예상치 못한 것The Unforeseen』(1946)과 『불안한 영구소유권Uneasy Freehold』(1941). 미국에는 『초대받지 않은 것The Uninvited』(1942)이라는 제목으로 판매된 후자의 책은 스텔라 메러디스라는 젊은 여성을 중심으로 한다. 그녀는 어린 시절의 트라우마와 엄마의 죽음에 동시에 시달리면서 현재는 가부장적인 할아버지까지 상대해야 한다. 이 책과 미국에서 출간된 책 제목으로 1944년에 상영된 영화 각색판 모두 알프레드 히치콕이 1940년 영화화했던 대프니 듀 모리에의 『레베카』와 비교된다. 두 영화 모두 완벽과 통제의 상징으로 보이는 죽은 여성이 출몰하는 집들에 초점을 두고 있다.

사후의 아내

맥아들은 페미니스트였고, 그녀의 글은 우정, 결혼, 부모가 되는 일의 어두운 측면들을 회피하지 않는다. 그녀는 뒤틀린 사랑과 상실의 심리학적인 깊이를, 집착과 소홀에서 오는 공포를, 기억의 변덕을, 오해의 위험을, 자신들이 사랑하는 남자들의 손에 고통받는 여성들이 겪는 폐해를 깊이 파고들었다. 『불안한 영구소유권』에서, 스텔라의 아버지이자 화가인 린 메러디스는 거의 악마적인 나르시시즘과 잔혹함을 드러내며 극단으로 치닫는다. 맥아들은 일종의 도리안 그레이적인 상황을 그려내는데, 여기서 남자 화가는 자신의 사랑을 두고 두 여자—아내인 메리와 그의 정부이면서 그의 가족과 함께 사는 카멜—가 경쟁하게 하면서 그들의 생명력을 뱀파이어처럼 빨아들인다. 그는 두 여성의 다양한 초상화를 그리면서 그들이 그저 자신이 응시하는 오브제가 될 때까지 그들을 서서히 소진시킨다.

맥아들은 오스카 와일드의 『도리안 그레이의 초상』에 대해 페미니스트적으로 대응하는 작품을 쓴 적이 있다. 「로이신 듀의 초상The Portrait of Roisin Dhu」은 맥아들이 수감 중일 때 쓴 단편 모음집 『지상에 묶인Earth Bound』(1924, 개정판 2016)에 수록되어 있다. 이 이야기에서는 한 남성 화가가 무심코 여성인 대상들의 활력을 빼앗는다. 하지만 『불안한 영구소유권』에서 메러디스는 자신의 예술을 위해 고의적으로 여성들의 아름다움을 이용한 다음 그들 스스로 결점이라 생각하는 지점을 강조하는 초상을 그려서 그들을 조종하고 끝내는 파괴한다.

『예상치 못한 것』은 『불안한 영구소유권』처럼 잘 알려지지는 않았으나 살짝 재조명받기도 했다. 2017년 11월에, 기자인 아민타 월레스는 〈아이리시 타임스〉 기사에서 이 소설을 "흥미진진한 작품"이라 일컫기도 했다. 맥아들의 다른 소설처럼 이 이야기도 엄마와 딸의 관계를 그리며 반전 결말을 품고 있다. 하지만, 월레스가 쓰기를, 이 작품의 진정한 힘은 그 불확실성이다. 주인공인 버지니아 와일드는 환영들을 겪고 자신이 미쳐가는 징조라고 생각한다. 소설은 불안감을 더해가는 이런 환영들에 대해 초자연적인 해설과 이성적인 해설 사이를 오간다. 『초대받지 않은 것』처럼, 이 소설 역시 고딕 소설적인 로맨스를 취하며 여기에 약간의 빅토리아 시대적인 모호함과 현대적인 정신심리학, 그리고 아일랜드의 색채를 더한 이야기이다.

독서 목록

꼭 읽어야 할 것: 도러시 맥아들의 장편 소설 두 편은 모두 구하기 쉬우며 읽을 가치가 있다. 『불안한 영구소유권』은 우리가 가장 좋아하는 책 중 한 권이다.

또한 시도할 것: 1944년 영화 〈초대받지 않은 것〉*와 함께, 맥아들의 작품은 다수의 작품들이 텔레비전용으로 훌륭하게 각색되는 수혜를 누렸다. 그녀의 단편 두 편은 캐나다의 앤솔러지 TV 시리즈 〈제너럴 모터스 프레즌스General Moters Presents〉(미국에서는 〈뜻밖의 조우Encounter〉라 불렸다)에 맞게 각색되었다. 1956년 11월에 방영된 〈예상치 못한 것〉과 1960년에 방영된 〈감시자들The Watchers〉이 그것이다. 텔레비전용 영화로 제작된 〈환상적인 여름Fantastic Summer〉은 맥아들의 소설을 바탕으로 했으며 1955년에 처음 방영되었고, 셜리 잭슨의 소설을 원작으로 하는 로버트 와이즈의 1963년 영화 〈더 헌팅The Haunting〉에서 미시즈 샌더슨 역을 맡은 페이 콤튼이 출연했다.

관련 작품: 일부 독자와 비평가는 『불안한 영구소유권』과 엘리자베스 보웬의 1945년 단편 「악마 연인」 사이에 유사성이 있다고 꼽는다. 「악마 연인」 역시 맥아들이 아주 잘 표현하는 심리적인 공포의 일종을 다룬다.

* 이 영화는 마틴 스콜세지 감독이 좋아하는 작품이었다. 로드리고 페레즈, "마틴 스콜세지가 가장 무서운 호러 영화 11편을 꼽다", 2010년 10월 31일, IndieWire.com을 보라.

“

죽은 자들의 세상에서
나온 누군가가
집 주변을 돌아다니고 있어요.

”

「초대받지 않은 것」

공포의 여왕

◆
◆
◆

셜리 잭슨 1916~1965

1948년, 〈뉴요커〉에 당시엔 무명이었던 한 작가의 단편이 한 편 게재되었다. 불길한 비밀을 품은 어느 평범한 마을에 관한 이 이야기에 독자들이 너무도 분노한 나머지 잡지 측에서는 그 어느 때보다 많은 부정적인 편지를 받고 있으며, 구독도 다수 취소되었다고 보고했다*.

이 이야기는 셜리 잭슨이 쓴 「제비뽑기The Lottery」로, 이후 미국 문학사상 가장 유명한 단편 중 한 편이 되었다.

잭슨은 젊은 시절부터 강박적으로 글을 쓴 작가였고 대학 시절부터 자신의 글을 기고하기 시작했지만, 「제비뽑기」로 이름이 널리 알려졌다. 수십 년 동안 그녀는 이 작품에 대해 전형적으로 세 범주로 나누어지는 편지들을 받았다. 당황, 추측, 그리고 '뻔한 구식 욕설'.

작품의 배경인 뉴잉글랜드는 잭슨의 작품에서 필수불가결한 요소

* 잭슨의 소설에 대한 독자의 강렬한 반응들에 대해서는 루스 프랭클린의 〈「제비뽑기」 편지들The Lottery' Letters〉, 2013년 6월 25일, 〈뉴요커〉를 보라.

로, 잭슨은 종종 적대적인 작은 마을 환경에서 박해받는 아웃사이더 주인공들을 그려낸다. 잭슨에게는 이런 경험이 익숙한 것이었다.

잭슨은 1916년에 태어나 유년 시절을 캘리포니아에서 보냈다. 그녀는 시러큐스 대학에서 남편인 문학 비평가이자 교수, 스탠리 에드거 하이먼을 만났다. 둘 다 학생일 때였다. 부부는 1940년에 결혼했고 몇 번 이사 다닌 끝에 1945년 하이먼이 베닝턴 칼리지에서 강의를 맡게 되면서 버몬트주 너스 베닝턴에 정착했다. 후에 잭슨의 삶에서 유명한 일화가 된 사건이 있었으니, 그녀는 이렇게 썼다. 세 번째 아이를 낳기 위해 병원에 접수할 때 간호사가 잭슨에게 직업이 뭐냐고 물었다. 잭슨이 작가라고 대답하자, 간호사는 이렇게 말했다. "그냥 전업주부라고 쓸게요."

사실상 잭슨은 항상 아내이자 엄마인 자신의 역할—보다 정확히 말하자면 다른 이들이 그녀에게 맡긴 역할들—에 맞서 싸웠다. 직업적으로 그녀는 성공한 작가였다. 하지만 너스 베닝턴에 있는 집에서, 그녀는 하이먼의 아내이자 네 아이의 엄마였다. 남편은 그녀가 능란한 아내 역할을 해 주기를 바랐다. 집안일을 돌보고 아이를 기르고 요리하고 청소하고 그가 집으로 데려오는 손님들을 환대해 주기를. 이 대학가의 주민들은 그녀를 결코 자신들 중 한 사람으로 받아주지 않았고, 이는 그녀가 외부자들을 못 견뎌하는 다양한 집단들에 대해 기술하는 방식에 영향을 미쳤다. (예: 「제비뽑기」에서 돌을 휘두르는 마을 주민들)

하이먼이 가족의 재정을 관리하긴 했지만, 그 재정을 유지시킨 것은 종종 잭슨의 수입이었다. 잭슨의 사후에 출간된 단편 모음집 『나와 함께 가자Come Along with Me』(1968, 1995년 개정판)에는 가족에게 새 냉장고가 필요했던 때에 대한 일화가 포함되어 있다. 그래서 그녀는 소설을 썼고, 돈을 받았고, 그 돈으로 냉장고를 샀다. 이런 식으로, 창작은 잭슨에게 진정한 마법이었다. 하이먼은 아내의 일을 지지했다. 아내가 자신의 수입을 보충했기 때문이었다. 하지만 마침내 아내의 경력이 자신의 경력을 가리게 되자, 더 이상 아내의 성공을 참지 못하고 자신의 대학 동료들 앞에서 그녀를 깎아내렸다. 이에 더해 그는 외도를 일삼았고, 특히 자신의 예전 학생들에게 빠지곤 했다.

잭슨이 외롭고 소외된 여성들에 대해 쓴 것도 놀랍지 않다. 그녀의 캐릭터들은 때로는 문자 그대로, 때로는 비유적으로, 탈출할 수 없는 과거에 사로잡혀 있다. 잭슨은 초자연적이고 심리적인, 내적이고 외적인 두 가지 종류의 사로잡힘 모두에서 거장이 되었다.

유령의 집

유령이 들린 집 이야기들은 호러 문학의 주요 소재이다. 호러 장르의 거의 모든 작가가 이런 이야기를 한두 편 이상씩 썼다. 하지만 그중 누구도 실제보다 어렴풋이 더 거대해 보이는 집들을 그려내거나, 현재를 맴도는 과거를 묘사하는 면에서 잭슨만큼 완벽하지 못했다. 또한 그녀가 쓴 가정 내 이야기들은 일상적인 장면들이 빠르게, 그리고 효과적으로 폭력적으로 돌변한다는 점에서 다른 이야기들과 구별된다. 악명 높은 다중 살인이 발생한 집에서 사는 두 자매에 대한 그녀의

1962년 소설 『우리는 언제나 성에 살았다We Have Always Lived in the Castle』에서는 식료품점 같은 일상적인 배경도 피바다로 변한다.

「제비뽑기」는 잭슨을 호러의 여왕으로 군림케 했지만, 그녀는 사실 캠퍼스 소설부터 가족의 생활상을 냉소적으로 담은 스케치까지 모든 것을 아울렀다. 이런 종류의 이야기들은 처음엔 〈굿 하우스키핑〉이나 〈여성의 날Woman's day〉 같은 잡지들에 게재되었고 이후에는 『악마 기르기Raising Demons』(1957, 2015)와 『야만인들 사이의 삶Life among the Savages』(1953, 2015)에 실렸다. 그녀는 1959년 『힐 하우스의 유령』을 출간하며 공포의 제왕으로서 입지를 공고히 했다. 이 작품은 1963년 영화 〈더 헌팅〉으로 각색되었고, 이번엔 이 영화의 추종자들이 생겨났다. 얀 드 봉 감독이 1999년에 같은 원작으로 이보다는 덜 알려진 영화를 만들기도 했다. 그리고 2018년 넷플릭스 시리즈 〈힐 하우스의 유령〉은 잭슨의 이야기에서 뼈대만을 취해 이야기를 새로운 영역으로 이끌었다.

힐 하우스는 모호성의 매력적인 결과물이다. 각기 다른 삶을 살던 네 명의 캐릭터들이 흉흉한 과거와 흉흉한 명성을 가진 이름만 남은 부지에 모여든다. 주인공인 엘리노어 밴스는 유령 들린 집 조사에 조수를 모집하는 닥터 몬테규의 광고에 응해서 왔다. 그녀는 그 시점까지 병약한 어머니를 돌보며 보냈기에, 이 일을 자기 생의 첫 모험으로 여긴다. 극이 시작되고 나면, 이 네 명의 사람들이 이 기이한 저택에 고립된 압박감에 무너지는 것인지, 이 집에 정말로 유령이 출몰하는지 알기 어렵다. 건물의 모든 측면이 살짝 어긋나 있고 실내 장식이… 음, 이렇게만 말해 두자, 이상하다는 것도 전혀 도움이 되지 않는다. 통상적인 냉랭한 지점들, 쿵 소리와 노크 소리, 게다가 일종의 교령회 등에 더해 잭슨은 힐 하우스에 대한 자신의 병적인 매혹을 이해하고자 애쓰는 엘리노어의 내적인 독백을 덧붙인다.

이 작품과 기타 작품들에서, 잭슨은 문학과 영화 양쪽에서 현대적인 유령의 집을 위한 청사진을 그려냈다. 스티븐 킹은 잭슨의 또 다른 으스스한 배경을 바탕으로 하는 『해시계The Sundial』(1958)의 할로란 하우스를 모델로 『샤이닝』의 오버룩 호텔을 창조했다*. 여기에, 킹은 호러 장르에 부치는 논픽션 『죽음의 무도』와 자신에게 주어진 재능에 대한 회고담 『유혹하는 글쓰기』에서 잭슨에 대한 부채에 대해 상당히 길게 기술했다. 영향을 미친 사람으로 잭슨을 언급했던 기타 작가들에는 닐 게이먼, 리처드 매드슨, 세라 워터스 등이 있다.

『힐 하우스의 유령』이 완벽한 유령의 집 소설이라면, 잭슨의 마지막 소설 『우리는 언제나 성에 살았다』는 그녀가 고딕과 호러의 전통에 속한다는 사실을 확고히 했다. 〈타임〉은 이 소설을 1962년 베스트 소설 10위 안에 꼽았다. 줄거리는 블랙우드 가(家)의 자매들에 초점을 둔다. 콘스턴스와 메리 캐서린(매리캣이라는 별명이 붙은)은 노쇠한 삼촌 줄리언과 뉴잉글랜드 외곽 가족의 사유지에서 살고 있다. 줄리언 삼촌의 저조한 건강 상태와 마을 사람들이 살아남은 블랙우드 가족에게 느끼는 경멸은 6년 전에 발생한 비극 탓이다. 어느 날 저녁 시간, 블랙

* 『죽음의 무도』의 주석에서 킹은 "『샤이닝』을 쓰면서 『해시계』를 상당히 염두에 두었다"고 기록했다. 킹의 호텔과 잭슨의 힐 하우스는 마치 살아 있는 듯이 그들의 취약한 거주자들을 먹잇감으로 삼는 고립된 공간들이다.

우드 가족 네 명—자매의 부모, 남동생, 그리고 숙모—가 독극물에 중독되어 사망했다. 저녁 식탁에 놓여 있던 비소가 든 설탕을 먹지 않은 콘스턴스가 용의자로 체포됐지만 기소되지 않았다. 마을 주민들은 그녀가 살인을 저지르고 빠져나갔다고 믿는다. 그녀의 동생 메리캣은 그 운명적인 밤에 저녁 식사 없이 방으로 보내졌고, 지금은 가족 중 유일하게 밖을 드나든다. 그녀는 또한 콘스턴스를 안전하게 지키기 위해 마법적인 의례를 수행하기도 한다. 갑자기, 그들의 사촌 찰스가 자신이 이 부지의 정당한 상속자라고 주장하며 들이닥쳐 가장 노릇을 하려고 한다.

이 작품은 특히 그 주인공 때문에 많은 찬사를 받는다. 메리캣 블랙우드는 잭슨의 대다수 여성들이 그렇듯 아웃사이더이지만 창의적인 정신을 유지하면서 자신의 자매와 가정을 지키기 위해 헌신한다. 호러 작가 폴 트렘블레이의 팬이라면 그가 쓴 『유령으로 가득 찬 머리A Head Full of Ghosts』(2015)의 주인공 메리와의 유사성을 알아차릴 것이다*.

자신들이 속한 공동체에서 소외된 블랙우드 자매들의 존재는 잭슨 자신의 경험을 반영한다. 그녀는 작은 대학가의 다른 아내들과 그다지 잘 어울리지 못했다. 낮 시간엔 글을 쓰고 아이들을 돌보며 보냈지만, 그녀의 밤은 보다 이국적인 취미로 채워졌다. 오컬트의 신봉자로서, 잭슨은 친구와 가족에게 타로 카드를 읽어 주었다. 유령을 믿지 않는다고 주장했지만 정작 그녀는 수정 구슬과 위자 보드(사후 영혼과 대화하는

* 트렘블레이의 메리와 잭슨의 메리캣 블랙우드 사이의 유사성은 쉽게 알아볼 수 있다. 바로 그들의 이름에 있으니까. 트렘블레이는 2012년 8월 자신의 블로그 〈The Little Sleep〉(thelittlesleep.wordpress.com)에 게재한 포스트에서 "메리캣은 잭슨의 걸작 『우리는 언제나 성에 살았다』의 궁극적으로 믿을 수 없는 화자이다. 그리고, 맞다, 나 역시 메리캣과 일종의 사랑에 빠져 있다"고 썼다.

용도로 만들어진 게임판-옮긴이)를 가지고 있었으며 '마녀'라는 자신의 명성을 즐긴 듯 보였다. 그녀가 마법을 연마했는지 아닌지는 논쟁 중이다.

셜리 잭슨이 자신을 아는 사람들에게는 이해받지 못했을지 몰라도, 그녀의 문학적 유산은 부인할 수 없다. 일례로, 셜리 잭슨 어워드를 생각해 보라. 심사위원단이 매년 선정하는 이 상은 2007년부터 호러, 스릴러, 다크 판타지 장르에서 탁월한 소설에 주어진다.

독서 목록

꼭 읽어야 할 것: 사는 데 셜리 잭슨이 약간 필요하다고? 솔직히 누군들 아니겠어요? 잭슨은 『힐하우스의 유령』(국내 출간: 엘릭시르, 2014)과 『우리는 언제나 성에 살았다』(국내 출간: 엘릭시르, 2014)로 가장 유명하며, 두 책 모두 펭귄 클래식으로 이용 가능하다. 「제비뽑기」는 다른 편집본들도 있지만 2009년 펭귄에서 재발간한 『제비뽑기』(국내 출간: 엘릭시르, 2014)에서 찾을 수 있다. 하지만 잭슨의 다른 소설들은 범죄라 할 정도로 덜 읽혀 왔다. 『해시계』는 종말론적인 이야기로, 추악한 과거를 품은 가족, 비밀이 가득한 영주의 저택, 들이닥치는 폭풍 같은 고딕적인 요소들을 모두 갖추고 있다. 그럼에도 이 작품은 가족 관계에 대한 독특한 탐구 덕에 상투성을 면한다. 서술은 급격히 심리학적 긴장감을 띠고, 독자는 세상의 종말이 정말로 가까운 것인지 질문하게 될 것이다. 이 책은 빅터 라발의 서문이 실려 있는 2014년 펭귄 에디션으로 읽

을 수 있다.

또한 시도할 것: 언급한 바와 같이, 1963년 영화로 각색된 〈힐 하우스의 유령〉은 영화 자체의 팬덤을 획득했다. 넷플릭스에서 2018년 제작 방영된 10부작 시리즈는 소설을 환상적으로 다시 이미지화했으며, 잘 만들어졌고 볼 만한 가치가 있다.

주디 오펜하이머의 『개인적인 악마들Private Demons』(1989)은 셜리 잭슨에 대해 처음 쓰인 상세한 전기이다. 오펜하이머는 책 표지에 제공되는 소개 이상의 완전한 초상을 얻기 위해 잭슨의 가족과 친구들을 인터뷰했다. 책에서 그녀는 잭슨이 어쩌면 습득했을지 모를 마법과 오컬트에 초점을 맞추었다. …아마도 좀 지나치게 많이. 루스 프랭클린의 보다 최근작이며 전반적으로 더 호감이 가는 『셜리 잭슨: 유령에 사로잡힌 삶Shirley Jackson: A Rather Haunted Life』(2016)은 의회 도서관 아카이브에 소장된 잭슨의 사적인 편지들과 노트들을 파고들며, 잭슨의 작품들을 통찰력 있게 읽어내어 날카롭지만 공감 어린 전기적 초상을 엮어낸다. 잭슨의 전기를 하나만 읽는다면, 프랭클린의 것을 택하라.

관련 작품: 잭슨의 매력이 지속된다는 증거로, 수전 스카프 머렐의 살인 미스터리 『셜리Shirley』(2014)는 잭슨을 등장인물로 그려낸다. 잭슨의 소설 대다수가 그랬듯, 이 작품 역시 한 어린 소녀를 중심으로 하는 심리학적 스릴러이다. 소녀가 실종되자 잭슨이 용의자가 된다. 조세핀 데커 감독이 2018년 이 소설을 영화화하기 위해 각색을 시작했으며, 엘리자베스 모스가 셜리 잭슨을 연기한다(영화는 2020년 선댄스 영화제에서 공개되어 평단의 호평을 받았다-옮긴이).

“

나는 그들의 모든 음식에
죽음을 불어넣을 거고
그들이 죽는 모습을
지켜볼 거야.

”

『우리는 언제나 성에 살았다』

공포의 데임

(영국에서 작위를 받은 여성에게 붙이는 직함-옮긴이)

◆
◆
◆

대프니 듀 모리에 1907~1989

흔치 않은 독립적인 여성들. 위험한 집착들. 한 무리의 구혼자들. 남성 로봇과의 성관계. 레베카라는 이름이 붙은 여자들. 대프니 듀 모리에의 세계에 오신 것을 환영합니다.

듀 모리에는 태어났을 때부터 문학적 경력을 쌓을 준비가 되어 있었다. 1907년 런던에서 보헤미안적인 라이프스타일을 가진 부유한 부부 사이에서 태어난 듀 모리에는 부와 예술에 둘러싸여 자라났다. 할아버지는 풍자적인 영국 잡지 〈펀치〉에서의 작품 활동과 스벤갈리라는 캐릭터를 세계에 알린 소설 『트릴비Trilby』(1895)(당대 가장 인기 있었던 소설 중 하나로, 〈하퍼스〉에 연재되었으며 1895년 단권으로 출판되어 미국에서만 20만 부 이상 판매되었다-옮긴이)로 유명한 만화가이자 작가인 조지 듀 모리에였고, 아버지 제럴드 듀 모리에는 극 비평가이자 배우였다. 어머니 뮤리엘 버몬트는 종종 집에서도 연극적인 기술을 펼쳐 보였던 배우였다. 대프니와 그녀의 두 자매는 글을 쓰거나 그림을 그리며 자랐다. 아마도 가장 흥미 있는 요소는 또 다른 문학적 유산과의 연결성일 것이다. 대프니의 사촌들은 르웰린 데이비스 형제로, J. M. 배리에게 영감을 주어 피터 팬이라는 캐릭터를 탄생시킨 것으로 유명하다. 배리와 다른 작가들은 대프니의 어린 시절, 런던에 있는 듀 모리에 가족의 집에 자주 방문했다.

그녀는 평범하지 않은 아이였다. 종종 말괄량이라 불렸고, 본인도 소년의 영혼이 자신의 몸에 잘못 자리 잡았다고 생각하긴 했지만(그녀는 스스로를 "육체와 분리된 영혼"이라 불렀다). 성인이 되자 듀 모리에는 종종 자신에게 두 개의 페르소나가 있다고 했다. 세상에 내보이는 여성적인 에너지와 자신의 창작을 좌우하는, 그녀가 '연인'이라 부르는 남성적인 에너지. 많은 비평가들이 여성이 주인공으로 등장하는 이야기들에서조차 남성 화자를 사용하는 그녀의 경향을 지적한 바 있다. 그녀는 중산층에서 태어난 군인 프레드릭 '보이' 브라우닝과 결혼하기 이전에 여성들에게 호감을 느끼거나 동성 관계(그녀는 레즈비언이라는 용어를 경멸했지만)를 맺은 적이 있었다. 결혼 뒤에도 동성적인 유희에 대한 소문이 끊이지 않았고, 여기에는 자신의 출판 발행인의 아내인 엘런 더블데이에 대한 짝사랑, 배우 거트루드 로렌스와의 관계 등이 포함되어 있었다.

직업 작가가 된 뒤에도 자신의 처녀 시절 이름을 유지했지만, 듀 모리에는 1946년 남편이 제2차 세계 대전 당시 동남아시아에서 복무하여 영국 제국에서 브라우닝 경이라는 기사 작위를 받게 되자 레이디 브라우닝이 되었다. 1969년에 그녀는 영국의 왕립 문학회에 들어가며 데임 대프니 듀 모리에 DBE(2등급에 해당하는 영국의 훈장-옮긴이)로 승격되었다.

부부는 세 아이를 낳았고 듀 모리에가 글을 써서 자신의 가족을 부양하며 가장 역할을 했다. 그녀의 성공은 마침내 콘월에 위치한 멘에블리 저택을 구입할 정도가 되었다. 이 저택은 그녀의 가장 유명한 소설 『레베카』(1938)의 배경인 맨덜리 저택의 영감을 제공했다. 또한 듀 모리에의 결혼 생활이 소설의 플롯에 영감을 준 듯하다. 그들의 막내 아이에 따르면, 부부의 결합은 이상과는 거리가 멀었고, 듀 모리에는 보이가 이전의 애인을 여전히 사랑하는 것이 아닌가 고민했다. 아마도 남편의 옛 연인에게 사로잡혔던 자신의 실제 경험이 그녀의 소설 속 사로잡힘으로 변형됐는지도 모른다.

새와 인형

『레베카』는 그 중심에 도메스틱 호러를 품은 고딕 소설이다. 플롯은 새신랑과 함께 냉랭하고 거대한 저택으로 이주한 젊은 아내—수줍고 순진하며 기댈 곳 없는 가녀린 여성—을 중심으로 한다. 얼핏 보면 이 이야기는 고딕적인 요소들이 맛깔나게 담겨 있는 전형적인 유령 이야기처럼 보인다. 새 신부를 모시기를 거부하는 매서운 하인, 음울한 남편, 그리고 전체 윙(본관을 중심으로 옆으로 늘어선 부속 건물-옮긴이)이 모두 주인공에게(그리고 그 대리자인 독자에게) 출입 금지된, 아마도 위험한, 과거의, 유령 들린 집. 하지만 그 모든 유령이 등장하는 함정 이면에는 두 드 윈터 부인들의 복잡한 정체성이 놓여 있다. 쾌활하고 외향적이었지만 잔인하고 사람을 조종하는, 지금은 고인이 된 드 윈터 부인과 수줍음 많고 순종적이지만 앞서 자신의 자리에 있었던 여자에게 위험할 정도로 집착하는 살아 있는 드 윈터 부인.

『레베카』에서 긴장감은 남편이 감추고 있는 듯한 무엇이 아니라 이 두 여성의 힘이 같은 공간에 거주할 수 있는가에 있다. 어딘가에 속하고자 하는 치열한 노력은 듀 모리에의 작품에서 흔한 위협이다. 그녀의 여성 캐릭터들은 그들에게 주어진 역할에 결코 들어맞는 법이 없고, 그 결과 종종 궁극적인 대가를 치른다. 비록 평론가들에게 박하게 평가받긴 했지만 『레베카』는 듀 모리에에게 전미 도서 상을 안겨 주었다. 작품은 워낙 인기여서 출간된 지 80년이 지난 지금도 매달 4000부 가량씩 판매되고 있다.

가장 오랜 인기를 얻고 있는 듀 모리에의 작품을 넘어서면, 독자들은 태만해져 그녀의 다른 작품들을 간과하곤 한다. 하지만 그녀의 다른 작품들은 여성 캐릭터가 가능한 일의 범주를 확장했다. 그녀의 단편 「인형」(듀 모리에가 21세에 썼으나 편집자에게 거절당한 작품 무더기에 파묻혀 거의 70년 가까이 잊혔던)은 부유하고 독립적인 삶을 즐기며, 우연히 그 삶을 홀리오라는 이름의 기계 장치 인형과 공유하게 된 한 여성—흥미롭게도 역시 레베카라는 이름의—의 이야기를 그린다. 『레베카』와 마찬가지로, 이 작품의 플롯 역시 대부분 의지가 강하고 자기 충족적인 주인공의 비밀과 기이할 정도로 사회와 동떨어진 삶을 중심으로 한다.

이 작품은 레베카가 아니라 그녀의 구혼자 중 한 명이 서술하는데, 그는 그녀와 훌리오의 관계에 대한 질투와 분노로 광기에 휩싸인다. 자신을 거부하는 애정 상대와 대면하자 죽일 듯한 분노를 일으키는 이 이름 없는 화자가 이 작품에서 가장 매력적인 요소이다. 여성이 자신을 필요로 하지 않는다는 것—그녀가 재정적인 안정이나 성적인 쾌락을 위해 어떤 남자도 필요치 않다는 것—이 그를 당혹케 한다. 이 이야기는 윌리엄 모로 페이퍼백에서 동명의 모음집으로 2011년에 재출간되었다.

듀 모리에는 종종 다른 작가들의 손에서라면 상투적으로 여겨질 법한 요소들—유령의 집, 환경적인 재난—을 취해서 무시무시한 조각들로 요리해 버린다. 완벽한 사례가 「새The Birds」로, 이 작품은 처음엔 그녀의 단편 모음집 『사과나무Apple Tree』(1952)에 게재되었고 또한 『지금 쳐다보지 마Don't Look Now』(1971)에도 실려 있다. 작품은 새들이 콘월의 주민들에게 가미카제 스타일의 살인 임무를 자행하는 재난 호러 이야기이다. 그 전제—갈매기들이 일으키는 대재앙—은 처음엔 그다지 공포를 불러일으키지 않는다. 하지만 듀 모리에는 당대의 여타 스릴러 작가들과 달리 팽팽한 긴장감을 유지한다. 알프레드 히치콕이 1963년 작품을 영화화했다(듀 모리에는 히치콕이 각색한 이 영화를 공공연히 싫어했다고 한다-옮긴이).

듀 모리에 작품을 각색한 영화들 중 어떤 작품도 1973년 니콜라스 뢰그가 감독한 영화 〈지금 쳐다보지 마〉처럼 논란을 일으키지는 않았는데, 논란의 대부분은 작품 속 두 스타 도널드 서덜랜드와 줄리 크리스티의 생생한 성관계 장면 때문이었다*. 이 장면으로 영화는 거의 X 등급을 받을 뻔했다. 듀 모리에의 이 소설은 처음 그녀의 모음집 『자정 이후에는 안 돼Not after Midnight』(1971)에 게재되었다. 작품은 한 아이의 죽음이 미치는 여파와 결혼한 부부를 괴롭히는 복합적인 슬픔에 예지력, 섬뜩한 아이의 그림자, 연쇄 살인마를 덧붙였다. 소설과 뢰그의 영화 모두 역사상 최고의 심리 스릴러 작품들로 남아 있다.

독서 목록

꼭 읽어야 할 것: 『레베카』는 그 명성에 부응한다. 이 책을 읽은 다음, 『나의 사촌 레이첼』(1951, 국내 출간: 현대문학, 2017)을 읽어 보라. 이 작품은 정체성, 의도, 음모에 대한 질문들이 휘몰아치며, 길리언 플린의 『나를 찾아줘』(2012)처럼 희생자와 살인자, 선과 악 사이의 경계를 모호하게 하는 소설들의 선구자이다. 또한 강력하게 추천하는 작품은 단편 「푸른 렌즈Blue Lenses」로 듀 모리에의 장편 소설들만큼이나 긴장감이 넘친다. 이 작품은 「새」 및 기타 불안감을 조성하는 이야기들과 함께, 앞서 언급했던 모음집 『지금 쳐다보지 마: 대

* 뢰그가 각색한 〈지금 쳐다보지 마〉의 섹스 장면은 너무나 사실적이어서 45년여가 지난 2018년에도 도널드 서들랜드는 여전히 그 연기에 대한 질문에 대답하고 있는 중이었다. "도널드 서덜랜드는 〈지금 쳐다보지 마〉의 섹스 장면이 소문에도 불구하고 실제가 아니었다고 말한다", 2018년 1월 14일 〈뉴욕 데일리 뉴스〉

프니 듀 모리에 단편집Don't Look Now: Selected Stories of Daphne du Maurier』(2008, 국내 출간: 『대프니 듀 모리에』, 현대문학, 2014) 개정판에 실려 있다.

또한 시도할 것: 대프니 듀 모리에는 『프렌치맨스 크리크Frenchman's Creek』(1941, 1944년에는 미첼 레이슨 감독이 동명의 영화로 각색했다-옮긴이)와 『자메이카 여인숙Jamaica Inn』(1936)을 비롯한 탁월한 고딕 로맨스 소설들도 써냈다. 1939년 알프레드 히치콕이 각색한 후자의 영화는 건너뛰어라—이 영화는 보편적으로 그의 최악의 영화로 혹평을 받았다. 영화를 고른다면 〈새〉를 고수하라.

관련 작품: 스릴러 작가 퍼트리샤 하이스미스는 종종 대프니 듀 모리에에 비견되는데 훌륭한 이유가 있다. 둘 다 서스펜스의 거장이다. 하이스미스는 호러도 썼지만, 그녀가 쓴 호러 이야기들은 그녀의 스릴러만큼 자주 선집에 포함되지 않는다. 「새」가 잊히지 않는다면, 하이스미스의 달팽이 이야기 「달팽이 연구자The Snail Watcher」(1964)와 「무표정한 클래버린지에 대한 탐구The Quest for Blank Claveringi」(1967)를 읽어 보라. 그렇다, 달팽이들이 포식자가 된다. 그리고 맞다, 하이스미스는 달팽이가 무서워지게 한다. 두 작품 모두 『열하나Eleven』(2011 개정판)에 수록되어 있다.

"

그리고 서서히, 부드럽게,
아무도 보는 이 없이,
그 집은 그녀의 비밀을 속삭이고,
그 비밀은 이야기가 되고,
이상하고 기이한 방식으로
우리는 하나가 된다.
집과 나 자신이.

"

『레베카 노트와 다른 비밀들The Rebecca Notebook and Other Secrets』
(『The Rebecca Notebook and Other Memories』의 잘못으로 보인다.
이 책은 작가 대프니 듀 모리에가 직접 소설 레베카가 어떻게 쓰였는지 기록한 책으로
1982년 1월에 발간되었다-옮긴이) 중 '비밀의 집The House of Secrets'

역사에 사로잡히다

◆
◆
◆

토니 모리슨 1931~

토니 모리슨은 미국 역사상 가장 유명한 작가 중 한 명이다. 당신이 영어 수업 시간에 그녀의 소설 중 한 권을 숙제로 받지 않았더라도, 그녀가 오프라 윈프리와 인터뷰하는 모습이나 혹은 콜버트 리포트(미국의 유명한 뉴스 쇼-옮긴이)에 등장한 모습은 봤을 것이다. 그녀는 1988년 퓰리처 상, 1993년 노벨 문학상, 2012년 대통령 훈장, 2016년 PEN 문학상을 비롯해 수많은 상을 수상했다. 작가에 대해 쓸 때 가장 많이 쓰인 작가 중 한 명으로, 두 명의 윌Will, 셰익스피어(윌리엄 셰익스피어)와 포크너(윌 포크너)와 함께 저 위에 존재한다.

토니 모리슨은 굉장하다. 하지만 그녀가 호러 작가인가? 그녀가 위어드 픽션의 전통에 속할까?

우리 대답은 그렇다, 이다. 그리고 그 증거는 1987년 크노프에서 출간한 그녀의 다섯 번째 장편 소설 『빌러비드』이다.

토니 모리슨은 오하이오 로레인에서 1931년 2월 18일 클로에 워포드라는 이름으로 태어났다. 그녀의 부모, 조지와 라마는 남부에서 온 이주자들이었다. 그녀는 하워드 대학교에서 고전문학과 인류학을 전공하여 학사 학위를 받았으며, 코넬 대학에서 석사 학위를 받았다. 그녀는 1970년 홀트, 라인하르트&윈스턴에서 출간된 데뷔작 『가장 푸른 눈The Bluest Eye』으로 비평적 관심을 얻었으며, 이 작품이 출간된 이래 느슨해진 적이 없다. 그녀는 10권의 장편 소설을 출간했으며 랜덤하우스의 편집자로, 그 이후에는 몇몇 대학에서 교수로 일했다. 그녀는 앤절라 데이비스, 헨리 뒤마, 토니 케이드 밤바라, 글로리아 네일러, 에이미 탄, 루이스 어드리크를 비롯한 수많은 작가들에게 영향을 주었다. 모리슨은 2006년에 교직에서 물러났으며 그녀의 기록과 원고들은 프린스턴 대학교에 소장되어 있다. 하지만 모리슨은 창작과 강연, 그리고 자신의 소설들을 오디오북으로 녹음하는 등 활발한 문학적 활동을 이어가고 있다(토니 모리슨은 2019년 8월 5일 사망했다-옮긴이).

토니 모리슨은 셜리 잭슨이나 앤 라이스, 타나나리브 듀와 맥을 같이 하는 호러 작가는 아닐지도 모른다. 하지만 『빌러비드』는 21세기 미국 문학사의 위대한 역사적 소설인 한편, 미국의 집단정신에 난 노예라는 상처에서 밴드를 벗겨내는 동시에 호러 장르의 모든 비유를 불러일으키는 호러 역작이기도 하다. 호러 장르 내에서의 창작은 작가들에게 실제 삶의 가장 폭력적이고 끔찍한 부분들을 드러낼 기회를 제공한다. 『빌러비드』는 그런 기법에서 탁월한 역작이다. 모리슨은 노예 제도의 속이 뒤틀리는 진정한 공포, 특히 아프리카계 미국인 여성들이 겪는 공포를 가시화하는 유령 이야기를 서술하면서, 독자들이 종종 간과되곤 하는 미국 역사의 한 부분과 그 잊을 수 없는 결과들을 숙고해 보도록 종용한다.

모리슨은 또한 초자연적인 것에 문외한이 아니다. 『솔로몬의 노래』(1977), 『재즈』(1992), 『파라다이스』(1997), 『사랑』(2003), 『집』(2012)은 과거의 유령을 그린다. 그녀의 희곡 『데스데모나Desdemona』(2011)는 셰익스피어가 그린 캐릭터의 유령에 초점을 두고, 그녀에게 목소리를 주어(마침내!) 오셀로와 그녀의 관계에서 무엇이 어긋났는지 탐색하게 한다. 이 캐릭터가 말할 기회를 부여하면서, 모리슨은 셰익스피어가 자신의 극에서 얼버무리고 넘어간 인종과 계급이라는 논쟁거리들에 관심을 불러일으킨다.

『빌러비드』는 그러나 구석구석 꽉 들어찬 유령 이야기이다. 모리슨은 제목과 동명의 주인공, 빌러비드라고 불리는 죽은 소녀의 유령에 초점을 맞추어 트라우마가 남기는 영향력을 탐구한다. 이 이야기는 1856년에 아이들과 남편, 시가 식구들을 데리고 북부 켄터키의 노예주에게서 탈출을 감행했던 노예 여성 마거릿 가너의 삶을 재해석해서 소설화했다. 가족은 얼어붙은 오하이오강을 건너 신시내티로 향했고 그곳에서 잠복하고 있던 주인에게 다시 잡혔다. 가너는 노예보다 죽음이 낫다고 생각했기 때문에 자신의 아이들을 죽이려고 했고, 그중 한 명을 죽이는 데 성공했다. 연이은 재판과 재판 중의 열변, 항의, 폭력은 내전의 전조가 되었다. 증언을 통해 가너의 주인이 신체적으로, 그리고 성적으로 그녀를 학대했다는 사실이 드러났다. 결국 그녀는 다시 노예가 되어 루이지애나에 있는 농장주에게 팔렸다. 하지만 그녀와 그녀의 아이 한 명이 그곳까지 타고 가던 배가 다른 배와 세차게 부딪혀

가라앉고 말았다. 아이는 죽었지만 가너는 살아남았다. 그녀는 2년 뒤에 루이지애나에서 장티푸스로 사망했다. 그녀의 남편은 그녀가 남긴 마지막 말을 이렇게 기억했다. "자유에 대한 희망을 품고 살아."

기억의 사슬

모리슨은 다음 책에 대한 자료 조사를 하던 중에 마거릿 가너에 대한 뉴스를 읽고 무엇 때문에 이 여성이 유아 살해를 저질렀는지 상상해 보기로 했다. 문자 그대로 다른 사람에게 속해 있는 아이들의 엄마가 된다는 건 어떤 뜻일까? 당신이 사랑하는 이들이 학대받고, 고문당하고, 불구가 되고, 죽고, 혹은 팔려갈 수 있다는 가능성을 매일같이 마주한다는 것은 어떤 의미일까? 그녀가 창조한 것은 유령 이야기의 전통에 속하는 소설이었지만, 그 안에서 유령은 단순히 저승에서 돌아온 사람 이상을 대변한다. 이 영혼은 또한 소위 자유의 땅에서 노예로 죽어간, 어림잡아 6000만 명의 사람들을 대변한다.

『빌러비드』는 성난 유령 아이에게 시달리는 집에서 살고 있는 주인공 세스와 그녀의 딸 덴버의 이야기로 시작한다. 이 유령 아이에게 시달린 나머지 위의 두 남자아이는 도망가 버렸다. 엄마와 딸은 이 영혼과 대화를 시도하는데, 그 유령이 마거릿 가너가 그랬듯, 가족이 도망쳤다가 다시 잡혔을 때 세스가 죽인 막내딸의 유령이라고 생각하기 때문이다. 세스와 덴버는 잃었던 두 살 아이의 출몰에서 위안을 찾게 된다. 그러자 유령은 육체를 지니고 돌아온다.

혹은 정말 그럴까? 모든 훌륭한 초자연적 소설이 그렇듯 모리슨의 이야기도 이렇게 혹은 저렇게… 혹은 둘 다로 해석될 수 있다. 어쨌거나, 이 여성들은 이제 다 자란 듯 보이는 빌러비드와 소통하면서, 각자 트라우마—신체적, 감정적, 성(性)적—로 가득 찬 과거의 기억들에 사로잡힌다. 결국, 덴버는 노예제도에 대해 말하기를 거부하며 그녀를 보호하려는 엄마의 시도에도 불구하고 고통스러운 과거에 대해 알게 된다.

독서 목록

꼭 읽어야 할 것: 『빌러비드』(국내 출간: 문학동네, 2019 외 다수)를 읽은 다음에는 『솔로몬의 노래』(국내 출간: 문학동네, 2020 외 다수)를 읽어 보라. 이 작품은 아마도 모리슨의 소설 중 두 번째로 가장 유령스러운 소설일 것이다. 이 이야기는 부모와 친척의 과거에 사로잡힌 주인공을 다룬다. 유령을 마주하면서 그는 자신이 어디에서 왔고 누구인지를 알게 된다. 『사랑』(2003, 국내 출간: 『러브』, 들녘, 2006)은 트라우마와 학대를 마주하는 여성들 간의 관계에서 오는 힘을 그리는데, 화자들 중 적어도 한 명은 유령이다.

또한 시도할 것: 『빌러비드』는 1998년 아코수아 버시아 각색, 조너선 드미 감독으로 영화화됐다. 오프라 윈프리와 대니 글로버가 출연한

다. 좋은 평가를 받지는 못했는데, 아마도 모리슨의 문장에 영화로는 제대로 옮겨지지 않는 특별한 무언가가 있기 때문이리라. 그럼에도 볼 가치가 있다고 생각한다.

관련 작품: 스티븐 와이젠버그의 『현대판 메데이아Modern Medea』(1998)는 마거릿 가너의 탈출과 다시 잡히게 된 과정, 그리고 재판을 둘러싼 사건 개요를 서술한다. 이는 그 어떤 현대의 드라마만큼이나 시선을 끄는 역사이다. 초자연적인 것들이 잠재되어 있는 세계에서 살아가는 강인한 아프리카계 미국인 여성들의 삶에 초점을 두는 소설을 더 읽고 싶다면 글로리아 네일러의 『엄마의 날Mama Day』(1988)을 읽어 보라. 모리슨과 마찬가지로, 네일러 역시 노예제도의 잊을 수 없는 과거와 그 과거가 가족의 역사를 어떻게 파멸시키는가를 탐구한다.

타나나리브 듀의 소설 『좋은 집The Good House』(2003)은 우리의 필수 독서 목록에 있다. 듀는 가족의 역사가 어떻게 가정들을 괴롭히는가를, 명목뿐인 집, 그리고 아프리카계 미국인과 북미원주민이 역사적으로 결합한 선상에서 그 집의 위치에 초점을 두고 그려 낸다. 네일러의 『엄마의 날』에서처럼 이 소설의 초자연적인 요소들은 조상의 저주에 기원을 두었을 수 있다. 듀의 단편 모음집 『유령의 여름Ghost Summer』(2015)은 다양한 초자연적이고 종말론적인 이야기들을 선보인다. 제목이 된 중편 소설은 『빌러비드』의 훌륭한 후속편이다. 이 이야기에서, 듀는 우리가 알든 모르든 역사에 얼마나 좌우되는지 탐구한다. 그녀는 폭력을 피하지 않는다. 옥타비아 버틀러의 『혈연』(1979, 개정판 2009, 국내 출간: 『킨』, 비채, 2016) 속 주인공처럼, 듀의 캐릭터들은 과거의 만남들로 신체적으로 상처를 입었다. 『혈연』으로 말하자면, 버틀러의 노예제도에 대한 시간 여행 소설을 아직 안 읽었다면, 무엇을 기다리는가?

“

그는 그녀를 움직였다.
그가 아기 유령을
물리친 것과 같은 방식—
온통 쾅쾅거리고 소리쳐서
창문이 박살나고 잼병들이 무더기로
굴러떨어지는 식—은 아니었다.
하지만 그럼에도 그녀는
그를 움직였다….

”

『빌러비드』

일상 속의 기괴함

◆
◆
◆

엘리자베스 엥스트롬 1951~

엘리자베스 엥스트롬은 1951년 일리노이주 엘름허스트에서 베티 린 거츠머, 일부에게는 벳시로 알려진 이름으로 태어났다. 그녀는 어린 시절을 두 장소에서 보냈다. 아버지와 살 때는 시카고의 파크 리지 교외지역에서, 그리고 어머니와 살 때는 솔트레이크 시티 북부 유타주의 케이스빌에서. 보다 따뜻한 날씨를 찾아 서쪽으로 이사한 이후, 하와이에서 홍보 일을 했고 마침내는 마우이에 자신의 에이전시를 열었다.

1984년, 카우이에서 다작 작가이자 휴고 상 수상자인 미국의 SF와 호러 작가 시어도어 스터전의 창작 워크숍에 등록한 뒤로 그녀의 삶은 급격하게 변화했다. 스터전은 위어드 픽션을 쓰는 작가들의 멘토였다. 그가 커트 보니것의 작품에 반복적으로 등장하는 캐릭터 킬고어 트라우트(커트 보니것의 문학적 페르소나로 볼 수 있다-옮긴이)에 영감을 주었다는 소문도 무성하다. 1986년에 엥스트롬은 남편과 두 아이와 함께 오리건으로 이주했고, 거기서 작가적 경력을 발전시킬 수 있었다. 그녀는 마우이 작가 협회 회장으로 10년간 재직했고 비영리 워드크래프터스의 이사진으로 있었다. 엥스트롬은 메릴허스트 대학에서 응용신학을 전공해서 석사 학위를 받고 특정 교파에 속하지 않는 봉사 기구인 '사랑과 자비의 목사들Love and Mercy Ministries'에서 일한다.

엥스트롬이 자신의 중편 소설 「어둠이 우리를 사랑할 때When Darkness Loves Us」를 쓴 것은 그 워크숍에서였다. 스터전은 그 이야기를 마음에 들어 했고 엥스트롬에게 이 소설을 그녀의 다른 작품 「아름다움은Beauty Is」과 짝지으라고 격려했다. 두 중편은 결국 스터전의 소개로 1985년에 윌리엄 모로에서 한 권의 책으로 출간되었다.

「어둠이 우리를 사랑할 때」는 우둔한, 혹은 그저 순진할 뿐인 샐리 힉슨이라는 농가 아가씨의 이야기이다. 그녀는 인생의 정점에 있다. 임신했고 여전히 갓 결혼한 듯한 행복감을 느끼며 결혼 생활을 하고 있다. 하지만 이 허니문은 그녀가 지하 동굴에 갇히게 되었을 때 끝이 난다. 문자 그대로 갇혔을 때. 구원도, 해피엔딩도 없다. 샐리는 차가운 어둠 속 저 아래에서 가장 깊은 공포를 마주해야 한다. 아이는? 동굴에서의 출산이 쉽지 않다고만 해 두자. 이 특별한 이야기에서 가장 경악하게 되는 것은 엥스트롬이 지구상에서 가장 행복한 장소에서 이 이야기의 영감을 떠올렸다는 것이다. 그녀는 2009년 〈에이팩스 매거진 Apex Magazine〉과의 인터뷰에서 이야기가 떠오른 순간을 기술했다.

"희한하게도, 「어둠이 우리를 사랑할 때」는 디즈니랜드에서 잠수함을 타면서 극심한 폐소공포증에 시달리는 와중에, 거의 완벽한 상태로 떠올랐어요. 항상 내가 좁고 밀폐된 공간들에 개의치 않는다고 생각했지만, 정작 아이들과 그런 공간에 갇히자 거의 문을 긁어댈 뻔했죠."

트라우마와 그 이후에 오는 것

엥스트롬은 삶의 가장 일상적인 순간들에서 영감을 얻는다. 그녀의 작품 대부분에서, 집 안은 안전하고도 위험한 장소이다. 「아름다움은」에서, 주인공 마사는 코가 없이 태어난 여인이다. 세상은 그녀를 끔찍한 적개심을 품고 대하지만, 정말로 그녀를 괴롭히는 것은 가정생활—주로 아버지의 거부와 술 취한 남자들 무리에게 이용당하는, 신앙으로 병을 치료한다는 어머니—에 대한 기억이다. 엥스트롬의 글은 사변 소설부터 성애물까지 다양하게 불리고 이런 딱지들이 딱히 틀리지는 않는다. 하지만 그녀는 또한 트라우마와 슬픔의 여파를 움켜쥐게 되는 인간의 상태를 대변하는 최고의 호러를 쓰는 작가이기도 하다.

엥스트롬의 호러 소설은 종종 앤 라이스와 비견된다. 그녀가 1980년대 중반에 『검은 앰브로시아Black Ambrosia』(1986)라는 뱀파이어에 대한 책을 썼기 때문이다. 하지만 그녀의 글은 여러 주제를 다룬다. 또 다른 역작은 1892년 메사추세츠주 폴 리버에서 저질러진 악명 높은 미해결 도끼 살인 사건들에 대한 책 『리지 보든Lizzie Borden』(1991)이다.

뱀파이어든 도끼 살인자든 혹은 다른 무엇이든, 엥스트롬의 주제들은 종종 예상치 못한 만남들로 인해 극단까지 치닫게 된 사람들이다. 「밥이라는 이름의 사내들Guys named Bob」(2018)에서는 중년의 여성이 차량 탈취를 당하고 살아남기 위해 싸워야 한다. 「리저드 와인Lizard Wine」(1995)에서는 대학생들이 차량이 고장 나자 버려진 캠프장에서 고초를 겪는다. 세부적인 내용이 어떻든, 엥스트롬의 캐릭터들은 자신들이 모르는 세계에 던져진다. 때로는 너무 낯설어서 그들은 이것이 실제인지 질문하게 된다. 그녀의 캐릭터들은 상황 속에 깊이 파고들어 자신들에게서 가능하리라 생각지 못했던 다른 인간을 발견하게 된다. 그 인간이 선한지 악한지는 독자가 결정할 몫이다.

엥스트롬은 1992년에 최수우 단편 모음집으로 브램 스토커 상 후보에 올랐고 그녀의 단편 「크로슬리Crosley」는 엘런 대트로가 편집한 『올해의 베스트 판타지와 호러: 13번째 연례 모음집The Year's Best Fantagy and Horror:Thirteen Annual Collection』(2000)에 수록되었다. 우리는 그녀의 작품들이 비평적인 관심을 보다 많이 받을 가치가 있다고 생각한다.

독서 목록

꼭 읽어야 할 것: 엥스트롬의 재능은 그녀의 단편들에서 빛난다. 구할 수 있는 단편집들에는 『의혹Suspicions』(2002), 『악몽의 꽃Nightmare Flower』(1992), 그리고 호러 작가 잭 케첨의 소개글을 실은 『사랑의 연금술The Alchemy of Love』(1998)이 있다.

또한 시도할 것: 그녀의 소설 『캔디랜드CandyLand』(2012)는 바에서 만나 악몽 같은 여행을 시작하는 한 커플을 따라간다. 이 작품은 2016년에 〈캔디랜드〉로 각색되었고 게리 부시가 출연했다.

관련 작품: 엥스트롬이 잘하는 한 가지는 여성들이 사회적으로 그들에게 주어진 역할을 어떻게 밀고 당기는지 탐구하는 것이다. 그녀

의 문학적 계승자는 아마도 조예 스테이지일 것이다. 그녀의 장편소설 『젖니Baby Teeth』(2018, 국내 출간: 『나의 아가, 나의 악마』, RHK, 2021)는 엄마가 자신의 딸을 보호하기 위해 어디까지 갈 수 있는지 악몽 같은 시선을 담는다. 그런데 그 딸은 엄마를 살해하려 하는 것 같다. 〈엔터테인먼트 위클리〉는 이 작품을 두고 이렇게 말했다. "우리는 『나를 찾아줘』를 만나고 『오멘』을 만난 케빈(라이오넬 슈라이버의 소설 『케빈에 대하여』의 주인공. 해당 작품을 원작으로 하는 동명의 영화도 있다-옮긴이)에 대해 얘기해야 한다."

“

그녀는 간신히
한 번의 비명을 내질렀지만
지축을 흔드는
저 위 거대한 엔진 소리에
이내 파묻혔다.

”

「어둠이 우리를 사랑할 때」

제6부

페이퍼백 호러

◆

1980년에, 호러는 미국에서 주류를 달렸다. 이 시기에 자란 아이들은 프레디 크루거(웨스 크레이븐의 영화 〈나이트메어〉의 주인공. 희생자들의 꿈에 나타나 꿈속에서 그들을 죽이는데 실제 세계에서도 똑같이 죽게 된다-옮긴이)나 가비지 페일 키즈(일종의 게임용 카드-옮긴이)와 같은 대중문화의 지표들을 연상할 수 있을 것이다. 우리는 블록버스터 비디오(지금은 사라진 대형 비디오 대여 체인점-옮긴이) 통로를 다니면서 특정한 VHS 테이프 표지는 보지 않으려고 눈을 가렸던 기억이 있다(성공하지는 못했다). 우리는 그런 영화들을 보기 위해 수년간 용기를 모은 끝에 처음으로 핀헤드와 제이슨 부히스(각각 영화 〈헬레이저〉와 〈13일의 금요일〉의 주인공-옮긴이)를 접했다. 비디오 대여점들이 공포가 다스리는 유일한 장소는 아니었다. 공포는 모든 B. 달턴(미국의 서점 체인-옮긴이)의 서가에 늘어선 페이퍼백들 표지에도 기거했다. 모든 식료품점 통로도 안전하지 않았다. 호러와 위어드 픽션이 새천년을 접수한 이야기라면—제8장에서 좀 더 얘기하자—, 초기 호러 혁명은 1970년대에 시작되었다. 〈엑소시스트〉와 같은 대성공을 거둔 호러 영화들이 잔혹하고 피비린내 나는 페이퍼백 호러 소설의 유행에 불씨를 당겼다. 이제는 사라진 지브라나 레저 같은 상업적인 출판사들과 임프린트들이 사탄, 섹스, 몬스터, 살인으로 점철된 소설들을 정신없이 내뱉었다.

이 모든 것들은 대담하게도 책표지에 버젓이 전시되었다. 경쟁에서 살아남으려면 모든 페이퍼백들이 충격적인 그림을 실어야 하는 것만 같았다*. 다른 누구보다 독자를 더 유혹했던 두 아티스트는 여성이었다. 리사 팰컨스턴과 질 바우먼.

팰컨스턴의 특징은 오싹한 것을 무고한 것과 짝짓는 것이었다. 지브라가 출간한 브렛 러더포드와 존 로버트슨의 1987년작 『파이퍼Piper』에 그녀가 그린 표지에는 두 명의 금발 아이들이 해골 머리를 한 어릿광대 주변에서 춤을 추고 있다. 그녀는 또한 V. C. 앤드루스의 표지를 장식하는 아름답고도 섬뜩한 금발의 아이들을 창조했다. 우리가 가장 좋아하는 것은 켄 그린홀의 『아이의 무덤Childgrave』(1982, 2017 개정판)의 표지 이미지로, 눈을 커다랗게 뜬 한 소녀의 얼굴이—역시 금발인—작은 마을 위에 떠 있고, 교회 첨탑이 그녀의 순진한 파란 눈에 위험할 정도로 바짝 붙어 있다.

질 바우먼은 종종 마른—해골처럼 보이기까지 하는—인물화와 어둡고 우울한 분위기를 표현하는 표지들을 창조했다. 우리가 가장 좋아하는 것은 코 부분이 없는 망가진 아기 인형이 그려진 엘리자베스 엥스트롬의 『어둠이 우리를 사랑할 때』(1985)의 표지이다. 인형 그 자체만으로는 충분히 섬뜩하지 않다는 듯이, 바우먼의 인형은 마치 손을 뻗어 독자를 움켜쥘 듯이 보인다. 바우먼은 피터 스트라우브와 스티븐 킹 같은 이 장르의 유명 작가들 작품 몇몇을 그렸고 그녀의 작품은 세계판타지문학상에 여러 번 노미네이트되었다.

* 페이퍼백 호러의 정신 나간 표지들에 대해서는, 『지옥에서 온 페이퍼백: 70년대와 80년대 호러 소설의 뒤틀린 역사Paperbacks from Hell: The Twisted History of '70s and '80s Horror Fiction』(2017)를 보라.

또 다른 호러 표지 아티스트, 로위나 모릴은 록스타에 가까운 팬덤을 얻었다. 그리고 셰어나 마돈나처럼 그녀의 팬들은 때로 그녀를 이름으로만 지칭하기도 했다. 그녀는 제인 파크허스트의 『이소벨Isobel』(1977)의 오리지널 프린팅에 그린 작품으로 경력을 시작했다. 이 책의 전제는 간단하다. 1630년에 이소벨 가우디는 마녀로 고발됐지만, 무고함을 토로하며 불타(혹은 집행인에 따라 익사로, 혹은 목이 매달려서) 죽었던 동시대인들과 달리 자신이 마녀라고 자랑스럽게 인정하며 세세한 내용들을 고백했다. 그 고백에는 선정적인 섹스와 악마와 그밖에 상상할 수 있는 모든 것들이 담겨 있었다. 모릴의 표지는 1970년대 호러 소설이 누려 마땅한 모든 것을 담고 있다. 뿔이 달렸고 파란 피부를 한 염소남자에게 손을 뻗고 있는 발가벗은 여자.

모릴은 호러와 SF 소설의 표지들을 그렸다. 괴물로 가득 찬 거친 장면들과 프랭크 프라제타(미국의 판타지와 SF 아티스트로 만화책과 페이퍼백 책 커버 등으로 유명하다-옮긴이)의 작품과는 다른 서사적인 전투들을. 그녀의 작품은 필립 K. 딕과 앤 맥카프리 같은 작가들의 이야기들을 시각화했고 휴고 상의 최우수 전문 화가 부문을 포함하여 수많은 상을 탔다. 그녀의 작품은 앨범 커버를 비롯한 여타 매체까지 아울렀고 컬트의 복음 전파용 작업물로까지 표절됐다. 원본 작품이 사담 후세인의 궁전들 중 한 곳에서 발견되기도 했다.

20세기 후반부에 이르러 호러는 주요한 정체성 변화를 겪었다. 앞선 수십 년간, 호러는 유니버셜 스튜디오, 이후엔 영국의 몬스터 제조사 해머 필름 프로덕션의 몬스터 명부에 귀속되어 있었다. 하지만

1970년대와 1980년대에 페이퍼백 붐이 일면서 이 장르를 드라큘라와 프랑켄슈타인과 늑대인간이 돌고 도는 플롯 발생기에서 새로운 영역으로 끌어냈다. 이 시기의 작가들은 점점 더 유혈과 폭력이 난무하는, 그리고 음, 때로는 쓰레기 같은 소재들을 탐구해 가며 호러 소설을 재정비했다. 처음엔 독자가 비교적 적었다. 하지만 더 많은 호러 페이퍼백들이 책꽂이에 꽂히고 더 많은 손에 들리게 되면서 독자 수도 늘었다. 그리고 여성 작가들은 이 유행의 한 부분이었다.

로이스 덩컨은 『나는 네가 지난여름에 한 일을 알고 있다』(1973) 같은 책들에서 위기에 빠진 십 대 청소년들에 대해 썼다. 베티 렌 라이트는 『인형의 집 살인 사건The Dollhouse Murders』(1983)과 같은 책들로 미국의 청소년들을 겁먹게 했다. 퍼트리샤 월리스는 섬뜩한 아이와 해골이 등장하는 가능한 모든 조합을 선보이는 표지의 책들을 썼다. 클레어 맥널리는 『유령의 집Ghost House』(1979), 『아이가 부르는 소리를 들어라Hear the Children Calling』(1990) 그리고 『아이들의 비명Cries of the Children』(1992) 등을 썼다. 보아 하니, 1980년대의 독자들—그리고 작가들—은 그들의 삶 속에서 이 작은 사람들을 걱정하기도 했지만, 그보다 자주 두려워했던 듯 보인다.

펄프 매거진 시기(제4부를 보라)의 여성 호러 작가들처럼, 호러 페이퍼백 전성기에 여성 작가들이 이바지한 부분 역시 간과되는 경향이 있다. 그렇다, 독자들은 스티븐 킹, 딘 쿤츠, 피터 스트라우브의 신간이 풀릴 때마다 구름처럼 몰려들었다(지금도 여전하다). 하지만 여성 작가들 역시 혼자 힘으로 이름을 떨치고 있었다. 그들 중에는 수지 맥키 차르나스, 샤론 아헌, 키트 리드(셸리 하이드로도 알려진), 플로렌스 스티븐슨, 그리고 멜라니 템 등이 있다. 템이 남편 스티브 라스닉 템과 공동으로 쓴 『천장의 남자The Man on the Ceiling』(2008)를 아직 읽지 않았다면, 꼭 읽어 보라. 이 작품이 브램 스토커 상, 세계 판타지 상, 국제 호러 길드 상을 탄 데는 훌륭한 이유가 있다.

이 전성기 기간 동안 글을 쓴 또 다른 여성으로는 태비사 킹이 있다 (맞다, 그 킹이다. 그녀는 스티븐의 아내이다).

태비사 킹의 재능은 에이전트를 통해 그녀에게 흥미진진한 기회가 제공됐을 때 빛을 발했다. 바로 탁월하면서 동시에 저평가 되었던 20세기 후반의 작가, 고(故) 마이클 맥도웰의 미완성 원고를 완성하는 일이었다*. 태비사 킹이 마무리한 그의 소설 『타오르는 촛불Candles Buring』(2006)은 그녀가 맥도웰과 문자 그대로 맞수임을 증명한다. 우리는 또한 탐욕스러운 여자이자 전(前) 미국 대통령의 딸을 둘러싸고 벌어지는 『작은 세계Small World』(1981)를 추천한다. 오, 그리고 여기엔 비명을 지르는 기계도 포함된다. 조잡할 때도 있지만 대체로 즐거운 독서를 제공한다.

모든 호황은 터져 나가기 마련이고 1980년대 끝 무렵에 이르자 페이퍼백 호러는 더 이상 서점 책꽂이를 점유하지 못하게 되었다. 지브라 같은 작은 출판사들은 폐업에 이르렀다. 펄프와 마찬가지로 이 페

* 맥도웰은 블랙워터 시리즈와 함께, 미국 남부를 배경으로 하는 여섯 권의 고딕 호러 소설을 더 집필했으며, 팀 버튼의 1988년 영화 〈비틀쥬스〉의 시나리오를 쓰기도 했다.

이퍼백들 역시 일단 출간이 정지되자, 호러를 틈새 장르에서 오늘날과 같이 영향력 있는 장르로 성장시킨 여성 작가들의 작품 대다수에 대한 접근로도 끊겼다.

다행히도, 이 지나간 책들에 대한 관심이 일고 있다. 2017년에 호러 작가 그래디 헨드릭스가 쿼크 북스에서 출간한 『지옥에서 온 페이퍼백Paperbacks from Hell』에서 이 시기의 보석들을 철저하게 살폈다. 윌 에릭슨의 〈호러 소설이 너무 많다Too Much Horror Fiction〉 블로그 역시 이 페이퍼백 호러의 전성기를 살피는 탁월한 원천이다. 그리고 발란코트와 같은 출판사들은 몇몇 작품들을 재출간하려고 살피는 중이다. 우리는 다른 출판사들 역시 이런 흐름을 쫓기 바란다.

그동안, 페이퍼백 호러 소설들이 책꽂이마다 가득했던, 그 야한 표지들이 우리의 관심을 끌었던 시기를 살펴보자. 눈을 가리지 말라—이건 보고 싶을 테니까.

공포를 위한 레시피

◆
◆
◆

조앤 피시만 1943~

1980년대와 1990년대의 십 대들은 호러에 익숙했다. 당대의 슬래셔 무비들은 온갖 종류의 공포와 치명적인 시나리오들을 과시하며 젊은 이들이 밤을 지새우게 했다. 그들은 여름 캠프에 갈 때마다 목덜미에 숨을 쉬는(혹은 구운 마시멜로처럼 그들의 심장에 꼬챙이를 꽂는) 제이슨 부히스에 시달렸다. 핼러윈에 이웃집 말썽쟁이 아이를 돌봐줄 때마다 자신들을 스토킹하는 마이클 마이어스(영화 〈할로윈〉 시리즈의 살인마-옮긴이)에 시달렸다. 심지어 엘름 스트리트(영화 〈나이트메어〉의 배경이 되는 거리-옮긴이)에 살고 있다면 자고 있을 때조차 안전하지 못했다.

십 대 슬래셔 무비와 함께, 1980년대는 청소년을 독자층으로 하는 호러 책들이 불붙었다. 크리스토퍼 파이크가 『슬럼버 파티Slumber Party』(1985)와 『행운의 편지Chain Letter』(1989)로 이 유행을 시작했다. 1980년대 말 무렵, R. L. 스타인이 '공포의 거리Fear Street' 시리즈로 이 유행에 합류했다.

칼을 휘두르는 미치광이들이 등장하는, 십 대 청소년을 위한 이야기들을 창조한 또 다른 작가로는 조앤 피시만이 있다. 장의사의 딸로서, 아마도 피시만은 살인 미스터리를 쓰게 될 운명이었는지도 모르겠다. 그녀는 1943년에 태어나 미네소타의 작은 마을에서 자랐으며 세인트 클라우드 주립 대학을 다니다가 샌버너디노에 있는 캘리포니아 주립 대학을 졸업했다. 그녀는 시나리오 작가인 남편과 함께 남부 캘리포니아에 정착했다. 피시만은 글을 쓰고자 하는 열망이 있었고, 자신의 꿈을 이루기 위해 요리사, 교사, 플로리스트, 파티 플래너 등 별별 일을 다 해 가며 일했다. 1980년대에, 대부분 조앤 플루크라는 이름으로 미스터리 소설들을 발표한 이후, 피시만은 십 대 청소년 독자를 위한 '서스펜스 스릴러'(번역하자면, 호러) 시리즈를 쓰기 시작했다. 그 시작이 켄싱턴 북스의 '스크림' 시리즈였다. 조 깁슨이라는 이름으로, 그녀는 1993년에 출간된 시리즈의 네 번째 책 『죽은 소녀The Dead Girl』를 썼다. 누가 작업했는지 알려지지 않은 이 책의 표지는 90년대 청소년 호러의 전형이다. 머리부터 발끝까지 데님 천을 걸친 어린 소녀가 가슴을 움켜쥐고 무덤에 발을 딛고 있고—뼈만 남은 손이 올라와 그녀의 발목을 움켜쥐고 있다. 플롯은 단순하다. 십 대 소녀가 새로운 동네로 이사를 가는데, 마주치는 사람마다 소녀를 그녀의 죽은 사촌으로 착각하고, 소녀는 그 죽은 사촌이 자신의 살아 있는 몸을 탈취하려고 하는지도 모른다고 두려워하기 시작한다.

피시만은 「나의 피투성이 밸런타인My Bloody Valentine」(1995)을 발표하며 청소년 호러를 계속 써냈다. 이 책은 밸런타인데이 댄스파티의 최고 미인으로 뽑히려고 경쟁하는 십 대 소녀 무리를 중심으로 한다. 이

경쟁은 치명적이다! 1년 뒤 그녀는 「죽음의 댄스The Dance of Death」(1996)를 발표했다. 이 작품은 저주받은 댄스 구두에 대한 한스 크리스티안 안데르센의 이야기를 다시 썼다. 피시만은 또한 크리스마스를 테마로 하는 호러 소설을 세 편 썼다. 「슬레이 벨스Slay Bells」(1994), 「크러시The Crush」, 「크러시 Ⅱ」(둘 다 1994)가 그것이다. 2014년에 켄싱턴에서 「크러시」와 그 후편을 모은 『집착Obsessed』, 「나의 피투성이 밸런타인」, 「교령회The Séance」(1996년 지브라에서 처음 출간했던)를 담은 『뒤틀린Twisted』, 「슬레이 벨스」, 「죽음의 댄스」와 「죽은 소녀」를 담은 『두려운Afraid』을 다시 출간했다. 불행히도 그 표지들—반쯤 가려진 얼굴들의 클로즈업된 사진들—은 원래 표지들만큼 흥미롭지 못하다.

조 깁슨의 경력은 위 세 권의 책을 끝으로 2014년에 종지부를 찍었다. 하지만 피시만의 경력은 끝나지 않았다. 그녀는 다시 조앤 플루크로 돌아가 이번엔 코지(유혈과 폭력 부분이 없는) 미스터리 시리즈를 쓰면서 전혀 새로운 경력을 만들어 냈다. 이 시리즈는 한나 스웬슨이라는 이름의 사랑스러운 제빵사를 주인공으로 한다. 그녀는 자신의 베이커리 '쿠키 자'를 운영하려 애쓰지만 시체들이 자꾸만 그녀를 방해한다. 첫 번째 책 『초콜릿칩 쿠키 살인 사건』은 2000년에 켄싱턴에서 최초로 출판되었다(국내 출간: 해문출판사, 2006). 이 작품은 호감 가는 주인공뿐 아니라 이야기 곳곳에 배치된 레시피들 덕분에 출간 즉시 히트를 쳤다. 2018년까지, 플루크는 이 시리즈로만 22권의 작품들을 출간했고, 작품에서 파생된 요리책들까지 등장했으며, 앨리슨 스위니가 주인공인 제빵사로 연기하는 TV 영화 시리즈들로도 만들어졌다.

우리는 훌륭한 초콜릿 칩 쿠키를 좋아하지만(그리고 분명 플루크의 팬이기도 하다), 십 대 청소년의 슬래셔 호러를 아주 조금 더 좋아한다.

독서 목록

꼭 읽어야 할 것: 조앤 피시만은 리사 터틀, 루비 진 젠슨, 혹은 V. C. 앤드루스의 작품에 비하면 쾌활하기 그지없어 보이는 호러를 썼다. 피시만은 십 대 청소년을 독자로 썼고, 그녀의 책들은 그 무엇보다 라이트 서스펜스에 가깝다. 하지만 독자가 1980년대의 향수에 시달리고 있다면(그리고 80년대 수많은 십 대 영화들에 등장하는 쇼핑몰 배경에 약하다면), 「슬레이 벨스」가 최고의 선택일 것이다.

또한 시도할 것: 한나 스웬슨 시리즈를 시작하기 전, 피시만은 플루크라는 성으로 몇 권의 성인용 심리 스릴러를 썼다. 『겨울의 냉기Winter Chill』(1984)는 눈에 파묻힌 어느 미네소타 마을에 관한 이야기이며 끔찍한 '사건들'이 연이어 벌어진다. 이 작품에는 코지한 부분이 전혀 없다—어조는 어펴 미드웨스트의 겨울밤 만큼이나 어둡다.

관련 작품: 스콜라스틱 북스의 청소년 호러 소설들 목록에서 가장 유명한 이름은 캐롤라인 B. 쿠니이다. 그녀는 75권 이상의 작품을 썼다. 그녀는 미스터리를 쓰는 데 능하지만—『작은 아가, 쉿Hush Little baby』(1998), 『무덤처럼 안전한Safe as the Grave』(1979) 그리고 『우유팩 위의 얼굴The Face on the Milk Carton』(1990, 국내 출간: 『우유팩 소녀 제니』, 사계절, 2011)

로 시작한 제니 존슨 시리즈, 작은 마을에 내려앉아 그 지역 학교에 다니는 학생들을 기이하게 행동하게 만드는 이상한 안개에 대한 『안개Fog』(1989) 같은 호러 장르들에서 빛을 발한다.

다이앤 호는 또한 인상적인 출간 목록을 지니고 있으며 1991년에 스콜라스틱스에서 낸 포인트 호러 시리즈에 수많은 작품을 기여했다. 이 시리즈에는 R. L. 스타인과 크리스토퍼 파이크의 작품들도 포함되어 있다. 호의 작품들에는 『사고The Accident』(1991), 『열병The Fever』(1992) 등이 있지만 그녀의 최고작은 독립적인 이야기를 지닌 소설 『유령의 집Funhouse』으로 카니발 롤러코스터에서 벌어지는 끔찍한, 그리고 아마도 의도적인 사고에 관한 이야기이다. 평론가들은 이 작품을 스티븐 킹의 작품이나 영화 〈데스티네이션〉 시리즈에 견준다.

“

결국, 죽은 여자애를
밸런타인데이 퀸으로
뽑을 수는 없으니까.

”

「나의 피투성이 밸런타인」

악이 순수를 만나는 지점

◆
◆
◆

루비 진 젠슨 1927~2010

1980년대, 지브라 북스는 서점마다 페이퍼백이 흘러넘치게 했다. 독자들은 해골들이 비명을 내지르는(혹은 웃고 있는—뼈만 남은 해골이 어떤지 누군들 알겠어요?), 혹은 시커먼 배경 위의 텅 빈 눈을 한 아기 인형들 표지들에 끌렸다. 이런 책들은 연이어 쏟아졌다. 독자들은 아무리 해도 충족되지 않았다. 때로 '해골 농장'이라 불렸던 지브라 출간작들의 끝도 없는 목록을 생산했던 작가들 역시 마찬가지였다*.

1990년대 무렵 지브라는 호러 작품들의 미친 듯한 생산량을 크게 줄였고 그들의 가장 독창적인 작가들 대다수가 무명으로 잊혔다. 그런 작가들 중 한 명이 바로 루비 진 젠슨이었다.

미주리 출신 젠슨은 자신의 생 대부분을 아칸소주에서 보냈다. 지브라와 토르에서 많은 작품을 출간한 작가라는 것 외에 그녀에 대해 알

* 이 별명의 기원은 명확하지 않지만, 해당 별칭은 출판 업계에서 광범위하게 사용되었다.

려진 바는 거의 없다*. 그녀는 1974년에 출간된 『사마엘이 지은 집The House That Samael Built』을 시작으로 30여 편의 소설을 썼다. 우리는 어느 시점엔가 그녀가 극히 섬뜩한 아이를 알게 되지 않았을까 추정한다. 왜냐하면 젠슨의 작품들은 작은 악마에 대한 이야기들로, 호러 작가로서의 위치를 공고히 하면서 메리 셸리가 시작한 전통을 강화했기 때문이다. '아이'라는 단어나 혹은 그와 유사한 변형이 포함된 불길한 문장이 등장하면 젠슨의 작품이라 여겨질 정도였다. 그녀의 작품들은 『사탄의 집의 아이Child of Satan House』(1978), 『아이들의 비명을 들어라Hear the Children Cry』(1983), 『너무도 착한 아기Such a Good Baby』(1982), 『뱀파이어 아이Vampire Child』(1990) 같은 제목들이 붙어 있다.

젠슨은 사악한 아이들과 악마의 손아귀에 사로잡힌 무고한 아이들 양쪽을 모두 다루었다. 『즐거운 우리집Home Sweet Home』(1985)은 어리고 귀여운 티미(이보다 더 순수한 이름을 생각할 수 있나요?)에 대한 이야기이다. 티미는 너무나 다정한 워커 씨와 산악 지대 휴양지에 함께 있게 된다. 하지만 여름이 짙어갈수록 워커 씨는 위협적으로 변한다.

어떤 비평가들은 『즐거운 우리 집』을 코지 호러 혹은 청소년 호러라고까지 부른다. 아마도 보다 어린 인물들을 주인공으로 삼는 젠슨의 특성 때문일 것이다. 이런 꼬리표가 적당한지는 모르겠다. 젠슨이 당대의 다른 작가들처럼 대놓고 폭력적이거나 잔혹하지는 않을지도 모른다. 하지만 그녀는 자신의 어린 캐릭터들을 결코 안전하게 지켜 주

* 우리는 findagrave.com/memorial/61904674에서 발견된 부고 기사에서 일부 정보를 찾았으며 젠슨의 생애에 대한 상세한 자료들은 대부분 찾기 어렵다.

지 않는다. 그들은 폭력적인 결말을 마주하거나, 때로는 그런 결말을 저지르기도 한다.

독자를 저울질하다

젠슨은 위험에 처한(혹은 위험을 초래하는) 아이에 대해 쓰지 않을 때는 보다 명백하게 초자연적인 소재, 특히 영혼이 깃든 장난감으로 펜을 돌리곤 했다. 깜박이기를 거부하며 당신이 잠든 사이에도 당신을 바라보는 인형의 유리알 같은 눈이 섬뜩하다는 명백한 사실을 인지하면서, 젠슨은 인형들에 대한 소설들을 썼다.

『엄마Mama』(1986)는 살인자 인형 범주에서도 탁월한 작품이다. 캐릭터들을 만들어 내는 젠슨의 솜씨 덕분이다. 도리는 아버지를 암으로 잃었고, 슬퍼하는 아이라면 으레 그렇듯 자신의 인형에 애착을 갖게 된다. 도리는 여기저기 손상되고 더러우며 오래된 인형을 선택한다. 그녀는 그 인형을 고쳐 주고 낫게 만들고 싶어 하는데, 자신의 죽어가는 아버지를 낫게 할 수는 없었기 때문이다. 젠슨 이야기의 호소력은 식상한 비유—초자연적인 존재가 들린 아이의 인형—를 이용해서 공감 가는 캐릭터들에 대한 이야기를 만들어 내는 능력에 있다. 그녀의 다른 인형 소설들에는 『아기 인형Baby Dolly』(1991), 『애너벨Annabelle』(1987), 그리고 『살아 있는 악마The Living Evil』(1993)가 있다. 마지막 작품의 핵심 구절은 이렇다. "그 인형이 걸어요… 말을 해요… 사람을 죽여요!" (이 살인 인형들은 오늘날의 〈애너벨〉 영화 시리즈와는 관계가 없다. 게다가 이 영화들은 너무 별로다. 개인적으로, 젠슨의 인형들이 워낙 우월하기 때문이다.)

하지만 인형이 다가 아니다. 젠슨은 『줄넘기Jump Rope』(1988)라는 책을 쓰기도 했다. 이 책은—독자도 짐작하겠지만—사람을 죽이는 줄넘기에 대한 이야기이다. 훌륭한 호러 소재처럼 들리지는 않지만 그녀의 손에 들어가면 이런 개념도 완벽하게 섬뜩하다. 어린 소녀가 자살한 것처럼 보이는 죽은 아빠를 발견한다. 그의 손에는 줄넘기가 휘감겨 있다. 그런 다음 소녀는 자신의 도플갱어가 그 줄넘기를 집어 들고 달콤하게 자장가를 부르면서 팔짝팔짝 뛰어가는 모습을 보게 된다.

분명, 젠슨은 그 어떤 일상적인 물건으로도 독자들을 며칠이고 소름돋게 할 수 있을 것이다.

독서 목록

꼭 읽어야 할 것: 루비 진 젠슨은 다작 작가였고, 그녀를 따르는 충직한 호러 팬들을 축적했다. 그러나 그녀는 결코 어떤 상을 수상하거나(적어도 우리는 찾아내지 못했다) 비평적인 찬사를 얻지는 못했다. 젠슨의 광범위한 작품들은 출판되지 못했고 그녀의 책들은 급속히 찾아보기 어려워지고 있지만 그녀와 같은 재능은 읽힐 가치가 있다. 중고판들은 구할 수 있고, 인터넷 덕분에 독자는 그녀의 작품들 중 일부를 비교적 합리적인 가격으로 찾아볼 수 있다. 찾을 수 있다면, 『헌팅』(1994)을 읽

어 보라. 플롯은 친숙하다. 한 가족이 그곳에서 발생했던 과거의 공포를 알지 못한 채 사악한 영혼이 들린 집으로 이사한다. 하지만 이 작품에는 정형화된 부분이라고는 없으며, 독자는 마지막 페이지를 넘긴 이후에도 오랫동안 이 이야기에 대해 고심하게 될 것이다.

또한 시도할 것: 『환상의 집House of Illusions』(1988)은 구할 수만 있다면 읽어 볼 가치가 있는, 유원지에 있는 유령의 집 호러 소설이다. 젠슨은 섬뜩한 아기 인형들을 다룰 때와 다름없는 탁월한 솜씨로 기이한 카니발에 대해 써 나간다.

관련 작품: 퍼트리샤 윌리스는 찾아볼 가치가 있는 또 한 명의 지브라 작가이다. 그녀의 책 『악을 보지 말라See No Evil』(1988)는 시력 교정을 위해 각막 수술을 받은 한 어린 소녀에 대한 이야기이다. 호러 소설에서 각막 이식이 결코 좋은 일이 아니라는 것은 굳이 언급하지 않아도 되리라. 윌리스의 문장력은 젠슨에 못 미치지만 작품 자체는 읽는 재미가 있으며 킨들 에디션으로 구할 수 있다. 윌리스는 지브라 출판사를 위해 몇 권의 책을 썼고, 이 작품들은 이 출판사의 출간 목록에서 우리가 가장 좋아하는 표지들을 자랑스럽게 선보이고 있다. 여기에는 『아이들 병동The Children's Ward』(1985)이 포함되어 있다. 이 작품은 불길한 병원에 머물고 있는 아픈 소녀에 대한 책으로, 이 책의 탁월한 표지에는 두개골에 외과용 마스크를 걸친 해골 의사가 어린 소녀를 잡고 있는 그림이 그려져 있다. 표지만이라도 찾아볼 가치가 있는 또 다른 작품으로는 『물의 아기Water Baby』(1987)가 있으며, 이 표지에는 해골 인어가 통통한 천사 같은 아이를 안고 있다.

"

너무도 순수하고 훌륭하며
잘생긴, 그 속눈썹은 마치
소녀의 것처럼 긴 그 얼굴.
그것이 살인자의 얼굴입니다,
선하신 여러분.

"

『헌팅』

다락방의 악몽

◆
◆
◆

V. C. 앤드루스 1923~1986

1790년대 앤 래드클리프가 쓴 고딕 소설들은 열풍을 일으켰다. 그 이후 어떤 작가도 음울한 숲이나 삐걱대는 저택들을 배경으로 하는 맛깔나게 극적인 호러로 독자를 그렇게 광분시키지 못했다. V. C. 앤드루스가 문학적인 무대에 등장하기까지는, 그랬다. 앤드루스는 고딕 호러적 요소와 연속극 스타일의 가족 드라마를 결합시켰다. 그리고 그녀는 필요 이상의 근친상간 플롯을 더해서 독자들의 혼을 쏙 빼놨다.

버지니아주 포트머스에서 태어나고 자란 클레오 버지니아 앤드루스는 험난한 유년 시절을 보냈다. 어렸을 때부터 그녀는 류머티스 관절염에 시달렸고 이는 외과적인 치료에도 반응이 없었다. 때로 그녀는 휠체어에 묶이거나 목발에 의존해야 했다. 그럼에도 그녀는 학업에 뛰어났고 가정 학습(서신) 프로그램을 통해 예술 학위를 받았다. 앤드루스는 상업 화가로 일을 시작했지만 그녀의 글이야말로 바깥 세계와 이어진 생명줄이었다. 앤드루스는 결혼을 하거나 아이를 갖지 않았다. 그녀를 고통스럽게, 그리고 대부분 움직이지도 못하게 한 건강 문제 때문에 그녀는 생애 대부분을 어머니와 함께 살았다.

앤드루스는 1970년대 초에 창작을 시작하면서, '보다 진지한 활동에 필요한 재정 마련을 위해' 소위 자신이 '고백적인 이야기들'이라 부르는 것들을 썼다고 문학 담당 에이전트인 애니타 디아먼트에게 쓴 피치 레터에 기술했다. 이런 진지한 활동들에는 그녀가 쓴 첫 번째 소설이 포함되어 있다. 그 작품은 비록 처음으로 출간되지는 못했지만, 『녹색 산의 신들Gods of Green Mountain』이라는 SF 소설이었다. (2004년 작가 사후에 포켓 북스에서 출간되었다) 이 작품은 두 개의 태양과 끝이 없는 폭풍에 황폐해진 머나먼 행성을 배경으로 하며, 공주, 무모한 영웅, 도망자, 내전과 같은 전형적인 스페이스 오페라에, 그 세계의 문제를 해결할 수 있는 신비한 행성까지 꽉 들어차 있다. 하지만 앤드루스의 경력 초창기에 돈을 벌어다 준 소위 고백적인 이야기들 쪽이 보다 흥미롭다. 이 작품들은 제목만으로도 저속한 요소들로 가득하다.

예를 들자면, 「나는 내 결혼식 날 밤 삼촌과 잤다I Slept with My Uncle on My Wedding Night」라는 작품은 앤드루스의 팬들에게 실질적으로 성경이나 마찬가지가 되었다. 이 작품은 펄프 매거진에 게재되었지만 출간과 관계된 세부사항들은 유실되었고 판본도 존재하지 않는다. 확실히 이 이야기는 앤드루스의 가장 유명한 책 『다락방의 꽃들Flowers in the Attic』(1979)을 예고한다. 이 소설은 돌런갱어 가족을 소개하는데 이 가족의 전설은 다섯 권의 장편 소설 동안 끝나지 않는다. 첫 권은 출간 즉시 공전의 히트를 치며 〈뉴욕 타임스〉 베스트셀러 리스트에 14주 동안 머물렀다. 속편은 19주를 기록했다.

이것은 가족의 일이다

『다락방의 꽃들』의 플롯은 가장 순수한 형태를 취한 고딕 호러이다. 네 명의 아이들—아름답고, 모두 금발의 천사 같은 아이들—이 그들의 부유하고 학대를 자행하며 감정적으로 냉혹한 그들의 할머니에 의해 폭스워스 홀의 다락방에 감금된다. 그 줄거리는 아이들의 엄마가 자신의 순결에 대한 명성을 온전히 지킴으로써 가족의 재산을 확보하려는 특이한 시도를 담고 있다. 이 책은 뒤틀린 관계, 특히 할머니의 끔찍하고도 거의 고문에 달하는 학대를 야기하는 종교에 대한 집착으로 가득 차 있다. 그녀는 캐리(스티븐 킹의 호러 소설 주인공-옮긴이)의 엄마만큼이나 죄에 대해 고래고래 떠들 수 있다(그래도 이 책에는 '더러운 베개[캐리의 엄마는 어린 캐리에게 여자의 가슴은 더러운 베개라고 가르친다-옮긴이]'에 대한 언급은 없다). 하지만 독자를 가장 흥분하게 만든 것은 돌런갱어 아이들 중 가장 위인 두 아이의 관계다. 그들은 외로운 다락방에 갇혀 있는 사이 십 대의 호르몬이 거세게 일며 사랑에 빠진다.

작품은 사실 달콤한 이야기일 수도 있었다. 하지만 호러가 맞다. 소설의 초반부에는 사랑이 많은, 아이들을 지켜 주는 보호자인 듯 보였던 그들의 엄마가 부를 위해 자신의 딸들을 기꺼이 희생하는 괴물이 되어 버린다. 가장 어린 아이들은 죽게 된다. 여기엔 또한 강간도 있다. 그리고 쥐들도.

아이들 사이의 근친상간은 앤드루스의 책이 일부 도서관에서 금지되기에 충분했지만, 이야기는 워낙 유명해져서 즉시 후속편들이 나오게 되었고 후속편들을 통해 독자는 돌런갱어 가족에 오랜 근친상간적 로맨스의 역사가 있다는 사실을 알게 된다. 앤드루스는 이 시리즈만큼이나 재미있는 다른 시리즈들도 창조했다. 『나의 사랑스러운 오드리나My Sweet Audrina』(1982)로 시작하는 오드리나 시리즈에는 고딕풍 저택에 감금된 또 다른 아이가 등장한다*. 이 아이는 오래전 죽은(혹은 정말 그럴까요?) 자매의 마치 유령 같은 기억들에 시달린다. 『낙원Heaven』(1985)의 카스틸 가족 이야기에는 더 많은 죽은 아이들, 빈곤해진 가족을 경멸하는 부유한 엘리트, 마치 죽은 여자처럼 보이게 만들어진 섬뜩한 인형이 등장한다.

앤드루스는 작가로서 수익성이 좋았다. 그녀는 자신의 첫 책을 사이먼 앤 슈스터의 임프린트에 7500달러에 팔았고, 두 편의 후속작을 즉시 계약하면서 5만 달러의 선금을 받았다. 『낙원』으로는 200만 달러를 벌었으며 이는 두 권으로 계약한 거래의 일부에 불과했다. 앤드루스의 소설들은 그녀를 부유하게 만든 것에 더하여, 고스족을 지망하는 소녀들의 통과의례로도 기능했다. 오래된 저택에서 벌어지는 비밀스러운 근친상간의 유혹은 거부하기엔 너무 크다. 하지만 앤드루스의 작품은 길티 플레저 이상이다. 그녀의 작품은 앤 래드클리프의 계보에서 직접 내려오는 고딕 소설이다. 맞다, 그녀의 작품은 멜로드라마적이다. 하지만 또한 호소력 강한 캐릭터들, 특히 악랄한 음모에 사로잡힌 여성

* 오드리나 시리즈에는 앤드루스가 쓴 『나의 사랑스러운 오드리나』와 앤드루스의 대필작가인 앤드루 네이더만이 쓴 『화이트펀Whitefern』(2016)이 포함된다.

들로 가득하다. 불행히도, 앤드루스는 점점 성장해 가는 자신의 경력을 쫓아갈 수 없었다. 이미 쇠약했던 앤드루스의 건강은 점점 악화되었고 그녀는 끊임없는 고통에 시달렸다. 『낙원』과 그녀의 마지막 작품이 된 그 후속작을 쓰는 사이, 그녀는 유방에 있는 덩어리를 발견했고 이 덩어리는 암으로 밝혀졌다. 앤드루스는 책이 끝날 때까지 치료를 미루었지만, 병은 이미 신체의 다른 부위들로 전이된 상태였다.

1986년 앤드루스가 사망한 이후, 그녀의 저작권자는 그녀의 문학적 유산이 유령 작가를 통해 유지되도록 했다*. 앤드루 네이더만이 뛰어들어 그녀가 끝내지 못한 작품들 몇몇을 영감으로 삼아 앤드루스의 이름으로 매스마켓 페이퍼백을 썼다. 그녀의 소설들은 작가의 사후 수십 년이 지난 지금도 잘 팔리고 있다. 일부 독자들은 그녀의 외설적인 플롯들이 작가의 삶에 기반을 둔 것이 아닌지 추측하기도 한다. 아마도 그녀의 초기 '고백적 이야기들'이 이런 소문과 관계가 있으리라.

특유의 전형적인 순간들

V. C. 앤드루스의 소설들을 처음 접하는 독자라면 다음과 같은 요소들을 예상하라.

*V. C. 앤드루스 웹사이트(completevca.com)는 작가, 그녀의 경력, 그녀가 사망한 후 그녀의 이름으로 작품을 쓴 대필 작가들에 대한 훌륭한 자료 출처이다.

· **피를 마심**. 『다락방의 꽃들』에서는 음식이 부족하여 아이들이 맏이의 피를 먹고 살아가게 된다.

· **근친상간**. 가장 유명한 예는 『다락방의 꽃들』에서 금발의 천사 같은 남매들 사이의 관계이다. 하지만 앤드루스의 작품은 합의가 무시되는 문제적인 장면들을 묘사하기도 한다.

· **아동의 고문과 노예화**. 앤드루스의 소설에서 아이들은 잘 살지 못한다. 아이들에게는 종종 약이 투여되고, 중독되고, 타르가 발라지며(맞다, 독자가 제대로 읽었다), 그리고 때로 터무니없는 액수에 팔려 간다. 이런 부모는 대체 누구란 말인가?

· **아이를 공격하는 호랑이**. 미국에서. 이 일에 대해서는 두말할 필요 없겠죠. 아닌가요?

독서 목록

꼭 읽어야 할 것: 『다락방의 꽃들』을 읽고 멜로드라마적인 호러를 더 읽고 싶어졌다면, 돌런갱어 시리즈를 전부 읽어 보시라. 그다음 책들은 죽은 친척들의 영혼이 빙의되는 상황을 다루며, 아마 더욱 심란하게도 아이들 중 한 명이 복음 설교자가 된다.

또한 시도할 것: 『나의 사랑스러운 오드리나』는 1970년대 고전적인 열쇠구멍 표지(이런 표지에서는 표지 일부가 잘려 그 밑에 섬세한 삽화가 드러난다)를 드러낸다. 이 작품의 오리지널 페이퍼백은 이야기의 맛깔스러운

반전 엔딩은 차치하고라도, 이 표지만으로도 찾아볼 가치가 있다. 『다락방의 꽃들』은 몇 차례 영상화되었다. 1987년판에는 크리스티 스완슨(오리지널 〈버피 더 뱀파이어 슬레이어〉(〈루크 페리의 뱀파이어 해결사〉라는 제목으로 찾아볼 수 있다-옮긴이))이 네 남매에서 맏언니인 캐시 역으로 출연해서 강한 팬덤을 얻지만 이 영화는 책의 핵심 요소들을 잘못 해석했으며, 갈망하는 표정만 남긴 채 근친상간적 요소는 거의 지워낸다. 2014년, 라이프타임에서 엘렌 버스틴이 할머니로 출연하고 키에넌 시프카(넷플릭스 〈사브리나의 오싹한 모험〉에 출연하는)가 캐시로 출연하는 텔레비전 드라마가 만들어졌다. 완벽하진 않지만, 이 버전은 좀 더 원작에 가깝게 각색되었고 원작의 고딕과 호러를 더 충실히 반영했다.

관련 작품: 앤드루스의 팬이라면 청소년 호러와 스릴러 작품을 쓴 로이스 덩컨의 작품 역시 좋아할 것이다. 덩컨의 작품은 결코 앤드루스와 같은 방식으로 섹스나 근친상간을 다루지 않는다. 하지만 덩컨은 경계선을 더 밀어붙인다. 『그리핀 선생 죽이기Killing Mr.Griffin』(1978)에서는 십 대 청소년 한 무리가 어쩌다가 그들의 고등학교 선생님 중 한 명을 죽이게 된다. 유사하게, 『나는 네가 지난여름에 한 일을 알고 있다』(1973)에서는 고등학교 친구들이 자신들이 살인자를 숨겨 주고 있다는 것—그리고 살인자에게서 도망치고 있다는 것—을 알게 된다. 이 소설은 1997년에 영화로 만들어져 널리 알려졌다. 덩컨의 고딕 호러 소설로는 『어두운 복도 아래로Down a Dark Hall』(1974, 국내 출간: 자음과 모음, 2017)가 있다.

“

우리는 사고를
기대할 수 없어,
그리고 어려서 죽기를
기대할 수도 없지.

”

『다락방의 꽃들』

위어드 소설의 카프카

◆
◆
◆

캐테 코자 1960~

1991년에 델 퍼블리싱은 아비스 북스 임프린트를 통해 디트로이트 출신 작가 캐테 코자가 쓴 『암호The Cipher』를 출간했다. 코자의 첫 책인 이 소설은 지하실에 생긴 블랙홀에 관한 이야기로, 이 책의 두 주인공은 이를 '펀홀funhole'(애초에 이 책의 제목은 'The Funhole'이었지만 출판사 측에서 원제목을 거부했다. funhole은 여성의 질을 의미하는 비속어로 쓰인다-옮긴이)이라 부른다. 이 구멍에 떨어진 물건들은—살아 있는 쥐를 비롯해서—변한 상태로, 재배열되서 돌아온다. 그 플롯은 기본 설정에서 암시되듯 기이하고 기발하며, 소설 출간 즉시 코자는 주목할 만한 호러 창조자로 자리매김하게 되었다.

코자의 글은 기이하고 범주화하기 힘든 특성을 품고 있다. '서던 리치' 시리즈의 작가 제프 밴더미어는 〈위어드 픽션 리뷰〉에 실린 2012년 코자와의 인터뷰에서 그녀의 작품을 '카프카스럽다'고 일컬었다. 예를 들어 펀홀에 대한 그녀의 묘사는 이렇다.

"검정. 어둠도 아니고 빛의 부재도 아닌 살아 있는 검정… 순수한 검은색이자 맥박이 느껴지는, 특히 가까이 들여다볼 때면, 생물은 아니지만 살아 있는 무엇의 감각이, 아니, 심지어 무엇도 아닌 어떤—과정의 감각이 존재한다."

코자의 어법은 간결하고 불편하다. 그녀의 어조는 종종 불손하며 반항적이다. 펀홀과 다를 바 없는 코자의 문체는 독자를 완전히 사로잡아 '끝'까지 놔주지 않는다.

『암호』는 평단에서 엄청난 찬사를 얻었다. 이 작품은 브램 스토커상과 로커스 상에서 최고의 데뷔 문학상 부문을 수상했다. 또한 필립 K. 딕 상에 노미네이트되었다. 이 소설이 출간된 지 1년 뒤에 코자는 이번에도 아비스에서 두 번째 소설 『나쁜 뇌Bad Brains』를 출간했으며 이 책 역시 그녀의 첫 소설만큼이나 기이하다. 이 작품은 아내에게 이혼당한 뒤 우울에 빠져 새로운 작품을 창조하지 못하게 된 한 화가를 다룬다. 물론 이는 시작일 뿐이다. 그는 이내 머리 부상을 당하고, 이 부상 탓에 환각에 시달리며 조현병 환자 같은 행동들을 하게 된다. 그리고 악몽과 같은 여정이 이어진다.

코자는 곧이어 새로운 책들을 출간했다. 『피부Skin』(1993), 『이상한 천사들Strange Angels』(1994), 『뒤틀림Kink』(1996), 그리고 『극한Extremities』(1998). 그녀의 글에는 1990년대 호러의 울림이 있다. 날 것의, 날선, 록스타의 소리를 들을 때 기대할 법한 그 어떤 형용사들이. 예를 들어, 『피부』에서 주인공은 금속공예가로, 바디 호러를 예술로 이용해서 그랑기뇰풍 무대에 전시하는 지하 예술 단체를 발견한다. 이 책은 다량의 피, 신체 훼손, 절단, 고통, 가학피학성 성애를 담고 있다.

경계를 탐험하기

이 모든 독창적이고 소름끼치는 상상력 덕에 코자의 글은 평단에서 다수의 찬사를 얻었다. 『피부』를 평하면서, 〈커커스 리뷰〉는 이 작품을 윌리엄 버로스에 비견했다. 〈퍼블리셔스 위클리〉는 코자의 1998년 단편 모음집 『극한』의 몇 작품이 에드거 앨런 포와 유사하다고 했다. 『피부』의 주인공처럼, 코자는 소설의 경계를 밀어붙이면서 독자를 자신의 캐릭터들과 함께 불편한 장소로 이끈다. 이 불편한 장소들에서 그녀의 재능은 빛을 발한다.

2002년, 코자는 청소년 독자들을 위한 자신의 첫 책 『떠돌이 개Stray-dog』(국내 출간: 『길들지 않는 나를 찾습니다』, 내 인생의 책, 2008)를 썼다. 외톨이 레이첼을 중심으로, 그녀가 그르렁이라고 이름붙인 떠돌이 개와 우정을 찾아가는 이야기이다. 이 소설은 개의 관점에서 서술되며 거리 위에서의 고된 삶이 세세하게 묘사되고 때로 어둡다. 하지만 소설은 가장 그럴 법하지 않은 곳에서 우정을 찾아낼 가능성에 대한 희망을 제시한다. 그 뒤로 여섯 권의 책이 더 출간되었다.

맥밀란 출판사 웹사이트에 실린 인터뷰에서, 코자는 청소년을 위한 글쓰기에 대해 논했다.

"내가 가장 사랑한 소설 속 캐릭터들—루이즈 피츠휴의 해리엇(『스파이 해리엇Harriet the Spy』의 주인공-옮긴이), J. D. 샐린저의 홀든(『호밀밭의 파수꾼』의 주인공-옮긴이)과 프래니와 주이(『프래니와 주이Franny and Zooey』의 주인공들-옮긴이), 프란체스카 리아 블록의 위치 베이비(『위험한 천사들Dangerous

Angel' 시리즈 제2권의 주인공-옮긴이)—은 모두 고루한 생각들과 싸우는 이들이죠. 자신이 생각하는 바를 말하고, 자신의 당황스러움을 내보이고, 마음을 다해 사랑하는. 그들은 짜증나고, 웃기고, 열정적인 사람들이에요. 젊은 사람들이요."

코자의 남편인 일러스트레이터 릭 라이더는 그녀의 소설들 중 몇 편의 표지를 디자인했으며, 그 표지들은 그녀가 그린 수많은 외톨이이자 창조적인 캐릭터들의 예술가적 본성을 강조한다. 코자가 직접 고안한 창의적인 활동은 소설 너머까지 미친다. 코자는 너브Nerve라는 그룹을 조직했는데, 이 몰입형(다양한 장치를 통해 관객의 몰입감을 강화하는 예술기법-옮긴이) 퍼포먼스 그룹으로 그녀는 작가이자 감독으로 자리매김했다. 코자는 여전히 디트로이트에 살며—그리고 쓰며—우리는 늘 그녀의 다음 행보는 무엇일지 고대하고 있다.

독서 목록

꼭 읽어야 할 것: 캐테 코자의 책을 단 한 권만 읽는다면, 『암호』를 골라라.

또한 시도할 것: 2010년, 코자는 『양귀비 아래서Under the Poppy』를 출간했다. 사창가를 운영하는 두 명의 친구들, 데카와 루퍼트에 대한 역사적인 장편 소설이다. 데카는 루퍼트를 사랑하지만, 루퍼트는 데카의 형제를 사랑한다. 그는 순회 인형 극장과 함께 마을에 돌아와 데카의

삶을 방해한다. 코자의 극에 대한, 그리고 연극적인 기교에 대한 사랑이 이 소설에서 환히 빛난다. 소설은 2011년, SF, 판타지, 호러 장르에서 퀴어에 긍정적인 작품을 기리는 게이랙틱 스펙트럼 어워즈Gaylactic Spectrum Awards에서 최고 소설상을 수상했다.

관련 작품: 코자는 문학적으로 영향받은 작가 중 한 명으로 셜리 잭슨을 언급한다. 잭슨은 확실히 악몽 같은 여정과 정상 사회 바로 바깥에 존재하는 캐릭터들에 대한 코자의 애호를 공유했다. 코자와 유사한 작품을 찾는다면, 셜리 잭슨의 단편들, 「버스The Bus」, 「찰스Charles」, 「땅콩들과 함께 한 어느 평범한 날One Ordinary Day, with Peanuts」을 읽어 보라.

"

앤은 코트걸이처럼 몸이 구부러져,
그 구부러진 등은
보기가 괴로울 정도다.
그녀의 눈은 휘둥그레 뜨였고
텅 비었으며 그녀의 입에서는 마치
더러워진 검은 젤리 같은
어떤 물질이 흘러나오지만
너무 늦었다….

"

『사랑에 빠진 천사들Angels in Love』

악마의 적수

◆
◆
◆

리사 터틀 1952~

조지 R. R. 마틴은 『얼음과 불의 노래』에서 거대한 신화가 깃든 완전한 왕국을 창조한 것으로 유명하다. 하지만 용들과 근친상간적인 로맨스 이전에, 마틴은 SF와 호러 세계에서 페미니스트의 목소리를 대변하는 리사 터틀과 협업했다.

텍사스주 휴스턴에서 태어났지만 1981년 이후 영국에 기반을 둔 터틀은 대륙과 장르를 넘나드는 창조적인 작품을 생산하는 작가이다. 호러 쪽으로 기울긴 했지만, 그녀는 SF와 판타지 역시 출간했다. 그녀의 이야기들에는 항상 페미니즘이 가미되어 있으며, 대부분은 복잡한 여성 캐릭터를 선보인다. 터틀은 단편 소설들로 작가적 경력을 시작했다. 처음으로 출판된 작품은 단편 「집 안의 낯선 자Stranger in the House」(1972년 모음집 『클라리온Clarion Ⅱ』에 실렸다)였다. 그녀는 1974년 존 W. 캠벨 어워즈에서 최고의 데뷔 작가상을 수상했으며 첫 장편소설 『바람의 낙원Windhaven』(1981)을 마틴과 함께 썼다. 이 소설은 로커스 상에 노미네이트되었다.

2015년 작가 앤절라 슬레이터와 그녀의 웹사이트를 위한 인터뷰에서, 터틀은 이렇게 말했다. "저는 사실 이야기를 쓰거나 읽고 싶지 않은 순간을 기억할 수가 없어요." 15편의 장편, 동화책 시리즈, 다수의 단편 모음집과 모음집에 수록되지 않은 수많은 단편들, 네 편의 논픽션을 써 온 작가에게서 나온 말이니 그다지 놀랍지도 않다. 그녀의 논픽션에는 『페미니즘 사전Encyclopedia of Feminism』(1986), 그리고 보다 최근작인 『판타지와 SF 쓰기Writing Fantasy and Science Fiction』(2002)가 포함되어 있다. 슬레이터가 호러 장르에서 집 같은 편안함을 느끼는지 물었을 때, 터틀은 한 장르에 국한되는 것에 불편함을 표출하면서도 이렇게 시인했다. "나는 항상 소설에서 기이한 것, 이상한 것, 초자연적인 것에 이끌려 왔죠. 확실히 그런 분야가 내게 자연스러운 영역이에요."

기이한 것에 대한 터틀의 이런 친근함은 2013년 3월 〈라이트스피드Lightspeed〉에 실린 단편 「꿈 탐정The Dream Detective」에서 확연히 드러난다. 이 이야기와 함께 게재된 인터뷰에서 터틀은 색스 로머의 1920년 단편집 『꿈 탐정, 모리스 클로의 방식에 대한 약간의 설명The Dream Detective, Being Some Account of the Methods of Moris Klaw』이 이상한 것과 꿈들에 대한 아이디어들을 유발시켰다고 언급했다. 로머는 몹시 악랄하며 인종차별적인 캐릭터 후만추를 창조한 것으로 유명, 혹은 아마도 악명이 높다. 그는 또한 20세기 초에 유행했던 오컬트 탐정 소설을 쓰려고 시도하기도 했다. 그의 괴짜 캐릭터 모리스 클로는 폭력적인 범죄 행위는 뚜렷한 생각과 감정적인 잔여물을 남긴다고 믿었다. 그리고 기본적으로, 범죄 현장에서 잠시 수면을 취하는 것으로 범죄를 해결한다. 그가 조는 사이, 범죄에 대한 초자연적인 영감들이 그의 꿈에 영향을 미치고 그는 해답을 안고 잠에서 깨어난다.

터틀은 로머의 책에 대해 자신의 이야기에 차용된 그 제목 외에는 그다지 생각나는 바가 없다고 시인했다. 그녀에게 영감을 준 다른 한 가지는 꿈이었다. 그녀는 꿈속에서 범죄를 저지르고 이를 모면하는데, 이 꿈이 그녀에게 깊은 영향을 미쳤다. 스포일러를 피하기 위해, 우리는 「꿈 탐정」은 적당히 기이하며, 서서히 이야기를 쌓아가는 읽기 불편한 글이라는 정도만 이야기하겠다. 이야기의 화자는 저녁 데이트 상대에게, 그녀가 꿈속에서 벌어진 범죄를 해결하는 꿈 탐정이라는 이야기를 듣는다. 화자는 충격에 빠지고 방어적이 된다(왜인지 궁금하죠).

기묘한 친숙함

『바람의 낙원』 이후, 터틀은 토르에서 1983년 출간된 호러 소설 『친숙한 영혼Familiar Spirit』을 썼다. 한 젊은 여성, 세라가 새 집으로 이사를 가면서 그녀의 영혼을 소유하고 싶어 하는 분노에 찬 사악한 영혼의 방문을 받게 된다. 소녀는 어떻게 해야 할까?

『친숙한 영혼』은 그저 또 하나의 악마에 사로잡힌 소녀 이야기일 수 있었지만, 터틀은 흥미로운 선택들로 이 소설을 한층 새롭게 만든다. 우선, 터틀은 악마에 대항하기엔 무력하고 약한 소녀 앞에 사제가 나타나 주인공을 결박하고 그 몸을 제어하려는 영혼과 사투를 벌이는 이야기를 내세우지 않는다. 남성 사제(혹은 아버지)가 (주로 남성적인) 악마와 한 여성의 몸을 누가 통제할지를 두고 싸움을 벌이는 것은 가장 나쁘게는 가부장제에 해당되며 페미니스트인 터틀은 그런 요소는 전혀 원하지 않는다.

대신, 터틀은 호적수가 될 법한 주인공을 창조한다. 세라는 빈틈없고 똑똑하다. 그녀는 악마를 타파할 계략을 짜낸다. 자신이 할 수 있으며, 집에서 놈을 몰아내야 한다는 의무와 책임감을 느끼기 때문에.

페미니스트적인 견해는 제쳐두고라도, 『친숙한 영혼』에서 터틀은 완벽하게 훌륭한 호러 이야기를 써냈다. 그녀는 탁월한 이야기꾼이다. 그리고 혹 독자가 제목이 고양이와 관련되었다고 생각한다면—고양이란 마녀에게 친숙한 존재이니까—이 이야기에서 고양이들을 발견한다 해도 놀랍지 않으리라. 그리고 악마들도. 그리고 살인 두꺼비도.

터틀의 다른 책들은 장르를 뒤섞으며 호러와 초자연적인 서스펜스, 다크 판타지를 아우른다. 『잠자리 친구The Pillow Friend』(1996, 개정판 2005)에서는 꿈과 현실의 경계가 흐릿해지면서, 한 젊은 여성이 기묘한 도자기 인형을 맞닥뜨린다. 그녀의 이 '잠자리 친구'는 근사한 꿈을 제공하지만 대가가 따른다. 이 작품은 독자가 상상할 법한 모든 기이함과 불편함을 담고 있다. 『가브리엘Gabriel』(1988) 역시 호러와 기이함을 뒤섞는다. 한 여성이 남편과 다른 한 여성과 스리섬을 한 직후 남편이 죽음을 맞았던 도시로 돌아온다. 이제, 그 다른 여성도 돌아온다. 죽은 아빠의 환생이라고 주장하는 어린 소년과 함께. 그리고 그건 시작일 뿐이다.

독서 목록

꼭 읽어야 할 것: 당신이 읽는 첫 리사 터틀 책은 중고판을 찾을 수만 있다면, 절판된 『친숙한 영혼』이어야 한다. 2018년, 펭귄 랜덤하우스에서 터틀이 조지 R. R. 마틴과 함께 쓴 『바람의 낙원』을 각색한 그래픽 노블을 출간했다. 터틀이 각색에 참여했으며, 마블 코믹스의 엘사 샤르티에가 근사하게 그려냈다.

또한 시도할 것: 자신의 소설 『미스터리들The Mysteries』(2005)에서 터틀은 위어드 디텍티브 분야에 발을 담갔다. 이안은 실종된 사람들을 찾는 일을 전문으로 하는 사립 탐정이다(어릴 때 그 자신의 아버지가 수수께끼처럼 사라졌다). 그는 펄이라는 이름의 젊은 여성을 찾는 일을 맡게 되고, 이 수색은 그를 스코틀랜드의 하일랜드로, 그리고 켈트 신화가 허구가 아닌 세계로 이끈다.

터틀의 단편 소설에 관심이 있다고? 그녀는 『집 안의 낯선 자Stranger in the House』(2010)를 비롯한 단편집도 여러 권 출간했다.

관련 작품: 몇몇 신인 작가들이 터틀의 페미니스트적 호러의 발자취를 따르는 듯하다. 아르헨티나 출신 작가 마리아나 엔리케스의 단편집 『우리가 불 속에서 잃어버린 것들Things we lost in the fire』(2017, 국내 출간: 현대문학, 2020)은 때로 끔찍하고 소름끼친다. 그녀의 초자연적인 이야기들은 잔혹한 독재 정권을 배경으로 한다. 터틀처럼, 엔리케즈 역시 가슴이 찢어질 듯 인간적인 등장인물들을 내세워 강력한 공감을 이끌어낸다. 영국 작가 나오미 앨더만의 사변 소설 『파워』(2016, 국내 출간: 민음

사, 2020)는 여성이 신체적으로 남성을 지배할 능력을 가진 세계를 그린다. 그녀의 캐릭터들은 터틀이 아주 잘 그려내는 강인한 여성들은 연상시킨다. 언급할 만한 다른 작품으로는 디아블로 코디가 쓰고, 카린 쿠사마가 감독한 2009년 영화 〈제니퍼의 몸Jennifer's Body〉을 꼽겠다. 완벽하진 않지만, 영화는 터틀이 소설에서 그랬듯, 수많은 여성의 몸이 빙의되는 이야기들에서 드러나는 가부장적인 메시지를 반박하려 시도한다.

“

그건 고양이의 크기에 관한 거죠.
벌거벗은 것처럼 보이는,
가죽만 남고 털은 없는 피부에,
불룩하고 비율이 어긋난 몸을
지탱하기에는
너무 쇠약한 것처럼 보이는,
깡마르고 삐죽한 팔다리 말이에요.

”

『교체Replacement』

백설공주 다시 쓰기

◆
◆
◆

타니스 리 1947~2015

영국 작가 타니스 리는 성인과 청소년 독자 모두를 위해 다양한 장르에서 90권이 넘는 장편 소설과 200편 이상의 단편을 써낸 다작 작가이다. 그녀는 〈기이한 이야기들〉 잡지에 정기적으로 기고했고 또한 SF, 호러, 고딕, 판타지, 범죄, 스파이, 에로티카, 역사 소설들을 썼다. 그녀는 영국의 SF 드라마 〈블레이크스 세븐Blake's 7〉에 들어가는 두 편의 에피소드를 썼다. 그럼에도 불구하고 2015년 〈가디언〉에 실린 그녀의 부고에서, 영국 작가 로즈 카베니는 "그녀의 작품은 모두 하나의 목소리를 공유한다. …고스는 말할 것도 없고, 개인의 자율성과 관능적 충족에 대한 끊임없는 추구가 리의 캐릭터들을 섬망 직전까지 끌고 가는 고딕적인 감수성은 물론, 자기 만족적인 공감과 공존할 수 있는 격렬한 진실로 이끈다." 타니스 리의 경력은 반세기에 걸쳐 있지만 그녀는 1980년대 페이퍼백이 대유행하던 시기에 자신의 최고작들을 써냈다.

리는 전문 댄서인 힐다와 버나드 리(아니, 초기 제임스 본드 영화들에서 M

을 연기했던 그 버나드 리가 아니다)의 딸로 태어났다. 2012년 〈위어드 픽션 리뷰〉와의 인터뷰 중 자라면서 위어드 픽션을 접했느냐는 질문에 리는 이렇게 대답했다.

"저는 종종 번쩍이는 춤 공연장에서 자정까지 깨어 있곤 했어요. 그리고 부모님과 종종 햄릿이나 드라큘라, 라이더 해거드의 『그녀』에 대해 논하곤 했죠. 저는 이 모든 것에 어떤 영향력이 있었다고 믿어요."

당시엔 진단되지 않았던 난독증의 결과, 리는 8세까지 읽는 법을 배우지 못했다. 그녀는 자신이 혼자 읽을 수 있게 될 때까지는 열정적인 라디오 드라마 팬이었으며, 그 이후로는 게걸스러운 독자가 되었다. 그녀는 시어도어 스터전의 「실크의 속도The Silken Swift」와 같은 SF, 사키(헥터 휴고 먼로, 1870~1916, 사키Saki라는 필명으로 알려져 있는 영국 작가-옮긴이)의 기이한 이야기들, 그리고 디킨스, 셰익스피어, 체홉의 책들을 읽었다. 같은 인터뷰에서, 리는 호러, 고딕, 위어드라는 꼬리표 사이의 차이점을 인지했다. 하지만 놀랍지 않게도, 수많은 장르를 아우르는 리의 풍성한 결과물을 생각해 볼 때, 그녀는 그러한 장르들이 어떤 식으로 구분되는지보다 어떤 식으로 서로 교차하고 녹아드는지에 더 큰 관심을 보였다.

밴더미어 부부가 엮은 『기이한 것: 낯설고 음울한 이야기들』에 실린 그녀의 단편 「노랑과 빨강Yellow and Red」은 1950년대를 배경으로 하지만, 19세기 고딕이 가미된 유령의 집 이야기처럼 느껴진다. 밴더미어 부부는 20세기 초 영국 유령 이야기의 거장 M. R. 제임스가 쓴 「룬 주술 걸기Casting the Runes」(1911년에 롱맨스 그린에서 출간된 단편집 『더 많은 유령 이야기들More Ghost Stories』에 실린)의 메아리에 주목한다. 서술은 으스스한 공포, 스스로 확고하게 이성적이라 믿지만 자신들의 세계에서 벗어난 무엇을 직면한 화자들, 그리고 저 언제나 성가신 고고학적인 장소들을 아우른다. (언제쯤이면 호러 속 캐릭터들이 유물을 파내서 집에 가져오기를 그만둘까요?)

리의 이야기는 또 다른 제임스의 이야기를 연상시킨다. 1904년 에드워드 아놀드에서 출간한 단편집『골동품에 얽힌 유령 이야기Ghost Stories of an Antiquary』에 실린「메조틴트The Mezzotint」이다. 둘 다 영혼을 담는 기이한 매개체로 사진을 등장시킨다. 리의 화자는 위스키를 이용해서 자신의 가족사진, 혹은 그가 말하듯 "영혼을 드러내기 위해 영혼을 이용하는 것"에 포착된 끔찍한 것들을 밝혀내려 한다. 그의 가족 모두가 수수께끼 같은 진단할 수 없는 병에 걸려 나이에 상관없이 쇠약해진다. 그는 자신의 사라진 친척들에게 일어났을 법한 어떤 일의 뒷이야기를 서서히 알게 된다.

리는 아마도 DAW에서 출간된, 수상 경력에 빛나는 '평평한 대지Flat Earth' 시리즈로 가장 유명할 것이다. 이 시리즈는 1978년『밤의 주인Night's Master』으로 시작해서 2009년「유리의 통증The Pain of Glass」으로 이어지는 장단편 소설들로 이루어져 있다. 소설은 말 그대로 평평하고 네모지며 4개의 층위, 혹은 왕국들로 구성된 세계의 삶을 기록한다. 네 개의 왕국은 악마들이 지배하는 지하 세계, 사람이 사는 평평한 대지, 신들의 왕국인 천상 세계, 죽은 자들이 배회하는 땅속 세계로 구성된다. 이 시리즈는 천일야화의 맥락으로 서로 연결된 이야기들을 그려낸다. 이 작품들의 인기 덕에 DAW에서 출간된 타니스 리의 소설 중 가장 유명한 20권을 펭귄에서 재출간하게 되었고, 2015년 그 시작으로 『탄생의 묘The Birthgrave』가 출간되었다.

『탄생의 묘』는 한 이름 없는 여성이 자신이 누구인지 모르는 채, 휴면 중인 화산 한가운데에서 걸어 나오는 것으로 시작한다. 그녀는 잔혹하고 위험한 풍광 속으로 자신을 찾아가는 모험에 착수한다. 이 연대기의 첫 번째인 이 책은 작가들이 어떻게 1970년대와 1980년대의 호러 광풍을 초월하여 완전히 새로운 무엇을 창조했는지를 보여 주는 주요한 사례이다. 이 경우에는, 유령이 맴도는 사변 소설이다.

리는 암으로 사망할 당시에도 글을 쓰고 있었고, 미출간된 미완성 원고를 남기고 떠났다. 그녀는 1979년 『죽음의 거장Death's Master』으로 영국 판타지 문학상을 수상한 첫 여성이었다. 그녀는 2013년 평생 공로상을 비롯해 세계 판타지 문학상을 수차례 수상했다. 그녀의 수많은 수상 경력에는 2009년 세계 호러 컨벤션의 그랜드 마스터 상과 1975년과 1980년 두 번의 네뷸러 상 등이 있다.

독서 목록

꼭 읽어야 할 것: 『눈처럼 하얀White as Snow』(2000)은 백설 공주에 대한 타니스 리의 재해석으로 앤절라 카터의 다시 쓴 동화들에 비견되었다. 리의 이야기는 음울하며, 동화의 친숙한 요소들—분노에 찬 채 늙어

가는 여왕, 사냥꾼, 순수한 어린 여성, 그리고 작은 숲에 거주하는 친구들—에 데메테르 여신, 그녀의 잃어버린 딸 페르세포네의 신화를 뒤섞으며 엄마와 딸 사이의 복잡한 관계에 대한 작품을 탄생시켰다.

또한 시도할 것: 리의 '평평한 대지' 시리즈와 함께 그녀의 『탄생의 묘』 연대기—『탄생의 묘』, 『그림자 불Shadowfire』, 『화이트 위치를 찾아서Quest for the White Witch』(1975, 개정판 1978)도 21세기 독자들에게 인기를 얻고 있다.

『불안한 그녀의 노래Disturbed by her Song』(2010)에서 리는 자신의 두 캐릭터, 에스터 가버와 주다스 가바를 공동 저자에 올렸다. 그들은 각자 자기 이야기를 하는데, 리와 에스터는 몇몇 이야기를 함께 하기도 한다. 캐릭터와 작가 사이의 이러한 모호한 경계, 혹은 심지어 채널링으로 글을 쓴다는 이런 아이디어는 화자에 대한 독자의 기대를 한껏 고취시킨다. 이야기는 동성연애와 성적인 것에 초점을 두고 있으며 이 단편집은 최고의 LGBT SF, 판타지, 호러에 수여하는 람다 어워드에 노미네이트되었다.

“

있잖아,
그건 웃기는 동물처럼 보였어.
손 달린 뱀 같은 것 말이야—
그리고 얼굴이 있는.

”

「노랑과 빨강」

제7부

—

뉴 고스

◆

고딕이 돌아왔다. 하지만 고딕이 정확히 무엇일까? 이 용어의 의미는 파악하기 힘들다*. 보다 적절하게 말하자면, 애매하다. 대개는 '분위기 있는' 혹은 '매력적인' 혹은 다른 비슷하게 모호한 형용사로 쓰인다. 일반적으로 '고딕 호러'라는 표현은 그 분위기가 우울하고 주인공들이 음울한, 쓸쓸한, 그리고 아마도 검은 옷을 입는 창작품을 묘사하는 문구였다. 로맨스, 시대극, 그리고 황량함 역시 떠오른다. 벨벳 옷을 입은 슬픈 소녀가 자신의 음울한 저택에서 맴도는 모습을 상상해 보라. 그녀의 애인은 뱀파이어이거나 적어도 그와 아주 비슷한 존재일 것이다. 또한 고딕적이리라. 앞서 언급한 저택에 한 무리의 유령이 출몰한다면.

하지만 제1부에서 논했듯이, 고딕 소설은 강한 문학적 전통과, 어둡고 허물어져 가는 성을 침울하게 헤매고 다니는 이상의 핵심적인 특성들이 있다. 고립, 나약함, 가족간의 분쟁, 숨겨진 비밀의 분출과 같은 주제를 다루는 소설은 이야기가 황야를 배경으로 하든, 시골 농가를 배경으로 하든, 혹은 도시 배경이든 뭐든 간에 의심할 바 없이 고딕적이다.

* 고딕 로맨스의 사례와 같이 고딕이 모든 장르의 혼재를 늘 포용해왔던 것처럼, 최근 몇 년 사이 고딕의 급증은 호러 소설에만 제한되어 있지 않다. 케이트 모턴, 『희미한 시간The Distant Hour』(2010)과 오드리 니페네거 『그녀의 두려운 맞수Her Fearful Symmetry』(2009, 국내 출간: 『내 안에 사는 너』, 살림, 2010)를 읽어 보라. 이 작가들은 카슨 매컬러스와 플래너리 오코너 같은 남부 고딕의 문학적 전통을 따른다.

우리가 신 고딕이라 부르는, 이런 문학적 전통을 기반으로 하는 현대의 이야기들은 18세기 고딕 소설의 엄격한 규칙들을 뒤로하고 대신 초자연적인 것을 아우르는 세계의 현실을 이해하려 애쓰는 주인공들에 초점을 둔다. 전통적인 고딕 이야기에서는 여주인공의 순결이 위험에 처하곤 했다. 현대의 고딕 소설에서도 주인공은 여전히 (대개) 여성이지만, 오늘날 위험에 처하는 것은 그녀의 정신이다. 그녀는 초자연적인 힘과 현실에 대한 통제를 잃을 위기에 맞서 분투한다.

신 고딕 작가들은 또한 그들의 선조들이 저지른 잘못 중 일부에 대한 '조정책'을 제시한다. 예를 들어 18세기 고딕 소설에서는 이탈리아나 스페인 사람(혹은 영국인이 아닌, 혹은 백인이 아닌)이란 악당임을 간단하게 전달하는 것이었다. 현대의 고딕 작가들은 21세기 독자들이 보다 공감하기 쉬운 다양한 범주의 캐릭터들을 창조하며 이런 전통에 반기를 든다.

고딕은 사실, 결코 유행을 벗어난 적이 없지만, 고딕 호러라는 이 새로운 경향은 20세기 중반 셜리 잭슨의 『우리는 언제나 성에서 살았다』(1962), 마이클 맥도웰의 『원소들The Elementals』(1981), 스티븐 킹의 『샤이닝』(1977) 같은 소설들이 등장하며 나타나기 시작했다. 신 고딕은 기예르모 델 토로의 〈크림슨 피크〉 같은 영화나 쇼타임의 〈페니 드레드풀〉, 넷플릭스의 〈그레이스Alias Grace〉 같은 TV 시리즈로 정형화되었다. 이런 유행은 또한 코믹스와 그래픽 노블에서도 드러난다. 에밀리 캐롤의 『숲으로Through the Woods』(2014)와 같은 작품은, 잔혹 동화처럼 읽히는 다섯 편의 극찬받은 그래픽 호러 스토리 모음집이다.

문학에서 가장 고딕적인 동시대 작가는 아마도 앤 라이스일 것이다. 그녀의 작품은 옛 남부의 무성한 분위기가 가득하다(나뭇가지 모양의 촛대들로 장식되었고, 나무가 줄지은 진입로는 늘어진 스페인 이끼로 구분 지어진 저택들을 생각해 보라). 하지만 그녀는 시적인 영웅과 순결한 아가씨의 러브스토리를 두 남자의 로맨스로 바꾸면서 고딕 서사를 새롭게 창조했으며, 뉴올리언스의 지저분한 도심지 속 취약한 곳을 배경으로 이야기를 서술한다.

헬렌 오이예미, 수전 힐, 세라 워터스 같은 작가들은 각각 자기만의 뚜렷한 방식으로 내면의 공간에 갇힌 고딕 여주인공을 창조한다. 앤절라 카터는 고딕 동화의 여왕 자리를 일구어 냈다. 그리고 아프로퓨처리스틱(〈블랙팬서〉의 '와칸다'처럼 아프리카 원주민의 문화, 역사와 미래 기술을 융합시킨 문화양식을 일컫는 용어-옮긴이) 뱀파이어들을 창조한 주엘 고메즈는 앤 라이스의 후계자라 할 법하다. 여러 면에서, 고딕 소설의 규칙들은 더 이상 적용되지 않는다. 어떤 곳이든 초자연적인 것에 사로잡힐 수 있다. 주인공의 마음속까지도.

이런 작가들이 고딕이 어디서 시작됐는지 잊었다고 말하는 것은 아니다. 특히 청소년 독자를 대상으로 글을 쓰는 신 고딕 작가들은 고딕과 십 대의 경험 사이의 관련성을, 그 분출하는 호르몬이며 치닫는 감정들, 음침하고 우울해지기 쉬운 경향성과 아우르는 듯하다. 키얼스턴 화이트의 『엘리자베스 프랑켄슈타인의 음울한 후계자The Dark Descent of Elizabeth Frankenstein』(2018)는 메리 셸리의 고전 소설을 청소년 독자를 위해 다시 쓰고 있다. 고아인 엘리자베스는 모든 것을 잃고 프랑켄슈타인 일가로 보내졌고 그곳에서 외톨이 빅터와 친구가 된다. 자라면서 두 친구는 점점 더 친밀해졌지만 엘리자베스는 빅터와의 로맨스가 자신의 삶을 어두운 소용돌이로 이끈다는 사실을 깨닫는다. 화이트는 이전에도 고딕 소재를 다시 쓴 적이 있다. 그녀는 청소년 소설 『그리고 나는 어둠에 빠진다And I Darken』, 『이제 나는 일어선다Now I Rise』, 『밝게 우리는 타오른다Bright We Burn』(2016, 2017, 2018)를 썼다. 이 연대기는 드라큘라 남매를 묘사한다. 우리는 브램 스토커도 이 작품에 만족하리라 생각한다.

청소년 소설을 쓰는 또 한 명의 신 고딕 작가로 매들린 룩스가 있다. 그녀의 정신병원 시리즈(『정신병원Asylum』, 『내실Sanctum』, 『지하묘지Catacomb』, 2016)는 예전에 정신병원으로 이용되었으며, 여전히 과거에 사로잡혀 있는 기숙사를 배경으로 한다. 하지만 그녀의 소설 중 고딕적인 배경을 가장 잘 품은 것은 『복수의 여신들의 집House of Furies』(2017~2019)이다. 17세 소녀가 샬럿 데커나 메리 셸리의 어느 소설에서든 나올 법한 콜트디슬 저택에 하녀로 들어온다. 집과 그 소유주 미스터 모닝사이드는 비밀로 가득하고, 모든 손님들이 과거의 죄로 처벌을 받으면서 그 집은 그곳에 머무는 이들에게 악몽과 같은 감옥이 된다.

신 고딕을 아우르는 성인 소설이라면, 애니아 알본을 고려해 보라. 어린 시절, 알본은 묘지에 매료되었고 모든 묘지마다 꽃이 놓이도록 신경을 썼다. (이런 부분은 메리 셸리의 재림처럼 느껴진다. 메리 셸리의 묘지에 대한 매혹은 증거가 많다) 알본의 호러 소설들은 그녀의 고딕적인 감수성을 여실하게 드러낸다. 『형제』(2015)는 어두운 비밀을 간직한 한 빈곤한

애팔래치아 지방의 가족에 대한 이야기이다. 『새를 먹는 사람The Bird Eater』(2014)과 『이 벽들 안에서Within These Walls』(2015)는 유령이 들린 집들을 묘사하지만 이 책들의 진정한 고딕적 특성은, 초자연적인 무엇을 대적하기 이전에 극복해야 할 과거가 있는, 고뇌에 시달리는 주인공들에 작용한다. 고딕 호러에 재차 부여된 관심은 현대의 공포에 대한 응답일지도 모른다. 특히, 기술이 아찔한 속도로 발달하면서 이 새로운 혁신들이 어떤 결과를 불러올지 예측하기 어려운 시대에 대한. (안녕, 블랙 미러[기술 발달이 불러오는 예측 불가한 미래의 여러 에피소드를 다루는 영국 드라마 시리즈-옮긴이]) 호러는 항상 카타르시스를 불러왔다. 호러는 독자가 안전한 장소에서 공포를 경험하고 위험에 맞설 수 있게 해 준다. 세상은 비록 끊임없이 변화하지만(때로는 무서운 방향으로), 신 고딕 소설에서 우리 앞에 출몰하는 유령들은 친숙하다. 유령이 들린 장소 역시 그러하다. 그 장소들은 미래에 대한 걱정에서 우리의 눈을 돌려 과거를 상기시키는 무성하고 썩어 가는 장치이다.

이유야 어떻든, 『오트란토 성』 이후 250년 세월이 지나도록 독자도 작가도 아직은 고딕적인 장치들에 질리지 않은 것 같다.

저주받은 자들의 여왕

◆
◆
◆

앤 라이스 1941~

뉴올리언스에 방문한 적이 있는 사람이라면 이 도시에 어떤 이상한 마법이 깃들어 있다고 말해 줄 것이다. 이곳은 다양한 문화들이, 종교적인 상징들과 부두 인형이 모호하게 뒤섞인 용광로 같은 곳이다. 밤은 길고—뜨겁고 축축하며—시끄러운 음악과 술의 힘을 빌려 흥청대는 사람들이 줄을 잇는다. 낮은 환하다. 프렌치쿼터(뉴올리언스에서 가장 오래되었으며 역사 지구로 지정된 도시-옮긴이)의 아침은 비누와 말 냄새를 풍긴다. 오후는 검보(스튜와 비슷한 걸쭉한 요리-옮긴이)와 삶은 가재 냄새와 목련 꽃 향기가 넘쳐난다.

그리고 거기에는 이 도시의 민간전승들이 있다. 뉴올리언스는 뱀파이어와 부두 여왕과 마녀와 유령 해적의 도시이다. 마담 라 로리가 1800년대 초에 사람들을 고문하고 살해했다고 전해지는 곳이다. 재즈를 사랑하는 일명 도끼남자가 1918년과 1919년에 희생자를 찾아 거리를 활보했던 곳이다.

앤 라이스만큼 뉴올리언스의 설화와 밀접하게 관련된 작가는 없다. 이 도시에서 나고 자란 라이스는 아버지의 이름을 따서 하워드라고 이름 지어졌지만, 1학년 때부터 앤이라는 이름을 쓰기 시작했다. 고등학생 때 가족과 함께 텍사스로 이주해서 몇 곳의 대학에 다녔던 라이스는 중퇴하고 친구와 함께 샌프란시스코의 하이트 애시버리 지구로 이주했다. 그녀는 고등학교 때 만난 스탠 라이트와 연락을 계속했고 이 둘은 그녀가 텍사스를 방문하는 동안 다시 만났다. 그들은 1961년에 결혼하여 캘리포니아로 이주했고 그곳에서 앤은 학교로 돌아갔다. 그녀는 1972년 샌프란시스코 주립대학에서 영문학과 문예창작으로 석사 학위를 받았다.

1966년에 부부는 첫 아이를 가졌고, 미켈레라는 이름의 이 딸은 고작 5년 뒤에 암으로 죽었다. 라이스는 절망적인 상실 뒤에 창작에 전념했고, 부분적으로는 사후 생명의 가능성이라는 매력 때문에 뱀파이어 캐릭터를 창조하게 됐다고 말했다. 1978년에 라이스는 아들, 크리스토퍼를 낳았는데 그는 현재 어머니처럼 성공한 작가이다. 전업 작가로 전향하기 전, 그녀는 가족을 부양하느라 별별 일을 다 했다—그중에는 웨이트리스와 보험 심사관도 있다.

그녀의 첫 책 『뱀파이어와의 인터뷰』는 1976년 크노프에서 출간되었다. 이 소설은 출간 즉시 성공을 거두었고, 전부 15권으로 구성된 라이스의 유명한 '뱀파이어 연대기' 시리즈의 토대가 되었다. 그리고 이 작품은 이 철저히 고딕적인 캐릭터에 새로운(끝나지 않는) 생명을 불어넣었다.

매끄러운 스토리라인은 사라졌다. 여기에는 피에 목마른 악마의 손아귀에서 비틀거리는 처녀도 없다. (혹은, 적어도 주된 줄거리는 아니다) 대신, 라이스의 뱀파이어들은 존재에 관한 딜레마에 직면하며, 그들의 죽지 않는 본성이라는 현실에 대응하려 분투한다. 라이스의 캐릭터인 레스타 드 리옹쿠르는 브램 스토커의 드라큘라를 상당히 직접적으로 재현했다. 그는 자신의 힘을, 불멸을, 부와 특권을 사랑한다. 하지만 그의 동료 루이 드 푸앵트 뒤 락은 자신의 양심과 씨름하며 죄책감을 표출하고 인간의 생명을 취하는 것에 회한을 느낀다. 아마도 뱀파이어 실존주의의 가장 탁월한 사례는, 어릴 때 뱀파이어가 되었기 때문에 자신이 결코 육체적으로 나이 들지 않는다는 사실을 깨닫고 두려움에 젖는 캐릭터 클라우디아에서 찾을 수 있을 것이다. 정신적으로는 나이에 맞게 성숙했지만, 그녀의 죽지 않는 몸은 영원히 사춘기가 되지 않은 아이의 그것에 머물게 되리라.

라이스의 독자들은 이 모든 것에 열광했다.

이 작품들은 너무도 인기를 끌어서 할리우드마저 흥미를 가졌다. 영화 판권은 즉시 팔렸지만 실제로 제작되기까지는 20년이 걸렸다. (대중문화 평론가 에릭 디아즈는 2018년 7월 〈너디스트Nerdist〉 기사에서 이 지연이 소설의 에로틱한 내용과 관련이 있다고 추측했다) 마침내, 1994년에 톰 크루즈와 브래드 피트가 〈뱀파이어와의 인터뷰〉 영화에 출연했다. 라이스는 크루즈를 주인공으로 캐스팅한 결정에 회의적이었지만(그리고 자신의 불신을 공공연하게 표출했다), 일단 영화를 보자 그녀는 이 영화를 좋아했다*. 후속 작품 중 하나인 『저주받은 자들의 여왕』은 2002

* 주디 브레너, "라이스의 얼굴: 크루즈는 레스타트다 〈뱀파이어와의 인터뷰〉 상영 뒤, 작가는 그의 연기를 칭찬한다", 〈로스앤젤레스 타임스〉, 1994년 9월 21일.

년에 스튜어트 타운센드 주연으로 영화화되었다. 2018년 7월에 훌루에서 『뱀파이어 연대기』를 TV 시리즈화하는 작업이 진행 중이며 라이스와 그녀의 아들인 크리스토퍼가 작가와 제작자로 참여할 것이라고 밝혔다(해당 계약은 2019년 하반기에 무산되었지만, 2020년 AMC에서 새로 계약을 맺으면서 앤 라이스와 그의 아들 크리스토퍼가 동일하게 제작에 참여할 것이라는 소식이 있다-옮긴이). 라이스의 가장 유명한 캐릭터 레스타의 각색이 30년 가까이 지속되는 것은 뱀파이어가 실제로 결코 죽지 않는다는 것을 증명한다(적어도 할리우드에서는).

믿을 수 없는

라이스는 36권의 책을 써냈으며, 그중에는 시간 여행, 천사, 그리고 청부살인업자들이 등장하는 기독교적인 시리즈(『세라핌의 노래Songs of the Seraphim』, 2011~2012), 마녀들로 구성된 메이페어 가족에 관한 시리즈, 마법을 쓰는 늑대들에 관한 책들, 그리고 종종 에로틱한 분위기로 재해석한 동화들이 있다.

그녀의 작품을 전체적으로 들여다보면, 단일한 패턴을 파악해 내거나 어느 한 범주로 집어넣기 힘들다. 대략적으로 말하자면, 그녀는 특히 고딕풍의 뉘앙스를 품은, 때로는 에로틱한 요소가 섞인 초자연적인 소설을 쓴다.

한때, 라이스는 뱀파이어 이야기를 떠나 자신의 종교적인 신념을 옹호하는 책을 썼다. 가톨릭을 믿는 가정에서 자란 그녀는 1998년, 믿음을 새로이 다지기 전까지 공공연한 무신론자였다. 이 시기에 그녀는 회고록 『어둠에서 불려 나와: 영혼의 고백Called Out of Darkness: A Spiritual Confession』(2008)과 '그리스도 나의 주님Christ the Lord' 시리즈, 예수 그리스도의 삶을 그리는 두 권의 소설(2005, 2008)을 썼다. 그런 뒤 라이스는 2010년 7월 28일 페이스북에 종교 단체를 떠나겠다고 선언했다. 그녀는 "나는 늘 그렇듯 그리스도에 헌신하겠지만 '기독교인'이 되거나 기독교의 일부가 되지는 않겠다. 단적으로, 이 걸핏하면 다투고, 적대적이며, 논쟁적이고 마땅히 악명 높은 단체에 '소속'되는 것이 내게는 불가능하다"고 언급했다. 라이스가 가톨릭교회와 궁극적으로 결별한 한 가지 이유는 교회가 동성 관계를 받아들이기를 거부했기 때문이다.

종교와 결별한 후, 라이스는 초자연적인 시작점으로 돌아와 『레스타 왕자와 아틀란티스 왕국Prince Lestat and the Realms of Atlantis』(2016)을 썼고, 아들과 『저주받은 람세스, 클레오파트라의 열정Ramses the Damned: The Passion of Cleopatra』(2017)을 공동 집필했다. 2016년 7월 27일 〈가디언〉과의 인터뷰에서 라이스는 『레스타트 왕자와 아틀란티스 왕국』을 "나의 가장 원대한 개인적 모험 중 하나"라고 불렀다.

종교적 신념이 자신의 소설에 영향을 미치려는 것에 투쟁하는 앤 라이스의 개인적인 사투는 전체적으로는 고딕적인 상상력에 대한 비유처럼 보이기도 한다. 전통적인 기독교 신화는 뱀파이어적인 요소를 묘사하는 데 오랜 역할을 해왔다(예: 십자가상들). 그리고 그 시작부터 고딕 문학은 사악한 수도사들과 수녀원에서 살도록 보내진 여성들로 가득했다. 하지만 라이스의 이야기들처럼, 종교는 신 고딕 이야기들과 몬스터, 뱀파이어, 기타 등등에서 근본적인 요소가 아니다. 오늘날 뱀파이어들은 십자가와 성수보다 훨씬 더 크고, 더 나쁜 것들을 두려워한다. 이런 유물들이 우리 문화에서 그 영향력을 잃어가는 것처럼, 그것들에 신경 썼던 구(舊) 고딕의 뱀파이어들 역시 그렇다.

독서 목록

꼭 읽어야 할 것: 앤 라이스는 뱀파이어를 훨씬 뛰어넘는 것을 썼다. 1997년 크노프에서 출간한 『바이올린Violin』은 그녀가 쓴 유령 이야기이다. 그녀의 작품이 대부분 그렇듯 역사적 사실이 풍부하며 19세기 비엔나부터 현재의 뉴올리언스와 리우데자네이루까지 넘나들며 세 음악가의 이야기를 펼친다.

또한 시도할 것: 라이스의 작품 중 상당히 간과된 작품은 『마녀의 시간The Witching Hour』(1990, 국내 출간: 『위칭 아워』, 여울기획, 1990, 현재 절판)으로 시작하는 메이페어 마녀들의 연대기이다. 이 소설은 자신에게 마법 능력이 있다는 사실을 깨달은 여성이라는 친숙한 플롯을 취하며 역사적 사실과 전설을 엮어내어 이야기를 생생하게 만든다. 1840년대 뉴올리언스에서 자유인으로 살아가는 유색인들에 대한 역사적 소설인 『모든 성인들의 축제The Feast of All Saints』(1979)는 2001년 쇼타임에서 미니시리즈로 각색했고 제임스 얼 존스, 포레스트 휘태커, 어사 키트, 팜 그리

어가 출연한다.

관련 작품: 풍부한 역사적 태피스트리 가운데 자리한 뱀파이어들의 팬이라면 첼시 퀸 야브로의 글을 즐길지도 모르겠다. 그녀는 『호텔 트란실바니아Hotel Transylvania』(1978)에서 생제르맹 백작이라는 캐릭터를 창조했으며 장단편 소설 시리즈를 통해 캐릭터를 발전시켰다.

“

악은 언제라도 가능하죠.
그리고 선은 영원히
어려운 것입니다.

”

『뱀파이어와의 인터뷰』

페미니스트적인 동화의 이야기꾼

◆
◆
◆

헬렌 오이예미 1984~

동화란 보편적이다. 최근까지도, 우리는 우리가 전파하는 메시지가 좋은지 나쁜지에 대해 별다른 생각 없이 아이들에게 동화를 이야기해왔다. 우리들 대다수가 읊어왔던, 혹은 어린 시절 들어왔던 이야기들—인간이 되기 위해 자신의 목소리를 맞바꾼 인어, 숲속을 걷다가 마녀를 만나게 된 남매—은 한때 훨씬 더 어둡고, 보다 불편한 이야기들이었다. 그림 형제판 신데렐라('재투성이 아가씨'라고 제목 지어진)에서 신데렐라의 의붓언니들은 자신들의 잘못에 대한 벌로 새들에게 눈을 쪼아 먹힌다(그리고 이것은 그들이 저 악명 높은 구두에 발을 밀어넣기 위해 자기들 발 일부를 잘라낸 다음이다).

헬렌 오이예미는 동화란 근원적으로 호러 이야기—우리에게 우리 자신과 우리의 사회적인 처신에 대해 말해 주는 교훈적인 이야기—라는 것을 이해하고 있다. 오이예미는 네 살 때 나이지리아에서 영국으로 이주했다. 런던 남부 루이셤에서 자란 그녀는 게걸스러운 독서가였다. 하지만 책이 만족스럽지 않은 결말로 끝나면(그녀는 『작은 아씨들』

에서 베스의 죽음을 예로 들었다), 자신을 위해 그 결말을 다시 썼다. 그녀의 창작에 대한 열정은 아직 십 대일 때 활짝 꽃을 피웠다. 그녀는 런던의 카디날 본 메모리얼 부속 중고등학교에 재학 중일 때 첫 책인 『이카루스 소녀The Icarus Girl』(2005, 국내 출간: 2014, 문학동네)를 썼다. 이 소설은 나이지리아의 설화를 변주한다. 옛날 옛적에 주변과 잘 어울리지 못하는 한 소녀가 있었다. 그러다 소녀는 친구를 한 명 사귀었다. 하지만 그 친구―정체가 모호한, 거의 도플갱어에 가까운 소녀 틸리틸리―는 그다지 착하지 않다. 특히 이웃의 불량배들을 상대할 때면. 오이예미의 데뷔작은 평단의 찬사를 얻었고 이는 뒤이은 그녀의 작품들에도 이어졌다. 그녀의 작품들은 설화와 동화를 바탕으로 하며 솜씨 있게 캐릭터의 현실을 뒤틀어 무엇도 선명하지 않다. 오이예미의 글에서 나타나는 현실 세계와 초자연적인 세계 사이의 긴장은 신 고딕에서 가장 선두에 있다. 『이카루스 소녀』의 다음 작품은 『맞은편 집The Opposite House』으로, 대체 세상을 향하는 두 개의 문과 두 소녀에 대한 이야기이며 쿠바의 신화에서 영감을 받았다.

그녀의 세 번째 책 『마법을 위한 하양White Is For Witching』(2009)은 현대 고딕 소설의 모든 장치를 다 품고 있다. 한 젊은 여성이 음식이 아닌, 분필이나 흙 같은 물질을 소비하는 충동을 일으키는 섭취 장애인 이식증에 시달린다. 어머니가 죽은 뒤로 그녀의 정신 상태는 악화될 뿐이고, 그녀는 아버지와 쌍둥이 형제와 함께 어떤 집으로 이주한다. 그녀의 아버지는 이 집을 민박집으로 바꾸고자 하지만 이 집은 마치… 인격이 있는 것만 같고, 그다지 좋은 인격은 아닌 것 같다. 이 소설은 제노포비아 같은 현대적인 문제를 제시하면서 유령 들린 집, 정신 이상으로 분투하는 여성, 쌍둥이로 인해 배가되는 기묘함과 같은 전통적인 고딕 요소들을 아우른다.

〈가디언〉과 가진 2014년 인터뷰에서, 오이예미는 『마법을 위한 하양』이 "유령 들린 집 이야기라는 장르를 확장하는 것에 관한 내용"이라고 말했다. 서술은 각 캐릭터가 번갈아 맡고, 심지어 집도 자기만의 목소리를 낸다. 오이예미의 문장은 아름다운 만큼이나 실험적이다. 그녀는 이 작품으로 평단의 상당한 주목을 받았으며 2010년 서머싯 몸 상을 수상했고 셜리 잭슨 상에서 최고의 자리에 올랐다. 오이예미의 기타 작품들은 보다 독자에게 친숙할 법한 이야기들을 탐구한다. 『소년, 눈, 새Boy, Snow, Bird』(2014)에서 그녀는 백설 공주 이야기에 딴지를 건다. 비록 이번엔 1950년대 미국이 배경이고 백설이란 이름은 인종적인 수용(racial passing. 인종이 다른 집단 간에도 서로를 받아들일 수 있다는 의미이지만, 원래 이 용어는 과거에 미국에서 차별을 면하기 위해 백인 다수의 문화에 동화되려고 했던 유색 인종을 묘사하는 말이었다-옮긴이)에 대한 언급이지만. 이 책은 로스앤젤레스 타임스 선정 우수 도서 최종 후보작으로 올랐다. 『생강빵Gingerbread』(2019)은 그 제목을 명백히 동화, 설화, 판타지 속 어디에나 만연한 저 쿠키에서 빌려왔다.

오이예미의 소설 『미스터 폭스Mr. Fox』(2011, 국내 출간: 『미스터 폭스, 꼬리치고 도망친 남자』, 2014, 다산책방)는 프랑스의 파랑새 설화를 재해석한다. 미스터 폭스는 아내인 대프니를 사랑하는 영국 작가이다. 하지만 그는 또 다른 연인, 메리 폭스Foxe도 사랑한다. 보다 복잡한 요소는, 메리 폭스가 상상의 존재—미스터 폭스의 뮤즈라는 것이다. 이 소설은 어둡고 불안하다. 메리 폭스는 단순히 정신적인 캐릭터가 아니다. 또다시, 오이예미는 현명하게 그리고 솜씨 좋게 온갖 마법과 좌절을 버무려 잔혹 동화와 인간관계에 대한 이야기를 결합시킨다. 고딕 소설과 전통적인 동화들은 모두 전형적으로 여성이나 아이들의 희생을, 그리고 불편한 가족사를 언급한다. 여성 작가들은 이 두 가지 형식을 이용해 취약한 캐릭터들을 만만찮은 주인공들로 다시 그려내면서 억압에 맞서 싸워왔다.

독서 목록

꼭 읽어야 할 것: 고딕풍 유령이 나오는 집 이야기에 관심이 있다면, 『마법을 위한 하양』에 후회하지 않을 것이다. 앞서 기술한 오이예미의 다른 소설들은 그보다는 불안한 기이한 것 쪽에 가깝다.

또한 시도할 것: 비록 젊지만, 오이예미는 이미 호러 작가로서 명성을 구축했다. 그녀는 2005년에 두 편의 희곡을 출간했다. 『주니퍼가 하얘지다Juniper's Whitening』와 『피해자되기Victimese』가 그것이다. 이 희곡들은 한 권에 수록되었으며 블룸스버리 출판사의 메슈언 드라마 임프린트에서 출간되었다. 2016년에, 그녀는 단편집 『네 것이 아닌 것은 네 것이 아니지What Is Not Yours Is Not Yours』를 출간했고 이 책으로 펜 오픈북 상을 수상했다.

관련 작품: 오이예미의 동화를 재해석한 이야기의 팬이라면 카먼 마리아 마차도의 단편집 『그녀의 몸과 타인들의 파티Her Body and Other Parties』(2017, 국내 출간: 문학동네, 2021)을 즐겁게 감상할 수 있을 것이다. 전미 도서상 최종 후보에 오른 이 작품은 가장 오래된 동화와 도시 괴담 속 반(反)페미니스트적인 정서를 아우르면서 이 이야기들에 반전을 덧붙인다.

아르헨티나 출신 작가 사만타 슈웨블린은 동화라기보다는 악몽과 같은 글을 쓴다. 그녀의 소설 『피버 드림Fever Dream』(메간 맥도웰 번역, 2017, 국내 출간: 창비, 2021)은 엄마와 아이의 관계에 초점을 두고 악몽 같은, 그리고—음—열에 들뜬 꿈과 같은 방식으로 묘사한다. 과거와 현재가 『마법을 위한 하양』에서 그렇듯 한데 어우러져 피를 흘린다. 거의 시적인 특성을 가진 오이예미의 글을 좋아한다면, 음울한 시 부문에서 브램 스토커 상을 수상한 린다 애디슨의 작품을 읽어 보라.

인터뷰에서, 오이예미는 영감을 준 작가로 켈리 링크를 언급하며 그녀의 단편 「전문가의 모자The Specialist's Hat」를 특히 좋아한다고 말했다. 이 작품은 오이예미의 이야기들과 조숙한 아이들, 쌍둥이, 마술적 사실주의 느낌(비록 흑마술적인 사실주의이지만)과 같은 장치들을 공유한다.

“

하지만 그렇다면,
‘나는 너를 믿지 않아’는
괴물을 죽이는
가장 잔혹한 방식일 거예요.

”

『마법을 위한 하양』

현대의 고딕 유령 제조자

◆
◆
◆

수전 힐 1942~

평론가들과 독자들은 탁월한 유령 이야기 작가를 생각할 때면, 대개 헨리 제임스나 M. R. 제임스, 엘리자베스 개스켈, 찰스 디킨스와 같은 19세기 이름들을 떠올린다. 어떤 이들은 보다 최근의 호러 전문가 셜리 잭슨를 연상할지도 모르겠다. 하지만 수전 힐은 그런 목록이라면 어디든 포함될 가치가 있다. 이 생산적인 현시대의 작가는, 현재까지, 사이먼 서레일러 탐정 시리즈, 『미시즈 드 윈터Mrs. de Winter』(1993)라는 제목이 붙은 대프니 듀 모리에의 『레베카』 후속작, 그리고 고딕 정취를 가진 수많은 책들을 집필했다. 하지만 힐은 항상 그녀의 첫 번째 유령 이야기, 영원히 각색될 『우먼 인 블랙』(1983)으로 기억될 것이다.

힐은 1942년 영국 스카버러에서 태어났다. 그녀는 어린 시절, 자신이 "항상 친구들에게, 내 인형들에게 이야기를 들려주고 싶어 했다. 늘 글을 쓰고 있었다"고 말했다. 그녀는 어릴 때부터 문학을 공부했고 15세에 첫 소설 『인클로저The Enclosure』(1961)를 출간했다. 이 책은 파문을 일으켰다. 힐이 말하길 "그건 섹스 소설이 아니었다"지만, 이 책은 성인의 관계들을 노골적으로 다루었다. 힐의 교장은 그녀에게 "이 학교에 수치와 불명예를 가져왔다"고 말했다.

하지만 힐은 글을 계속 쓰기로 결심했다. 그녀는 런던에 있는 킹스 칼리지에 입학한 후 작가로서의 경력을 시작했다. 그녀는 1975년에 셰익스피어 학자인 스탠리 웰스와 결혼했고 부부는 세 딸을 두었지만 딸 한 명은 유아 시절 사망했다. 2013년에 힐은 시나리오 작가인 바버라 머신 때문에 남편을 떠난 것으로 알려지면서 추문을 낳았다*. 오늘날 힐은 동화부터 범죄 소설까지 전 영역을 아우른다. 그녀의 인상적인 작품 계보 내에서도 『우먼 인 블랙』과 그녀의 미스터리들이 그녀의 팬들에게 가장 인기 있다.

〈가디언〉에서 '아주 훌륭한 이야기'라는 평을 받은 『우먼 인 블랙』은 크리스마스이브에 시작된다. 아서 킵스라는 이름의 변호사가 가족과 모여 유령 이야기를 하며 독자를 영국의 전통 속으로, 아울러 헨리 제임스의 『나사의 회전』이 취한 액자 구조의 반복 속으로 끌고 간다. 킵스는 자신의 최근 고객의 집이자 그녀의 일들을 정리하기 위해 머물렀던 엘 마시 하우스에서 경험한 트라우마를 떠올린다. 그는 이야기 나누기를 거부하면서 공포에 질려 나가 버린다.

물론, 훌륭한 이야기들과 끔찍한 경험들이 모두 그렇듯 킵스는 그 일을 그냥 넘길 수 없다. 킵스는 일어났던 모든 일을 쓰기로 결심하고,

* 리차드 이든, "『우먼 인 블랙』의 작가 수전 힐의 남편이 무대 왼쪽으로 퇴장한다", 〈텔레그래프〉, 2013년 12월 8일.

엘 마시 저택에 출몰하는 검은 옷을 입은 여자에 대한 경험을 되새기면서 서서히 이야기가 살아나기 시작한다. 힐은 전통적인 초자연적 단서들을 몽땅 끌어낸다. 킵스의 서술에는 비밀스러운 마을 사람들, 밤이면 들리는 울음, 안개 속에서 들려오는 아이의 비명, 그리고 유령이 나오는 아이들 놀이방이 모두 들어 있다. 하지만 정말 섬뜩한 요소는 엘 마시 하우스 자체이다. 이 집은 밀물이 찰 때면 물에 둘러싸여 그 영역에 무엇이 출몰하건 킵스가 달아날 수 없게 한다. 유령이 나오는 집에 갇히게 되는 건 그저 한 요소일 뿐이다. 고립된 섬에 있는 유령이 나오는 집에 갇히는 건 전혀 다른 차원의 불안을 조성한다.

독서 목록

꼭 읽어야 할 것: 『우먼 인 블랙』의 고딕적인 분위기와 소름끼치는 유령 이야기는 훌륭한 독서 경험을 제공하며, 수차례 각색되기도 했다. 영국 극작가인 스티븐 맬러트랫이 각색한 연극은 1987년 크리스마스에 영국 스카버러의 스티븐 조셉 극장에서 초연됐다. 이 작품은 영국 웨스트앤드에서 〈쥐덫〉에 이어 두 번째로 오래 상영된 연극이다. 대니얼 래드클리프가 출연하고 제인 골드먼이 각색을 한 영화는 2012년에 상영되었다. (1989년에 영국의 ITV에서 영상화한 적도 있지만, 힐은 이 영화를 싫어했다) 2012년 2월 〈가디언〉의 한 기자가 2012년 영화가 그녀의 가장 유명한 유령 이야기의 최종판이 될 것인지 묻자, 그녀는 이렇게

대답했다. "누가 아나요? 오페라로 보게 될 수도 있죠."

또한 시도할 것: 서머싯 몸 상을 수상한 힐의 1970년 소설 『나는 그 성의 왕이다I'm the King of the Castle』(1970)는 고딕적인 배경을 조성하는 그녀의 솜씨를 전형적으로 보여 주는 사례이다. 또한 부커 상 최종 후보에 올랐으며 화이트브레드 상(영국에서 문학적 성취와 대중적 인기를 거둔 책에 수여하는 상. 2006년부터 코스타 북 어워드Costa Book Awards로 이름을 바꾸었다-옮긴이)을 수상한 『밤의 새The Bird of Night』(1972)도 놓치면 안 된다.

힐의 초자연적인 이야기들은 모두 동일하게 느릿한 전개를 특성으로 한다. 『우먼 인 블랙』이 마음에 들었다면, 『거울 속 안개The Mist in the Mirror』(1992)와 『그림 속의 남자The Man in the Picture』(2008)를 포함하여 그녀의 유령 이야기들이 분명 마음에 들 것이다.

영국 작가 새디 존스는 2012년 힐의 단편 「인형」(2012)을 리뷰하면서, 오래된 집에서 따로 사는 두 명의 아이들에 대한 이 이야기와 헨리 제임스의 1898년 중편 『나사의 회전』 사이의 유사점에 주목한다. 하지만 제임스의 모호한 악에 대한 정신적 탐구 대신, 힐의 이야기에서는 아이들 중 한 명이 자신이 진실로 사악하다고 믿으며 확실히 그 믿음에 따라 행동한다. 물론 여기엔 인형도 있다.

관련 작품: 엘리자베스 핸드의 『와일딩 홀Wylding Hall』(2015, 국내 출간: 열린책들, 2019)은 고딕 이야기에 현대적인 요소를 가미한다. 이번에는 젊은 여성이 아닌, 한 포크 밴드가 앨범을 쓰고 녹음하기 위해 오래된 저택에 오게 된다. 무언가 초자연적인 일이 벌어지는 것을 암시하는 사건들이 일어나지만 소설에서 실제로 출몰하는 것은 아무것도 없다.

"

그리고 서 있는 동안,
나는 작은 손이 내 오른손을
더듬는 느낌을 받았다.
마치 작은 아이가 어둠 속에서
내 옆으로 다가와
내 손을 쥐는 것처럼.

"

「작은 손: 유령 이야기The Small Hand: A Ghost Story」

음울한 교령회에 오신 것을 환영합니다

◆
◆
◆

세라 워터스 1966~

웨일스 작가 세라 워터스가 어떻게 소설가로 성장했는지 밝히기는 어렵지 않을 것이다. 2009년, 〈가디언〉의 로버트 맥크럼과의 인터뷰에서 그녀는 훨씬 연상인 자매가 있다는 것이 자신을 때로 외동아이인 것처럼 느끼게 했다는 사실을 언급했다. 워터스는 부모와 가까웠고, 특히 그녀에게 스스로 지어낸 SF와 유령 이야기들을 들려주었던 아버지와 가까웠다. 맥크럼은 세라 워터스의 어린 시절이 행복했지만 종종 고독했다고 묘사했다. 워터스는 "독서를 하고 SF, 호러, 그리고 〈닥터 후〉를 끔찍할 정도로 많이 보면서" 시간을 보냈다고 말했다. 워터스는 1998년, 레즈비언의 사랑을 다룬 빅토리아 시대 드라마 『벨벳 애무하기』(국내 출간: 『티핑 더 벨벳』, 개정판 2020, 열린책들)로 문학적인 경력을 시작했다. 이 소설은 세간에 풍파를 일으켰다. 예를 들어, 뉴질랜드에서는 포장이 된 채 18세 이상만 구독 가능하다는 경고가 붙은 띠지를 두른 채 판매되었는데, 이는 오직 호기심을 배가할 뿐이었다. 워터스는 정녕 문학적 스타였다. 이 작품의 출간 20년 뒤에, 그녀는 자신의 데뷔 소설에 대해 이렇게 썼다.

"'그 책은 뭐에 대한 얘긴가요?' 내가 소설을 썼다고 들은 사람들은 때로 이렇게 물었다. 그리고 나는 이에 대답하려면 늘 약간의 용기를 끌어 모아야 했다. 나소 위태로운 제목을 설명하는 데 어색함이 따랐다. 플롯을 밝히기 시작하는 순간 사실상 나 자신이 동성애자임을 밝히는 셈이었다."

이 첫 번째 소설은 정체성 및 동성애를 다루는 역사 소설들에 대한 그녀의 학구적인 작업에서 탄생했지만, 이 작품을 계기로 이 학구적인 탐구는 소설을 통해 레즈비언을 대변하는 것으로 변모했다*.

워터스는 범죄와 계급 투쟁에 얽힌 한 커플에 대한 소설, 『핑거스미스』(2012, 국내 출간: 개정판 2016, 열린책들)에서 다시 레즈비언의 드라마를 다루었다. 하지만 고딕적인 주제는 그녀의 작품 전체에서 반복된다. 그녀는 빅토리아 시대의 전통 속에서, 음울한 저택들을 배경으로 현재에 목소리를 내는 것에 열중하는 과거의 유령들이 출몰하는 이야기들을 고안해 가며 글을 썼다. 여성 캐릭터들을 구축하는 워터스의 세심한 주의력과 페미니스트적이며 동성애적인 주제에 대한 탐구심은 그녀가 신 고딕풍의 호러 작가로 자리매김하기에 충분했다.

전통적인 고딕 호러와 현대의 페미니스트적 감수성을 결합시키는

* "레즈비언 작가가 되는 작가 세라 워터스", 웨일스 온라인, 2011년 10월 1일, "게이가 되기엔 극단적인 시대였다", 『벨벳 애무하기』의 20주년에 세라 워터스, 〈가디언〉, 2018년 1월 20일

워터스의 능력을 보여 주는 탁월한 사례로 1999년 비라고에서 출간된 『끌림』(국내 출간: 개정판 2020, 열린책들)이 있다. 이 작품은 빅토리아 시대 영국이 배경이며 재산이 있는 독신 여성 마거릿 프라이어의 이야기이다. 그녀는 자살을 시도하고 회복 중이다. 그녀는 자선 사업에 헌신하여 여성 교도소에서 일하며 다른 이들을 돕는 것으로 상처를 치유하려고 노력한다. 거기서 그녀는 셀리나 도스라는 이름의 영매를 만나게 된다. 이 여자는 자신이 주도한 교령회에서 한 여성이 죽은 이후 사기와 폭행죄로 기소된 상태다. 마거릿은 이 신비한 여자에게 끌리고 이 끌림은 로맨틱한 관계로 이어진다. 이내, 이 예지자의 손아귀에 완전히 들어가게 된 마거릿은 셀리나의 신비한 힘을 확신하게 된다.

이 소설은 『벨벳 애무하기』와 같은 웃음기는 없다. 미스터리가 중심이며 불길하고, 셀리나가 '흑 교령회dark seance'라고 부르는 것의 공포가 가득하다. 워터스는 테이블을 두드리고 유령이 이끄는 19세기 교령회에서 나아가 심령론 전파 운동의 복잡한 사항들을 포착하고 그 어둑한 방들에서 한데 어우러지는 미스터리들과 균형을 맞춘다. 저 영매는 죽은 자와 교신을 나누고 있나? 사기인가? 나약한 사람들의 재물을 취하려는 범죄자인가? 생계를 위해 구조적으로 여성을 벗겨먹는 가부장제의 희생자인가? 이 작품은 수수께끼이며, 결코 쉽사리 해답을 제시하지 않는다. 하지만 워터스는 이 불길한 서스펜스를 러브스토리와 함께 아름답게 쌓아간다.

아마도 워터스의 가장 널리 알려진 초자연적인 이야기는 『리틀 스트레인저』(2009, 국내 출간: 2015, 열린책들)일 것이다. 이 작품은 그녀의 세 번째 장편 소설로 맨부커 상 최종 후보에 올랐다. 작품에서 워터스는 제2차 세계 대전 이후 계급 이동에 대한 질문을 제기하지만, 놀랍게도 그녀는 호러 이야기를 쓰려고 한 것이 아니었다. 처음에 워터스는 전쟁 이후 노동자 계급의 생활을 탐구하는 소설을 쓰고 싶었다. 2010년 〈가디언〉에 기고한 글에서 워터스는 문학 페스티발을 주최하던 달팅턴 홀에서 머물던 중, '한밤중에 비명을 지르며' 깨어난 뒤 이 책의 분위기가 달라졌다고 기술했다. 그날 밤 그녀는 침대 끄트머리에 서 있는 형체를 보는 반복적인 악몽을 꾸었다. 그 꿈으로 워터스는 유령이, 특히나 폭력적인 폴터가이스트가 어떤 식으로 자신의 작품 속 계급 간의 긴장감을 강화할 수 있을지 생각하기 시작했다. 〈가디언〉에 실린 기사에서 그 사건이 불길한 호러 이야기에 적절한 점화 장치가 될 것처럼 보였다고 언급했다. 평론가들은 에드거 앨런 포, 헨리 제임스, 셜리 잭슨, 찰스 디킨스, 윌키 콜린스가 이 고딕풍 이야기에 영향을 미쳤다는 사실에 주목했는데, 그런 사실은 계급 갈등에 초점을 두려 했던 워터스의 의도를 조금도 흐리지 않는다.

화자는 패러데이라는 이름의 의사로 그는 자신의 노동 계급 뿌리와 그의 부모가 자신을 의사로 만들기 위해 치렀던 희생을 끊임없이 반추한다. 어린 시절 그는 자신의 어머니가 일했던 헌드레즈홀을 소유한 에어즈 가족에 집착하게 됐다. 그의 집착은 그가 그 가족의 주치의가 되면서 성인기까지 이어진다. 패러데이는 로더릭 에어즈가 전쟁에서 입은 육체적이자 정신적인 상처들을 치유하는 과정에서, 이 가족이 헌드레즈홀이 과거에 누렸던 영예를 유지할 여유가 없다는 사실을 깨닫는다. 그는 이내 직업적인 역할의 경계를 넘어서기 시작한다. 그는 캐럴라인 에이즈를 연모하면서 부채를 벗어나고자 하는 가족의 계획을 무시하는 동시에 저택의 초자연적인 공격에 대한 가족의 두려움을 일축한다.

워터스는 서스펜스를 점진적으로 쌓아올린다. 가족 구성원은 각자 별개로 자신들의 과거와 두려움이 구체화된 초자연적인 현상들을 마주한다. 닥터 패러데이는 믿을 수 없는 화자이다. 따라서 독자는 항상 어떤 일이 벌어지는지 추측하게 된다. 이 책에서 벌어지는 초자연적인 사건들 대다수는 유령 이야기의 달인 M. R. 제임스가 '무생물에 깃든 악의'라 불렀던 범주에 포함되는 것들이다. 평범한 물건들이 발사 무기가 된다. 벽에 이상한 글이 나타난다. 순해 보이던 래브라도 리트리버가 다른 동물이나 사람 같은 불길한 환경들에 물리적으로 영향을 받는다. 『리틀 스트레인저』는 〈뉴욕 타임스〉 베스트셀러였으며, 스티븐 킹은 이 작품이 "며칠이고 불면의 밤을 보장한다"고 썼다.

독서 목록

꼭 읽어야 할 것: 우리가 가장 좋아하는 워터스의 소설은 『리틀 스트레인저』이다. 이 작품은 2018년에 영화화되었고 도널 글리슨과 루스 윌슨이 출연했다. 책을 읽은 다음 영화를 보라. 오싹함이 머물게 하라.

또한 시도할 것: 워터스는 2006년 『나이트워치』(국내 출간: 문학동네,

2019)라는 역사 소설을 썼으며, 이 작품은 맨부커 상과 오렌지 상 최종 후보에 올랐다. 소설은 한 무리의 사람들—두 명의 레즈비언, 이성애자 여성 한 명, 그리고 그녀의 남동생—을 중심으로 하며, 이들의 삶은 제2차 세계 대전 시기 런던과 연결되어 있다. 공포는 전쟁 시기의 삶이라는 현실에서 온다. 이 작품은 BBC2에서 텔레비전 드라마로 각색했고 클레어 포이와 조디 휘테커가 출연한다. 2014년에 워터스는 『게스트The Paying Guests』(국내 출간: 자음과모음, 2016)를 출간했다. 이 작품은 일부는 풍자이고 일부는 드라마이며 필요 이상의 성적 매력을 지닌 작품으로 1차 세계 대전 당시 영국을 배경으로 한다. 〈선데이 타임스〉는 이 작품을 '올해의 소설'로 꼽았다.

관련 작품: 역사적인 배경을 바탕으로 캐릭터들의 관계를 조성해 가는 워터스의 역량을 기꺼워하는 독자라면 스릴러 소설 『룸Room』(국내 출간: 아르테, 2015)의 작가 엠마 도노휴가 쓴 1876년 샌프란시스코 배경의 「개구리 음악Frog Music」을 즐겁게 읽을 것이다.

“

공포는 벗어나게 마련이잖아,
안 그래? 그런데 나는
벗어날 수 있을 것 같지 않아.
때로는 그게 아직도
내 안에 있는 것 같아, 내가 무슨
끔찍한 걸 삼킨 것처럼,
그게 꽉 달라붙었어.

”

『리틀 스트레인저』

피로 물든 우화의 이야기꾼

◆
◆
◆

앤절라 카터 1940~1992

예술과 문화 블로그 〈벌쳐〉는 앤절라 카터를 "당장 읽어 봐야 할 페미니스트 호러 작가"라고 불렀다. 많은 다른 이들 가운데서도 조이스 캐롤 오츠, 제프 밴더미어, 닐 게이먼은 그녀를 영향력 있는 인사라 칭했다. 호러 작가 브라이언 맥그리비는 자신의 소설 『햄록 그로브 Hemlock Grove』(2012, 이 작품은 2015년에 넷플릭스 오리지널 시리즈로 각색되어 시즌3까지 방영되었다-옮긴이)가 "앤절라 카터의 팬픽션을 확장시킨 것"이라고 썼다.

이 정도면 그녀의 책을 읽으라고 설득하기에 충분하리라. 그럼에도, 앤절라 카터에 대해 이야기해 보자.

1940년에 영국의 이스트본에서 태어난 앤절라 올리브 스토커—인정하건대, 호러 작가에게 더없는 성(姓)이다—는 중산층 가족에서 자랐다. 그녀의 아버지는 조간신문 편집 책임자였고 그녀의 어머니는 세심한… 때로, 바깥세상의 삶을 갈구했던 반항적인 앤절라에겐 지나치게 세심한 어머니였다. 앤절라는 19세에 폴 카터와 결혼했고 1972년에 이혼했다. 그녀는 후에 마크 피어스와 결혼해서 아들 하나를 두었다. 어린 시절 그녀는 수줍음이 많았다. 성인이 되었을 때는 정반대였다. 여행을 다니며 저널리스트로서 경력을 쌓았다. 그리고 1960년대에는 글을 쓰면서 찾아낸 자유에 한껏 열중했다.

카터는 하나의 장르로 규정할 수 없으며, 독특한 소설과 비소설을 써서 유명해졌다. 섹스와 여성의 신체에 대한 페미니스트적인 시각은 그녀의 작품에서 반복되는 주제이다. 그녀의 논픽션 『도착적인 여성과 포르노그래피 관념The Sadeian Woman and the Ideology of Pornography』(1978)은 페미니스트의 시각으로 사드 후작의 원고를 탐구한다.

카터의 가장 유명한 단편집은 『피로 물든 방The Bloody Chamber』(1979)으로, 이 책의 모든 이야기는 전통적인 동화들에 근거를 둔다. 2006년 이 단편집의 서문에서 작가 헬렌 심슨은 일상을 담는 단조로움보다 화려한 이야기—카터가 "고딕 이야기들, 잔혹한 이야기들, 경이로운 이야기들, 끔찍한 이야기들, 무의식의 이미지를 직접적으로 다루는 풍성한 서술들"이라 묘사한 것—를 선호하는 카터의 애정을 논한다. 심슨은 또한 자신의 작품 해석에 대한 카터의 불만도 인용한다. 카터는 자신이 동화의 '다른 변주'나 성인용으로 다시 쓴 동화를 창조하려 의도한 것이 아니라고 주장했다. 그녀는 그보다는 "전통적인 이야기들에 잠재되어 있는 내용을 추출하고 이를 새로운 이야기들의 시작으로 이용하기"를 원했다. 다시 말해서, 그녀는 동화를 자신의 독창적인, 동시대적인 이야기들의 주제를 고취시키는 도구로 이용하려 했다.

『피로 물든 방』은 1970년대 후반 출간 즉시 엄청난 반향을 불러일으켰고, 수많은 작가들이 이에 고무되어 마법과 관련된, 혹은 사변적인 소설을 쓰기 시작했다. 헬렌 심슨을 다시 인용하자면, 이 단편집은 "다양한 면을 지닌 반짝이는 다이아몬드로 욕망과 성(性)—이성애자인 여성의 성(性)—의 다양한 초상을 반영하며 굴절시키는 것으로, 1979년이라는 시대에는 특이하게도 이성애자인 여성의 관점에서 그려낸다." 심슨은 또한 카터가 후에 이성애적인 관계들에 초점을 둔다는 점에서 비난을 받게 된다는 점에도 주목한다. 이 책은 출간 이후 영국과 미국의 고등학교와 대학교 수업에서 주요 교재로 쓰이게 되었다.

네 눈은 얼마나 큰지

『피로 물든 방』에 수록된 이야기들은 길이가 제각각이다. 표제작은 40페이지 정도 된다. 다른 이야기들은 강렬하긴 하지만 보다 스케치에 가깝다. 예를 들어 「눈의 아이The Snow Child」는 고작 몇 장밖에 안 되지만, 눈에서 태어나 마법을 소유한 소녀의 이야기는 이 전형적인 캐릭터에 파멸을 부르는 장미만큼이나 강렬하게 스민다. 카터가 창조하는 세계들의 풍성한 묘사는 육체적, 성적, 감정적 폭력의 강렬한 순간들과 날카로운 대조를 이룬다. 그녀가 수차례 다시 쓴 빨간 모자Little Red Riding Hood의 이야기들, 「늑대인간The Werewolf」, 「늑대 친구들The Company of Wolves」, 「늑대 앨리스Wolf Alice」는 이 친숙한 이야기에 대한 독자의 예상을 뒤집는다. 여성들은 때로 희생자가 되기도 하고, 그들이 알려지지 않은 힘과 용기를 그려낼 때면 아니기도 하다. 늑대 이야기들은 할머니에게는 결코 좋게 바뀌지 않지만 빨간 모자는 때로 더 나은 결말을 맞이한다. 때로 그녀는 집을 얻는다. 때로는 번창한다. 때로는 깊이 잠이 든다. 때로는 그렇지 않다.

카터의 스타일은 어쩌면 '페미니스트 수정론자'로 분류되는 것이 가장 적합할지도 모르겠다. 자신의 소설 『닥터 호프만의 지옥 같은 욕구 기계The Infernal Desire Machines of Doctor Hoffman』(1972)에서 그녀는 닥터 파우스트의 전설을 호러를 다소 덜어낸 보다 초현실주의적인 소설로, 혹은 초현실적인 기이한 소설로 다시 써냈다. 이 책으로 카터는 20세기 문학적 페미니스트의 목소리들 중 가장 강력한 한 목소리가 되었다. 이 소설이 출간된 지 45년 뒤 2017년에 게재된 〈애틀란틱〉 기사에서 작가 제프 밴더미어는 이 작품이 "오늘날에도 여전히 새롭고 위험하게 느껴진다"고 했다.

카터의 유산이 지속되고 있다는 또 다른 증거도 있다. 2015년에 〈뉴욕 타임스〉의 한 리포터가 마거릿 애트우드에게 문학인의 저녁 파티가 있다면 누구를 초대할 것인지 물었다. 애트우드가 고른 손님들 중에는 앤절라 카터도 있었으며, 애트우드는 이렇게 말했다. "그녀는 얼마나 고갈되지 않는 기이한 디테일들의 원천이며 세상의 지혜였던가. 얼마나 교훈적이며 얼마나 근원적인 도움이었던가. 우리가 늘 가져보기를 바라는 하얀 머리의 요정 대모 같았던가*."

* "마거릿 애트우드: 규칙대로", 〈뉴욕 타임스〉, 2015년 11월 25일.

독서 목록

꼭 읽어야 할 것: 『피로 물든 방』(국내 출간: 문학동네, 2010)은 앤절라 카터 목록에서 첫 번째에 올라야 한다. 수록된 동화들은 하나하나 모두 무시무시하면서도 많은 생각을 불러일으킨다(그리고 때로 꾸밈없이 도발적이다). 카터판 빨간 모자는 1984년 〈늑대의 혈족The Company of Wolves〉(원제는 같지만 책에서는 '늑대 친구들'로, 비디오는 '늑대의 혈족'으로 번역되어 나왔다-옮긴이)으로 영화화되었다. 카터는 감독 닐 조던과 시나리오를 공동 집필했고 영화에는 앤절라 랜스베리(〈제시카의 추리극장Murder, She Wrote〉의 주연 배우-옮긴이)가 할머니로 출연했다.

또한 시도할 것: 1984년 카터는 『써커스의 밤Nights at the Circus』(국내 출간: 창비, 2011)을 출간했다. 이 소설은 사람들에게 자신이 알에서 부화했다고 말하는 공중곡예사에 대한 이야기이다. 작품은 동화적인 구조를 취하며 포스트페미니스트(1980년대 중반부터 사용된 용어로 기존의 페미니즘에 대한 긍정적, 부정적 시각을 모두 품고 있다-옮긴이) 관점에서의 마술적 사실주의가 상당량 포함되어 있고 『피로 물든 방』과 유사하지만 어조는 그렇게 어둡지 않다. 이 작품은 제임스 테이트 블랙 미모리얼 상 소설 부문을 차지했으며 연극으로도 각색되었다. 카터는 그녀의 마지막 소설인 『지혜로운 아이들Wise Children』(1991)에서 극장 배경으로 돌아왔다. 이 작품 역시 마술적 사실주의와 카니발적인 분위기를 변주한다. 2016년에 차토 앤 윈더스는 에드먼드 고든이 쓴 『앤절라 카터의 이야기: 전기The Invention of Angela Carter : A Biography』를 출간했다.

관련 작품: 늑대 인간의 팬이라면 캐런 러셀이 쓴 『늑대가 키운 소녀들을 위한 세인트 루시의 집St. Lucy's Home for Girl's Raised by Wolves』(2007, 국내 출간: 『악어와 레슬링하기』, 21세기북스, 2012)을 좋아할 것이다. 이 단편집은 수녀들, 늑대 소녀들, 그리고 플로리다 늪지에 자리 잡은 악어들에 대한 이야기들이다.

다크 판타지와 호러가 카니발적인 분위기와 결합된 소설을 좋아한다면, 캐서린 던의 『별난 사랑Geek Love』(1989, 국내 출간: 『어느 유랑극단 이야기』, 올, 2012)을 추천한다. 이 작품은 순회 서커스와 그곳에서 사는 괴짜 가족에 대한 이야기이다. 경고: 비록 이 소설이 컬트 클래식이며 작가들과 독자들이 가장 좋아하는 책으로 영원히 꼽히는 책이긴 하지만, 심장이 약한 사람에게는 적합하지 않다. 이 작품은 이상한 것과 정상적인 것에 대한 인식에 도전하는 감동적인 이야기이다.

“

그리고 나는 바닥에 놓여 있는
가엾은 시체에 걸려 넘어질 뻔했다.
그녀는 닳아빠진
자주색 벨벳 재킷을 입었고,
그녀의 지친, 밀랍 같은 얼굴은
세월로 주름졌으며,
꿀 같은 색깔의 머리카락은
겨우 몇 가닥만 남았을 뿐이었다….

”

「스노우 파빌리온The Snow Pavilion」

아프로퓨처리스트 호러리스트

◆
◆
◆

주엘 고메즈 1948~

동성애 운동과 뱀파이어에 어떤 공통점이 있을까? 알고 보면, 아주 많다.

주엘 고메즈는 1948년 보스턴에서 태어났으며 북미 원주민(아이오웨이 혈통)이자 아프리카계 미국인인 증조할머니에게 양육되었다*. 고메즈는 노스웨스턴 대학교에 다녔고 대학에서 처음으로 시민권리 운동에 합류했다. 그녀는 활동가로서의 긴 경력을 시작했고 보스턴에 있는 공영 텔레비전에서 일했다. 1971년에 그녀는 뉴욕으로 이주했고 콜럼비아 대학교에서 언론학으로 석사 학위를 받았다. 고메즈는 1982~1983년 PBS 다큐멘터리 시리즈 〈스톤월 이전에Before Stonewall〉에서 조사와 인터뷰를 지휘했다. 이 시리즈는 동성애자 권리 운동의 시발점이 되었던 1969년 항쟁 이전에 퀴어 커뮤니티의 역사를 말한다(1969년 6월 28일, 뉴욕 경찰이 게이 클럽 스톤월 인을 기습한 이후 일어난 항쟁. 6일 동안 시위자들과 경

* 로셸 스펜서와 가진 고메즈의 인터뷰를 보라. "아프로퓨처리즘과 사회적 변화Of Afrofuturism and Social Change", 〈게이와 레즈비언 리뷰Gay and Lesbian Review〉, 2016년 1월 21일.

찰들 사이에 폭력이 발발했으며 이 사건은 동성애자들의 권리 운동에 대한 시발점이 되었다-옮긴이) 그녀는 또한 PBS의 교육 프로그램인 〈전기회사The Electric Company〉(1971년부터 77년까지 방송된 어린이 대상 TV 프로그램-옮긴이)의 오리지널 작가 중 한명이었다. 1984년 그녀는 명예 훼손에 대항하는 게이와 레즈비언 동맹Gay and Lesbian Alliance Against Defamation의 이사진이 되었다. 그녀는 또한 아스트라이아(정의의 여신-옮긴이) 레즈비언 재단, 오픈 미도우 재단, 그리고 코넬 대학교의 인간 섹슈얼리티 아카이브의 이사진이기도 하다. 그녀의 이력서에는 캘리포니아에서 동성 결혼을 합법화하기 위해 일한 것도 포함되어 있다. 그녀 역시 이곳에서 2008년에 자신의 파트너 닥터 다이앤 사빈과 결혼했다. 고메즈는 1980년대 초부터 사빈을 알아왔지만 결혼 당시에 60세였다. 〈뉴욕 타임스〉에 실린 이들의 결혼 발표(2008년 10월 31일에 게재되었다)에 따르면, 고메즈는 자신과 사빈이 이 운동에 가치가 있다는 점을 알았으며 이렇게 덧붙였다. "우리에겐 이런 문제를 제기할 만한 영향력이 있습니다. 누가 자기 할머니에게 결혼할 권리가 없다고 말하겠어요?"

광범위한 활동과 더불어, 고메즈는 일곱 권의 책을 쓴 저자이다. 그녀의 뱀파이어 소설 『길다 이야기The Gilda Stories』(1991)는 아주 오래된 호러 장치들에 영감을 받은 이야기를 제시한다. 이전의 대중적인 뱀파이어들과 달리, 길다는 여성이고 흑인이며 레즈비언이다.

달아난 노예 소녀로서의 삶에서 뱀파이어로 영생을 얻기까지의 길다의 여정을 통해서 고메즈는 독자를 루이지애나와 미시시피의 19세기 농장에서부터 2050년의 디스토피아적인 지구까지 아프리카계 미국인들의 역사 속으로 끌고 간다. 뚜렷하게 여성적이며 흑인 위주인 혁신과 초월의 미래를 제시하면서, 『길다 이야기』는 아프로퓨처리즘 장르에서 중대한 기둥이 되었다. 아프로퓨처리스트의 문학과 영화는 단순히 유색인종이 포함된 미래가 아니라 아프리카인과 아프리카계 미국인의 정체성과 문화가 주축이 되어 형성된 미래를 상상한다. 그 사례들은 시인이자 음악가인 선 라의 작업부터 옥타비아 버틀러의 소설, 2018년 수퍼히어로 영화 〈블랙팬서〉, 자넬 모네의 음악까지 걸쳐 있다.

고메즈의 뱀파이어들에 대한 초상은 인종, 젠더, 성적 합의와 같은 문제들뿐 아니라 끝나지 않는 삶의 아름다움과 공포에도 초점을 둔다. 그녀가 그리는 뱀파이어들 대부분은 고립된 포식자로 존재하기보다 공동체를 꾸려 외로움을 해소하며 원하는 한 그들 나름의 방식대로 삶을 꾸리기를 추구한다. 그들이 서로간에, 그리고 인간과 맺는 관계는 길고 강력하며 그들은 비폭력적인 방식으로 인간의 피를 취한다. 이 뱀파이어들은 스토커의 상징적인 백작만큼이나 굶주릴지도 모르지만 자신들의 우월한 신체와 정신의 힘을 이용해서 인간을 보호하며 그들에게 먹을거리를 나눠 준 것에 대한 감사의 표시로 선물을 남긴다. 고메즈가 뉴욕의 댄스 공연단 '어반 부시 위민Urban Bush Women'이 공연한 『길다 이야기』의 연극판 〈뼈와 재Bones&Ash〉(1996)에서 되새겼듯이, "우리는 생명이 아니라 피를 취하며, 그 대신 무언가를 남긴다." 길다를 쓰는 동안 고메즈는 저 유명한 벨라 루고시(1931년 영화 〈드라큘라〉에서 드라큘라 역을 연기한 배우-옮긴이) 스타일의 뱀파이어 이미지가 집단

의식 속에 워낙 굳건히 자리 잡고 있어서 자신의 창조물이 지나치게 낯설어 보일 것을 우려했으나 옥타비아 버틀러의 사변 소설 사례를 접하고 마음의 용기를 얻었다.

『길다 이야기』의 2016년판 서문에서 고메즈는 맨해튼의 공중전화 부스에 있는 동안 두 남자에게 언어 폭력을 당한 경험을 서술했다. 고립감과 무력감을 느끼면서 그녀는 낯선 이들에게 분노를 터트렸고, 그들은 자신들의 외설적인 위협에 그녀가 과잉 반응했다며 비난했다. 이 경험이 이 소설의 첫 장을 쓰는 원동력이 되었다. 길다에서, 그녀는 생사를 초월하는 궁극적인 힘을 얻지만 여전히 자신의 젠더, 피부색, 성적인 취향에 적대적인 세상에서 살아가는 한 여성을 그려낸다.

길다는 불멸의 존재일지 모르지만, 여성의 모습을 하고 있다. 그에 더하여, 그녀는 뱀파이어의 규칙에 매여야 한다. 그녀는 인간의 음식을 피하고 밤에 피를 마셔야 한다. 고향의 흙을 항상 지니고 다녀야 한다. 직접적인 햇빛을 피하기 위해 낮에는 잠을 자야 한다. 그녀와 고메즈가 그리는 다른 뱀파이어들은 우리네 유한한 삶을 사는 이들이 성찰하는 다양한 큰 문젯거리들에 대해 근심한다. 삶, 가족, 공동체, 그리고 기억. 하지만 그들은 또한 수세기를 살며 인간의 수명으로 가능한 것 이상을 경험한다.

1991년에 잡지 〈Ms.〉의 기사에서 고메즈는 호러에 존재하는 '착취적이며 가부장적인' 요소들과 직접적으로 대조되는 캐릭터로서 길다를 창조했다고 말했다. 고메즈는 자신이 너무도 뚜렷하게 목격했던 그릇된 부분을 바로잡으면서, 완전히 새로운 무언가를 창조했다.

독서 목록

꼭 읽어야 할 것: 『길다 이야기』는 고메즈가 시도한 호러 이야기 중 가장 유명한 작품이다. 25주년 기념 확장판이 2016년에 시티 라이츠 퍼블리셔스에서 출간되었으며, 당시 세라 워터스, 도러시 앨리슨, 타나나리브 듀를 비롯한 많은 문학 인사들이 뱀파이어 전설을 획기적으로 재해석했다며 이 소설에 찬사를 보냈다. 2018년에 샌프란시스코를 기반으로 하는 독립 영화사 '제13세대13th Gen'에서 판권을 획득하며 작품이 TV 드라마로 각색될 가능성이 열렸다.

또한 시도할 것: 고메즈의 다른 아프로퓨처리스트적인 글에는 『설명하지 마시오: 단편집Don't Explain : Short Fiction』(1998)이 있다. 이 작품에서 그녀는 정부가 부패한 암울한 미국의 미래상을 그린다. 이 책에는 또한 길다의 모험담을 잇는 이야기 한 편이 포함되어 있다.

시를 좋아하는 독자라면 고메즈의 세 권의 시선집, 『립스틱 종이The Lipstick Papers』(1980), 『플라밍고와 곰Flamingoes and Bears』(1986), 『구전Oral Tradition』(1995)을 찾아보라.

연극 팬이라면 고메즈가 해리 워터스 주니어와 함께 〈조반니를 기다리며Waiting for Giovanni〉를 썼다는 사실을 알면 흥미로울지도 모르겠다. 이 극은 작가 제임스 볼드윈의 생애 한 순간을 관찰한다. 로레인 한스베리와 리처드 라이트 같은 문학적 인사들이 이 극의 등장인물들로 1957년 뉴욕과 파리가 배경으로 등장한다. 〈조반니를 기다리며〉는 2011년에 샌프란시스코에서 초연했다.

관련 작품: 『길다 이야기』의 독자라면 또 다른 아프리카계 미국인 소녀처럼 보이지만 훨씬 더 나이가 많은 색다른 뱀파이어에 대한 이야기, 옥타비아 버틀러의 『풋내기Fledgling』(2005, 국내 출간: 『쇼리』, 프시케의 숲, 2020)에서 유사성을 찾을 것이다. 버틀러의 책 『혈족Kindred』(1979, 국내 출간: 『킨』, 비채, 2020 리커버판)은 현재부터 19세기 남부 노예 농장까지 여정을 더듬는 젊은 아프리카계 미국인 여성을 그리는 시간 여행 이야기이다. 1984년에 〈아이작 아시모프의 SF〉 잡지에 게재되었으며, 후에 『블러드차일드와 기타 이야기Bloodchild and Other Stories』에 수록된 버틀러의 단편 「블러드차일드」는 외계 행성의 임신한 남자들에 대한 이야기로 수많은 상을 수상했다.

고메즈와 비견되곤 하는 또 다른 작가로는 네일로 홉킨슨이 있다. 그녀의 소설 『소금길The Salt Roads』(2003)은 다양한 여성 주인공의 캐릭터를 취해가며 노예화된 아프리카 국가를 해방하는 한 여신의 이야기를 담고 있다. 그녀의 초기작 『고리 속 갈색 피부 소녀Brown Girl in the Ring』(1998)은 토론토를 배경으로 하는 디스토피아적 포스트 아포칼립스로 타이 진이라는 이름의 젊은 엄마의 투쟁을 담아낸다. 그녀는 자신의 할머니와 함께 살면서, 가족의 과거를 지키고 그들의 공동체에서 문화적인 치유에 대한 지식을 수행하는 이 강력한 여성과 타협해야만 한다.

은네디 오코라포르의 중편 소설 『빈티Binti』(2015, 국내 출간: 『빈티: 오지체를 바른 소녀』, 알마, 2019)와 그 후속편 『고향Home』(2017, 『빈티:지구로 돌아온 소녀』 알마, 2021), 『한밤의 가장 무도회The Night Masquerade』(2018)는 아프리카의 디아스포라적인 경험이 포함될 때 SF가 어떨지에 대한 경이로운 사례이다. 이 나이지리아 출신 미국인 작가의 연대기에 등장하는 주인공은 엘리트를 위한 행성 대학에 입학한 젊은 아프리카계 여성으로 가족과 고향을 잊지 않으면서 자신의 잠재력을 발견해야 하는 운명이다. 오코라포르의 『아카타 마녀Akata Witch』(2011)는 유사한 아프리카계 디아스포라적인 소재를 다루지만 이번에는 청소년을 독자로 설정한다. 이 판타지에서는 나이지리아에서 '레오파드 피플'이라 불리는 마법 능력이 있는 십 대 무리를 다룬다. 이 시리즈는 그 이전의 일을 다루는 속편 『아카타 전사Akata Warrior』(2017)로 이어지며, 이 작품은 2018년 로커스 상을 수상했다. 아프로퓨처리스트적인 반전을 다루는 판타지 이야기들이 오코라포르의 구역인 듯하다. 2018년, 그녀는 〈블랙팬서〉의 천재 여동생 이야기를 다루는 마블 코믹스 『슈리Shuri』를 쓰기도 했다.

“

살인은 피만큼이나

그들의 굶주림의 일부였다.

”

「시카고 1927」

제8부

호러와 사변 소설의 미래

◆

앞에서 증명했듯이, 여성 작가들은 장르가 탄생한 이래 내내 호러 소설을 써왔다. 그리고 그들은 다양한 분파와 하위 범주들에 공헌하며, 그 과정에서 혁신을 이루어내며 이 장르가 나아가도록 했다.

그리고 호러는 그 어느 때보다도 진격하고 있다! 2018년, 〈워싱턴 포스트〉는 호러가 "르네상스를 맞이하고 있다"고 선언했다*. 독자들은 호러와 사변 소설에 점점 더 손을 뻗고 있으며, 여성들이 쓴 책이 독자들의 책꽂이에 줄을 잇고 있다. 또한 2018년에, 사변 소설과 SF를 쓰는(그 외 다른 장르들도 쓰지만) 작가 켈리 링크가 맥아더 펠로우십(미국의 맥아더 재단에서 한 해 가장 창의적인 역량을 보인 이들에게 기금 형식으로 수여한다-옮긴이) 수여자 명단에 올랐다. 이는 때로 어둡고 항상 마법을 다루는 그녀의 단편집 『말썽Get in Trouble』이 퓰리처 상 소설 부문 후보에 오른 지 2년 뒤였다.

다시 말해 보자. 맥아더 펠로우십과 퓰리처 상 최종 후보. 사변 소설이니 호러니 위어드 픽션이니는 차치하고, 소설 자체가 이보다 더 큰 찬사를 받은 적이 없다.

그럼에도 이런 이야기들이 남성 작가의 영역이라는 태도가 아직도 존재한다. 2018년 10월, 〈파라노말 액티비티〉, 〈더 퍼지〉, 〈겟 아웃〉을 제작한 블룸하우스의 호러 제작자 제이슨 블룸이 게임 웹사이트

* 빌 시한, "호러 소설이 르네상스를 맞고 있다. 여기, 독서 목록이 있다", 〈워싱턴 포스트〉, 2018년 10월 6일.

폴리곤닷컴Polygon.com에 "여성 감독들은 많지 않다, 그리고 호러를 하고자 하는 경우는 더더욱 없다"는 말로 거의 트위터 전쟁을 일으킬 뻔했다. 공정하게 말해서, 블룸은 자신이 여성 감독을 고용하고 싶다고도 말했다. 이에 대해 트위터 사용자들은 이름을 하나하나 알려 주며 응답했다. 이 논쟁은 워낙 뜨거웠던 나머지 〈버라이어티〉는 레이첼 양이 쓴 "제이슨 블룸이 자신의 명단에 추가할 수 있는 15명의 호러 감독들"이라는 기사로 화답했다. 〈하퍼스 바자〉, 〈애틀랜틱〉, 〈벌처〉, 〈워싱턴 포스트〉를 비롯한 다른 매체들도 여성 호러 작가와 감독들에 대한 지지를 표현했다. 블룸은 트위터에서 사과했으며, 2018년 12월 블룸하우스는 소피아 타칼 감독을 고용했다고 발표했다. 이 온라인상의 논쟁은 여성 작가들과 다른 창작자들이 마주하는 역설을 시사한다. 그에 반하는 증거가 풍부한데도 불구하고, 여성은 호러와 사변 소설에 관심이 없다는 암묵적인 가정이 존재하는 듯이 보인다.

이 장르에 새삼 쏟아지는 관심과 이 장르에 여성 작가들이 밀려드는 사례로 카먼 마리아 마차도가 있다. 그녀의 숨이 멎을 듯한, 그리고 가슴이 터질듯한 단편집 『그녀의 몸과 타인들의 파티』(2017)는 좋은 평을 얻었으며 FX에서 TV용으로 각색 중이라고 알려져 있다. 「허즈번드 스티치The Husband Stitch」(주로 출산 후 질을 봉합하는 과정에서 필요한 정도보다 몇 바늘 더 꿰매어 질 입구를 축소한다는 개념으로 당사자인 여성보다 남편의 의도가 담겨 있다는 암시를 내포한 말. 의료 절차는 아니고 일종의 야설인 듯하다-옮긴이)는 내용을 소리 내어 읽을 경우 사용해야 하는 목소리들에 대한 지시문으로 시작한다. '나'라는 캐릭터를 읽을 때의 그녀의 지시문은 이렇다. "아이로서, 높은 목소리로, 평범하게. 성인 여성으로서, 동일하게."

이런 문구들은 독자가 즉시 젠더를 알아차릴 수 있도록 하는데, 이 젠더야말로 마차도가 그녀의 작품에서 상당히 많이 다루는 것으로 그녀는 특히 여성이 여성혐오적인 문화에서 어떤 식으로 인지되는가를 대변한다. 〈파리 리뷰〉와의 인터뷰(2017년 10월 3일)에서 마차도는 이렇게 말했다. "호러는 제가 가장 좋아하는 장르죠, 굉장히 유연하니까요…. 호러는 아주 선을 넘기 쉬운 공간일 수 있거든요."

마차도는 앤절라 카터가 그랬던 것과 상당히 유사한 방식으로 이 장르의 전통적인 이야기들을 새로운 방향으로 밀고 나간다. 「허즈번드 스티치」에서 그녀는 캠프파이어 주변에서 시끌벅적하게 이야기되는 도시괴담과 이야기들의 형태를 변주한다. 이야기는 한 젊은 여자의 첫 번째 성경험과, 아울러 여성을 통제하고자 하는 남성의 욕망과 자신의 경험 일부를 남성과 나누지 않으려는 여성의 욕망—약간의 힘과 자율성을 누릴 수 있다면—을 다룬다. 「여덟 입Eight Bites」은 신체 이미지를 건드린다. 「재고Inventory」는 한 여성의 성적인 역사를 관찰한다. 이 이야기들은 결코 단순한 유령 이야기가 아니다.

이 책을 통해 발견하듯, 여성은 장르 문학에서 오랫동안 이런 주제들을 다루어 왔고, 마차도가 홀로 횃불을 든 것이 아니다. 일본의 호러 작가 노나미 아사(타카미 니에다가 영어로 번역한)가 쓴 『몸』(2012)은 각각 인간 사체의 일부(그리고 사람들이 자기 몸을 어떻게 지각하는지)를 다루는 이야기들로 구성된 단편집으로 〈환상특급〉에 버금가는 반전을 담고 있다. 이 이야기들은 이 책에서 거론된 여타 작품들보다 초자연적인 면은 덜한 대신 보다 〈블랙 미러〉적인 호러를 선보인다. 어떤 식으로 분류하든, 이 단편집으로 노나미는 지켜볼 작가로 자리매김했다(국내에서는 미스터리 작가로 더 알려져 있다-옮긴이).

헬렌 마셜의 『대이동The Migration』(2019)은 여성이 쓴 호러와 사변적인 소설의 지켜볼 가치가 있는 또 다른 사례이다. 스티븐 킹의 『애완동물 공동묘지』(1983)와 비견되는 마셜의 소설은 흑사병을 연구하는 사람들의 모임으로 시작한다. 역사가 우리에게 가르친 바가 있다면, 결코 그 끝이 좋지 못하다는 것이다.

여성이 최고의 뉴 호러와 다크 픽션을 쓴다는 증거가 더 필요하다고? 그렇다면 우리는 루게로 데오다토의 1980년 고어페스트 필름 〈홀로코스트Cannibal Holocaust〉의 전통을 잇는 키아 윌슨의 2016년 소설 『우리는 스스로를 먹는다We Eat Our Own』, 혹은 알마 카츄의 『굶주림The Hunger』(2018)과 같은 끔찍한 소설로 도전하겠다.

여타 우리가 좋아하는 새로운 작가들에는 세라 랭건, 메건 애봇, 마리샤 페슬, 사라 핀보로, 타나 프렌치, 리비아 르웰린 등이 있다. 또한 데이미언 앤젤리카 월터스와 켈리 링크의 단편들을 더 많이 읽고 싶다.

우리는 호러 소설에 있어 일종의 르네상스기를 살고 있다. 아마도 그 어느 때보다도 호러 소설을 쉽게 구할 수 있는. 그중 상당수가 여성 작가의 작품들이다. 이 마지막 장에서, 우리는 호러와 위어드 픽션의 현재 트렌드를 살펴보고, 독자를 사로잡거나 공포를 선사하기를 멈추지 않는 우리가 가장 좋아하는 여성 작가들에 대해 논의할 것이다.

다시 보는, 그리고 수정된 러브크래프트

◆
◆
◆

뉴 위어드

위어드 픽션은 1900년대 초기 이래 호러의 하위 장르로 자리매김했다. 고딕이라는 말처럼, 위어드라는 용어 역시 문학계에서 특정한 의미를 지닌다. 1927년 에세이 '문학에서의 초자연적인 공포'에서, H. P. 러브크래프트는 위어드 픽션이 유령 이야기와 고딕 호러의 장치들을 넘어서는 방식으로 불안을 조성한다고 주장했다. 러브크래프트에게 기이한 이야기란 아주 가벼운 특성을 지니는데 물리적인 세계를 초월하는 것들을 다루기 때문이다. 이는 우주적 공포, 혹은 알려지지 않은, 그리고 알려질 수 없는 것에 대한 공포를 아우른다. 위어드 픽션에서 일어나는 사건들은 합리적인, 혹은 과학적인 이해를 진실로 벗어나 있다. 기이한 것은, 그것이 우주 바깥에서 오든, 대양 아래서 오든, 혹은 머리카락 한 올만큼 떨어진 평행 우주에서 오든 인류에게는 이질적이다. 앤과 제프 밴더미어는 위어드 픽션을 이렇게 정의한다. "호러처럼 어둡지만 그 기이함에 대한 완전한 설명은 결코 주어지지 않을 불가해한 것과의 조우에 대한 이야기이다."

마거릿 세인트 클레어나 대프니 듀 모리에, 그리고 펄프 소설 시대 그들의 계승자들은 기이한 것을 상업적인 소설, 주로 남성적인 듯 보이는 세계로 진입하는 문으로 이용했다. 사실, 글을 쓰는 여성들은 늘 자신들의 삶에 대한 이야기를 공유하기 위해서, 그리고 생의 깊은 트라우마들을 묘사하기 위해서 이상하고 초자연적인 이야기를 이용해 왔다. 오늘날 그들은 훨씬 더 많이, 그리고 보다 다양한 형태로 계속해서 그런 글들을 쓰고 있다. 이는 아마도 가부장적인 이 사회에서 여성의 경험이 신빙성 없게 여겨지고 또한… 음… 기이하게 받아들여지기 때문일지도 모른다. 소설이 낯선 것, 이상한 것, 다른 것을 포용한다면 여성은 그 이야기를 할 수 있다. 여성은 사회의 주변부에 존재한다는 것이 어떤 뜻인지 알 뿐 아니라, 그렇게 존재하는 속에서 한껏 즐긴다는 의미도 알고 있다. 때문에 여성들이 기이한 것을 쓰려고 몰려드는 것이다. 그들은 기이한 것 중에서도 가장 끔찍한 것, 가장 이상한 것, 가장 매혹적인 것을 쓸 수 있기 때문이다. 여성은 '정상' 사회를 넘어서 존재하는 것을 볼 수 있다. 그리고 그럴 수 있다는 점이 우리는 기쁠 뿐이다.

위어드 픽션이라는 용어는 러브크래프트와 20세기 초 그의 동시대 작가들을 떠올리게 하지만, 이 하위 장르는 보다 최근에 거듭 부상하고 있다. 소위 뉴 위어드라 불리는 이것은 1990년대에 시작되어 밀레니엄까지 지속되어 왔고, 차이나 미에빌의 『페르디도 스트리트 정거장Perdido Street Station』(2001, 국내 출간: 『바스라그 연대기』 개정판, 아작, 2017) 같은 작품이 있었다. 이 작품은 우울한 디스토피아적 도심 풍경을 그리며 인간 캐릭터와 반 야수인 바퀴벌레 같은 캐릭터의 섹스 장면으로 시작된다. 뉴 위어드 픽션은 고전적인(우주적 공포를 아직도 가장 선호한다) 주제나 장치를 담기도 하지만, 작가들은 러브크래프트적인 신화를 지나쳐 사회적이고 정치적인 불평등, 인종, 젠더 문제를 탐험하고 있다. 더 많은 유색인과 여성 작가들이 그 어느 때보다 더 기이한 것을 쓰고 있다.

뉴 위어드를 쓰기 시작한 최초의 여성 작가 중 한 명은 오스트레일리아 출신 작가 K. J. 비숍이다. 그녀의 첫 소설 『새겨진 도시The Etched City』(2003, 첫 소설이자 현재까지는 작가의 유일한 소설이기도 하다-옮긴이)는 대개 SF로 분류되긴 하지만 장르를 초월한 듯 보인다. 이 책은 샤를 보들레르나 아르튀르 랭보와 같은 19세기 후반 데카당(19세기 후반의 프랑스 상징파 및 세기말 문학-옮긴이) 작가들에게 그 과도한 표현, 기이한 상상, 예술과 타락의 공존과 같은 영향을 받았다. 우리는 이야기의 주인공들을 그들이 내전에서 패배한 이후에 만나게 된다. 이름만 남은 도시, 아샤모일에서 두 남자가 다양한 문화들과 군 지도자들, 기이한 존재들, 샤먼들, 주술사들, 영매들, 그리고 의사들을 발견한다. 산 자와 죽은 자, 꿈과 현실의 경계가 아슬아슬하며 도시의 존재 자체가 의문이 된다. 〈퍼블리셔스 위클리〉에 게재된 평론은 이 소설을 "스티븐 킹의 『다크 타워』 시리즈와 차이나 미에빌의 『페르디도 스트리트 정거장』에 오브리 비어즐리(1872~1898, 아름다우면서 퇴폐적인 작풍을 선보인 영국의 삽화가-옮긴이)와 J. K. 위스망스(1848~1907, 프랑스의 탐미주의 작가-옮긴이)

가 가미되어 있다"고 설명했다. 잡지 〈로커스〉는 이 작품을 꼬리표를 거부하는 포스트모던 작품의 두 작가 호르헤 루이스 보르헤스와 이탈로 칼비노에 비교했다.

캐나다의 호러 작가 젬마 파일스는 위어드 픽션을 이렇게 묘사했다. "나에게 있어 그 매력은 작품을 읽는 사람이 불안하게 자신의 어깨 뒤를 훔쳐보게 하지만, 또한 그들이 마음속 가장 깊숙한 곳에서 알고 있는 것만 같은 무엇을 창조한다는 생각… 부자연스러운 개념 같지만 그럼에도 자연 질서의 일부처럼 보이는 무엇을 창조한다는 생각이다."

그녀는 자신의 2015년 셜리 잭슨 상 수상작 『실험 영화Experimental Film』(2013)에서 이런 묘한 기이함을 성취한다. 작품에서, 아들의 자폐증을 받아들이려 애쓰는 로이스라는 이름의 한 영화 비평가가 자신이 쓰는 기사를 위해 영화제에 참여한다. 영화제에 참여하는 동안, 그녀는 〈무제 13〉이라 불리는 보다 큰 프로젝트의 일부인 한 희귀한 무성영화를 보게 된다. 이 영상에는 하얀 베일에 싸여 낫을 들고 있는 한 여성이 보이고, 로이스는 이 영상과 영상을 만든 이에 대해 알아내는 일에 집착하게 된다. 그녀가 영상 속 여성… 어쩌면 불멸일지 모르는, 그리고 로이스의 매혹에 어떤 생각을 품고 있는 것만 같은 이 여자의 관심을 끌면서 기이한 일들이 뒤따른다. 정확히 '금지된 텍스트' 방식으로, 로이스는 자신이 보지 말았어야 하는 영화에 사로잡힌다. 〈로스앤젤레스 리뷰 오브 북스〉는 파일스의 작품을 앨저넌 블랙우드와 아서 매켄의 작품뿐 아니라 토머스 리고티와 제프 밴더미어 같은 동시대 작가들과도 견주었다. 첫 작품을 선보인 이래 뉴 위어드와 관계를 맺어 온 또 다른 작가로는 아일랜드 태생으로 앨라배마에서 자란 케이틀린 R. 키어넌이 있다. 키어넌은 척추고생물학을 공부했으며 파충류와 고생물학 분야에서 논문들을 썼다. 또한 이런 과학적 관심이 그녀의 소설에서도 선명하게 드러난다. 그녀는 활발하게 작품을 펴내며 수상 경력도 빛나는 작가로 지금까지 10권의 장편 소설과 만화책 수 권, 200편이 넘는 중단편을 써냈다. 2012년 자신들의 위어드 픽션 모음집의 서문에서, 앤과 제프 밴더미어는 키어넌을 "아마도 그녀 세대 최고의 위어드 작가"일 것이라고 평가했다.

키어넌의 호평받은 2009년 소설 『붉은 나무The Red Tree』는 셜리 잭슨상 최고의 장편 소설 부문을 수상했으며, 로커스 상, 세계환상문학상을 수상했다. 이야기는 개인적인 문제들을 회피하고자 로드아일랜드로 이주했다가 자신의 새 집에서 오래 묵은 원고를 발견하게 되는 세라 크로우를 중심으로 한다. 소설은 몇 가지 이유에서 탁월한데, 특히 중심이 되는 동성애 관계와 소위 편집된 일기라 불리는 포스트모던한 독서 기법을 통해 신뢰할 수 없는 화자를 이용하는 점이 그렇다. 초자연적인 이야기를 진행하는 과정에서, 키어넌은 또한 정신 질환과 현실의 모호성이라는 주제를 제시한다.

최근, 키어넌은 자신의 위어드 픽션 목록에 중편 소설 『꿈의 나라의 에이전트Agents of Dreamland』(2017)와 『검은 헬리콥터Black Helicopters』(2018)를 추가했다. 두 작품 모두 지구를 노리는 음울한 러브크래프트적인 세력과 미지의 세력을 섬기는 비밀스러운 에이전트들, 그리고 과학 실험이 잘못된 결과 피해를 입는 캐릭터들을 담고 있다.

키어넌의 글은 뉴 위어드 장르의 유동성을 증명하면서 SF와 다크 판타지, 사변 소설의 경계를 자유롭게 넘나든다. 다른 작가들은 20세기 초의 위어드 픽션과 보다 직접적으로 연결된다. H. P. 러브크래프트를 변형해서 쓰는 여성으로는 카산드라 카와 키즈 존슨을 찾아보라. 세계환상문학상을 수상한 존슨의 중편 소설 『블릿 보의 몽환의 추적The Dream-Quest of Vellitt Boe』(2016)은 러브크래프트의 1943년 중편 『미지의 카다스를 향한 몽환의 추적The Dream-Quest of Unknown Kadath』을 여성 중심으로 개작한 이야기이며 러브크래프트 소설에 대한 해석이 담겨 있다. 작품에서, 존슨은 러브크래프트의 드림 사이클(러브크래프트의 작품에서, 인간이 꿈을 통해 접근할 수 있는 꿈의 왕국Dream Realm을 다루는 작품들을 총칭한다-옮긴이) 시리즈에 영감을 받은 세계를 기반으로 새로운 이야기를 엮어낸다. 상상 세계에 존재하는 우수한 여자 대학에서 수학을 가르치는 교수인 블릿 보는 현실 세계의 꿈꾸는 자와 도피 행각을 벌여 할아버지(덧붙이자면, 신이다)를 화나게 한 한 학생을 구출하기 위해 환상 속으로 여정을 떠나야 한다.

말레이시아 작가인 카산드라 카는 자신의 중편 소설 『뼈를 두드리는 망치Hammers on Bone』(2016)와 『고요를 위한 노래A Song for Quiet』(2017)에서 러브크래프트적인 위어드 소설과 누아르 탐정 소설을 결합시킨다. 전자에서는 한 아이가 사립탐정을 고용하는데, 어쩌다 보니 그 사립탐정이 몬스터이며, 아이가 죽여 달라고 의뢰하는 아이의 폭력적인 계부 역시 몬스터이다. 카는 가정폭력이라는 끔찍한 경험 아래 근본적으로 러브크래프트적인 몬스터 호러를 조심스럽게 삽입한다. 그녀의 작품은 뱀파이어들과 함께 사는 여성이자 곰으로 변신할 수 있는 곰 인간들을 다룬 『곰 같은 여자Bearly a Lady』(2017)부터 전 세계 다양한 신들과 인육을 먹는 여자 친구를 담은 루퍼트 웡 시리즈 중 한 권 『신들의 음식Food of the Gods』(2017)까지 모두 기이하다.

켈리 링크, 캐런 러셀, 나디아 벌킨 또한 언급할 만하다. 링크의 세 권의 단편집 『더욱 이상한 일들Stranger things happen』(2001), 『초보자를 위한 마법Magic for Beginers』(2005, 국내 출간: 웅진지식하우스, 2007), 『말썽Get in Trouble』(2015)은 닐 게이먼, 조지 손더스, 에이미 벤더, 호르헤 루이스 보르헤스, 그리고… 캐런 러셀과 비교되었다. 링크와 함께 퓰리처 상 최종 후보에 올랐던 러셀은 섬세하며 불안하게 하는 위어드 픽션들을 쓰는 작가이다. 그녀는 플로리다의 유원지에 사는 악어 레슬러 가족을 다루는 『스왐플란디아!Swamplandia!』(2011, 국내 출간: 『늪세상』, 21세기북스, 2011), 『늑대인간이 키운 소녀들을 위한 세이트 루시의 집 이야기St.Lucy's Home for Girls Raised by Wolves: Stories』(2006, 국내 출간: 『악어와 레슬링하기』, 21세기북스, 2012) 그리고 중편 『수면 기부Sleep Donation』(2014) 를 썼다. 「수면 기부」는 불면 팬데믹을 맞아 통합 아메리카가 건강한 수면자에게서 불면증 환자들에게 기부되어 온 잠을 주조하여 문제를 해결하려 애쓰는 이야기이다. 벌킨의 2017년 단편집 『그녀는 파괴하라고 말했다She Said Destroy』는 정의하기 어렵다. 그녀는 러브크래프트의 독자라면 알아차릴 우주적 공포를 넉넉히 사용하지만 그녀의 작품은 딱히 어떤 분류에도 맞아떨어지지 않는다.

"

살아 있는 사람이라면
누구나 그 안에
유령을 품고 있지,
그렇지 않아?

"

『새 남자친구The New Boyfriend』, 켈리 링크

송곳니에 광을 내다

◆
◆
◆

뉴 뱀파이어

뱀파이어는 화려하다. 그들은 섹시하다. 그들은 부유하다. 그들은 후회 없는 삶을 산다. 브램 스토커의 유럽 태생 귀족적인 악귀가 책 속에 내려앉은 이래, 독자들은 일상의 단조로운 현실에서 벗어나기 위해 뱀파이어 이야기들로 몰려들었다. 현대의 뱀파이어들은 그 선임자들만큼이나 매력적이고 유혹적이지만 그 플롯들은 현대 독자의 삶에 한 발 더 다가들어 있다*. 예를 들어, 앤 라이스의 『뱀파이어와의 인터뷰』에서 레스타, 아르망, 그리고 천사 같은 어린 클라우디아는 아빠가 둘 있는 한 가족을 형성한다. 뱀파이어들을 그토록 참을성 있게 만드는 것은 그들이 자신들의 행위의 결과를 걱정하지 않아도 되기 때문이다. 현존하는 그 어떤 문제도 그들보다 오래 지속되지는 않으리라는 사실

* 이런 유행은 책에만 국한된 것이 아니다. 뱀파이어가 등장하는 주요 목록에 추가할 유명 작품으로는 작가이자 감독인 애나 릴리 아미푸르의 수상 경력에 빛나는 2014년 이란의 뱀파이어 영화 〈밤을 걷는 뱀파이어 소녀〉가 있다. 〈버라이어티〉는 아미푸르의 영화를 "동아시아의 페미니스트 뱀파이어 로맨스"라고 소개하면서 뱀파이어가 장르를 가로지르며—이 경우엔, 히잡을 쓰고 스케이트 보드를 타는—어떤 틀에도 갇히기를 거부한다는 점을 증명했다. 라이 로지, "선댄스 필름 리뷰: 밤을 걷는 뱀파이어 소녀Sundance Film Review: 'A Girl Walks Home Alone at Night", 〈버라이어티〉, 2014년 1월 24일.

을 알고 있으니까. 아마도 이런 점이 우리네 미천한 인간들에게 가장 매력적인 부분이리라. 그런 매력 덕분에 뱀파이어들은 호러 픽션의 중심부에 수십 년간 남아 있으며 빠른 시일 내에 사그라질 의도는 전혀 없어 보인다.

21세기 첫 10년은 이 송곳니 돋은 이야기들에서 불꽃을 목도한 기간이었으며 이런 유행은 세 개 시리즈의 엄청난 히트와 함께 광란에 휩싸였고 이 작품들은 모두 여성 작가들이 써냈다. 바로 여러 후속편들, 영화, 그래픽 노블들을 낳은 스테프니 메이어의 『트와일라잇』(2005, 국내 출간: 북폴리오, 2009, 새로운 시리즈가 2020년에 발간되었다-옮긴이)과 수많은 시리즈와 CW네트워크의 인기 있는 TV 시리즈를 낳은 L. J. 스미스의 『뱀파이어 다이어리』(1991), 2001년부터 2013년까지 에이스 북스에서 13권으로 출간되었으며 TV드라마 〈트루 블러드True Blood〉로 각색된 샬레인 해리스의 수키 스텍하우스 시리즈(국내 출간: 『어두워지면 일어나라』,열린책들, 2009~)들이 그것이다. 이 시리즈들은 각각 뱀파이어 이야기를 다양하게 직조한 풍성한 태피스트리를 제공하지만, 또한 진실을 분명히 보여 주기도 한다. 뱀파이어가 있는 곳에는 종종 멀지 않은 곳에 늑대인간이 한둘 있다는 것을. 때로는 요정도.

로렐 K. 해밀턴의 작품에서는 뱀파이어들이 다른 초자연적인 존재들로 향하는 입구가 되기도 한다. 그녀의 주인공 애니타 블레이크는 뱀파이어 헌터이다. 버피처럼 전사라기보다는 주술사 탐정에 가깝지만. 이 시리즈는 『달콤한 죄Guilty Pleasure』(2002, 국내 출간: 황금가지, 2006, 절판)로 시작하며 산 자와 죽은 자에게 동등한 권리가 인정된 세계를 설정한다. 물론, 초자연적인 말썽거리는 언제나 들끓고 있고, 애니타는 결국 뱀파이어뿐 아니라 형태변형자들, 특이하고 다양한 좀비 생물들과 싸우게 된다.

뱀파이어 이야기가 호러, SF, 판타지에서 지속적으로 되풀이되는 이유는 그 개념이 다방면으로 풀어가기에 충분히 강력하기 때문이다. 옥타비아 버틀러는 고대 뱀파이어 혈통의 이야기를 담은 2005년 소설 『풋내기』에서 SF와 호러를 버무렸다. 주인공은 자신의 종족에서는 아직 어린 편인 53세이지만 아이, 정확하게는 아프리카계 미국인 소녀로 보인다. 버틀러의 소설은 순수한 공포라기보다는 SF에 가깝지만, 뱀파이어라는 장치에 다시 생명을 불어넣으면서 그 규범에 반가운 요소를 덧붙인다. 또 다른 신선한 요소는 캐런 러셀이 불어넣는다. 그녀의 단편집 『레몬그로브의 뱀파이어Vampires in the Lemon Grove』(2013)의 표제작은 판타지와 마술적 사실주의가 혼합된 작품으로 뱀파이어의 잠재성을 인간조건의 투쟁, 특히 사회 주변부에 존재하는 이들에 대한 비유로 보여 준다. 이 책은 퓰리처 상 소설 부문의 최종 후보였다.

엘리자베스 코스토바는 2005년 리틀, 브라운에서 출간된 자신의 책 『히스토리언』에서 역사적인 뱀파이어라는 개념을 다시 썼다. 이 소설은 브램 스토커의 『드라큘라』를 다시 쓰고 있다고 볼 수 있다. 코스토바는 잔뜩 경직된 오마주일 수 있는 것은 우회하고 대신 뱀파이어의 전승이라기보다 어떤 주제에 매혹된 역사가들의 로맨스에 가까운 책을 쓴다. 헌터가 된 교수와 그의 딸의 이야기는 눈을 뗄 수가 없으며 묘사가 풍부하다.

비록 『히스토리언』에서는 뱀파이어가 유일한 몬스터이긴 하지만, 소설 속 뱀파이어들은 종종 다양한 다른 초자연적인 존재들과 함께 등장한다. 데보라 하크니스는 자신의 '모든 영혼들All Souls 연대기'에서 초자연적인 존재들이 인류와 함께 존재하는 자신만의 왕국을 그려낸다. 2011년 펭귄에서 출간된 『마녀의 발견A Discovery of Witches』은 독자에게 오래전 사라졌던 원고를 발견하고 자기 안의 마법을 일깨우게 되는 다이애나 비숍 교수를 소개했다. 이 책은 〈뉴욕 타임스〉 베스트셀러였으며 영상 판권이 그 즉시 팔렸다. 하크니스의 책을 기반으로 하는 영국 텔레비전 드라마가 스카이원에서 영상화되었다(시리즈의 첫 권인 〈마녀의 발견〉라는 제목으로 제작되어 2018년 9월 첫 방송되었고 2021년 1월에 두 번째 시리즈가 방영되었다-옮긴이). 마녀, 뱀파이어, 그리고 다른 마법적인 존재들을 아우르는 비숍의 모험담은 후속편인 『밤의 그림자Shadow of Night』(2012), 『생명의 책The Book of Life』(2014)에서 계속된다.

하지만 모든 뱀파이어들이 초자연적인 세계에서 평안을 누리는 것은 아니다. 타나나리브 듀의 아프리카계 불멸의 존재들 같은 이들은 결코 뱀파이어임을 드러내지 않는다. 듀가 쓴 시리즈의 첫 권 『내 영혼을 지키다My Soul to Keep』(1997)는 이제 갓 결혼한 젊은 부부, 데이비드와 제시카를 중심으로 하는 가족 드라마로 시작한다. 삶은 데이비드가 그의 새 신부에게 자신이 수백 살 먹었으며 에티오피아에서 불멸을 획득했다고 고백할 때 달라진다. 이내 제시카는 자신의 가족과 영혼을 위해 싸우게 된다. 듀의 이야기는 생명을 구하는 피를 찾아 이 불멸의 존재들을 사냥하는 인간들이라는 흥미로운 반전을 제시한다. 이 시리즈는 네 편의 소설들로 구성된다.

뱀파이어의 끝도 없는 다양성을 보여 주는 또 다른 사례는 수지 맥키 차르나스가 쓴 『뱀파이어 태피스트리The Vampire Tapestry』(1980)이다. 이 작품 속의 흡혈 행위는 초자연적인 이유라기보다 바이러스에 가깝다. 이 작품은 로커스 상과 네뷸러 상 최종 후보로 올랐다.

호러/SF 하이브리드 스펙트럼의 다른 끝에는 보다 가벼운 뱀파이어 소설들이 있다. 이를테면, 메리제니스 데이비드슨의 『죽지 않는 그리고 결혼하지 않은Undead and Unwed』(2004)은 어느 날 관 속에서 깨어난 한 젊은 독신 여성의 (불운한) 사건들을 중심으로 하는 초자연적인 로맨스 소설이다. 데이비드슨은 뱀파이어들이라도 그 영원한 삶에 사랑을 필요로 한다는 것을 증명해낸다. 『죽지 않는 그리고 결혼하지 않은』은 베스트셀러였으며, 데이비드슨은 자신의 팬을 위해 이 시리즈를 계속 쓰고 있다. 이 책의 재치 있는 어조는 십 대 독자에게 완벽하게 들어맞는다. 청소년 독자를 위한 또 하나의 추천은 킴벌리 폴리가 쓴 『나로 살기 위한 흡입: 십 대 뱀파이어(아마도) 미나 해밀턴의 진실한 고백Sucks to be me: The All-True Confessions of Mina Hamilton, Teen Vampire(Maybe)』(2009)이 있다. 우리는 이 주인공의 이름을 사랑한다. 이 이름은 최초의 뱀파이어 사냥꾼, 브램 스토커의 미나 하커에 대한 오마주이다.

뱀파이어 이야기의 이 기나긴 역사가 보여 주듯이, 이 존재들은 다양한 형태를 취할지 몰라도 한동안은 우리와 함께하며, 우리가 그들을 이야기하는 한 우리 이야기의 그림자 속에 도사리고 있을 것이다. 소설이야말로 그들을 진실로 영원하게 하는 것이니까.

"

분노로 숨이 막힐 때면,
아무 말 안 하는 게 최선이야.

"

『풋내기』, 옥타비아 버틀러

치명적인 나의 집

◆
◆
◆

새로운 유령의 집

제5부에서, 우리는 대프니 듀 모리에나 엘리자베스 엥스트롬과 같은 작가들이 집 안에서 일어나는, 그리고 심리적인 공포의 배경으로 유령 들린 집을 얼마나 완벽하게 이용하는가를 목도했다. 집을 소유한다는 것은 아메리칸 드림의 핵심이며, 집은 위안과 공포라는 두 가지 잠재력을 동시에 보유하고 있다. 특히나 경제적인 격동의 시기에는. 현대의 작가들은 이 오래전 고안된 장치를 계속 이용하고 발달시키면서, 영혼에 잠식된 아파트들, 레지던스 홀들, 기숙학교들, 버려진 사유지들, 그리고 다른 거주 공간들을 배경으로 이야기를 풀어나간다.

일본 작가 고이케 마리코의 1986년 소설 『묘지의 아파트The Graveyard Apartment』는 2016년에 영어로 번역되어 세인트 마틴스 프레스에서 출간된 소설로, 젊은 부부와 그들의 아이가 놀랍도록 합리적인 가격으로 남편의 출퇴근이 편한 환상적인 아파트를 구입하여 입주하는 이야기이다. 그 낮은 가격은 아파트 옆의 공동묘지… 그리고 다른 쪽의 화장터… 그리고 또 다른 쪽에 있는 절 때문일지도 모른다. 이 집에서의 첫

날 밤 그들이 기르던 새가 죽는다. 그다음, 딸이 새가 그들의 새 집에 대한 경고를 전하기 위해 돌아왔다고 주장한다. 거의 즉시, 다른 입주자들이 이사를 나가기 시작한다. 이내 가족은 이 아파트 꼭대기에 홀로 살게 된다. 그리고 지하에는 무언가 사악한 것이 있다.

레이첼 클레인의 데뷔 소설 『나방 일지The Moth Diaries』(2002)는 몇몇 호러 주제를 걸치고 있다. 신종 뱀파이어에 대한 암시가 있다. 이름이 없는 화자를 사로잡은 미스터리 중 하나는 그녀의 동료 학생인 어네사가 좀비인가 아닌가 하는 것이다. 화자가 사는 여자 기숙사에서 벌어지는 온갖 기이한 일들은 이 책을 유령 들린 집 영역에 위치시킨다. 이야기의 화자는 아버지의 자살 때문에 브렝긴 홀에 머무는데, 학교에는 거기 사는 소녀들의 고통이 맴돈다. 이 소녀들은 부모를 잃은 슬픔에 빠져 있다. 그들은 스스로 약물을 처방한다. 그들은 정신질환과 섭식 장애에 시달린다. 화자가 경계성 성격 장애와 우울증 같은 정신 질환 진단을 받았다는 점을 감안할 때, 그녀는 믿을 수 없는 화자라고 해도 전혀 과장이 아니다. 이야기는 현실과 비현실 사이에서 흔들린다. 이 책에 일어나는 사건들이 초자연적인 존재의 증거일 수 있을까, 혹은 그보다는 트라우마에 대응하기 위한 젊은 여성들의 지극히 현실적인 시도들일까? 소설은 2011년에 영화화되었으며 메리 해론이 감독하고 릴리 콜이 어네사로 출연했다.

기숙사에서 일어나는 호러를 조금 더 원하는가? "〈폴터가이스트〉와 〈조찬 클럽The Breakfast Club〉이 만났다"는 것이 알렉산드라 소콜로프의 『끔찍한 것The Harrowing』에 대한 커커스 리뷰였다. 유명 호러 작가 아이라 레빈과 램지 캠벨 또한 이 첫 소설을 극찬했다. 추수감사절이 되었고, 베어드 칼리지의 모든 학생들이 집으로 떠났다. 로빈 스톤과 그녀가 막 만난 네 명의 다른 학생들만 빼고. 그들은 100년 된 기숙사에 머물고 있고 거대한 폭풍이 닥쳐든다. 이 정도는 전혀 나쁘게 들리지 않죠? 기숙사 생활관에 방학 기간 머물기로 결정한 또 다른 '존재'가 있다는 사실이 드러나면서, 출몰하는 유령을 보기 위해 굳이 집까지 갈 필요가 없다는 점이 증명된다.

살짝 다른 무언가를 원한다면, 사라 로츠와 루이스 그린버그의 창작 팀 S. L. 그레이가 쓴 『아파트The Apartment』(2016, 국내 출간: 『아파트먼트』, 검은숲, 2018)를 찾아보라. 이 이야기는 에어비앤비 같은 주택 공유 서비스가 잘못되면 어떻게 될지를 탐구한다. 마크와 스텝, 그리고 그들의 딸은 남아프리카공화국의 케이프타운에서 행복하게 살고 있었는데, 마스크를 쓴 무장한 남자들이 그들의 집에 침입한다. 아무도 다치지 않았지만, 이 끔찍한 사건으로 가족들은 변화를 원하게 된다. 그들은 파리에 있는 어떤 이와 집을 바꿔 보기로 결정하는데—알고 보니, 그자는 케이프타운의 그들 집에 나타나지 않는다.

이 가족의 프랑스 여행은 미스터리하고 기이한 사건들로 가득한 데다—벽 사이를 가로지르는 그림자에 대한 묘사는 소름이 돋는다—그들의 숙소에는 그들에게 모호하게 위험을 경고하며, 이 세계를 갈구하지 않는 오싹한 이웃까지 딸려 있다. 그들이 정상적인 생활을 찾아 집으로 돌아온 뒤에도, 부부와 아이는 어둠 속으로 더 깊이 가라앉는다. 파리 아파트의 여파일 수도, 그들 자신이 만들어낸 효과일 수도 있다.

유령 들린 공간을 탐구한 그레이 창작 팀의 또 다른 탁월한 사례로는 『몰The Mall』이 있다. 특히 의류 코너의 마네킹으로 가득 찬 어두운 공간에 대한 그들의 묘사에 주목하라. 미동도 없이 한 무더기 가득 폐기된. 마침내 그중 하나가 움직이기 시작한다.

수년에 걸쳐, 소설가 체리 프리스트는 고딕과 좀비 소설부터 러브크래프트적인 테마들까지 모든 것을 아울렀지만, 『가족 구역The Family Plot』(2016)은 테네시주 채터누가를 배경으로 하는 유령 들린 집 소설이다. 척 더튼은 역사적인 건물 전문 복구 회사를 소유하고 있고 어려운 상황에 처해 있다. 일을 간절히 원하던 더튼은 위드로 부지를 구입하여 탈바꿈시켜 재판매할 기회에 뛰어든다. 불행히도 그 소유주, 어거스타 위드로는 그 집에 영혼들이 거주하고 있다는 사실을 언급하지 않는다. 그리고 해당 부지에 있는 섬뜩한 묘지도. 그리고 그 영혼들이 과거에 일어난 어떤 일 때문에 화가 났다는 것도. 그 부지에 포함된 것들을 복구하려고 도착한 네 명의 사람들은 손님을 좋아하지 않는 위험한 존재를 대면하게 된다.

잭 젬스의 『그것의 손아귀The Grip of It』(2017)에서는, 젊은 부부가 그들의 첫 집을 산다. 비가 새는 지붕이나 복구할 필요가 있는 장치들보다 문제가 되는 건 움직이는 벽지와 이상한 얼룩들과 벽에 나타나는 글씨들이다. 마을 사람들에게는 많은 비밀들이 있고 그 집은 역사를 품고 있다. 젬스는 각각 번갈아 화자를 맡는 두 주인공의 관점을 이용하여 전형적인 유령 들린 집이라는 장치를 넘어선다. 그녀는 외부와 내부, 현실과 비현실 사이의 경계가 우리가 생각한 것보다 얄팍하다는 점을 보여준다. 이 책은 헨리 제임스의 『나사의 회전』(1898), 셜리 잭슨의 『힐 하우스의 유령』(1959), 마크 Z. 대니얼뉴스키의 『잎들의 집House of Leaves』(2000)에 비견된다.

"

우리 자신을
믿을 수 없다는 것이
가장 위협적인 위험이에요.

"

『그것의 손아귀The Grip of It』, 잭 젬스

이것이 종말이다(다시)

◆
◆
◆

뉴 아포칼립스

계시록 이후, 아포칼립스라는 개념은 인간 의식의 일부—인간의 공포의 대상이 되었다. 아포칼립스는 본래 종종 종교적인 의미를 함축한 비밀스러운 지식의 폭로를 뜻하지만, 이 용어는 이제 주로 모든 것의 끝으로, 혹은 적어도 우리가 아는 세상의 끝으로 받아들여진다. 모든 것의 끝은 충분히 으스스하지만, 그 질문은 심지어 더욱 으스스하다. 그 끝 뒤에는 무엇이 따라올 것인가?

아포칼립스를 다루는 소설의 인기는 국가적, 세계적으로 주요한 사건들과 그 종적을 같이 한다. 아포칼립스 이야기들이 증가한 것은 원자력과 핵무기들, 그리고 그와 공존하는, 매우 실제적이며 세계적인 멸망의 가능성을 따른 결과다. 1950년대와 1960년대 아이들은 '숙이고 가리기' 훈련을 기억할 것이다. 1970년대와 1980년대 아이들은 1983년 TV 영화 〈그날 이후The Day After〉에 대한 충격적인 기억이 있을 것이다. 핵으로 인한 참사의 위협은 남아 있지만, 1990년대와 2000년대부터 오늘날까지 관통하는 소설은 세계를 파멸시키는 전염병을 선호하는 듯이 보인다. 때로는 이 세계적인 질병이 인구를 대부분 말살하고, 끔찍한 일들이 이어진다. 때로는 좀비들이 세계 인구를 전멸시키는 전염병이 되며, 끔찍한 일들이 이어진다.

아포칼립스를 다루는 소설(그리고 그와 연관된 포스트 아포칼립스와 디스토피아를 다루는 소설)은 현대의 사회적인 문제들에서 나온 이야기를 제시한다. 이는 빈곤, 사회적 불평등, 인종 차별 같은 난제들에 대한 토론의 장을 마련한다. 마거릿 애트우드의 1985년 소설 『시녀 이야기』(국내 출간: 황금가지, 2018)는 2017년 4월 훌루에서 스트리밍을 시작한 각색판 덕분에 대중문화의 시대정신 속으로 스며들었으며, 그녀의 캐릭터들이 착용한 상징적인 빨간 드레스와 하얀 후드는 여성의 평등을 옹호하는 정치적인 시위자들을 위한 복장이 되었다. 애트우드는 이 소설에서만 아포칼립스를 다룬 것이 아니다. 2003년에 처음 출간된 그녀의 '미친 아담' 시리즈는 죽음, 병, 그리고 환경 재해의 결과 지각력에 변형이 생긴, 유전적으로 조작된 바이러스의 생존자들을 중심으로 한다.

크리스티나 달처의 『소리Vox』(국내 출간: 『그리고 여자들은 침묵하지 않았다』, 다산책방, 2020)는 여러모로 애트우드의 『시녀 이야기』를 계승한다. 이 작품은 여자들에게 하루에 백 마디 말만 허용되는 세계를 그린다. 나오미 앨더만의 『파워』는 일종의 거꾸로 뒤집힌 세계를 그리는데, 이 세계에서 특별한 힘은 가장 예상 밖의 수혜자—십 대 소녀들에게 주어진다. 그 결과는 극적이다. 조스 웨던의 작품을 하나라도 본 사람이라면 무엇이 뒤따르든 놀라지 않을 테지만. 이 책의 중심에서 제기되는 질문은 힘이 불공정하게 분배되었을 때, 달콤할지 아니면 해로운 선물일지 하는 것이다.

청소년 소설은 수잔 콜린스의 '헝거 게임' 시리즈(2008~2010, 국내 출간: 북폴리오, 2020 리커버판)가 완전히 압도했다. 그 인기는 제니퍼 로렌스가 주인공 캣니스 에버딘으로 출연하는 영화 덕분에 더욱 증폭되었다. 이 이야기는 아포칼립스 이후 북아메리카의 디스토피아를 배경으로 한다. 강력하고 권위적인 정부가 반란에 실패한 시민들에 대한 처벌로 매년 아이들을 추첨하여 목숨을 걸고 싸우게 만드는 경연을 벌이고 이를 텔레비전으로 중계한다. 셜리 잭슨, 조지 오웰의 『1984』, 그리고 TV 리얼리티 쇼라는 현상의 울림이 풍부하다. 콜린스의 책들에 이어 베로니카 로스의 '다이버전트' 시리즈(2011~2013, 국내 출간: 은행나무, 2013)가 나왔다. 이 시리즈는 종말 후 사람들이 인격과 사회적 위치를 기반으로 분류된 시카고를 배경으로 한다.

에밀리 세인트존 맨델이 쓴 인기 있는 포스트 아포칼립스 SF 『스테이션 일레븐』(2014, 국내 출간: 북로드, 2016)은 연계성이 헐거운 캐릭터들이, 돼지 플루로 황폐해진 세계에서 살아남기 위해 애쓰는 모습을 그린다. 맨델은 단순히 인간의 삶뿐 아니라 인류의 문화가 어떤 식으로 재난을 넘어서는지를 탐구한다. 살아남은 인류 중에서 음악가, 배우, 예술가 무리가 흩어져 있는 거주지들을 전전하며 오락과 동료애를 제공하고 다닌다. 『스테이션 일레븐』은 2015년에 아서 C. 클라크 상을 수상했으며 전미도서상 후보에 올랐다.

앞서 토니 모리슨을 다룰 때 논했던 타나나리브 듀 역시 아포칼립스 영역을 시도했다. 그녀의 단편집 『유령의 여름Ghost Summer』(2015)은

「보균자들Carriers」이라는 제목의 이야기들 전체를 담고 있으며, 세계의 끝과 그 뒤에 아마 있을지 없을지 모르는 이야기가 실려 있다. 「보균자들」에 속하는 이야기 중 한 편인 「최초 감염자Patient Zero」는 격리 시설에서 살고 있으며 무슨 일이 벌어지고 있는지 혹은 왜 벌어지는지 완전히 이해하지 못하는 어린 소년에 대한 고통스러우리만치 가슴 아픈 이야기이다. 이 이야기는 소년의 관점에서 서술되며 소년은 자신의 조그만 커뮤니티를 형성하는 의사, 간호사, 선생님과의 대화를 서술한다. 듀는 소년이 이해하기 전에—이 소년이 그럴 수 있기나 하다면—독자가 먼저 어떤 일이 있었는지 알아차리도록 이야기를 펼치며 그 방식이 충격적이다. 그녀가 남편 스티븐 바네스와 공동 집필한 「위험한 말Danger Word」은 가족 관계에 대한 탐구이다. 세계의 끝을 준비했던 할아버지는 손주와 함께 좀비 팬데믹이 휩쓴 포스트 아포칼립스 세계를 맞이한다. 이 작품은 2013년에 19분짜리 단편 영화로 각색되었다.

도심 판타지 작가인 쇼난 맥과이어는 미라 그랜트라는 필명으로 집필한 '뉴스 속보Newsflesh' 연대기(2010~2012)로 좀비 영역에 진입했다. 『피드Feed』, 『마감Deadline』, 『블랙아웃Blackout』으로 구성된 이 시리즈는 약물로 유발된 좀비 아포칼립스 이후의 다변화된 세계를 기록하는 블로거 저널리스트들과 소셜 미디어 학자들을 중심으로 한다. 첫 번째 책은 일단 상황이 진정되고 인류가 새로운 일상을 파악하려 애쓰고 있는 상황을 그린다. 하지만 두려움을 모르는 저널리스트들은 이 재난을 촉발시킨 사건들 밑에 자리한 거대한 음모의 증거를 발견하고, 이 좀비들이 사람들이 생각했듯 쉽게 통제되거나 사라지지 않을 거라는 사실을 밝혀낸다. '뉴스 속보' 시리즈는 위협 전술 정치와 블로그와 소셜 미디어 포스트들로 가득한 포스트모던 텍스트로 우리가 살아가는 동시대적인 순간에 깊게 뿌리를 내리고 있다.

활발하게 작품을 쓰는 나이지리아 출신 미국인 작가 은네디 오코라포르는 성인과 아이들을 위한 SF와 판타지를 쓰며 두 개의 시리즈, 『빈티』와 『아카타 마녀』로 가장 잘 알려져 있다. 그녀의 책 『누가 죽음을 두려워하는가Who Fears Death』(2010, 국내 출간: 황금가지, 2019)는 인종과 집단 학살적인 충돌로 분열된 미래의 수단을 배경으로 하며 여성의 경험에 초점을 둔다. 주인공은 에우, 강간으로 태어난 아이로 엄마를 대신해서 복수에 나선다. 이 소설은 세계환상문학상과 칼 브랜든 킨드레드 상을 수상했으며, 2017년에 오코라포르는 작품이 HBO 제작, 조지 R. R. 마틴 책임 프로듀서로 영상화된다고 공개했다.

N. K. 제미신이 3회 연속으로 휴고 상을 수상한 '부서진 대지 연대기' 『다섯 번째 계절』, 『오벨리스크의 문』, 『석조 하늘』(2015~2017, 국내 출간: 황금가지, 2020 완간)은 판타지 세계에서 벌어지는 이야기이긴 하지만, 기후 변화라는 재난으로 초래된 종말이라는 설정은 낯선 일 같지 않다. 제미신의 캐릭터들은 다양한 세력들로 대변되는 권위와 억압의 체계를 직면하며, 비록 허구이지만 현재의 독자들에게 친숙하게 느껴진다. 제미신은 카스트 제도에 기반을 둔 사회를 창조했으며 그 사회에서는 강력한 지도자 계층이 노동자의 힘과 재능을 이용한다. 〈뉴욕 타임스〉에 실은 『다섯 번째 계절』의 리뷰에서 나오미 노빅은 이렇게

썼다. "세계가 끔찍하다면, 그 세계의 종말은 승리가 되기도 한다. 그 안에 갇힌 이들에게는 그 이후의 삶이 상상하기 어려운 것이라 해도."

찬사를 보낼 만한 포스트 아포칼립스 소설로는 루이스 어드리크의 『살아 있는 신의 미래의 집Future Home of the Living God』(2017)과 리베카 로언호스의 『천둥의 궤적Trail of Lightning』(2018, 국내 출간: 황금가지, 2020)이 있다. 유력한 문학 작가인 어드리크는 『사랑의 묘약Love Medicine』(1984, 국내 출간: 문학동네, 2013)으로 시작하는 북미 원주민 대서사시로 가장 잘 알려져 있다. 『살아 있는 신의 미래의 집』에서 그녀는 애트우드의 시녀들 맥락에 있는 사변 소설로 관심을 돌린다. 태어나는 아이들이 무언가 잘못되었다. 아기들이 무언가… 인간이 아닌 것에 종속되는 것 같다. 하지만 주인공 시더 호크 노래를 만드는 자는 그녀의 자궁 안에 '정상인' 아이를 품고 있고, 알 수 없는 이유로 그녀처럼 아이가 변하지 않은 여자들을 잡아가는 유괴범들에게서 달아나야 한다. 이 디스토피아적인 세계는 놀랄 만큼 빠르게 통제를 벗어난다.

로언호스는 「진정한 인디언 체험에 오신 것을 환영합니다Welcome to your Authentic Indian Experience」로 2018년 휴고 상과 네뷸러 상을 수상했다. 그녀는 또한 2018년에 최고의 신인 작가에게 수여하는 존 W. 캠벨 상을 수상하기도 했다. 『천둥의 궤적』은 기후 변화로 상승한 수면이 육지의 대부분을 점령한 세계를 담는다. 그 위치 때문에, 이제 디네타로 불리는 예전의 나바호 보호구역은 중요한 위치가 된다. 주인공 매기 호스키는 몬스터 사냥꾼이며, 그녀의 지식과 기술은 수요가 많다.

“

지옥은 당신이
그리워하는 이들이
부재한 곳이지.

”

『스테이션 일레븐』, 세인트 존 맨델

더욱 예리한 무기들,
더욱 고통스러운 피해자들

◆
◆
◆

새로운 연쇄 살인범들

호러 장르에 마스코트가 있다면, 그건 바로 연쇄 살인마일 것이다. 호러 영화는 슬래셔 영화와 아주 밀접하다. 적어도 특별한 지식이 없는 사람들에게는. 결국, 호러에서 헐벗은 십 대 여자애들 한 무리가 처음엔 흥분한 십 대 남자애들에게, 그런 다음엔 마체테를 휘두르는 가면을 쓴 미치광이들에게 쫓기는 것보다 더 보편적인 상황이 어디 있겠는가? 연쇄 살인범을 그려낸 범죄와 스릴러 작가들로는 태미 호그, 리사 가드너, 카린 슬로터가 있다. 오늘날 호러를 쓰는 여성 작가들은 친숙한 플롯과 캐릭터들을 새롭고 비일상적인 장소들로 데리고 간다.

조이스 캐롤 오츠는 특별한 장르에 묶이지 않은 작가이다. 그녀는 가족 드라마부터 마릴린 먼로라는 배우의 실제 삶에 기반한 허구적 소설까지 거의 모든 장르를 써낸 문학계의 슈퍼스타이다. 그녀의 글은, 연쇄 살인범 이야기에도 닥치는 대로 찾아낸 흉기를 손에 쥔 흐릿한 눈빛의 미치광이 이상의 깊이와 기교가 있을 수 있다는 증거이다.

그녀의 소설 『좀비』(1995, 국내 출간: 포레, 2012)는 쿠엔틴 P.라는 젊은 남자에 대한 이야기로, 그는 실제 좀비를 만들고 싶어 한다. 다시 말하자면, 쿠엔틴은 잘생기고 순종적인 성적 파트너를 원한다. 간단한 일이다. 쿠엔틴은 그저 아이스 픽과 해머를 재빨리 휘둘러 그의 완벽한 남자를 멍하게 만들기만 하면 된다. 오츠는 이 책을 썼을 때, 영감을 위해 역사적인 인물에 재차 눈을 돌려 실존했던 식인 살인마 제프리 다머(1960~1994, 미국의 연쇄 살인범으로 17명의 성인 남자와 소년들을 살해하고 절단했다-옮긴이)를 철저하게 조사했다. 이 책은 끔찍하지만 사악한 정신세계에 대한 흥미로운 관찰이기도 하다.

현대의 작가들은 자신만의 연쇄 살인범을 고안하는 데 더욱 공을 들이는 것 같다. 그리고 우리는 카리스마가 있는 악당을 좋아하는 만큼, 동일하게 현실화가 잘 이루어진 여주인공을 사랑하기도 한다. 남아프리카 작가 로런 뷰커스는 사회적 의식을 담은 호러 소설로 평단의 관심과 함께 아서 C. 클라크 상, 로맨틱 타임스 올해의 스릴러 상을 비롯한 수많은 상을 수상했다. 그녀의 장편 소설 『샤이닝 걸스』(2013, 국내 출간: 단숨, 2015)는 연쇄 살인범 이야기에 시간 여행을 덧붙이며, 이 소설에서는 쫓는 자가 쫓기는 자가 된다. 뷰커스는 '최종 생존자 소녀'라는 장치를 업데이트하고 있는 현대 작가들 중 한 명이다. 이 소녀들은 비명을 내지르는 예민한 소녀들이 아니다. 이야기의 마지막 순간에 살아가고자 하는 의지를 다지는 순결한 생존자들이 아니다. 그보다는, 강하고 영리하며 초반부터 용기 있게 질주한다.

뷰커스는 자신의 장편 소설 『파괴된 괴물들Broken Monsters』(2014)에서 디트로이트의 버려진 동네에 존재하는 지하 현장을 탐험하며, 한바탕 살인을 저지르는 살인마를 그린다. 이 살인자는 섬뜩한 예술을 통해 세계를 재창조하려고 시도하여 주목을 받는다. 시체들은, 말하자면, 재배열되어 전시된다. 하지만 한층 더 눈에 띄는 것은 이 사건을 조사하는 수사관으로 혼자 아이를 키우는 엄마와 그 딸의 관계이다. 뷰커스는 또한 데일 할보르센, 라이언 켈리와 함께 호러 코믹 시리즈인 '생존자 클럽Survivor's Club'도 집필했다. 버티고 출판사에서 2016년에 전집을 펴냈다.

로런 뷰커스는 미국 작가 길리언 플린과 곧잘 비교된다. 길리언 플린의 『나를 찾아줘』는 대성공을 거두었으며 리즈 위더스푼 제작사에서 로자먼드 파이크와 벤 애플랙 주연으로 성공적으로 영화화했다. 책에서 플린은 여성이 희생자가 되는 익숙한 플롯을 뒤집고 독자들과 자신의 주인공들에게 교묘하게 세부사항들을 숨겨 누구도 그 캐릭터들이 어떤 인물인지를 짐작할 수 없게 한다. 그녀는 자신의 앞선 소설들인 『몸을 긋는 소녀』(2006, 국내 출간: 푸른숲, 2014)와 『다크 플레이스』(2009, 국내 출간: 푸른숲, 2013)에서 살인자들과, 그들에게서 살아남은 피해자들이 이후 수년간 견뎌야만 하는 트라우마를 파고든다. 이 작품들은 각각 TV 드라마와 영화로 각색되었으며, 에이미 아담스와 패트리샤 클락슨이 출연하는 『몸을 긋는 소녀』를 각색한 HBO 미니시리즈는 남부 고딕과 가족 호러의 걸작이다.

플린의 작품 중에서 수작으로 언급되는 또 다른 작품으로는 에드거 상을 수상한 중편 「성인The Grownup」(2015, 국내 출간: 『나는 언제나 옳다』, 푸른숲, 2015)가 있다. 이 작품에서 그녀는 고딕적인 색채가 있는 유령 이야기를 선택한다. 빅토리아 시대 유령 이야기의 팬이라면 오래된 저택, 비밀을 품은 캐릭터들, 아우라를 읽는 영매들 같은 친숙한 요소들을 알아차릴 것이다. 하지만 그녀의 다른 작품들에서처럼, 플린은 정체성의 경계들을 밀어내면서 우리 내면의 자아 대(對) 우리가 세상에 보이는 자신을 탐구한다.

캐럴라인 케프니스는 조이스 캐롤 오츠처럼 장르의 한계에 도전하는 작가이며, 이 목록에서 우리가 가장 좋아하는 작가 중 한 명이다. 그녀의 데뷔 소설 『당신You』(2014, 국내 출간: 『무니의 희귀본과 중고책 서점』, 검은숲, 2015)은 매력적이고 끔찍하며 강렬한 스릴러이다. 조 골드버그는 평범해 보이는 서점 직원으로 어느 날 자신의 서점에 들어온 한 여인을 사랑하게 된다. 그는 낭만적이지만 스토킹을 저지르고 때로 죽이기도 하는 부류이기도 하다. 스티븐 킹은 이 소설을 "전적으로 독창적"이라 평하면서, 케프니스는 "약간의 아이라 레빈, 약간의 퍼트리샤 하이스미스"에 "상당량의 진지한 비판"을 담는다고 칭했다*. 킹은 심지어 리처드 치즈마와 공동 집필한 중편 『그웬디의 단추 상자Gwendy's Button Box』(2017)에 등장하는 한 캐릭터에 올리브 케프니스라는 이름을 붙이기까지 했다. 조 골드버그의 이야기는 후속편인 『숨겨진 시체들Hidden Bodies』(2016)에서 계속되며 최근에는 라이프타임 네트워크에서 텔레비전용으로 각색했고, 이후 넷플릭스에서 이 작품을 채택했다(넷플릭스

* 스티븐 킹은 케프니스의 데뷔 소설에 대한 자신의 감상을 2014년 12월 15일 트위터에 공유했다. 그녀의 대답에 이어 그는 "새 작품을 쓰고 있기를 바란다"고 추가했다.

에서 국내에 서비스하는 해당 시리즈의 제목은 〈너의 모든 것〉이다-옮긴이).

살인마를 다루는 하위 장르 중 다른 걸출한 작품들로는 스테프니 퍼킨스가 쓴 『당신의 집에 누군가가 있다There's Someone Inside Your House』(2017)와 제시카 놀의 『살아 있는 가장 운 좋은 소녀Luckiest Girl Alive』(2015)가 있다. 두 책 모두 어두운 과거들에 더 어두운 비밀들까지 숨기고 있는 캐릭터들을 담고 있다. 최근 우리가 가장 선호하는 작품은 신인 작가인 닷 허치슨으로 그녀는 토머스 해리스와 그의 악명 높은 연쇄 살인범 한니발 렉터의 전통 속에서 글을 쓴다. 그녀의 수집가Collector 시리즈의 첫 권 『나비 정원The Butterfly Garden』(2016, 국내 출간: (주)태일소담출판사, 2018)에서 허치슨은 정원사라 불리는 독특한 살인자를 창조한다. 그는 아름답고 젊은 여성들을 수집해서 그들에게 나비 날개 문신을 남기고 그들이 열여덟 살이 될 때까지 자신의 폐쇄된 정원에 가둬 놓는다. 그런 다음 그들을 유리 케이스 속에 '보존'한다. 이야기의 플롯은 독창적이지만 허치슨을 주목할 만한 작가로 만드는 것은 그녀가 정원사의 피해자들에 부여하는 관심이다. 이 여성들은 부유한 삶을 살며, 가슴 저미도록 아름답게 묘사된다. 또한 허치슨이 이 여성들이 서로 맺는 관계들을 서술하는 부분은 깊은 공감을 남긴다. 이 소설은 독자들에게 FBI 수사관 브랜든 에디슨과 빅터 하노베리언을 소개하는데, 이들의 이야기는 이후의 수집가 시리즈에서도 계속된다. 『5월의 장미Roses of May』(2017)에서는 이 수사관들이 아름다운 꽃으로 둘러싸인 묘지에 죽은 여자들을 남기는 새로운 살인자를 쫓는다. 세 번째 책 『여름 아이들The Summer Children』(2018)은 또 다른 가슴 뛰는 FBI

추적극을 그린다. 이번에는 한 수사관의 아파트에 아이가 나타나 천사가 자신의 부모를 죽였다고 주장한다.

나이지리아 작가 오인칸 브레이스웨이트의 데뷔 소설, 『나의 연쇄살인마 여동생My Sister, the Serial Killer』(2018, 국내 출간: 『언니, 내가 남자를 죽였어』, 천문장, 2019)에서 코레데는 남매들 중 맏이로 언제나 자신의 막내 여동생 아욜라가 시체들을 치우는 일을 돕는다. 그리고 그 시체들이 상당히 많은 것 같다. 아욜라에게는 끔찍한 운이 따르는 것이 분명하다. 그녀의 남자 친구들은 모두 죽음으로 끝났다. 하지만 아욜라가 코레데가 은밀히 사랑하는 한 남자에게 시선을 두면서 그 플롯이 팽팽해진다. 이 책은 웃기고 불손하지만 그럼에도 여전히 감정적으로 독자들의 심금을 울린다.

이 하위 장르에 최근 새로 들어온 작품으로는 린지 페이가 쓴 『제인 스틸Jane Steele』(2017, 국내 출간: 문학수첩, 2020)이 있다. 이 작품은 빅토리아 시대 한 영국 저택에서 살게 된 고아에 대한 이야기이다. 고딕 소설처럼 들리지만 표제가 되는 캐릭터는 누구의 피해자도 아니다. 사실, 제인이야말로 과거에 살인과 관계된 비밀을 품고 있다. 〈코스모폴리탄〉은 이 책을 "제인 에어에 덱스터(제프 린제이의 『음흉하게 꿈꾸는 덱스터』의 주인공이며, 과학수사관으로 일하면서 자신의 살인 충동을 나쁜 놈만 골라 죽이는 것으로 실현한다. 미국 드라마 〈덱스터〉로 널리 알려졌다-옮긴이)를 섞었다"고 묘사했으며, 페이는 샬럿 브론테의 저 유명한 구절을 집어넣기까지 했다. "독자여, 나는 그를 살해했다." 우리를 믿어 보라, 이 작품은 재미있다.

“

‘걱정하지 마’,
그가 암갈색 얼굴의
시체에게 말한다.
‘곧 동지가 생길 테니까.’

”

『샤이닝 걸스』, 로런 뷰커스

결론

이 책 속 작가들을 작성하면서, 우리는 카먼 마리아 마차도가 묘사했듯 호러와 위어드 소설을 초월적인, 현재의 상황을 밀어붙이는 도구로 사용한 여성들에 대해 서술하고 토론하고 감탄했다. 소설의 이런 장르들을 도구로 삼아 여성 작가들은 사회를 흔들고 독자를 불편한 방향으로 이끌면서 우리의 불안과 공포가 자유롭게 풀려나는 낯선 공간으로 재촉한다. 하지만 이런 공간들은 또한 힘이 드러나는 곳이기도 하다. 여성은 매일의 삶 속에서 호러를 경험한다. 그 으스스함과 공포가 이 작가들에겐 위험에 대한 경각심을 불러일으키는 도구가 된다. 해체된 가족 관계, 가정 폭력, 신체 이미지에 대한 문제들, 정신 건강에 대한 우려들, 극심한 편견, 강박.

여성이 쓰는 소설이 목소리와 가시성에 초점을 두는 것도 놀랍지 않다. 여성은 조용히 하라는 말을 들을지 모르지만 여전히 목소리를 높인다. 눈에 띄지 않을지 모르지만 여전히 존재한다. 쫓길지 모르지만 쫓는 자 역시 될 수 있다. 호러 소설은 때로 우리를 파괴하는 것들이 진실로 우리를 더욱 강하게 만들 수 있다는 사실을 보여 준다.

호러와 여타 다크 픽션의 미래는 밝다. 그리고 여성이 이런 이야기들을 꾸준히 추구하고 혁신해 가는 한, 그 미래는 여성적일 것이 분명하다.

용어

우리가 호러에 대해 이야기할 때 의미하는 것은 무엇일까?

호러라는 장르는 정의하기가 아주 까다롭다. 결이 다른 이야기들 속으로 흐르기 때문이다. 호러는 저항적인 장르이다. 누군가에게 호러는 연쇄 살인범에 대한 흥미진진한 이야기일 수 있다. 다른 이는 공포와 충격으로 가득한 초자연적인 이야기를 떠올릴지도 모른다. 그리고 또 다른 이는 이 용어를 스릴러나 다크 판타지와 대체 가능한 용어로 이용할지도 모른다. 혼돈을 피하기 위해 여기에 책 전반에 걸쳐 사용한 핵심 용어들에 대한 우리 나름의 정의를 소개한다.

코스믹 호러: 평범한 사람들이 너무도 거대하고, 너무도 초월적인 힘을 마주하여 이 거대한 우주 속에서 사람은 보잘것없는 존재라는 사실을 받아들여야만 하는 이야기. H. P. 러브크래프트가 쓴 이야기를 하나라도 읽었다면, 코스믹 호러를 읽은 것이다.

고딕: 고딕 문학에는 몇 가지 하위 장르가 있다. 남부 고딕과 고딕 로맨스가 두 가지 사례이다. 따로 명시하지 않은 경우, 우리가 언급한 고딕은 고딕 호러를 뜻한다. 대체로 고뇌 어린 과거가 현재에 되살아나면서 발생하는 갈등에 사로잡힌 젊은 여성을 다룬다. 전형적으로 허물어져 가는 저택과 유령들이 제시된다.

호러: 우리는 이 용어를 폭넓게 사용한다. 두렵게 한다면, 몸서리치게 한다면, 오싹하게 한다면, 우리에게 그것은 호러이다. 호러 소설에는 초자연적인 요소들이 포함될 수 있지만, 항상 그렇지는 않다.

페니 드레드풀: 식스페니, 혹은 페니 블러드로 불리며 18세기와 19세기에 대중적으로 보급하기 위해 싸구려 종이에 인쇄된 책이었다. 종종 이 책들에는 고딕과 호러 이야기들이 담겼다.

펄프: 저렴하게 인쇄된 잡지들로 독자에게 다양한 이야기들, 주로 SF와 호러를 소개했다. 20세기판 페니 드레드풀로 생각하면 된다. 펄프라는 용어는 또한 1970년대와 1980년대 조잡하게 인쇄된 페이퍼백 책들을 뜻하기도 한다.

사변 소설: 이 분야의 문학은 그럴듯한 세계를 상상한다. SF와 밀접하게 관련되어 있지만 과학적인 기반을 두지 않은 환상적인 요소들을 담은 소설도 포함하는, 보다 넓은 범주이다. 이 용어는 종종 하나의 이야기 속에 몇 가지 장르를 아우르는 작품들을 칭한다.

테러: 우리는 앤 래드클리프의 정의를 따른다(제1부에서 그녀의 이력을 보라). 호러는 폭탄과 같은 효과를 지닌다. 독자를 완전히 파괴하거나 혹은 파괴하려 시도한다. 테러는 반면에 독자를 좀 더 살아 있다고 느끼게 하는데, 절벽 가장자리에 매달 뿐 밀지는 않는다.

스릴러: 경험상 작가들은 호러라는 용어로 치부되고 싶지 않을 때 이 용어를 사용한다. 하지만 차이점이 있다. 호러는 독자가 이야기를 경험하면서 느끼는, 주로 주인공에 대한 공감에서 오는 감정에 대한 것이다. 스릴러는 비유적인 똑딱 시계처럼, 반응을 끌어내기 위한 플롯 장치들에 의존한다.

위어드 픽션: 이 장르는 정의하기 까다롭기로 유명하다. 이 범주에 드는 이야기들은 종종 초자연적인 요소들을 포함하지만 항상 그렇지는 않다. 위어드 이야기들은 단순히 '유령이 출몰하는 집' 이야기를 넘어서서 그 초자연적인 것을 설명할 수 없는 무엇으로 바꾸어 버린다. 위어드 픽션에서의 긴장감은 코스믹 호러처럼 평범한 주인공이 미지의 것을 대면한 결과인 두려움이라는 감각에 있다.

『여자가 쓴 괴물들』 독자 북펀드에 참여해 주신 분들

강동희
강수정
강유리(2)
강윤식
강은교
강지혜
고명수
고지숙
권새나린
권영인
권지영
금정연
기윤희
기지영
길상효
길혜연
김경서
김경은
김경현
김동석
김명국
김명선
김미강
김미정
김미진
김민정
김민희
김성일
김수경
김수지
김수훈
김슬기
김시형
김어진
김여진
김영란
김영미
김영아
김예슬
김용언
김유정
김윤아
김은주
김은진
김이삭
김정영
김주은
김지현
김지혜
김지희
김진경
김태경
김해리
김현영
김현우
김현정
김현주
김현지
김현진
김혜령
김혜정
김화숙
김효군
김효진(3)
김희경
김희연
김희정
노유정
노혜지
류혜나
모현주
목영화
문선주
문지현
박경나
박규림
박근덕
박동수
박미혜
박서경
박성혜
박소영
박수인
박수진
박연지
박예린
박유미
박인선
박정현
박진희
박혜진
박효심
배다혜
백설희
백인초
변지영
변현선
서유정
서은남
서지혜
서효영
서희
손수민
손지상
손하은
송경아
송미나
송석영
송선아
송지수
신정원
신현지
심완선
심유빈
안선아
안솔기
안유선
양순화
양윤화
양준호
양혜리
어신
연민경
염윤선

오세연
오은혜
오지원
왕지윤
왕효진
우민혁
우성운
유미정
유민정
유승진
윤다혜
윤승희
윤안나
윤은선
윤은혜
윤지영
윤지혜
윤희진
이가은
이가을
이경림
이규연
이다영(2)
이도희
이부영
이상희
이선경
이세연
이소영
이소정(2)
이수정
이슬기
이연순
이연승
이연지
이영주
이예슬
이우정
이윤경
이윤성
이윤정
이율린
이은미
이은진
이인혜
이재인
이정란
이정미
이정아
이정의
이주영
이지선
이지양
이지형
이지혜
이한나
이한별
이혜민
이홍주
이화정
이효재
이희원
임금선
임문경
임시유
임지윤
임지현
장주영
전문영
전민희
전세은
전수민
전수양
전연옥
전영규
전지호
전혜원
전혜정
정남기
정도영
정미경
정민교
정서윤
정석균
정석환
정선진
정성욱
정수아
정승진
정지현
정찬희
정향지
조고은
조보경
조수현
조아영
조윤지
조은숙
조은아
주슬아
주양기
주현이
차동훈
채선화
최가희
최고운
최순항
최승은
최애리
최영봉
최영주
최정민
최해성
최혜선
최혜영
하성희
하주리
한보경
한새롬
허수영
허은지
허하나
홍시온
홍은선
홍진숙
황수정
황슬기
황예지
황윤아
황지용

호러와 사변 소설을 개척한 여성들

여자가 쓴 괴물들

1판 1쇄 발행 2021년 8월 20일
1판 2쇄 발행 2021년 12월 20일

지은이 리사 크뢰거, 멜라니 R. 앤더슨
옮긴이 안현주

발행인 김지아
표지 및 본문 디자인 셀로판 강수정

펴낸 곳 구픽
출판등록 2015년 7월 1일 제2015-27호
주소 서울시 광진구 동일로 459, 1102호
전화 02-491-0121
팩스 02-6919-1351
이메일 guzma@naver.com
홈페이지 www.gufic.co.kr

ISBN 979-11-87886-69-3 03800